アレゴレシス

張隆溪

アレゴレシス

——東洋と西洋の文学と文学理論の翻訳可能性

鈴木章能・鳥飼真人訳

水声社

私に本の読み方を最初に教えてくれた
父・張希杜に捧ぐ

目次

凡例

一、原書の脚注は、（ ）内にアラビア数字を、また訳注は（ ）内に漢数字を付し、それぞれ巻末に収録した。

一、中国の人名や書名等は日本語の漢字読みで統一した。ただし、著者の張隆溪は中国語発音でその名が世界に知られていることを踏まえて、中国語発音のカタカナ表記「チャン・ロンシー」とした。

謝辞

本書はカリフォルニア大学学長人文学客員研究員制度の助成を受けたものである。同助成のおかげで本書の執筆に円滑に取り掛かることができた。また、香港城市大学からも戦略的研究費のほか小規模な研究助成を受け、本書を書き上げることができた。楽しく、やり甲斐と知的刺激のある環境の中で働き、思考し、執筆する機会を与えてくれた私の両所属大学に感謝する。

本書が完成するまでの数年間、多くの友人から多大な支援と援助を受けてきた。とくに、原稿に目を通して批評してくれたダニエル・アーロン、余国藩、ホーン・ソーシー、リチャード・J・スミス、ロナルド・イーガン、リサ・レイファルズには厚く御礼申し上げたい。ドナルド・ストーン、孫康宜、ルス・アプロナルドの三人には、親しくしていただき、また意見を寄せ、私を助けてくれた。デイヴィッド・グリッデンには、ギリシア・ローマの黄金時代に関する考え方やアウグスティヌスの転覆性の理解に力を貸してくれた。とくに断りがない限り、本書におけるすべての中国語ならびにフランス語の翻訳の責任は私にある。デイヴィッド・ダムロッシュからは好意的な批評と力強い支援を受けたうえ、鋭い指摘で本書の一貫性を強めてくれた。心より感謝したい。また、コーネル大学出版局の編集長バーンハード・ケンドラーにも感謝したい。自信をもって本書の価値を認めてくれたことでとても勇気づけられた。深く感謝申し上げたい。

第一章では、ライス大学ならびにドイツのトリーア大学で行われた全国人文科学基金（NEH）セミナーでの講義、その後、その内容をまとめてカール＝ハインツ・ポール編『グローバルな文脈における中国思想――中国と西洋の思想的アプローチの対話』（ライデン：ブリル、一九九九年）に収められた論文の内容を一部用いている。ライス大学とトリーア大学でのセミナーにそれぞれ招待してくれたリチャード・J・スミス教授とポール教授に感謝したい。また他にも『カレッジ・リタラチャー』の特別号（一九九六年二月）に掲載された論文を基にした部分がある。加筆修正して本書に再掲載することをお許しいただいたパトリック・コルム・ホーガンならびに同誌の編集者の皆さんに御礼申し上げたい。第二章では、『比較文学』（一九八七年夏号）で展開した考えと議論を用いている。何年も前のことになるが、私に雅歌と『詩経』の儒教的注釈の比較研究を発表するフォーラムの場を与えてくれた『比較文学』の編集者の皆さんに感謝したい。第四章の一部分は、香港城市大学の教授就任講義、ならびにドイツのハーゲンで行われた国際会議で話し、その内容をまとめて『ユートピアン・スタディーズ』（二〇〇二年夏号）に発表した論を用いている。香港ならびにハーゲンで私の話を聞いてくださった方々、また香港とハーゲンの国際会議に招待してくれたヨーン・ルーセン教授、ならびに本書で論文を用いることをお許しいただいたライマン・タワー・サージェントに感謝申し上げたい。以上の再掲論文にはすべて加筆修正を加えてある。

他にも本書では、トロント大学で二〇〇四年の三月から四月上旬まで六週間に渡って行った寓意と解釈に関する大学院生向けのセミナーで試みた内容を基にした部分がある。二〇〇三年から二〇〇四年にかけて、トロント大学人文学センター給費派遣卓越研究員として私を招待していただき、比較文学センターで先述のセミナーを準備してくれたアミルカーレ・イヌアッチ教授に御礼申し上げたい。大きな関心をもって献身的に講義を聴いてくれた学生の皆さんに感謝するとともに、リチャード・ジョン・リン教授とソーニャ・アルンツェン教授の友情と精神的な支えに御礼申し上げたい。

妻の薇林、ならびに娘のセリアとキャロラインは絶えず愛情を注いでくれ、私を支えてくれた。この本の完成を待ち望んでいてくれた彼女たちには言葉で表せないほど感謝の気持ちでいっぱいである。本書では、私が学生時代から興味を持ってきた文学の解釈をめぐる問題を扱ったが、本書が完成したいま、私は父のことを考えている。父のおかげで、私は書かれた言葉についていろいろな思いを巡らせるようになった。だが、父は私のもとをあまりにも早く旅立った。私がまだ十代にもなっていないときだった。幼い頃に父を失ったのはとても残念なことだが、しかし、それだけに、私の頭に残っているかすかな記憶はとても貴重なものである。本書を、私の幼い頃の思い出と永遠の愛とともに私の父の記憶に捧げる。

瑰麗新村、香港・九竜

張隆溪（チャン・ロンシー）

第一章　序論——文化の差異を越えた《クロスカルチュラル》理解の妥当性

「私は何を知っているというのか」[一]（Que sai-je?）と問うのは、懐疑論者ミシェル・ド・モンテーニュ（Michel de Montaigne）である。自己理解への道が、知識の妥当性に対する問い、すなわち我々人間が知っていることは確かなのかと問うことに始まるのであれば、それは、種々様々な言語や文化——それぞれ離れた場所で、互いにまったく異なる独自の伝統、歴史の中で発達してきた——が存在する中で物事を理解しようとする人間の前に、常に立ちはだかる問いであると言える。それゆえ中国という国は、文化の差異を越えた理解に関する規範的事例《テストケース》を得るための重要な役割を担うことになる。というのも、中国－西洋間に文化的のみならず地理的な隔たりがあるというだけで、知識すなわち知ることの可能性について考えることがとりわけ重要な課題となるからである。[二]知ることが不可能であるならば、文化の違いにとらわれることなく物事を包括的に理解することも、言葉や概念を適切に使用することも当然不可能であるし、ましてや文化の差異を越えた知識を獲得することなどできるはずもない。だがここで我々は、モンテーニュよりも踏み込んだ懐疑論——「何を知っているのか」ではなく、「どうして知っているのか」、あるいは「知ることなどできるわけがあろうか」と問う懐疑論——に出くわす。この懐疑論によって、単に諸物の意味内容だけでなく、知識の可能性自体が不確かなものではないかと疑われる。その結果、文化の差異を越えた理解は確かなものではない、また主体間相互の意識や感情の転移などは起こりえないと考えられることになる。

本書の目的は、文化間理解に対する懐疑的な問い、すなわち異文化について我々は何をどのように知るのかという問いに答えること、個々が母語として用いる言語や彼らが属する文化の限界を越えて得られる知識とはどのようなものかを明らかにすること、そして東西洋間の研究を可能ならしめる理論的根拠を確立することである。このような問題は本来、様々な主題や分野に及ぶものであるが、本書はその中でも文学作品を読むこと、作品の本文《テクスト》とその解釈との関係、とくに寓話《アレゴリー》と寓意的《アレゴリカル》な解釈に関する問題を重点的に取り扱う。寓話は多くの場合、古代ギリシアや西洋によくある譬え話《トロープ》として考えられているが、文化の差異を越えた知識の可能性を検証するのに適している。寓話の概念——すなわち複数の意味構造を有する言説《テクスト》——が、西洋と同じく中国の文学作品またはその解釈に関する考察にも有効に機能するのか、言い換えれば、寓話が文化の隔たりを越えて翻訳されるとき、それは単に言語上の翻訳に留まるのか、それとも言語の奥にある思想すなわち概念も翻訳できるものなのか——これが本書で論じられる主要問題である。

第一章では、古来脈々と受け継がれてきた中国の伝統文化の中に寓話が存在するという事実を明らかにするために必要な基本見解を提示する。第二章では、東西洋を代表する正典の本文を読む際に用いられる寓意的解釈——雅歌（Song of Songs）の聖書的釈義と『詩書』[三]の伝統的注釈——の問題について論じる。第三章では、寓意的解釈がイデオロギー的前提に基づいているという見地から分析を行う。この章では、種々の寓意的解釈を、意図的な誤読から遠ざけつつ見極め評価するための基準である字義的意味の重要性について考える。第四章では、ユートピア文学および反ユートピア文学について、それらが本来寓意的な性質を持つものであるという観点から考察を行う。というのもユートピアは、既知の現実世界の彼方にある、言語で表すことのできない社会的理想《ソーシャル・ヴィジョン》への願望の現れだからである。ユートピア作品に描かれる力強い空想の世界に引き込まれるのは、そういうわけなのである。しかし皮肉にも、ユートピア的理想自体がそれを否定する要素《アンチテーゼ》を内包しており、それが反ユートピアを生み出す要因となっている。これによってユートピア的理想のもう一つの局面、新たな意味が明らかとなる。最後に第五章では、寓意的解釈によってもたらされる政治的影響について、いくつかの見解を提示する。政治活動とはすなわち世界への積極的参加であるから、寓意的解釈《アレゴレシス》という一解釈法は政治的、道徳的な責任を伴う行為であると言える。すなわち解釈という行為は、政治の成り行きを決定づけるものだということである。

しかしあくまで寓意に関する考察は、それよりも大きな問題、すなわち文化の差異を越えた理解は可能かという問題の一部であるということを忘れてはならない。だからこそこの考察において、知識の妥当性を疑うモンテーニュの問いが取り上げられるのであり、その問いに答えるため我々は、中国‐西洋間の言語および文化の差異、中でも両者の現実的な隔たりだけでなく心象的な隔たりを越えて、諸々の文学作品の本文《テクスト》とその解釈について精査しなければならないのである。

魚と知識について――語概念の翻訳は可能か[四]

文化の差異を越えた知識の問題について詳しく論じる前に、まずはある一つの論争について考えてみる。それは古代中国の二人の思想家、荘子[五]（前三六九頃―前二八六頃）と恵子――荘子の論争相手として彼の理論の欠陥を見出そうとするが、いつも決まってその裏をかかれてしまう――との間で交わされる、機知に富んだ対話である。この二人が展開する知識の妥当性に関する論争を読むことによって、知ることと知られていること（もの）をめぐる状況やそれらの関係性が明らかとなる。これによって我々は、文化の差異を越えた理解を試みる際の理論的前提がどこにあるかを見定めることができる。

荘子と恵子は掘割に架かる橋の上を歩いていた。荘子は言う、「鯉の群れが自由に悠々と泳いでいる。あれが魚の楽しみというものだ」。恵子が問う、「君は魚ではない。魚の楽しみなどわかるはずもなかろう」。これに荘子が返す、「君は私ではない。私に魚の楽しみがわからないとどうしてわかるのだ」。恵子は答える、「私は君ではない。だからもちろん君のことはわからない。しかし同様に君は魚であるはずがない。だから君には魚の楽しみがわからないという事実は疑いようがないのだ」。すると荘子は言う、「議論の出発点に立ち返ってみよう。君が私に『どうして魚の楽しみがわかるのか』と尋ねたとき、君はすでに、私が魚の楽しみを知っているとわかっていたから、そのように尋ねたのではないか。私は掘割のほとりで魚と一体になり、その楽しみを知ったのだ[1]」。

A・C・グレアム（A. C. Graham）によれば、「掘割のほとりで」魚の楽しみを知ったという荘子の最後の言葉は、「あらゆる認識は観点に左右される」、すなわち我々人間の知識はすべて、生きられる世界[六]におけるある特定の場所から、個々が属する「具体的な状況[2]」という限られた脈絡の中で得られるものであるという相対的な知識の妥当性をはっきりと示すものである。ここで、状況依存性に言及することは、それによって知識が実在的、具体的、歴史的状況の中で捉えられ、純粋理性に基づく全包括的な超越的知識という抽象的概念とまったく異なるものと考えられるがゆえに、重要な意味を持つ。先の引用の中で荘子は、史実性に完全に依拠した、ある種の共感的想像力によって可能となる知識の概念について言及することで、真理とは人間の知的能力の普遍性といった抽象的なものによってではなく、認識主観とその認識対象（＝知られるもの）とを相互に関係づけるという特定の方法によって得られるものだと主張していると考えられる。この種の知識は、アリストテレス（Aristotle）的な認識の概念――学問的知識《エピステーメー》に対する実践的知識《プローネーシス》[七]――を思い起こさせる。ハンス＝ゲオルグ・ガダマー（Hans-

Georg Gadamer）の言うように、これら二つの概念は「真なるものと真理らしきものという対立へと還元されることは決してない。実践的知識は、学問的知識とは異なるもう一つの知識なのである」[3]。このことから荘子は、自身が人間として有限で不確実な存在であることを十分認めているにもかかわらず、知識の妥当性を疑う懐疑論に反対して、状況的知識の認識的価値こそが確かなのだと主張していることがわかる。しかしこの状況的知識が実践的知識であると言ってしまえば、我々はまた同様の懐疑的反論の余地を与えることになる。荘子と同じ状況に身を置くということは、懐疑論的な立場から言えば、知ることの可能性そのものが非常に不確かなものとなる場所に立つということである。この考えから導き出される問い、というよりも疑い――同一の文脈の中で荘子とアリストテレスについて考えることができるのか、荘子は知識がある種の実践的知識だと言っているのだろうか、そのような用語の概念を翻訳すること（荘子的知識＝実践的知識）は果たして可能なのか――は、本書において我々が考察を始める際に提示した問題とまったく同じものである。まず何よりこれらの問題に取り組まなければ、言語や文化の隔たりを越えた知識の可能性を立証することはできない。

「掘割のほとり」での論争は、『荘子』における他の逸話と同様、荘子の知恵が彼の論争相手の知恵よりも優れていることを示すためにある。グレアムの言うように、この逸話について考える上で注目すべきは逍遥[八]の概念であり、この概念は「論理的な議論を滑稽化《パロディ》するという点で、『荘子』における他のどの要素よりもこの逸話を細部まで支えるものである」[4]。しかしグレアムは我々の予想に反し、次のように述べることで、荘子の議論の真意を明らかにしている。すなわち恵子との論争の中で、荘子は「（恵子が）あまりにも論理的すぎるとからかっている」のであるが、「（対象を）認識するための観点を明示するだけで、『君はどうして知っているのか』という問いに何一つ答えることができない」[5]。しかし実践的＝道徳的知識に関して言えば、観点が与えられなければ、人間は何一つ理解することができない。すなわち人間の知識とは、ほぼすべての場合において、ある状況に置かれ条件づけられたものであり、その本質は有限で相対的なものである。

荘子の魚に対する知識は、魚にしか知りえないことまで知ることはできないという意味では、絶対的なものではない。しかしそのように言うのであれば、人間にとって必要な知識は、そのほとんどが絶対的なものではない。すなわち荘子は、魚に関する知識を得るために、魚になる必要はないと言っているのである。なぜなら、人間一人ひとりの知識はそれぞれに特有のものだからである。知識の妥当性を主張する荘子が感じているのは、逍遥や共感的な喜び、すなわち自由かつ優雅に泳ぐ魚を見ることによって自身の喜びを表すという代理的な喜びにほかならない。荘子の主張が論理的でないと考える恵子は、荘子の代理的な喜びを完全に見落としている。しかし荘子にとって、この論争の中で最も重要なことは、曖昧で理解しにくい詭弁によって恵子の無味乾燥な論理に対抗することではなく、その論理を、それ自体が自己否定へと転じる最終地点（この場合、より正確に言えば、その出発点ということになるであろう）まで推し進めることだと考えられる。荘子の言うように、知識を徹底的に疑うためには、人間が常に正しい知識を有するのであれば問うなどという行為自体がそもそも必要ないと考えるほどにまで、いかなる問いを問うことの可能性をも放棄してしまうか、あるいは――結局は同じことなのだが――人間は正しい知識を得られるはずがないという前提を受け入れなければならない。要するに荘子は、恵子の主張を、それ自体が矛盾をきたすまで推し進めることによって、恵子の論理はもはや通用しなくなっていること、知識に対する懐疑がすでに――皮肉的だが必然的に――ある種の知識を前提としていること、そして「君はどうして知っているのか」という問いの答えは、それが既知について問うものである限り、すでにその問いの中にあるということを示唆しているのである。

懐疑論と知識はこのように、弁証法的な意味において相互に関係し合っているということが明らかとなる。荘子の知識を疑っているにもかかわらず、恵子は自身が知っていること、すなわち荘子は魚ではない、ゆえに魚の喜びを知らないということを、一瞬たりとも疑うことはない。この恵子の否定的知識――荘子と魚、「君」と「私」は違うのだという確信――が、二人のやりとりを通じて最も肯定的、断定的に述べられている。このように恵子が知識の確かさを疑うのは、諸物間の差異に対して自身が抱いている否定的知識こそ正しいのだと彼がむやみに信じ込んでいるからである。一方荘子にとって、差異とは恣意的であり、人間と魚の差異は先験的《ア・プリオリ》な事実などでは決してない。したがって恵子は、差異が疑いようのない既知の事実であると断定した時点で、自身も気づかぬうちに、知識の可能性を認めているのである。差異化自体がそもそも論理性に欠ける行為ではないのかと考える荘子は、斬新な思想の持ち主である。このような荘子の境地に恵子は至らない。だが恵子が主体間の差異（「君」と「私」の差異）を越えて荘子を知ることができるのであれば、荘子がもう一つの主体間の差異（「人間」と「魚」の差異）を越えて魚について知ることができないはずはない。事実このようにして中国の評論家たちは、荘子と恵子の論争を読み解いてきたのである。[6] この種の解釈は、それがどれほど非常識なものであったとしても、差異に対する旧来の考え方を当たり前のように受け入れることを拒む厳格な理論に基づいている。

人間と魚の違いと、荘子と恵子の違いを一緒にしてはならない、前者は後者よりも程度が大きく明白な違いだという異論が出てくるであろう。しかしそのような見解は、恵子の見解と同様に、旧来の差異の概念に基づいている。すなわち知ることの可能性が疑われているのではなく、多種多様な性質や程度の差異が、すでに与えられた事実として直感的に知られているということが暗に言われているのである。しかし荘子は理性的すぎるため、差異に対する旧来の考え方を擁護できない。もしあらゆるものが「これ（是）」か「あれ（彼）」であるなら、ある特定の観点から見る場合を別として、それら二つの範疇の間に真の区別などあるのだろうか、と荘子は自問する。あらゆる言葉や範疇の直示的機能は、ある特定の視点、特定の意識の中心にその根拠を置いている。そこから眺められる世界は、区別されたもの、分化されたもの、知識として知りうるものとしての世界である。だが荘子は言う――「これは皆、あれであり、あれは皆、これである。あれには是と非があり、これにもまた是と非がある。これとあれの区別は実際に存在するのか、あるいはこれとかあれとかいったようなものは存在しないのではないか」[7]。この実に懐疑的で相対主義的な論法はいかにも荘子らしいが、しかしそれは、ある種の絶対的な知識を得るためには差異を前提としないわけにはいかないという信念を揺さぶるのに十分である。

世界に対する「統合的洞察」でもって、荘子はあらゆる事物が、原初の、ありのままの、分化されていない状態において互いに同じものであり、そしてあらゆる差異化は、人間が諸物を認識しやすいように恣意的に行なわれたものであると考える。[8]この諸物の等性すなわち非‐分化は、『荘子』「斉物論」の中心的主題である。この章の終わりの部分で、自身が見たとても楽しい夢について語る荘子は、私は夢を見ているのかそれとも目覚めているのか、胡蝶になる夢を見ている人間なのかそれとも思想家荘子になる夢を見ている胡蝶なのか、どちらが本当かわからないと言う。[9]このとき荘子は、すべての差異やその有効性を断固否定しているのではなく、差異もしくはそれに基づく否定的知識に特別な価値を与えまいとしているのである。恵子が言明することのなかった前提を明らかにすることによって、荘子は次の考えを示している。すなわち、肯定的知識だけでなく否定的知識も含めて、あらゆる知識は相対的に確かなものであるとしか言いようがなく、さらに知識を否定的に捉える瞬間《モーメント》＝契機（反定立）は、差異化＝区別に対する肯定的知識の瞬間《モーメント》＝契機（定立）をすでに含んでおりかつそれに依拠している。このように考えていくと、結局最後には、荘子と恵子の論争全体が知識の相対性に関する議論であるというグレアムの見解に間違いはなく、彼の観点に立てば、知識が絶対的に確かなものであるという考えも、確かな知識などありえないという考えも、どちらも支持できないことになる。そうなれば、否定的知識に基づく真理要求[九]は、もはや独断的に真理を口にするのと同じく自惚れた行為でしかないであろう。

相対主義、普遍主義、典礼論争

デイヴィッド・D・バック（David D. Buck）の言うように、知識の妥当性の問題、いかにして「言語、地理、文化、時間の境界を越えた理解を確立しそれを伝える」ことができるのかという問題は、「アジア研究の中心に据えられている」。[10]すなわちこの問題は、異文化研究全般の中核をなしているとも言える。バックは、アジア研究において用いられる二大方法論《パラダイム》として文化相対主義と評価的普遍主義を挙げ、その上で、相対主義的思考の中心にあるのは、「概念的道具はいずれも、人間の行動や存在意義を、主体間相互に、すなわち自己（主体）だけでなく他者（主体）との間で妥当と認められるやり方で理解し解釈するために存在するのかどうかという問題を掲げること」に対する懐疑の念であると言明する。(11) もっとも人間の行動について考えている時点で、主体間の理解の可能性がすでに認められていることになる。そうでなければ人間は、個や主体という厳密に定められた領域を越えていくことも、人間という間主体的存在について知るために他者という個や主体へ関係させることもなく、自らの経験において自らの行動を語ることしかできない。しかしバックが自身の研究を通じて追求するのは、諸言語間および諸文化間の隔たりを越えた理解である。この隔たりに比べればおそらく、主体間の差異などは微々たるものであり、またこの隔たりがもとで生じる文化の差異は、同一の文化の内部における差異に比べてはるかに大きい。概念的道具が根本的な差異を越えて利用できるものなのかという先述の問題をバックが提起する目的は、まさしく異文化研究のためなのである。

　言語、国家、民族などの差異の重要性を認め、主体間ですなわち個の差異を越えてその確かさが認められる概念的道具を用いることができるという考えに疑義を呈するバックの相対主義的な立場は、根本的な差異を認めるべきだという考えに基づいて荘子に反駁する恵子のそれに近い。これに対して荘子は、差異や分化を越えた共通の感性や知識があると確信する普遍主義者に近い。しかしバックが言うように、普遍主義者はすべてにおいて普遍的な見解を持っているわけではなく、その立場は文化的な面に限られる。なぜならその立場は、西洋の植民地主義、帝国主義に関係する立場、「己の文明が他よりも優れているという排他的な考えを持っていた」ヨーロッパ人や北米人がとった自民族中心的な立場だからである。(12) このバックの考えの中に、欧米以外の文化や社会の研究における一つの有力な相対主義的方法論――西洋の哲学者や文化人類学者が、文化的な価値や信念の内的一貫性、すなわち偏狭で自民族中心的な西洋人の見方を捨て、その見方を西洋以外の文化に押しつけてはならないと考え始めた一九六〇年代以降徐々に注目を集めてきた方法論——の影響が見てとれる。この方法論は、道徳的な面で推奨しうる文化批評の一手段であろう。これによって西洋の研究者は、歪曲と誤謬に満ちたかつての植民地主義による民族主義や文化的覇権《ヘゲモニー》から、自身を完全に切り離そうとする。

しかし、文化研究における方法論の変化によって、それが単なる植民地主義批判よりもずっと複雑なものであるということが明らかになる。リチャード・バーンスタイン（Richard Bernstein）が言うように、近年、人文科学、社会科学のあらゆる領域において、「評価の根拠、方法や合理的基準に対する信頼から懐疑への動き」が起こっているために、相対主義的な方法論がそれら研究分野の至るところでその影響力を及ぼしている。「あらゆる相対主義の形式を次々と呑み込んでいくような激しい流れがあるように思われる。科学の本質、異社会、様々な歴史上の時代、聖典や文学作品に書かれた言葉《テクスト》、これらのいずれについて深く考えてみても、確固たる『真実』などなく、『どのような解釈でもまかり通るのだ』という声を我々は耳にする[13]」。ひとたび実在、客観性、合理性に関する旧来の実証主義的定説《ドグマ》が、偏見だ、幻想だなどと批判され、堅固な客観主義や形而上学的実在論が破綻してしまうと、その結果、客観主義から相対主義への思考の枠組みの移行という事態が否応なしにおとずれることになる。

この問題について我々は、ピーター・ウィンチ（Peter Winch）の評論をめぐる批評家たちの議論を参照しながら考えてみることにする。ルードヴィヒ・ウィトゲンシュタイン（Ludwig Wittgenstein）の言語ゲームの概念を援用し、客観的真理に対する実証主義的な考えに反論するウィンチは、次のように主張する——知識や真理は、言語によって表象されるがゆえに言語の外側にあるどの実在とも一致しない。その実在は文化の違いによって様々に認識され、各々の文化においては、そこで行われる言語ゲームの規則《ルール》が別個に設けられる。「実在が言語に意味を与えるのではない」とウィンチは挑発的な口調で述べる、「実在するものもしないものも、言語が持つ意味の内部で、それ自体を開示するのである[14]」。諸々の文化の中で、それぞれまったく異なる生活様式が形成され、その中でそれぞれに別個の言語ゲームが行われているとすれば、そして表現や価値判断のための独自の基盤を設ける種々雑多な言語の外には何もないとすれば、この種の思考は必然的に、徹底した文化相対主義――諸々の文化は同一の尺度で比較できるものではなく、ある特定の文化体系の圏内で生活する人間同士でしか理解できないという思考形態――に至るであろう。ウィンチの議論は、たとえ彼自身が「人間の思想（観念）や信念は、それ自体として存立するもの、いわゆる（実存的）現実性に言及することによって確かなものとなるに違いない」と述べ、「極端なプロタゴラス的相対主義」〔一〇〕をきっぱりと拒絶したとしても[15]、やはり前述のような相対主義的思考に傾いている。バーンスタインは、まさにウィンチが否定しているこの相対主義から、彼の考えを解放しようとする。しかしバーンスタインはまた自身の評論において、「新たな、そして精巧な相対主義の形式を含んでいる」[16]とされるウィンチの研究の中には、検証が必要な部分があると指摘している。ウィンチによれば、社会科学者は異文化と関わる際に、自文化とは異なる言語ゲームの当事者の一人とならなければいけない。そして彼の「思慮に富む理解は、仮にそれが真の理解であるとされるものであっても、（もともとの）当事者たちの思慮のない理解に基づくものでなければならない」[17]。要するに、社会学者または文化人類学者は、異社会を、その中で生活する現地人の視点から「深く考えることなく」理解するために、自身の考え方を一旦放棄して、現地人と同じように考え、感じ、行動しなければならない。

しかし異文化について考える際に、「思慮のない理解」をどうしたら獲得できるのか、その方法はまったくもって明確なものではない。「思慮のない」という語の意味が、言語ゲームの規則そのものを知らないということとまったく同じであるならば、自文化とは異なる言語ゲームにそもそもどうやって参加すればよいのであろうか。これは、魚が己の楽しみを知っているのと同程度に人間が魚の楽しみを知るということと同じく、不可能に近いことであろう。バーンスタインの言うように、自己の偏見から逃れようとする欲望、自身のものとは異なる視点を得ようとする欲望は、「一九世紀の解釈学や歴史学――それらの領域では、人間は何らかの方法で自己の限界、概念、先行判断を飛び出して、現象そのものを認識することができると考えられていた——に起こった動き」[18]の単なる反復にすぎない。ジョージア・ウォーンキー（Georgia Warnke）もまた、ウィンチと非現実的な解釈学との関係に注目する。ウォーンキーは次のように問う。「ディルタイ（Dilthey）と同じくウィンチは、社会学者が新しい言語を学ぶために母国語をいとも簡単に置き去りにできると考えているのだろうか。あるいはガダマーの解釈学にあるように、二つの言語すなわち対立し合う先入観は、互いに関係し合うようになるのだろうか。もしそうなら、どのようにしてか」[19]。これらはもちろん、ウィンチの議論を契機として考えられるようになった極めて重要な解釈学的問い、すなわち異文化間理解という考えにとりわけ関係の深い問いである。ジェラルド・ブルーンス（Gerald Bruns）がウィンチの研究を「解釈学の主題、すなわちその学の対象（Sache）——解釈学とは何に関する学なのかということ——に深く関わる」[20]研究であると述べたとき、彼は先述の関係を示唆していたのではないか。ウィンチは常に我々の注意を、文化と言語の差異へ向ける。しかし重要なのは、それらの差異にとらわれることのない理解をいかにして獲得するのかという解釈学的問いである。とはいえ、先述の「思慮のない理解」を得るべきというウィンチの提言を受け入れたところで、別段有益な解答が得られるわけでもない。

異社会の理解について論じるウィンチの関心は、「主として——と言ってもそれだけではないが——人間が道徳的に他者の生活や行動を理解するとはどういうことか、その理解のあり方に向けられている」[21]。「原始社会の理解」（"Understanding a Primitive Society"）という刺激的な評論の中でウィンチは、「鑑みること（手本にすること）という他文化の研究に必要な概念が、知の概念と密接に関わることを示す」[22]という試みを自身が実践しているのだと述べている。この点で、解釈学の問いは道徳的な問いにもなる。なぜなら異社会を理解するという試みは、そこから何かを学び知り、自己の洞察力を深め、自民族中心的な先入観を取り除き、自己と他者の双方に関する道徳的知識を獲得するためのものだからである。ただし、我々人類が共有する人間性なるものが多少なりとも考えられなければ——ただ差異を強調するだけでは——、異社会に対する理解は得られない。したがって、己の思考を完全に「思慮のない」状態にするために自文化の価値を放棄したところで、正しい理解は得られない。理解とは、教育《ビルドゥング》すなわち自己修練を行う上で不可欠なのである。しかしそのような学習や自己修練は、〈他なるもの〉[二一]に向かって自己を投射することでもなければ、〈他なるもの〉になるための完全な自己消去でもない。すなわちそれは、ガダマーの言う地平の融合[二二]なるものにおいて、自他相互の理解が得られ、自他の関係がより豊かになる瞬間にほかならない。そしてそれは、著者が本書とは別のところで述べているように、諸々の異なる文化や社会から学び知るための唯一の方法なのである。[23]

他者の挑戦を受け入れることと地平の融合とによって、たとえ絶対的真理を求めずとも、懐疑論や相対主義を越えた理解や道徳的知識は確立されるであろう。実のところ、「形而上学的実在論そのものに執着」しているのは、多くの場合、文化相対主義者である。なぜなら相対主義者によって展開される議論はたいてい、極端な二者択一的思考（全面的か皆無か）に基づくものだからである。これに関するマーサ・ナスバウム（Martha Nussbaum）の次の解説は非常に明快である。「たとえばまず、我々に現前する実在そのものを、言語など別のものを媒介することなく直接的に捉えること（無媒介的な現前性）、すなわち価値をめぐる諸問題を扱うための全世界共通の判断基準が必要だという無理な要求が提出されるとする。すると次に、そのような要求に応じることは不可能だという声が上がる。そこですかさず」、相対主義者は「我々人間に理解できないものなどなく、評価判断にまつわる諸問題を考えるうえでの指標となるような規範など存在しないのだと断じて終りにしてしまうのである」[24]。このような相対主義的な議論に取って代わるものとしてナスバウムが提案するのは、彼女がアリストテレス的本質主義と呼ぶものであるが、これは絶対性や徹底した普遍性を装うものではなく、人間の生活における善の概念の基盤をなす機能的能力の一覧表である。それはまた、これか／あれかの二項対立に基づく思考から脱却し、客観主義と相対主義を越えていく必要性を説くバーンスタインの論点そのものである。

道徳倫理に関する限り、文化の差異を受け入れることによって生じる必然的帰結としての相対主義は、自己よりも他者に共感し、自文化よりも文化の多様性を尊重する人間の立場、すなわち道徳的により高い地位と密接な関係にあると必ずしも言えないのではないか。反対に、普遍的な権利や価値がいかようにも存在するという考えが、自民族中心主義や文化的帝国主義に結びつくと必ずしも言えないのではないか。ここで本章の始めに提出された見解、すなわち根本的な差異を越えた普遍的知識を獲得することの可能性を考える荘子は普遍主義者に近いという見解に立ち返ってみると、荘子の普遍主義は、西洋の植民地主義と帝国主義に染められた普遍主義とはまったく関係がないということがわかる。なぜなら荘子が求める知識の普遍性は、自民族至上主義的ではなく、平等主義的な見地に基づいているからである。荘子の洞察によって得られる観点から、次のことが言えるであろう。すなわち普遍的な知識や文化の差異を越えた理解の獲得は可能であるという確信、そして言語や地理、文化、時間の境界を越えて人間の行動を解釈するための概念的道具を手にすることができるという確信は、様々な個、民族、国家の持つ平等な能力の真価を認めることによってもたらされる。要するに、荘子のように諸物の根本的な等性を確信する普遍主義者の立場は、植民地主義や自民族中心主義とは関係がない。これに対して、文化至上主義者が、文化の差異ならびに他文化に対する自文化の優位性や正当性を主張するためだけに相対主義者の立場をとるという事態は十分に起こりうる。

中国のいわゆる典礼論争の中に、このことをわかりやすく説明するような一つの事例が見られる。典礼論争とは一七世紀から一八世紀半ばにかけて起こった論争で、東西洋間の文化闘争として歴史に刻まれた。この論争には、カトリック教会、教会の司教や宣教師、ヨーロッパ諸国の皇帝、中国の皇帝、そして当時を代表する哲学者——ヴォルテール（Voltaire）やライプニッツ（Leibniz）など——が関わっていた。ジョージ・ミナミキ（George Minamiki）の言うように、この典礼論争には互いに関係し合う二つの局面がある。一つは、「いかにして西洋人が神性やその他の霊的実体を中国語に翻訳するのかという問題」（いわゆる用語の問題）に関する局面、もう一つは、「中国人が孔子を始めとする古代の偉人たちに敬意を表して行っている宗教的儀礼を、西洋人は道徳的な観点からどのように評価すべきなのか」という問題（いわゆる典礼そのものにおける問題）に関する局面である。この論争によって、「異文化間理解および適応政策の全領域にまたがる問題[25]」があらわとなる。

用語の問題に関して言えば、中国語や中国の思想のあり方をめぐる意見の根本的な違いから、宣教師の間で論争が起こった。イエズス会の高名な宣教師で当時の明朝の布教長であったマテオ・リッチ（Matteo Ricci, 一五五二―一六一〇）は、中国の文化や風習には「キリスト教の痕跡」がある――彼がその地で学んだ「中国語（漢字）の中に数々の十字の印」が見られることなどを根拠に――という考えを広めた[26]。リッチは古代中国の書物の中に「天」（天国の意）、「主」（神の意）、「上帝」（天におわす神の意）といった発想があると知り、これらの言葉をキリスト教の神を説明するために利用した。「天主」という語に関してリッチは、宣教師が神のことを説明するために「（その語より）ふさわしい表現を見つけることなどできなかった[27]」と述べている。リッチがキリスト教の概念や用語を中国語に翻訳できると確信していたことは明白である。優雅な中国服に身を包んだリッチは、『天主実義』――中国語で書かれたキリスト教の教義に関するリッチの書、一六〇四年出版――の中で、西洋の宗教概念について記している。この書は「聖書の権威に依拠するものではなく、理性という自然の光より導き出された言葉からなって」いる。さらにこの書には、「その目的のために、数々の古代中国人の言葉が引用されている。これによって単に本書の内容が引き立つだけでなく、熱心な中国書の読者にも高く評価されることになったのである[28]」。まさしくリッチは、言語ゲームをその規則に則って実践している。しかしこの時のリッチは、自らの目的を遂行するために母国語以外の言語を用いているものの、決して思慮のない状態にはない。なぜなら彼の目的は、中国宮廷内の高官たちを説得し、最終的に中国の国民をキリスト教に改宗させることだからである。

ホーン・ソーシー（Haun Saussy）によれば、「中国人をキリスト教に改宗させるというリッチの計画を遂行するには、正典や儒教で用いられている用語を利用して、カトリックの教義にはない語彙体系――加えて威厳も――をその教義に付与する必要があった。中国人を改宗させるための第一段階は儒家経典（経書）を作り変えることであった」[29]。この改宗計画において、言語および文化の差異は、それらが克服されるべき障害であることを除いては、大した問題ではなかった。というのも、リッチはそのような問題には目もくれずに、中国人を未来のキリスト教徒すなわち同士とみなし、中国語と中国文化を、何かしらキリスト教の教義と相互に関係し合うものと考えていたからである。改宗のために経書を用いるリッチのねらいは、その中には自然宗教における神の啓示が記されており、これによって中国人は啓示宗教の光を受け入れる用意がすでにできていたと説くことにある[30]。経書をキリスト教と密接に関係するものとして読むことで、イエズス会の神父たちはこの正典（経書）に対して予型論的解釈を行う。この解釈によって経書の本文《テクスト》は、その本来の文脈《コンテクスト》から切り離され、キリストという霊的実体、そしてキリストの教えの予兆あるいは余示として提示される。ライオネル・イエンセン（Lionel Jensen）の言うように、"Confucian"という語は、孔子という中国の偉大なる思想家の名を単に翻訳したものではなく、イエズス会によって生み出された語――「中国人の中でただ一人、いまでは忘れ去られてしまった一神教という古の福音を伝えた魂の友」――なのである。儒教とその経典を利用することによって宣教師たちは、明代後期の文化に対して抱いていた違和感を払拭し、さらには「我々が中国の伝統である『儒』の正当な担い手だと中国人に認識させる」ことができたのである[31]。

　イエズス会士の解釈を通じて、儒教の道徳学や政治哲学はヨーロッパ人の想像力に多大なる影響を与えた。そして、中国人が自然宗教を完成させていたという考えに多くの哲学者が感銘を受けた。アーサー・ラヴジョイ（Arthur Lovejoy）によれば、一七世紀末までには、「中国人が――ただ自然の光によってのみ――政治術と道徳の両方の面においてヨーロッパのキリスト教世界を凌駕してしまったという考えが、広く受け入れられていた[32]」。ヨーロッパと中国が互いに学び合うことを強く望んでいたライプニッツは、「（ヨーロッパの）宣教師が中国に派遣され、中国人に啓示宗教を伝えたように、中国の伝道師も我々に自然宗教を伝えるためヨーロッパに派遣されるべきだ[33]」と考えていた。ヴォルテールが賞賛してやまなかった哲学者である孔子は、アドルフ・ライヒヴァイン（Adolf Reichwein）の言葉を借りれば、「一八世紀の啓蒙思想の守護聖人となった」[34]。しかしヨーロッパに広まった異教文化に対する強い関心は、カトリック教会における教義上の純粋主義者たちを不安に陥れることとなった。中国人と西洋人は、神性すなわち唯一の真の神の観念について同じ理解を有しているはずだというリッチの考えは、彼の死後たちまち厳しい批判に晒された。敵対者たちから典礼論争の原因であると非難されたリッチの思想は、遂に一七〇四年のクレメンス一一世[一三]（Clement XI）から一七四二年のベネディクト一四世[一四]（Benedict XIV）に至る数名の教皇たちによって発布された勅令において弾劾されることになったのである。

東西洋間に起こった文化闘争は、典礼論争によってその頂点に達した。この論争の中でカトリック教会は、キリスト教信仰がその霊性において他の宗教とは相容れないものであるがゆえに、キリスト教文化と中国の異教文化が根本的に異なるものであると改めて断言した。中国人とヨーロッパ人が言語的および文化的差異を越えて神のような霊的実在の観念を共有できるのかという議論は、語概念の翻訳の可能性という基本問題に及びかねない。事実、中国語は単なる物質やありふれた事柄に関わる言語であるからそのような言葉でキリスト教の霊的な概念や価値を表現することはできないというのが、キリスト教内で純粋主義者が示した態度であった。一七〇四年、クレメンス一一世によって、キリスト教の神や天国を表現するために、上帝や天といった中国語を用いることが禁じられた。この禁止令は一七一五年にも再度発布された。もちろんこのような用語の問題は、中国にキリスト教思想を伝えようと専心するカトリックの宣教師だけを悩ませる問題ではない。典礼論争以前の歴史においては、仏教徒が経典《スートラ》を梵《サンスクリット》語から中国語へ翻訳する際にも同じような問題に行き当たり、プロテスタントの宣教師が中国語訳聖書を発行しようとする際にもまた同様の問題に直面することになった。アーサー・F・ライト（Arthur F. Wright）が次の引用の中で指摘しているように、翻訳の際に陥る難事《ジレンマ》とは、どちらとも決めがたい、非常に厄介な二者択一を迫られることである。

鍵となる重要語に相当する翻訳語として、すでに絶大な信用と共に広く受け入れられている原語を選択すれば、その語が持つ本来の意味内容を曖昧なものにしてしまうという危険を冒すことになる。一方、専門的な意味を十分理解できるように説明して用いられているということから、原語よりも適切にその本来の意味を表している語を翻訳語として選択すれば、(原語に対する)親近感や信用は失われ、代わりにぎこちない表現が残されることになる。(35)

翻訳とは常に、このような厄介な選択を前に行われる協議のようなものである。その中で訳者は、原語に相当する概念や語を見出そうとするが、生憎両者はまったく同一のものではありえない。その協議の果てにあるのは一つの妥協であり、結局翻訳とはこの妥協にすぎない。したがって余計な解釈が混ざっていない、まさに原語そのものの本質をひたすら求める純粋主義者にとって、翻訳は間に合わせの、およそ容認しがたいものなのである。彼らは、あまりに具体的で世俗的すぎるとされる中国語ではキリスト教という宗教的概念の霊的な意味合いを表すことができないという不満を度々口にする。「野蛮この上ない物質主義とは無縁の三位一体の教義を言葉で明確に表現する便利な方法などあるのか」と、あるプロテスタントの聖職者は絶望のあまり問う――「俗世での犯罪という名の岩礁=スキュラと、前世の悪行の報いという名の渦巻き=カリュブディス(一五)に挟まれ、どちらの罪も免れるという幸運に与った者など、これまで一人もいなかったのだ(36)」。

純粋主義者の見解によれば、言語や文化の差異は埋めることのできない溝であり、外国の思想、とくに古代ユダヤ、ギリシアから現代ヨーロッパに及ぶ長い歴史の中で形成されてきた西洋の宗教思想は、何一つ中国語に翻訳できない。それだけでなく、西洋の宗教思想は中国人には想像すらし難いものであり、中国語では表現できない。これが、中国人独自の思想や言語表現を取り入れながらキリスト教を普及させたリッチの文化適応政策に対する反論の概要である。リッチの政策によってキリスト教に改宗させたところで、中国の学者や文人は儒者であることに変わりはなく、キリスト教を真に理解していないという非難もあった。フランシスコ修道会の神父アントニオ・デ・カバレロ（Antonio de Caballero）は、あからさまな苛立ちと軽蔑の意を込めて次のように言い放つ――「あの者たち（中国人）は見たところ、我らがキリスト教の神と天使について語っているようであっても、あれは単なる真理の猿真似にすぎないのだ[37]」。カバレロは西洋と東洋の文化の差異を正／邪、真／偽の差異の問題であると捉え、猿の喩えを用いて、中国人の改宗者が似非キリスト教徒すなわち不完全な模倣者だと公言する[38]。このようなカバレロの態度は相対主義者のそれに不気味なほど似ており、彼の言動は文化至上主義者たち――非西洋なる他者との根本的差異をことさら強調し、自分たちの方が善良で優れているだけでなく、非西洋人の不完全な模倣によって歪曲された原型《モデル》であると主張する――を先取りするものではないかと思われる。

　帝政末期の中国に儒教思想が深く根づいていたため、その時期に宣教師が改宗させることのできた中国人の数はわずかであったことを考えれば、中国文化と西洋文化双方の伝統の間にとてつもなく大きな溝があることは、誰の目にも明らかである。事実、文化適応政策を行ったイエズス会の宣教師たちは皆、両文化の差異をはっきりと認識していた。彼らは、中国がヨーロッパから遠く離れた異質な国で、その文明の歴史は非常に長いため、夥しい数の中国人をポルトガル人やイタリア人に変えてしまうことは不可能だとわかっていた。ボニー・オウ（Bonnie Oh）によれば、リッチが中国で行った適応政策は、「アジア諸国の文明の水準の高さを考慮し、アジア人を西洋人にしようとする試みは無意味であると認め、アジア特有の文化に自ら進んで適応する態度を示すというものであった[39]」。この政策には、イエズス会の宣教師が他国で布教を行う際に「その国の言葉を話し、読み、書くこと、そしてその国の文明社会の完全な一部となり、その国の民と同じように振舞うこと」とある。要するに宣教師は、ヨゼフ・シェベシュ（Joseph Sebes）の鋭い指摘に見られるように、「中国人になって中国を我がものとし、中国をキリスト教に捧げよ[40]」ということである。政策内容として書かれている最後の条項には、次のことが明記されている。それは、イエズス会には中国人のキリスト教への改宗に関する宗教上の指針があり、会士による適応政策は最終的にその指針によって決定される。とはいえ、政策が西洋文化と中国文化の差異をはっきりと認識した上で行われているという事実に変わりはなく、イエズス会の文化的な適応が当初の指針や動機の弊害となるような結果をもたらすかもしれないという可能性が否定されることもない、というものである。バチカンもこの意向に異論はなかったようである。

中国の文化や習慣に対するイエズス会の適応が、文化の差異を明らかに意識した結果であるならば、リッチと彼の支持者はおそらく、バックの説明にあるように、普遍主義者ではなく相対主義者とみなされることになる。しかしそのような見方は、西洋人の発想や思想が中国語に翻訳できる、すなわち言語、地理、文化、時間の境界を越えて神などの霊的実在に関する普遍的理解を得られるというリッチの考えと矛盾する。この矛盾によって明らかとなるのは、イエズス会の適応政策における問題というよりは、異文化研究において用いられる相対主義や普遍主義といった用語——とくにそれらの用語に特定の価値が付与される場合——には限界があり、それらを用いるだけでは不十分だということである。たしかに、相対主義において西洋文化と非西洋文化の差異が重要視されると言われれば、異文化の価値に対して寛容な立場、自文化の伝統との差異を肯定的に捉える立場を思い起こす人もいるであろう。しかし、相対主義において好意的なものの考え方など何一つない。さらに言えば、純粋主義者が典礼論争において中国に対する西洋文化の優位を明示したのと同じく、相対主義者が文化の差異を強調して自文化の優位を正当化することは十分ありうる。

カバレロのような教条主義者が見て取る文化の差異、すなわち本物の信仰と下手な真似ごととの違いは、人間と類人猿との違いほどに明らかであり、中国人の改宗者を猿に喩える彼は、人間と魚はまったく異なる存在だという考えに何ら疑いを抱かない恵子を思わせる。これに関連して、荘子が提示したのと同じ問い——「私には魚の楽しみがわからないということが、どうしてわかるのか」——を、我々は相対主義者に投げかけることになる。この問いを、いま我々が取り組んでいる主題により即した表現として言い換えると、次のようになる——私には他文化やその文化特有の考え方がわからないということがどうしてわかるのか、何を根拠に君は私を知っていると言うのか、同時に、何を根拠に君は私が何も知りえないと言えるのか。このように言い換えることで、異質性や文化的差異を大いに尊重する謙虚で慎ましやかな相対主義者とは似ても似つかぬ純粋主義者すなわち懐疑論者は、相対主義者が他者の認識は不可能だと言っているにもかかわらず、人間が自己だけでなく他者をも十分に認識できると考えていることがわかる。ソーシーが言うように、「懐疑論では、純粋な思考において求められるよりもはるかに強固な認識が必要とされる。先入的知識のない考えは検証可能なものであり、その検証を遂行できるのは懐疑論をおいて他にない[41]」。このような見解の裏にあるのは、高慢とも言うべきあからさまな優越感、すなわち東洋についても西洋についても深く知ることができ、両者が根本的に異なる、同じ尺度では比較できないものだと理解できるのは懐疑論だけだという自負である。

　翻訳可能性という点から改めて問い直せば、問題は、あれこれの翻訳が適切なものかということではなく、そもそも翻訳自体が遂行可能なのかということである。仮にキリスト教の神に相当する中国語として、天主や上帝という語を用いたリッチの翻訳が拙かったとしても、それによってキリスト教における神（性）の観念が中国人には想像しがたいものだから中国語では表現できないということになるのだろうか。とはいえここで考えるべきは、リッチの翻訳の妥当性を立証できるかということではなく、翻訳可能性という問題がどのような影響をもたらすのかということである。文章（漢文）の中で他の言語との結びつき《ネクサス》によって様々な言外の意味《コノテーション》が伴うということもあり、天主、上帝、神（聖霊、神格、神性の意）という語はいずれも、キリスト教の神という語（God）とまったく同一のものとはなりえない。だがそもそも異文化間の相互理解ということを考えるなら、求められるのは相当性であり同一性ではない。それはそうと、同一性とは何か。古代ギリシア人のように、たとえ同じ川には二度と入れなくとも[二六]、すなわちあらゆる実在は空間的、時間的諸条件のもとで常に変化し続けているとわかっていても、依然として川は同じ川であると——川そのものは同じであると——言えるのだろうか。答えはもちろん「言えない」である。それでもなお我々は、同等に近いという意味、ソシュールの言う「共時的同一性[42]」――真の同一性の対概念として――という意味において、「同じ川」について語るのである。中国－西洋間における言語および文化の差異は明白なもの（obvious）、すなわちその語源の意味が示すように、障害物のごとく「行く手を阻む」（ob viam）ものである。そして常に変化し続ける表層の差異に隠された等価式を見出すことによって、理解と伝達の方法を明確に示すことが、翻訳者に課せられた責務である。完全なる絶対的な同一性を求めれば、何も翻訳できなくなる。純粋で本質的なものを求めれば、翻訳は不可能となるのである。純粋主義者、教条主義者の見解によれば、キリスト教の観念を表す――ここで言われているのは、霊的意味を表すということであるが――ことのできる唯一の言語は西洋の言語である。

では西洋の諸言語間の差異についてはどうなのか。英語で表記される神（God）とラテン語の神（Deus）はまったく同一のものなのか。これら二語はどのような場合においても、ヘブライ語の神（elohim）をそのまま翻訳したものであると言えるのか。このように問い続ければ、翻訳可能性の問題はますます複雑になり、その答えはさらに不確かなものとなっていく。聖書をどの現代語に翻訳しようとしても、様々な理由からこれまで常に問題が生じてきた。一六世紀の始めには、ウィリアム・ティンダル[一七]（William Tyndale）が、自身の行った聖書の英訳についての弁明を余儀なくされた。またカトリックの論客たちは、一六世紀の後半全般に渡って、プロテスタントの聖書翻訳者が「翻訳の中にカトリックの正統なる信条に反した誤訳を故意に取り入れた[43]」と度々批判した。極論を言えば、純粋主義者にとって、神は純粋な聖霊であるという考えを保存するために言語はまったく必要ない。唯心論を唱える神学者にとっては、聖書に書かれたヘブライ語でさえあまりにも具体的で、物質界の字義的意味との関わりが深すぎる、また擬人観が強く現れすぎているために、抽象的な神の純粋な観念を表現することができない[44]。

アントワーヌ・ベルマン（Antoine Berman）の言うように、聖書翻訳に対する抵抗は、まず何より「宗教的、文化的な慣例によるもの」であり、それによって「翻訳できないということが一つの価値であるとされた」。ユダヤ教では古来、口伝律法は成文律法[一八]に翻訳されてはならず、同様に「聖書の本文《テクスト》もまた、他言語に翻訳されるべきではない。なぜなら翻訳によってその『神聖なる』品位が失われてしまうからである」と考えられている。この考え方は、世俗的な文学の読みに大きな影響を及ぼす。なぜならベルマンの言うように、先の翻訳に対する拒絶反応は、「翻訳一般に対する例の『偏見に満ちた抵抗』は言うまでもなく、詩の翻訳は不可能であるという独断的な考え――決して表面化することはないが、実際には絶えず反論の的となっている――と共に、西洋の歴史全体に広く行き渡っている」[45]からである。このことは、西洋での翻訳に対する偏見が、抽象概念や超越的価値に対する宗教的および文化的理解、すなわち翻訳不可能な霊的存在に対する純粋主義的理解とこれまで常に密接に関わってきたことを示している。東西両洋間の文化的差異の超越を試みる翻訳に対する抵抗力がどれほど大きいものか、西洋における抽象概念すなわち霊的観念を中国語で表現することができるのかという問いに確信をもって答えることがどれほど難しいことか、容易に想像できるであろう。

　もちろんこの問いに対する回答は、当然のことながら、あらゆる方面から得られることであろう。そしてその中に否定的な回答があったからといって、それが必ずしも文化至上主義的なものであるとは限らない。ライトは中国学の研究者として、翻訳が常にある種の妥協であるということを認め、純粋主義的な見解を現実的でないと考えている。しかし彼は翻訳の難しさについて論じる際、西洋の諸概念を中国語に翻訳するのは不可能だとする純粋主義者たちの訴えに、最終的には同意する。次がその根拠である。「中国語は西洋の言語に比べて、抽象概念や世間一般の物事の類型、性質を表すための語彙の量が乏しい言語であった。真理（Truth）という語は『本当のこと（something that is true）』と翻訳されるきらいがあった。人間（Man）という語は単なる『民衆（the people）』として理解されることが常であった。これは抽象的ではなく一般的な解釈である。希望[一九]（Hope）という語の抽象的な概念を、ある特定の対象に直接向けられる一連の期待（expectations）という一般的な意味から引き離すのは困難なことであった」[46]。この引用の中で、中国人と西洋人の文化的な違いは、両者の思考や発話の様式はまったく異なる、すなわち中国人には抽象的観念を表現する能力が欠けているという考えによって明らかにされている。

ジャック・ジェルネ（Jacques Gernet）はさらに徹底して、純粋主義者、とくにニコロ・ロンゴバルディ（Niccolò Longobardi）の考えを支持した。ジェルネはロンゴバルディの著作を、「キリスト教の定理《テーゼ》に対する中国人の反応すなわち受容の歴史を綴ったものとして非常に興味深い」と評している。キリスト教と中国文化の対立について論じるジェルネは、宣教師が中国で直面したあらゆる問題を調査するために、根本的差異――「知的伝統はもとより、心的範疇や思考様式における差異」――にまでたどっていく。ジェルネは次のように断言する。中国語では「抽象的、普遍的なものが、具体的な特定のものとはいかなる場合においても根本的に異なるということを表現するのが非常に難しい。これはかつて、ギリシア語、ラテン語、梵語のような語尾変化を伴う言語において形成された諸概念を中国語に翻訳しようと試みた誰もが直面してきた問題である。すなわち、様々な言語構造が存在する限り、思考様式の差異をめぐる問題は避けて通れないということである」。この一節は、仏教経典や西洋書の中国語訳をめぐる問題に言及するものでもある。しかしおそらくジェルネにとって、あらゆる中国語への翻訳は、インド＝ヨーロッパ圏の思想を台無しにする厄介なものでしかない。ジェルネは東洋学者としての見地から、次のように主張する。中国語には「形態論によって体系的に分化される文法範疇を何一つ持たないという、西洋言語とは明らかに異なる特徴がある。〔……〕さらに中国語には、実存（existence）を意味する語が一つもない。存在（being）または本質（essence）という概念――ギリシア語でならウーシア（ousia）という名詞、ト・オン（to on）という中性形を用いて簡便に表現される――を伝達する語が一つもないのである。したがって、存在そのもの――現象を超越した、不変で恒常的な真実在という意味での――という概念は、中国人にはなおのこと理解しがたいものであったろう」[47]。このようにはっきりと言われてしまうと、中国語は具体的な諸物、特定の対象のみを表す言語、すなわち物体の中に埋もれた言語、物質性や逐語性という根拠から離れて精神的な高みへと昇っていくことができない言語であるかのように思えてくる。これはすなわち、西洋の言語や人々の発想を中国語に翻訳することに関してではなく、中国語全体の性質や能力そのものに対して言われていることである。バックが言うように、相対主義的見解は普遍主義的見解に比べて「アジア主義者の間で取り上げられる機会がはるかに多い」という事実を考えると、中国語は具体的で物質的なものに関する言語であるという考えが社会学研究の分野で広がっていったのは、何も驚くべきことではない[48]。中国文化と西洋文化の差異は、これまでずっと重視され続けてきた。そしてこの差異が具体的なもの／抽象的なものという対比において捉えられるものだと明示されることによって、これと同様の考えが中国文学の研究にも適用されることになる。

自然、文、漢詩

言語記号や言葉によって生じる心象《イメージ》を介して抽象観念を表すことが中国語では不可能である、あるいは不可能とまではいかずとも、そのような表現には比較的不向きであるならば、中国語は単に、意味するもの《シニフィアン》が指示するものの意味をそのまま表す言語、すなわち字義の奥にある意味――抽象的あるいは霊的で超越的な意味――を表すのではなく、言葉の字義通りの意味を表す言語であると考えるよりほかなくなってしまう。このような考えから生じた数々の重要な出来事が、西洋における中国文学の研究に大きな影響を及ぼし、それによって中国文学は、想像あるいは架空の作品として知られているものとはまったく異質のものであると見なされてきた。隔たりや差異がなければ、超越ということもありえない。中国文学にこの超越性がないと言われる要因は、連続性――自然界におけるあらゆる現象は根源的に繋がっているということ――にある、すなわち中国文学が、この連続性の不可欠な一部分――存在論的、美学的な意味において自然との隔たりを保ち、自然をその外側から再現＝模倣しようと試みる人間の創作物ではなく――と考えられているからである。たとえば、ステファン・オーウェン（Stephen Owen）は、この考えに基づき、中国で古来考えられてきた文学と世界との関係を説明する。彼は漢詩またはその詩作に関する評論の中で、「文学（作品）をこの宇宙の秩序に組み込むために、ある用語が用いられる、それが〝文〟である」と述べている。[49] オーウェンは、中国を代表する文学批評研究書である劉勰《りゅうきょう》（四六五頃—五二二）の『文心雕龍《ぶんしんちょうりゅう》』の冒頭部分に言及し、文という「美学的な文様＝模様」は「完全現実態《エンテレキー》」であり、それによって自然の摂理は顕在化すると説く。

> すべての現象には本来、文の中に現れ出るという性質が備わっている。それらが現れ出るということはすなわち、それらが認識され、感覚されるということである。諸現象を認識し感覚することができるのは、人間の心のみであり、このような現象＝顕在化、認識、感覚を伴う過程を経て、文学という形式は外界へ現れ出るのである。ゆえに文学は、世界の至るところで起こる顕在化の過程における完全現実態《エンテレキー》として現れ出る。〔……〕視覚芸術が自然の文を単に模倣したものであると言ってしまえば、それはプラトンの芸術論によって、二次的な（あるいは三次の）現象として片づけられてしまう。しかし外界へ現れ出るという意味での文学はまったくの模倣ではない。むしろそれは、顕在化の過程の最終段階なのである。作家は事実上、外の世界を「再－現（前）させる」のではなく、世界の顕在化の最終段階のために用意された単なる仲介者にほかならない。[50]

この見解において、文、すなわち文章（文字表現）および文学は、自然を模倣するために人間があみ出したものではなく、自然体系そのものの一部である。模倣《ミメーシス》すなわち表象＝再現前化としての西洋文学とは異なり、中国文学は諸現象の顕在化という自然の過程——言うなれば水が氷へと結晶化していくように自然な仕方で世界の諸要素が集結し、認識可能な目に見えるものになるといったような——を経て生み出される。「世界の顕在化の最終段階のために用意された単なる仲介者」である中国の詩人は、自然すなわち世界が文という「美学的な文様」としてそれ自体を開示する段階に至るための手段あるいは道となる。ならば中国の詩人は、プラトンが書くイオン[二二]（Ion）のように、詩の本源をなすある種の高等な権威を代弁する人間となりえるであろうか。否、なりえないと答えるのは、中国の詩人および漢詩を古代ギリシアの詩人および詩に対置させるオーウェンである。プラトンの対話篇にあるように、詩的霊感が人間や自然よりも高次の存在である神によってもたらされるのだとすれば、漢詩は自然そのものから自然の所産として現れ出てくるものである。詩人の意図とは関係なく作品がひとりでに形成されるに留まらず、詩に書かれる言語すなわち詩を構成する言語学的要素こそがまさしく「自然そのものなのである」[51]とオーウェンは言う。西洋の詩人が神なる創造主に倣って無から虚構の世界を創り出すのに対し、中国の詩人はただ、「あるがままの自然の中へ参入する」だけである。中国の詩人にとっては、美しくはあるが事実とは異なるものをでっち上げることではなく、「内的経験もしくは外的知覚表象としての『現れ出るもの（現前するもの）』をあるがままに表すこと」が重要なのである。かくして漢詩は、「自存的世界」を描き出す。中国の詩人は孔子の例に倣い、「言葉によって伝える（叙述する）だけであって、何かを勝手に創造することはない」[52]。

オーウェンにとってとくに重要なことはおそらく、詩作および詩を読むという経験自体が、中国と西洋では根本的に異なるということであろう。あるいはオーウェンの見解は、非西洋文学作品に西洋の理論概念を押しつけることで普遍的な解釈の適用が可能になると主張する構造主義批評による徹底的な一般化に対する反応であるとも取れる。しかし根本的な文化の差異を重視する意図や動機がどのようなものであろうと、オーウェンは文＝中国文学と西洋文学を、安易な対立関係——自然の顕在化／人間の創造という二極分化——の内に据えたことは明白である。このような概念構造において、漢詩を書くということはまさに自然な、そして実に没個的な過程であり、その中で詩人は創造する人としての役割を担うことはなく、道を開く「媒介者」、まさにいま－ここで起こっていることを記録する筆記者としての役割を遂行する。

これと同じような議論が、漢詩における言語表現《イメジャリ》＝表象の解釈に関する余宝琳《よほうりん》（Pauline Yu）の研究でも行われている。行為《アクション》と模倣としての西洋文学とは異なり、中国における詩作とは「詩人が自らを取り巻く世界、自身もその中の不可欠な一部であるところの世界を字義通りに受容すること」であると考えられている。中国の詩人には、「真の実在と具象（現象）としての実在との間の断絶、具象としての実在と文学作品との間の断絶ということがわからない。この断絶は、一部では受け入れがたいものであったかもしれないが、またそれによって、創作《ポイエーシス》＝詩作や虚構性、『創造主たる神の』天地創造の行為を詩人が再現できる可能性が立証されることにもなる[53]」。この見解によれば、中国の文化には「断絶」や「根本的な存在論的二元論[二二]」などは存在せず、それらに対する認識もない。このような伝統から生み出された漢詩は、現実世界と分かちがたく結ばれている。

漢詩に見られる没個性と字義性に着目することによって、西洋文学とは本質的に異なる漢詩ならではの特徴が明らかとなるが、一方で「根本的な存在論的二元論」という考えは、過去の歴史における中国文化と西洋文化の差異という二元論的関係を否応無しに連想させる。この考えがキリスト教の純粋主義に受け入れられやすいことは、次に取り上げるロンゴバルディとジェルネの言葉によって示されている。ロンゴバルディは、「中国人はこれまで、物質とはまったく異なる霊的実体を何一つ認識したことはなかった[54]」と述べる。このロンゴバルディの見解をジェルネは次のように敷衍する。「中国の思想においては、感覚と理性が区別されたこともなければ、『物質とはまったく異なる霊的実体』やこの世という見せかけの現実とは異なる不変の真理の世界があると想像されたこともなかった[55]」。このような中国－西洋間の差異はまた、真実在／具象としての実在、すなわち超越／内在という単純なプラトン的二元論に基づいている。しかし、現実世界と密接不可分な関係にある漢詩が、真実から数えて三番目に遠いもの[二三]であるとするプラトン哲学の批判をたとえ免れえたとしても、それはまた必然的に、創作＝詩作、虚構性、想像的創造物のいずれの範疇に属することもない。

中国の伝統がまったくもって一元的なものであり、中国語が、それが指し示す対象と不可分であるということになれば、隠喩《メタファー》や虚構性《フィクショナリティ》、とくに寓意《アレゴリー》——いずれも西洋文学には不可欠な要素である——は、中国文学においては到底考えられないものとなる。漢字＝文が自然そのものであるのに、どうして中国の詩人が虚構や寓意的作品《アレゴリー》という、実在することのない、自然とは異なるものを創作できるのか。「一元論的」という点において、漢詩は現実世界の「字義通りの受容」であり、その意味は、超越的《アレゴリカル》な「別の何か」に向けられることによってではなく、いま―ここに見出される。オーウェンは、中国文学に関する数々の「命題」の中で、次のものが最初であると規定する。

> 中国では古来、詩は非虚構《ノンフィクション》であるとされてきた。すなわち詩に述べられていることは事実と正確に一致すると考えられているのである。詩の言葉がそれとは別の何かを暗示するという隠喩的効果は、詩の意味を見出す手段とはならない。それどころか、詩人にとって重要なのは経験的世界であり、詩によってその世界は現れ出るのである。[56]

この命題は、ワーズワス（Wordsworth）の詩を読む西洋人読者と、唐代の詩人杜甫（七一二―七七〇）の詩を読む中国人読者にはそれぞれに特有の異なる期待すなわち判断基準があることを論理的に述べたオーウェンの評論に、ただならぬ影響を及ぼしている。まずはワーズワスの有名な一四行詩《ソネット》「ウェストミンスター橋の上にて」（"Composed upon Westminster Bridge"）の一部を次に引用する。

> これほど美しい眺めがこの地球上にあるだろうか
> 荘厳にして心揺さぶる光景を前にして

それを素通りする者などは鈍感な魂の持ち主なのだ
この街はいま美しい朝の風景を
衣装のようにまとっている〔……〕

オーウェンによれば、一八〇二年九月三日の夜明けにウェストミンスター橋から望むロンドンの景色がどれほど具体的に描き出されようとも、ワーズワスが詩の中に記されている特定の時間、場所で見たものについて本当に書いていたのか、その真偽はまったく重要ではない。オーウェンは続けて言う。「この詩に現れる言葉は、歴史上のロンドン——過去のある瞬間にしか見ることのできない姿で現われている——に向けられているのではない」。そうではなく、その言葉は「何か別のもの、テムズ河に浮かぶ船の数などとは何の関係もない意味へと通じている[57]」。西洋詩人ワーズワスは、歴史的な特殊性よりも、歴史的なものを越えた普遍的な意味に関心がある。そして彼と同じ文化的慣習の中で培われてきた西洋人読者はこの詩を、実在する、歴史的現前であるところのロンドンとはまったく異なるものを語る虚構《フィクション》として読む。

これに対し中国では、杜甫の「旅夜書懐《りょやしょかい》」という詩——川が月の光で満ち溢れている光景を描き、年老いた孤独な自身の姿を、寂れた川の土手に佇む一羽の鳥に喩えている——が西洋とはまったく異なる方法で読まれるとオーウェンは言う。

風に吹かれるままに飄々とさまよう我が身は一体誰に似ているのだろう
それは天地の間の砂浜にさまよう一羽の鴎のようだ

オーウェンによれば、この詩は「虚構《フィクション》ではない。それは歴史的時間の中で得られる経験や、世界を体験し理解し受容する人間の意識を、事実に基づいて綴った記録そのものである」[58]。ここまでの例が示すように、中国と西洋の両伝統に見られる文化的差異は、一連の二項対立――西洋的虚構性／中国的事実性、西洋的創造性／中国的自然性、西洋人の普遍的なものへの関心／中国人の特定のものへの関心、西洋文学に求められる隠喩的、超越的な意味／中国文学に求められる歴史的な意味、等々――において明らかとなる。文化的差異に特別な意義を付与するために用いられる歴史的文脈《コンテクスト》や動機は、マテオ・リッチの時代以降確実に変わってきている。そして今日、中国に独特とされるものなら何であれ――それらがただ西洋のものではないという理由だけで――、他に類を見ない貴重なものと考えられている。しかしそれでもなお――あるいは不意に、と言った方がいいかもしれないが――中国と西洋の文化的価値をめぐる二項対立と聞くと、一七世紀の典礼論争における純粋主義者の提言を連想してしまう。なぜなら、現在もなおその二項対立が、依然として自然／文化、特殊性／普遍性、具象／抽象といった基底的な区別に基づいているからである。ソーシーの言うように、これら二項対立は「ヨーロッパ人宣教師によって中国学が始められて以来続いている東西洋間の文化論争に対する新たな解釈、すなわちその論争を文学批評用語に翻訳すること」の可能性を示唆している。東西洋の文化の差異を強調するためにこれと同じような二項対立を打ち立てるカトリックの純粋主義者は、「我々がいましがた行った文学論で用いていた用語を先取りしていた[59]」のではないかと思われる。

たしかに、文＝漢字が「自然そのもの」であるという考えは、宣教師たちによって中国学が始められて以来、西洋に根づいてしまった誤解の一つである。しかし今日の中国学研究者のほとんどは、その誤解をそれほど深刻に受け止めていない。文＝自然という考え方を説明するものとして最もよく知られているのが、エズラ・パウンド（Ezra Pound）によって『詩の媒体としての漢字』（*The Chinese Written Character as a Medium for Poetry*）という表題で編集、出版された、アーネスト・フェノロサ（Ernest Fenollosa）による素人臭い推測的な評論である。この評論の中でフェノロサは、漢文の有する具体性や自然界を表象する力、絵画のような書体を賞賛している。

フェノロサにとってこの漢文の性質は、詩の媒体としては西洋の抽象的なアルファベット文字よりも優れており、漢字で書かれる詩は、「自然の活動を略記した絵」を表している。このような象形文字としての漢字を読むとき、「我々は思考回路を駆使しているのではなく、諸物が自らの運命を切り開くのを見ているようである」(60)。この印象深い言葉は、西洋の言語表現が抽象的で人間が恣意的に作り出したものであるのに対し、あらゆる漢文は自然なもの、すなわち諸物そのものからできているという考えを明確に表している。

パウンドの詩学《イマジズム》に基づく詩学を通じて、フェノロサの漢字に対する考え方は、現代英米詩に独特の影響を与えた。フェノロサの評論を読み彼が行った漢詩の翻訳に手を加える中でパウンドは、漢文が西洋における新たな詩論の方法を生み出す契機となることに気づいた。ラズロ・ジェファン（Lazlo Géfin）が述べているように、フェノロサの評論は一つの新たな美学、すなわちパウンドが表意文字的手法（ideogrammic method）と呼んだもの――「一見何の結びつきもないように思われる諸事項を並べて、それらに共通する諸々の概念を見出す方法」(61)――に基づいている。次のデイヴィッド・パーキンス（David Perkins）の簡潔な解説文を読めば、フェノロサの評論がパウンドに及ぼした影響がどのようなものであったかがよくわかる。

> 中国の文字言語はひとたび現れ出ると、一貫して具体的である。一つひとつの文字が一つの写像《イメージ》であり、文字が並べられると、それが写像の連なりとなる。この文字に相当する英語表現など存在するはずもない、とパウンドは思ったに違いない。漢詩の詩行が表すのは写像の連なりであり、統語的関係の方向にしたがって読まれるものではない。「漢字論」（"Essay on the Chinese Written Character"）と題されたフェノロサの草稿に、自然それ自体には文法や統語論《シンタックス》＝構文論など存在しないと書かれている。だからこそ漢詩もまた、自然と同じ仕方で人間の心に現れ出ると言われるのであろう。漢詩の方法論をどのように説明しようとも、結局のところ漢詩は写像の連続であると言うほかない。しかもそれら写像の一つひとつを関係づけ、その意味内容を

理解するためには、通常なら詩言語の持つ幾分静的で抽象的な要素が必要とされるのであるが、漢詩に書かれている文字＝写像にはその要素がない。ゆえに漢詩は展開が速く、暗示に満ち、無駄な言葉が省かれている[62]。

ここでもまた、漢文が具体性を有する自然の一部であるということ、完全なる自然の効果をもたらすために、抽象的文法論すなわち統語論とは一線を画するものであること――これこそがまさしく、フェノロサとパウンドの主張する詩の真髄なのであるが――が強調されている。漢字に限って言えば、その実際の機能をフェノロサとパウンドが誤解していたことは確かである。しかしそれは、ジェファンの言うように、「英文学にとってはおそらく最も有益な誤解[63]」である。現代詩においてパウンドが重要人物であることは明白であり、中国学の側から表意文字的手法を批判するというのは的外れな行為であろう。つまりここで言いたいのは、フェノロサとパウンドが漢字を誤解したということではなく、その誤解が単なる素人判断によるものであるというよりもむしろ両者の欲望が漢字や漢詩に投影された結果として生じたものであること、そして漢文を具体的なもの、自然の一部と考えることが西洋人の幻想であり詩的理想化であるということだ。ジョージ・スタイナー（George Steiner）によれば、パウンドの翻訳した漢詩集『中国詩』（*Cathay*）は、西洋人が一方的に抱いている中国に対する強い期待感――ヒュー・ケナー（Hugh Kenner）が、西洋人による「中国の捏造」と呼んでいるもの――に合致し、それを定着させるものである。パウンドがそのような特徴を引き出すことができたのは、「彼自身かあるいは読者のどちらかが中国を熟知していたからではなく、むしろ双方ともほとんど知らなかったからである[64]」。

自然と芸術の神秘を開示する力が漢字にあると考えるフェノロサとパウンドは、西洋に脈々と続く文学批評の系譜の中に位置づけられている。鄭和烈《ていわれつ》（Hwa Yol Jung）の言うように、フェノロサは「アメリカン・ルネサンス」の文芸に囲まれて育ち、とくにラルフ・ウォルド・エマソン（Ralph Waldo Emerson）の影響を受けていた。ゆえにフェノロサの漢文への心酔と、「エマソンのエジプトの象形文字への心酔は、同種のものである。すなわち漢字とエジプトの象形文字は、いずれも自然の『表象』であり、この見せかけの覆《ヴェール》いの奥に、常人にはたやすく理解できない、計り知れぬ『黄金の神秘』が存在する」[65]。フェノロサより数百年前、マテオ・リッチは、中国人が「古代エジプトの象形文字に似た表意文字を使用している」ことにすでに注目していた[66]。漢字を象形文字と捉えることは、西洋ではとくに珍しいことでもないと思われる。たとえばジャンバッティスタ・ヴィーコ[一四]（Giambattista Vico）は、中国人が「古代エジプト人のように象形文字でものを書いている[67]」と述べている。エルンスト・ローベルト・クルティウス（Ernst Robert Curtius）によれば、象形文字とはいわば紋章（impresas）すなわち「文字を用いない絵画」であり、それは一五世紀の始まりからずっと西洋の人文主義者たちを魅了し続けてきた[68]。

しかし一八二〇年代に、ジャン＝フランソワ・シャンポリオン（Jean-François Champollion）がロゼッタ石に刻まれた象形文字を、同じくその石碑に刻まれていた他の二言語をもとに解読するまで、象形文字の読み方を知る人間は一人もいなかった。シャンポリオンによる象形文字の解読と共に近代エジプト学が始まり、彼のこの功績はエマソンの時代の芸術家たちに大きな衝撃を与えた。しかしジョン・アーウィン（John Irwin）によれば、解読はされたものの、それまで何百年も続いた、想像による象形文字の誤読がなくなることはなかった。科学の力をもって古代エジプト文字を解明したにもかかわらず、「シャンポリオンの発見によって形而上的な解釈の流派がその権威を失うことはなかった」。キリスト教的観点から（アダムとイヴの）堕落以前の言語を絶えず求め続けていたこの流派によって、象形文字は「自然の言語、すなわち自然的記号——神によって創られた、霊的現実の表象として立ち現れる物質的世界[69]——」として読まれていた。スウェーデンボルグ（Swedenborg）神学の神秘主義[一五]の影響を受けていたエマソンは、シャンポリオンの功績に大きな関心を抱いていた反面、象形文字を形而上的なものと捉えていた。

エマソンは自身の評論の中で、詩人は「象形文字を書き表すために造物主たる自然の力を行使するもの」であり、この自然は「自ら生み出したすべての被造物を絵文字にして詩人に与える」[70]と述べている。この考えは、フェノロサの漢字評論の中でそのまま述べられている。フェノロサは漢字のことを「見た目に明らかな象形文字」[71]と呼ぶことがある。エジプトの象形文字と漢字は共に「象徴的な絵画」、すなわちフェノロサの言葉を借りれば、自然界の諸物が「略記された絵」である。この象形文字の書体に関する考え方のもとをたどっていくと、中世の象徴主義――サン・ヴィクトルのフーゴー[二六](Hugh of St. Victor)の言葉を借りれば、自然を「神の指で書かれた一冊の書物のようだ」[72]と解釈する――に行き当たる。この文脈の中で、漢字を自然が略記された絵として捉えるフェノロサの関心は、キリスト教世界において古来行われてきた寓意的解釈、すなわち「世界の創造とは全世界に通ずる象徴的語彙体系を確立することであるという[73]」解釈に関連づけられる。

ここで、文＝漢文を自然的記号であるとする解釈は、一七世紀のカトリック純粋主義に始まり、二〇世紀初頭のフェノロサまで来たところで元に戻ってきたと言える。なぜなら、中国の書記言語が文法のない略記された絵であると言われたところで、中国語には論理や精神性がまったく欠けているという不当な評価が完全に取り去られることにはならないからである。中国語では抽象概念や霊的存在を表すことが困難だとする純粋主義者たちの見解と、漢字の具体性を強調するフェノロサの見解に関して、それらの論拠という点に限って比較すれば、両者の間に特筆すべき相違はない。決定的に異なるのは、中国語に対する態度である。すなわち純粋主義者が中国語を精神性に欠けるとして軽視したのに対し、フェノロサはその言語の象形文字としての絵画的性質を賞賛したということである。

中国学研究者たちは当然のことながら、先述のような浅はかな考えに陥ることはない。その簡潔な論旨に定評のある良書『中国詩学』(*The Art of Chinese Poetry*)において、著者の劉若愚《りゅうじゃくぐ》(James J. Y. Liu)は、「すべての漢字は絵文字すなわち表意文字である」というフェノロサの解釈が誤りであると指摘することから考察を始める。

劉によれば、このフェノロサの考えは「誤謬」であり、「非常に誤解を招きやすい」。漢字を生み出すための六つの伝統的な原理を詳細に説明することによって劉は、大部分の漢字が絵文字ではなく「表音的要素を含むものである」[74]ことを明らかにする。すなわち漢字が「自然の活動を略記した絵」であると解釈することは、漢字を読み違えることにほかならない。劉が明らかにしたこの表音的要素によって問題は複雑化し、遂には、もはや自然的記号／習慣的記号、すなわち非表音文字／表音文字という整然たる対立関係において中国語と西洋諸言語の差異を考えることが無意味であると考えられるまでになる。

しかし『中国詩学』の初版が一九六二年に出版され、その二五年後に最後の著書を出版したときには、劉は考えを変え、オーウェンと同じように劉勰を引用して、「人間が書く文（『文章』、『文学』）と自然界に現れ出る文（『文様』、『形状』――星座、地理的構造、動物の皮膚の模様、等々）は、共に宇宙の〈道《タオ》〉の現れであるがゆえに同等である」と主張している。ここにきて劉は、中国語が西洋諸言語とは根本的に異なるものであると考えるようになり、「漢字には西洋のロゴス中心主義に取って代わる可能性があることを直感していた」フェノロサとパウンドを賞賛する。劉は彼らに対する自身の評価が一貫性を欠くものであることをはっきりと認めている。しかしその一方で彼は、次のことを強調している。すなわち後年の自身の主張は『中国詩学』に書かれていることを「否定するものではない」。それは「状況の変化に伴って論点が変わった[75]」ということである。この論点の変化は、当時の彼の研究にまつわる状況の変化に起因する。その状況とは、現代の文学理論、中でもとりわけ脱構築理論――ここでは、非表音的な中国や日本の書記言語は「あらゆるロゴス中心主義の外側で展開される一つの文明の力強い活動を証明するもの」であるというジャック・デリダ（Jacques Derrida）の見解、さらには「マラルメ（Mallarmé）の詩学と共に最も根本的な西洋の伝統における最初の決壊[76]」をもたらした無駄のない簡潔な視覚芸術としての詩学を確立したフェノロサとパウンドに対するデリダの高い評価のことが言われている――の影響下にあった状況のことである。目下のアジア研究の現状を語ったバックの言葉を併せて考えれば、そのような状況の中で、差異を強調し異文化間理解に疑問を呈する文化相対主義的な考え方が、一般的な思考法《パラダイム》として広く行き渡っていったことがわかる。劉ほどの優れた見識のある聡明な学者でさえも、差延の象徴という名誉を漢文に与えたいという衝動に抗うことができなかったということが、相対主義的思考法《パラダイム》がいかに強い影響力を誇っているかということの何よりの証拠である。（二七）諸物そのものからなる自然的記号体系として特殊な性質を持つ文＝漢文は、西洋に対して文化的な意味で異様な〈他なるもの〉の一部をなし、それに相対する形で、習慣的、抽象的、音声中心主義的、ロゴス中心主義的な西洋の文字言語が関係している。さらには、この西洋の言語表現またはその基盤となる考え方によって文化全体を自己完結的な実体として――それぞれに特有の、それとははっきりわかる特性によって明確に定められた体系として――捉える文学研究や文化研究《カルチュラル・スタディーズ》の領域において、諸々の二項対立や差異を正当化するための架空の（ありもしない）根拠が都合よく与えられることになる。

　フランスの学者フランソワ・ジュリアン（François Jullien）が中国詩学について詳しく論じた『暗示の価値』（*La valeur allusive*）には、中国文学を文化的他者――西洋の伝統に対立する文化的な〈他なるもの〉を意味するジュリアンの用語――の実例として捉えようとする西洋人による、いま一つの試みが示されている。「差異の比較主義」を唱えるジュリアンは、西洋において中国学を開始する目的、中国の伝統という〈他なるもの〉に関する考察の目的は必ず「自己へと向けられる」ことになると主張する。これはすなわち、西洋という自己を、中国という〈他者性〉と区別＝差異化することによって認識し、それからその自己を、ある別の視点、いわゆる西洋の外側から眺めるということである。この展望の中で西洋の主体的意識は脱中心化されるだけでなく、また「それ（西洋意識）自体に特有の問題、伝統、動機を新たに見つめ直す」ことにも繋がるであろう。ジュリアンは続けて言う、「中国学を研究する西洋人は、至極もっともな意味で、西洋の発見者にもなりうる。中国学の知識は、今度は彼が西洋を知るための新たな手段となるであろう」。このように中国学研究の目的は、その始まりの時点で前もって定められている。その目的とは差異の発見、西洋の文化的独自性の確認、そして西洋という自己を非西洋に対立する存在としてはっきりと認識するための「異文化間理解に関わる他在性」に着目することである。

文は自然記号であるとする中国人の見解を、文学は自然の模倣であるとする西洋人の見解と対立させるジュリアンは、劉勰の『文心雕龍』を自身の考察の有益な手引きとする。ジュリアンによれば、劉勰は文という語の多義性——人間だけが持つ意匠術ではなく、自然界の中に最初に開示される形状や文様を表す——を利用することで、人間の書く文章や文学作品の出現を、宇宙の形象化すなわち顕在化の過程全体と結びつけることができる。劉勰の考察において、「文学的な意味での文の特殊性は疑いようがないとされる一方で、自然界に現れ出る文と人間の書く文との双方の起源における関係性は意図的に作り上げられている。そのため、文学と宇宙の起源とを効果的に補完し合いながら関係させるということが重要な意味を持つ」。これと同じような考えを、我々はすでにいくつか見てきた。劉勰が説く文と古代ギリシア的表象＝模倣《ミメーシス》の概念を比較するジュリアンは、芸術の方法には二つの選択肢があり、中国と西洋は互いに異なる選択肢を選ぶことになると言う。「一つは、自然を『模倣する』のが詩である（西洋の古典文学に見られるように）という選択肢。この模倣は、世界へ『向けられる＝返る』動き——自立的な芸術（その独創性ゆえに、対象として置かれた自然界とは区別される）が自発的に生じるその動きとは正反対の——の中で行われる。もう一つの選択肢は、自然の秩序がすでに『芸術』であり、ゆえにその秩序は文学作品の具体的な展開に関わる先例の一つをなしているというものである」。後者を選択してきた中国文学において、人間と自然は象徴的な相互連結網《ネットワーク》の全体像の中で一つになる。ゆえに作品に書かれた文《テクスト》は、人間が独自に創り出したものであるとして自然の秩序から引き離されることはない。「詩は、人間の主観的意識を介入させることなく、すでに織り上げられているものである。あるいはむしろ人間の主体的意識の方が、相互作用の過程——日常におけるあらゆる現実を生起させ、それらを互いに影響させる過程——の中に始めから組み込まれているのである」[77]。劉勰を読むオーウェンと同様、ジュリアンも次のように結論づける。文＝中国文学は、西洋文学における模倣とはまったく異なる。それは人間の創造物ではなく、自然とは切り離すことのできないもの、自然の顕在化の過程である。そして漢詩は、まるで海岸に転がっている小石や貝殻のように、自然界の中にすでに現れ出ている。詩人はそれを、各々の主観的意識を介入させることなく、たやすく拾い集めることができるのである。

ジュリアンは『暗示の価値』以外の著作でも、中国文化の他在性について考察している。『迂回と接近』(*Detour and Access*)の中で、彼はまた次のように主張する。言語と文化の点で西洋とは根本的に異なることから、「中国は西洋の外側から西洋思想を考えるための——そうすることによって我々西洋人を原始的状態への逆戻りから解放するための——事例研究《ケース・スタディ》を提供する」。彼は続ける、「私が言いたいのは、中国が我々とはまったく無縁の国だということではなく、むしろ中国が西洋にとっての他者であるという関係からは逃れられないということである」。ジュリアンは、中国文学によく見られる間接的な表現、とくに彼をして「刺激的な」表現様式と言わしめる興《きょう》(二八)という詩的表現について入念に調査を行った。すなわち「詩人の情緒が反映されるこの表現様式(興)においては、ここにある言葉とあそこにある(ここにはない)意味は限りなく離れている。表現の動因となる心的動機が強いために、表現された言葉はその限界を越えた意味をもたらす。ゆえにその動機は暗示的でもあるのだ」。中国の文学作品を読む際には、語とその意味、本文とその注釈、言語表現とその解釈はそれぞれ別ものであることを考慮しなければならない。ジュリアンはそのことを十分に理解している。ホメロス(Homer)の叙事詩を注釈する古代ギリシアの評論家と同様、『詩書』を注釈する中国の評論家は、本文そのものの意味として捉えれば下品で不道徳と思われる詩であっても、それが正典であるという根拠を確立するために、本文とその意味は別ものであるという考えを利用する必要があった。

しかしジュリアンはすぐさま、古代ギリシア人による寓意的解釈と中国の伝統的な注釈の方法はまったく異なるとして両者を区別する。「基本的には、ギリシアと中国の注釈者は同じ問題——イデオロギーの変化によって、容認できないことはないにしろ字義的には取るに足らないと判断された意味を、いかにして正当化すべきかという問題――に直面していた」と述べた後でジュリアンは、この共通の問題に対する双方の解明の方法がそれぞれ異なることを明らかにしようとする。「とはいえギリシア人がその意味を霊的な地位にまで高めることによって救い出そうとしたのに対し、中国人はそれを歴史に当てはめようとした」。この見解から思い起こされるのは、典礼論争においてロンゴバルディを始めとする宣教師たちが行った区別である。なぜならジュリアンによる区別もまた、物質／精神、具象／抽象、内在／超越という二項対立に基づいているからである。中国の伝統的な注釈、すなわち作品本文とその意味の分離に対して、ジュリアンは次のように言及する。

たしかに、社会的および政治的世界は、詩に内在する心象《イメージ》――そのほとんどが自然の恩恵によるものであるが――とは別の秩序における事実によって成り立っているが、だからといってそのような世界が、詩とは異なる次元に存在するということにはならない。社会的および政治的世界は、詩と同じように具体的で限定的なものである。なぜなら両者は同種の現象に帰属するものだからである。その（社会的、政治的）世界そのものは、いかなる理想化された世界あるいは精神世界――仮にその世界が感覚世界を映す鏡であったとしても、絶対的な存在の次元、あるいは少なくとも時間の影響を受けない本質的で普遍的な次元へと高められることによってその（感覚世界の）限界を越えていく――とも相容れない。自然界におけるいかなる状況も、人間界のあらゆる状況に置き換えて考えることが可能である。しかし寓意となれば話は別である。〔……〕中国では政治的または道徳的な考え方に縛られるあまり、霊的意味が十分に考えられることはない。特定の事柄に関連する研究に従事することによって、中国の評論家は象徴的解釈に注意を向けなくなっていたのである。(78)

さらに後年のジュリアンの著作『外（中国）について考える』（*Penser d'un Dehors*〔*La Chine*〕）では、中国という国とその文化における様々な主題に対する彼の見解が包括的に述べられている。ティエリ・マルシェース（Thierry Marchaisse）によって提出された問いに答えるという形式で書かれたこの書では、典礼論争において古くから取り上げられている問題、たとえば「真理、神、自由[二九]に対する中国人の三重の無関心[79]」などが繰り返し取り上げられている。『外（中国）について考える』という表題こそがすでに、言うなればジュリアンの基本見解——中国は地理的および文化的な意味でヨーロッパと隔たっているがゆえに、ヨーロッパという自己を見る魔法の鏡を提供しているのだという考え——を表明している。「実際に『古代ギリシアの枠組みを越えていく』ことを望み、西洋を見定めるに相応しい足場と観点を得ようと求めるなら、かつて言われたように、『中国へ向かう』旅路を歩む以外にない。事実、中国ほど大量の文書《テクスト》によって記録されている文明社会は他にはなく、その世界における言語学的、歴史的系譜はヨーロッパのものとは根本的に異なる」とジュリアンは述べている。極東を非ヨーロッパと捉えるミシェル・フーコー（Michel Foucault）の考え方を発展させるジュリアンは、「厳密に言えば、非‐ヨーロッパとは中国のことであり、それ以外の何ものでもない[80]」と断言する。ここまで見てきたことから、次のように言うことができる。すなわち『暗示の価値』から『外（中国）について考える』に至るまでジュリアンが一貫して主張してきたことは、中国と西洋の文学、文化を同じ見地から比較することがまずもって不可能だということである。このジュリアンの主張は、文の本質、すなわち中国語および中国文学の基本特性に対する彼独自の見解からもたらされたものである。

　ではそもそも中国文学の基本特性たる文とは何なのか、この文について劉勰は『文心雕龍』の第一章で何と言っているのか[81]。一五〇〇年以上も前（四九六—四九七）に著されたこの書は、古代中国におけるあらゆる様式《ジャンル》の漢文を体系的に分析した最初の研究書として広く知られている。文章が格調高く重要なものであることを示そうとする劉勰は、文という語の多義性を最大限に利用し、文学作品（文学的文章）と現象世界におけるあらゆる文様や形状を関係させる。そして遂に、人間の生み出す文章が、すべての諸物を包括する原理かつそれらの究極の起源である〈道〉の顕現である自然との神秘的な結合を果たす。次に取り上げるのは『文心雕龍』の冒頭部分である。

文という徳は実に偉大である。それが天地と共に生まれ出るのはなぜか。暗き天の青と地の黄、これらの色が交わり、地は方形に、天は円形に分かれ始めた。天には日と月が一対の翡翠の玉のように懸かり、地には山川が輝く光と共に、その輪郭を印す。これぞまさしく〈道〉が表す文というものである。仰いでは天に日と月の輝きを見、目を落としては地に描かれた文様を見る。高いもの（天）と低いもの（地）が、各々然るべき位置につき、かくして天地（二つの大いなる基準）が生成される。元来その内に天地の霊が凝集された人間が、天地と共に三才（三つの起源）を成す。人は五行（木火土金水）の精華（秀気）であり、天地の心である。この心が生まれるとき、言葉が成り立つ。言葉が成り立つと、文章が明らかな形で現れる。それは自然の道理である[82]。

天と地、高位のものと低位のものによって、二つの大いなる基準（両儀）が定められ、そこに人が加わり三つの起源（三才）が形成されるという考えは、漢代の儒者たちが付した『易経』[三〇]の注釈に由来する[83]。これらの注釈を参照しながら、文章をあらゆる種類の文様や形状、すなわち人間にとって認識可能な自然や諸物の形状や外観と融合させる劉勰の宇宙論や文学の創作論は、「非常に理解しづらいものである[84]」と、劉勰の研究家である王元《おうげん》化《か》は言う。その理由は、劉勰が文化と自然とを混同してしまったことにある。しかしその混同は意図的なものであるとも言える。なぜなら劉勰は、文章が宇宙の根源であると言うことによって文章に自然から拝借した権威を与え、文章の概念の領域を広げるだけでなく、あらゆる自然物を人間の創作に関する規定や筋道——古代の賢人や孔子本人によって書かれた手本としての文章、すなわちすでにできあがっている文様や意匠——に組み込むからである。〈道〉について論じる劉勰はまた、二つの考えを融合させる。一つは『老子』[三一]に示されている考えであり、その中で〈道〉とは何も行わず、人為に関わることなく、自然の成り行きに従うこと（無為）であるとされる。もう一つは『易経』の注釈に見られる考えであり、その中では天の意志（天意）、そして自らの著作を通じてその意志を実現させる仲介者としての賢人の存在が重んじられる。

　このような融合の中で劉勰は、大いなる権威を誇る道教と儒教という二つの思想および伝統を調和させる好機を得る。長い間仏教思想に関わっていた劉勰であるが、彼の評論は儒教と深く結びついていると言われている。[85]つまるところ、最終的に劉勰の批評の天秤は自然の文様ではなく人間の書く文章の方に傾き、それゆえ自然の諸物が人間に認識可能な文様を表していると言えるのは、それら諸物が一つの完全なる秩序すなわち偉大なる〈道〉から現れ出る宇宙の意義を内包しているからにほかならないということになる。かくして天地、山川、動植物など、自然界のあらゆる諸物は、自然に書かれた文字によって刻まれる膨大な言葉《テクスト》となる。

　文章を生み出すのが自然であり、文章はこの自然の形を表したものであるという考えに基づき、自然の様々な形状を文章または精巧な文様として解釈するというのが劉勰の目的であるとすれば、この彼の見解は、中世およびルネサンス時代のヨーロッパで書かれた文献によく見られる「自然の書物」という発想に幾分近い性質のものであるということにならないだろうか。この発想すなわち詩的概念《トポス》を、数多く事例をもとにわかりやすく解説するクルティウスは、スペインの劇作家であり詩人であるカルデロン・デ・ラ・バルカ（Calderón de la Barca）を引き合いに出し、次のように述べている。「ここでもすべてのものが書く。太陽は宇宙空間の上に、船は波の上に、鳥は風の板の上に、難破した者は空の青い紙と海の砂の上に交互に書く。虹は筆を走らせたものであり、眠りは書かれた草案であり、死は生に記された署名である」。カルデロンにとって、宇宙は一冊の書物として現れる。「天は一一枚のサファイア（天球）で綴じられた本である」[86]。クルティウスが『文心雕龍』を知っていたとしたら、彼の考察の中で劉勰の言葉が引用されていたかもしれない。劉勰曰く、「すべての動植物には文が現れている。龍や鳳はその美しい鱗羽の模様によって瑞兆（良い縁起）を表し、虎や豹はその輝ける羽毛によって美しい姿を誇示している。雲や夜明けの光が醸す色合いは、画家のそれよりも精巧であり、草木の開花の美しさは織匠の妙技を必要としない[87]」。このように宇宙が書くというふうに考えると、文＝漢字は、オーウェンが言うように、まさしく「それ自体で自然なる」ものである。「文章とは恣意的な記号体系の一部をなすものではなく、歴史的変革や神の権威によって生み出されたものでもない。文章は世界を観察することによって現れ出る[88]」。

しかし、自然が文章であると考えることによって、漢文が西洋の文字表現とは明らかに異なると考えられることはまずない。なぜなら少なくとも現代の文献学や言語学の確立以前は、西洋の文章もまたそれ自体が自然的記号体系の一つであると考えられていたからである。ルネサンス期における自然の書物のあり方について論じるフーコーは、次のように述べる。「一六世紀における生のままの歴史的な存在という点では、言語は恣意的な体系ではない。言語は世界の中に置かれており、世界の一部となっている」。自然の書物という隠喩《メタファー》は、自然と文章の関係を逆転させる。すなわちこの隠喩は、文化的概念を自然現象へと転移させ、「言語を世界の中に、草木や石や動物の間に押しやる[89]」。フーコーは自然の書物を、ある種の映像《ヴィジョン》として捉えている。その中で「世界の外観は、紋章、文字、暗号、晦渋な語――『象形文字』――に覆われる」。そして空間は「開かれた広大な書物のようなものになる。そこには文字記号が充満し、どの頁《ページ》も奇妙な形象で埋め尽くされている。それらは交差し合い、ときには反復されることもある[90]」。中国における文の概念に言及するオーウェンを思わせるフーコーは、西洋の言語もまた「それ自体が一つの自然として研究されなければならない。動植物や星のように、言語の諸要素は類似と適合の法則、必然的な類比関係《アナロジー》を持っている」と述べる[91]。文化的背景を考えれば、中国語と西洋諸言語の差異は明らかである。しかし一八世紀以前、中国人と西洋人は共に、言語の起源を神話や伝説に包まれた遥か彼方の昔にまでさかのぼり、文章の創造は、自然に意味を植えつけた大いなる力、すなわち超自然的で神秘なる〈道〉や、人間の姿をした神《ロゴス》によるものだと考えたのである。エルンスト・カッシーラ（Ernst Cassirer）の言うように、「神話、言語、芸術はもともと一つの結合体である。それが徐々に、三つの独立した精神的創造物へと分かれていくのである」(92)。

それでもやはり、自然の書物、そして言語を生のままの歴史的存在または物質的存在と捉える考え方が、神話的な前近代の知の体系《エピステーメー》を前提とするものだと主張するのは、ある種の誇張であり誤解を招きやすい。この知の体系は一六世紀の精神性に根ざすものであり、一七世紀における科学的思考の出現と共に、旧来の伝統が突如破壊されていく中で、新たな文化的慣習《コード》、すなわちデカルト（Descartes）的合理主義またはニュートン（Newton）的世界観という新たな知の体系に取って代わられる。ケン・ロビンソン（Ken Robinson）の言うように、「西洋世界における認識の方法に変化が起こったのは、自然界の知識を得るには数学が不可欠であるとデカルトが悟った一六一九年一一月一〇日でもなければ、ウールスソープの家の庭でリンゴが落下したのには何か特別な摂理が働いているということをニュートンが認めたとされる一六六五年の秋でもなかった」(93)。すなわち新たな科学的および哲学的思考が中世や古代ギリシア――錬金術師や占星術師による技術実験、または原子論者や自然哲学者の思惟――に立ち返っただけでなく、旧来の世界観が消えずに新たな世界観と融合していったのである。

ロビンソンによれば、自然の書物とは、中世およびルネサンス期に共有されていた「普遍的発想《イメージ》」である。しかし二つの見方《パースペクティヴ》によって、この書物は二つの異なる形となって現れる。「一つは中世からルネサンス期まで続く見方で、これによれば自然の書物は、同等性、類似性に満ちている。ゆえにこの書物には寓意的な、神秘的‐宗教的な解釈が必要となる。もう一方の見方によれば、自然の書物は数学の言語で書かれている。この言語は、ルネサンス期の建築家が自身の作品に天上の音楽の普遍的調和を形にするために空間化してきたピュタゴラス的、新プラトン主義的言語、すなわち象徴的意味《シンボリズム》を持つ数という言語（象徴言語）ではなく、新たな数学――質と量を厳密に区別し、後者がその研究領域であるところの――の言語である」(94)。要するに自然の書物は、神秘的‐宗教的語彙体系《カテゴリー》や、天地創造の際に創られた自然的記号という旧来の言語概念に必ずしも分類されるわけではない。

同じことが中国人の文に対する考え方についても言えるだろう。すなわちその概念には、『文心雕龍』の第一章に展開されている宇宙論的解釈の中で劉勰が念頭に置いていたものよりも豊かな意味が内包されている。

そもそも劉勰より前の時代、魏晋南北朝時代において、文はすでに明確な意味——文章芸術としての文学という意味——を獲得していたのである。

中国と西洋の文化的差異を強調するものの、「古来西洋において、言葉《テクスト》の秩序と自然の秩序を類推《アナロジー》＝類比によって関係させる方法がまったく知られていなかったわけではない」という考えを認めてもいるジュリアンは、「自然の書物」に関するクルティウスの記述を引用し、この書物の概念と文に対する劉勰の見解との間に部分的にではあるが類似点が見られるとしている。だがその後すぐに、彼は両者の間に二つの大きな差異があると指摘する。一つ目は「軌跡」、すなわち自然的記号の概念と人間の用いる記号の概念が構築される順序に関する差異である。「西洋世界における類推《アナロジー》は書物（『聖書』）から始まり、そこから自然の理解へ向かう。一方中国では、文という概念には第一に自然の形象化という意味が含まれており、その次に『書写記号』、そして『書かれた文章《テクスト》』という意味が付与される」。二つ目は、文化的および宗教的なことに関わる差異である——西洋における「自然の書物」は単なる「修辞的な同化」にすぎない。すなわちこの書物は、「解釈ならびに解読専用の書物」ということである。一方中国では「啓示神学が存在しないため、自然の文は記号（それ自体が予言的な解釈に至る）と同等のものとして理解されうるが、同時にまたそれは、純粋な美的価値と共に、形状という単純効果として、自然発生的に現れ出るものである」[95]。

一つ目の「軌跡」という考え方に対して、我々はジュリアンほどには容認できない。なぜなら、西洋における理解すなわち概念化の過程が本当に書物から自然へと向かうものなのかどうか——中国ではこの順序が「逆に」なり、自然の形象化から人間の書記へと移行すると言われているのに対して——は疑わしいからである。言葉の意味をその根源にまでたどれば、その意味はすべて具体的で「自然な」ものということになるであろう。オクスフォード英語辞典によれば、「本」（book）という語はゲルマン語であると言われるが、「その語源はブナの木（beech-tree）の呼び名に関係すると考えられている」。語源的意味において、一冊の「本」がブナの木もしくは文字を書くためのブナ材の板と同様に自然なものであるならば、語源上は「十字の印」を意味する「文」という中国語は、木皮に刻まれた十字と同じく人工的な記号だということになってしまう。劉勰が文に関して何を主張しようが、その語の第一の意味――「十字の印」――という意味は、『文心雕龍』よりも数百年前に許慎《きょしん》によって書かれた、漢字やその意味を参照する上で最も権威のある辞書『説文解字《せつもんかいじ》』の中ですでに（文は自然の表れであるという劉勰の定義よりも先に）与えられているのである。

次に二つ目の文化的、宗教的差異に関して、中国には確かに「啓示神学」――これがキリスト教特有の教義を意味するのであれば――は存在しない。その上、中国人が認識している記号は当然のことながら、キリスト教的記号表象とは異なる。しかし、中国は西欧ではなくアジアの国であるとか、中国語はフランス語とも英語とも異なるとか、ほとんどの中国人はキリスト教徒ではないといった知識を中国学研究者が有していたところで、それが我々にとって何の役に立つのか。文＝漢文が一連の自然的記号であり、西洋の文章とまったく異なるものであるならば、なぜそもそも文を文章、文字表現などと呼ぶのであろうか。ジュリアンが、マルティン・ハイデガー（Martin Heidegger）の「ある日本人との会話」を引用しつつ示唆しているように、東洋における思想や諸々の発想が、西洋的思考の枠組みにはめ込まれた途端、すなわち西洋にしかない言語を使用して表現された途端、否応無しに変性させられその特性が失われるのであれば、ジュリアンのような中国学研究者が、古代の漢語ではなく、フランス語やドイツ語または英語で研究書を書くことが本末転倒も甚だしく自滅的この上ない行為であることは、誰の目にも明らかであろう。

たしかにジュリアンの言うように、中国人や日本人でもこの問題にうまく対応できるというわけではない。なぜなら、現代の中国人研究者も日本人研究者も共に欧化されてしまっているからである。一度「西洋風の考え方を身につけてしまう」と、彼らは決まって「西洋から借用した概念群《カテゴリー》を、そのまま直接自国の文化の伝統の上に広げ」ようとする。彼らは、自国において古来受け継がれてきた文学や批評に対する諸々の考えを、西洋の影響を受けた現代の用語《イディオム》に「翻訳」しようと試みる際、それらの「本来の根源的な意義を忘れてしまう＝考えなくなる」きらいがある。(96) しかし、古代中国人の思想または古代中国語の概念を現代（中国）語に翻訳することさえできないのであれば、現代の中国人ですら考えもしなくなったその「本来の根源的な意義」を、「西洋にしかない言語を使用して」研究書を執筆する現代の中国学研究者ジュリアンが忘れないようにする＝記憶に留めておくことができるなどと、どうして言えるのか。彼は母語であるフランス語で古代中国の思想や概念を記憶に留めておくことによって、中国の伝統の本質は保持されてきたと言っているが、何を根拠にそのようなことが言えるのか。ここで無知の喪失という有名な聖書の物語の中国版とも言うべき解釈を持ち出して言うならば、この解釈の中で、古代中国語はその純然たる本質と共に、原初なるものの役割、すなわちかつてエデンの楽園で話されていた堕落以前のアダムの言語の役割を担うことになる。いまやその言語は、現代中国語を話す堕落した中国人が失ってしまった言語であり、ジュリアンはそれを自身の手に取り戻そうと、いまなお無駄な努力を続けている。このようにして彼は、中国文化の上にキリスト教文化の衣を着せてしまったのである。

たしかに、天意とは人間の力ではない。そして劉勰にとって、自然の書物に現れ出る鮮やかな色彩、形状、文様の背後に、人の姿をした神などいない。しかし劉勰はまた、宗教的神秘主義者でもある――「人間の書く文章（人文）の起源は、太極（万物の根源）の内にある」。太古の昔、世界の原型なる地図、書物が、突如として黄河と洛河から立ち現れ、龍と亀によって河から引き上げられた。すべての文様、すべての文章は何によって現れ出るのか。これこそまさしく〈道〉すなわち「神の摂理」（神理）によるものである。(97) 中国の聖人たちは人間であると同時に神聖なる存在でもある――彼らは神秘なる謎としての〈道〉を知る特権を有する唯一の存在であり、彼らの書において〈道〉の何たるかが明らかにされるという意味で――と主張する劉勰の考えは、中国に特有のものと言えるかもしれない。「〈道〉は聖人の手によって文様（文）を表し、聖人は文章（文）によって〈道〉を明らかにする」[98]。ジュリアンもまた次のように言う。人間が書く文章は生み出されると同時に本質的なものとなる。文学的創作の起源は「次の三つの根本的な条件、すなわち宇宙論的‐道徳的全体である〈道〉、最初の著者である聖人（同時に最も優れた著者でもある）、最初の文章である経書の本文（同時に最も優れた本文でもある）」に基づいている[99]。人間の書く文章を中心に据えることで、劉勰にとっては多岐にわたる文学の様式について考察することが可能となる。かくして劉勰は、儒家経典を模範とし、文章をただ文学的すなわち詩的な観点からだけではなく、〈道〉を解明するための手段として理解する論拠を得る。このような思考、考察の流れを受けて、『文心雕龍』の第二章では聖人の書に手本を求めること、第三章では儒家経典という手本に忠実に従うことに対する彼の考えが述べられている。

ほぼすべての注釈者がこぞって指摘するのは、次のことである。経書を手本とする際には自然にしたがうべきであるという劉勰の考えは、彼が生きた斉梁時代に書かれた文学作品（文学的文章）によく見られる形式主義的傾向、すなわち派手に飾り立てた表現形式、韻律や言語の持つ音楽性を意識しすぎる創作といった傾向に反発したものである。「文章とは経書の枝葉となることによって、初めてその役割を果たすのだ」と述べる劉勰は、当時の風潮を次のように厳しく批判する。「聖人の時代が遠い昔となったいま、文章の体裁は乱れ、作家は目新しいものを好み、派手で異様な言葉を用いるようになった。あるがままの美しい鳥の羽にわざわざ絵の具を塗りつけ、すでに刺繍が施された帯や肩掛けの上からさらに刺繍を施すような有様である。文章はその根本から離れていけばいくほど、ますます腐敗し乱れていく」[100]。多くの批評家が「自然と経書に帰るべし」という劉勰の考えを、行き過ぎた形式主義の風潮を解消するために必要であるとして擁護した。文章は〈道〉の解明の一助をなすと考え、作家に経書を手本とするよう求めた劉勰は、従来の中国文学評論をより教訓的道徳的性質の濃いものにした。この点で劉勰の及ぼした影響については、中国文学批評史の研究分野で広く議論されている。

序言では文という宇宙の起源が壮大かつ神秘的な口調で述べられているが、『文心雕龍』は何より文章芸術に関する書である。実際にこの書の最もよく知られた章の中には、文学的創作の一つである文章の書き方やその工程について詳述しているものがある。たとえば第二六章には、作家が自身の近くにはない諸物を描き出すために時空間を越えていく方法が明確に記されている。

「我が身は江海のほとりにありながら、心はなお朝廷の栄華を忘れられない」――この古人の言葉は、霊妙なる精神（神意）について述べたものである。文章を創作する際、精神は実に限りなく広がっていく。ゆえに、静かに思いを馳せるとき、その思惟は一〇〇〇年も昔の物事に触れ、そっと瞳を動かせば、万里の彼方を見渡すことができる。詩人が詩を詠むとき、発せられる言葉の一つひとつが珠玉の音を響かせ、眼前には風雲の形や文様が描き出される。[101]

劉勰が引用したこの「古人の言葉」は、『荘子』からのものである。心の動きは身体の動きと違って、空間という特定の場所の制限を受けない。劉勰はこのことを、右の一節の中で明示する。[102] したがってこの一節は、王元化が言うように、「劉勰が想像力という語の意味を明らかにする[103]」ために引用されている。「霊妙なる精神」（「神意」、字義通り、神的、霊的な思惟の意）は、想像力を意味する劉勰の用語である。文章を創作する人の心や洞察力がいまここにある時空間の限界を越えていくものだと考える劉勰は、「想像力を働かせることで、感覚から得られる経験の限界を打ち破ることができる。これは物理的状況によって抑制されることのない精神的現象である[104]」と断言する。想像力を働かせることで、言うなれば、昔のものや遥か遠くにあるもの、さらには実在すらしないものまで、それらの心象を描き出すことによって、詩人は自身のすぐそばには存在しないものを造り出すことができる。要するに詩人は、自然界においてすでに造られたものとしての詩を単に拾い上げるだけでもなければ、ただ「事実をそのままに」、すなわち具体的状況を字義通りに受容するだけでもない。

漢詩が単に実際の経験を事実に基づいて記録したものであるという考えは、批判を免れることなく、たやすく否定されてしまう。なぜなら漢詩には（世界中のどこの詩にもあるように）、事実を誇張した表現が多く見られるからである。この基本的な修辞表現を用いることによって、詩的言語がまったくの事実ではなくなる。これについて劉勰は、『文心雕龍』の第三七章（誇張表現〔夸飾〕に関する章）で次のように述べている。「したがって高さを表す際は〝岩壁の高さは天に至る〟と言われ、狭苦しいことを強調するために〝黄河は船一隻さえ通らない〟と書かれる。ものが沢山あることを表す際は〝子孫の数は何億にも及ぶ〟と言われ、少ないことを表すときには〝誰一人生き残った者はおらず〟と言われる」。劉勰はこれらの表現を『詩書』などの経書から引用し、次のように結論する。「言葉自体は過度に誇張されたものであっても、その真意が損なわれることはない[105]」。詩人は「感情を表すために文章を造る」か、あるいは「文章のために感情を造る」。劉勰は、前者を肯定し後者を否定する。しかしどちらを好むにせよ、劉勰は、詩の文章とは造り上げられること、すなわち捏造（造）であることを認めている[106]。要するに劉勰は、詩は字義通りの事実を語るものとして理解されるのではなく、事実を語るのとは異なる方法で人間の感情や有様の何たるかを伝えるものであることをはっきりと認識している。

劉勰の時代からさらにさかのぼって、中国文学に昔からある事実《ファクト》と虚構《フィクション》の問題について考えてみると、文学の直解主義と言われるものはいっそう曖昧になる。批評においては、詩は幸福よりも悲哀や苦難を表現するのに適していると考えるのが一般的である。この考えは、孔子の有名な言葉——詩を書くことで「恨みごとを吐き出す」ことができる[107]——の中にうまくまとめられている。しかし、悲哀を表現する方が読者の心を掴みやすいことを詩人が知ってしまえば、それは定型的表現《トポス》となって詩の中で繰り返し用いられることになる。この表現については、おそらく実際の恨み辛みであるよりも、読者を感動させる効果を得るために捏造されたものである可能性の方が高い。詩人なら誰もが、人の心を打つために自ら進んで苦しみの中に身を投じるというわけではない。銭《せん》鍾書《しょうしょ》はこの問題について次のように指摘する。「この結果我々は、ある一つの事情が長い間我々につきまとっていたことに気づく。すなわち詩人は優れた詩を書くために何ものも犠牲にしたくない、あるいは犠牲を払うことになってもその代償は最小限に留めたいと考えている。したがって若者が詩を書けば、それは自身の『老いるとき』を嘆く詩となり、強欲な富豪が詩を書けば、自身の『貧困』を非難する詩に、そして暇のある人生を快適に送る者が書けば、自身の『青春期の不幸』または『晩年に訪れる憂愁の思い』を綴った詩となる」[108]。銭の評論に見られる数々の引用の中でもとくに面白いのは、李延彦《りえんげん》という無名の人物に関するものである。この人物はあるとき、次のような悲痛に満ちた詩を上官に送った――「弟は揚子江を南へ下り、そこで帰らぬ人となった（舎弟江南没）／兄は国境を北へ向かい、そこで命を落とした（家兄塞北亡）」。この詩を読んだ上官はたいそう心を打たれ、李に哀悼の意を表した。ところが李は、「詩に書かれているようなことは実際に起こったことではなく、単に自己流で均整のとれた対句《パラレリズム》を作るために詩を書いたのでございます」とかしこまって述べた。その男は瞬く間に世間の笑い者となった。そしてある者は、李の詩の続きを次のように面白がって書いた――「ただ均整のとれた対句ができればそれでよいというのであれば（只求詩對好）／同じ葬式を二回行っても構いはしない（不怕雨重喪）」[109]。次に引用する銭鍾書の皮肉に満ちた解説は、この問題の核心をつくものである。

この李という男は、明らかに「苦痛や悲哀を表す言葉が読者を満足させる」という原理に基づいて詩を書いていた。詩は具体的な心象《イメージ》を描き出すものであり、情緒を表現する際、それに代わる客観的相関物が適切に見出されるべきだということを、この男はよくわかっていたのである。上官がこの男の詩に関心を示さず、その場で何も尋ねなかったならば、これまで実証哲学の影響を大いに受けてきた我々のような現代の学者は、この男が「悲しみを感じることなく、悲しみを誘う言葉を造り上げて」いたのではないかと察することはなかったかもしれない[110]。

批評を行うとなれば、李の書いたような拙い詩を読む際も、経書のような格調高い文章を読む際も、同じ態度で臨む必要がある。劉勰による誇張法の考察のところで述べたように、『詩書』に収められた詩の中には、黄河があたかも小川であるかのように語られたものがある――「黄河が広すぎて渡れないなどと誰が言うのか／小舟一隻さえ通らないほどだというのに」(111)(三三二)。またある詩には、黄河よりもずいぶん小さい漢水が、さも大河であるかのように詠われている――「漢水はあまりに大きく／何人たりともこの河を泳いで渡ることはできない」(112)(三三三)。これらの詩に見られる違いは、二つの河川（黄河と漢水）の実際の広さではなく、それら河川に対する詩人の見方である。最初に挙げた詩の作者は、自身の故郷が黄河を南へ渡ったすぐそばにあるということを言うために、できる限り小さく狭い川として描くことで、その河の身近さを誇張している。これに対して次に挙げた詩では、漢水を可能な限り広大な河として描くことで、その河の女神が（詩人の）手の届かない存在であることを伝えている。二つの詩の中で語られているのは心理的な意味での真実、すなわち作者が河川に対してどのような情緒を抱いているのかということであって、河川そのものについての事実ではない。「もしこれら二つの詩に基づいて、作者の記す地域の地理を測定し、その上で漢水が黄河よりも大きいことを、それらの詩を引き合いに出して立証しようとする者がいたとすれば、そのようなつまらない者に自らの夢を語る気など起こるはずもないだろう」(113)と、銭鍾書は冗談を交えながら評している。もちろん誇張された詩の部分を根拠に二つの河川の大きさを比較するような想像力に欠ける人間などいない。詩における誇張表現が、字義通りに解釈されることはない。それだけでなく、創造＝捏造としての詩は、心理的な意味での真実を述べることをその目的とする限り、具体的な状況や歴史的事実に字義通り反するものである。

ここで一つの好例として挙げられるのが、范成大《はんせいだい》（一一二六―一一九三）の「州橋《しゅうきょう》」という詩である。

州橋の南北には皇帝がお成りになる大通りが延び
そこで年老いた民は来る年も来る年も、皇帝のご帰還を待ちわびる
彼らは溢れる涙をこらえ、皇帝の使者に問う
「いつになったら本当に、我らが宗の軍隊がやって来るのでしょうか」と(114)

この詩が詠まれた一一七〇年に范は、ツングース遊牧民族である女真《じょしん》の金国に使者として派遣された。このとき金（女真）はすでに、宗の領土の北部を占領していた。范の詩にある橋は、北宋の古都、汴梁《べんりょう》に架かる有名な橋（天漢橋）であるが、一一二六年に北宋が女真との戦いに敗れて以来、女真の占領下に置かれることになる。この詩を批評した銭鍾書は、范成大が汴梁で目にした光景を二通りの書き方で表現していることを明らかにする。范は日記に、「汴梁の人々は長きに渡って異民族の風習に慣れ親しみ、物腰や嗜好はすっかり変わってしまった」と書いている。他の使者の記録からも明らかなように、金に占領された地の年老いた民は、たとえ彼らが祖国に忠実な民であり続けたとしても、宗からの使者を引き止めて、「宗の軍隊」に敵国の支配から解放してくれるよう懇願するような大胆なことなどできるわけがなかった。だが范の詩には、民が使者にそのように問うたと書かれている。范はこの場面で、自身が実際に経験したことをそのまま描くのではなく、民を見ている時の気持ちを表現している。范は民たちの心の中に秘められた願望を見てとったか、あるいは頭の中で想像したことを、その場面に投影したのであろう。

銭鍾書の言うように、范の詩と日記の書き方の違いに注目することによって、「文学作品における写実とは、日常の表面的な些事の描写で埋め尽くすということではないことがわかる(115)」。范の詩が彼の人生における出来事を題材としており、歴史の中のある特定の時間について語るものだとしても、それは文学として書かれた文章であるがゆえに虚構の構造を有するものであるとされる。この構造は詩に表現される感情を正確に反映しているが、

詩人自身が経験する特定の出来事と必ずしも一致するとは限らない。范成大が汴梁で目にしたことを、日記と詩という二つの異なる形式において記録し記述したことによって、ある歴史的時間における実際の経験が、詩を書くことを通じていかに変容し虚構化されるのかがよくわかる。これによって、歴史と詩が互いに織り合わされていく様が見て取れるだけでなく、虚構性《フィクショナリティ》が文学的文章《テクスト》だけでなく歴史記述《テクスト》の中にも存在する可能性が考えられるようにもなる。

歴史と虚構性

西洋において歴史と詩を明確に区別したアリストテレスは、次のように述べている。「歴史はすでに起こったことを語り、詩は起こるかもしれないことを語る。したがって詩は、歴史よりも哲学的で意義深いものである。なぜなら、詩は普遍的なことを語り、歴史は個別的なことを語るからである」[116]。この一節は、詩の価値を軽視するプラトン——詩は現実そのものの模倣ではなく、その見せかけの模倣であるがゆえに、「真実から数えて第三番目に遠いものと関係する」[117]として——に対する詩の擁護であると考えることができるので、以来ずっと西洋文学批評の歴史の中で、詩に対する弁明を行う際によく引用され繰り返し言及されてきた。しかし『詩学』（*Poetics*）は古代、中世の時代にはあまり知られておらず、一六世紀後半になってようやく注目され始めた。すでに起こったことを単に記録するだけでなく、それがなぜ起こったのかという理由を説明すること、個別的なものの彼岸にある普遍的なものに関わる教訓や見識を示すこともまた歴史の目的であるとすれば、アリストテレスによる歴史と詩の区別は、たとえ一般的には妥当であるとしても、絶対的であるとは言えない。

ヘイドン・ホワイト（Hayden White）によれば、一八世紀以前の歴史記述は「修辞学《レトリック》の一部であるとされ、一般的には『創作的な《フィクティブ》』性質を持つものと考えられていた」[118]。歴史がある特定の時間に特定の場所で起こる出来事の記録であることに間違いはないとしても、それら出来事を物語として書く限り、歴史家は「詩人や小説家が用いるのとまったく同じ道徳的《トロポロジカル》な手法、言語によって出来事の諸関係を表象する方法」[119]を用いなければならない。一八世紀にヨハン・マルティン・クラデニウス（Johann Martin Chladenius）は、歴史家の「視点」、さらには歴史上の出来事と「その出来事の概念＝普遍的意味内容」との区別が重要であるとすでに指摘していた。[120]ヴィルヘルム・フォン・フンボルト（Wilhelm von Humboldt）はある著名な評論の中で、歴史家の使命とは単に実際に起こったことを記録することではなく、歴史の「内に秘められた真実」を導き出すための「内的な因果関係そのもの」を発見することであると述べている。ばらばらに散らばった史実の一つひとつを繋ぎ合わせて筋の通った一つの歴史全体を構築する際に、歴史家は想像力を働かせて、詩人のような独創性をもって歴史を書き留めなければならない。なぜならフンボルトの言うように、歴史家による歴史記述もまた詩と同様に「自然の模倣」であり、両者ともその目的は「物事の真の有様を認識すること、必然なるものを見出し、それを偶然のものと区別すること」だからである。[121]

　現代において、実証主義的な歴史理解に対して最も雄弁な批判を展開しているのは、おそらくホワイトであろう。ホワイトの研究によって、歴史研究と多岐にわたる文学形式、とくに小説との密接な関係が揺るぎないものとなった。「虚構《フィクション》の物語と歴史という旧来の区別に基づいて言えば、虚構の物語は想像の世界の表象、歴史は現実の世界の表象ということになるが、この区別は次の認識に取って代えられなければならない。すなわち我々は現実を、想像しうることと対比させるか、あるいはそれに喩えることによってしか知ることができないのである」。ホワイトによれば、重要なのは歴史と詩の区別ではなく、彼が「事実に基づく表象としての虚構の物語」と呼ぶもの、言うなれば「歴史家の言説と想像力豊かな作家の言説が重なり合い、類似しあるいは一致する」仕方やその範囲限界である。[122]

　アメリカの歴史小説における真実と虚構について的確な議論を展開するダニエル・アーロン（Daniel Aaron）もまた、「歴史の後見人」なる実証主義者のつまらない「分析的な研究論文」の真理要求に異議を唱え、小説の中で歴史の意義が虚構の物語として再構築されることが重要であると主張する。「優れた作家は、優れた歴史家には書くことのできない、あるいはそもそも書くことのないような歴史を綴るものである[123]」。歴史記述の中に過去の出来事が完全な姿で立ち現れてくることなどありえない。「後知恵でものを書く歴史家は、すでに失われた歴史的関係を再び繋ぎ合わせることなどできやしない」とアーロンは、大きな反響を呼んだゴア・ヴィダル（Gore Vidal）の描くリンカーン像を引き合いに出して言う。「それゆえ真実とは最も優れた想像の産物であり、目に見えない歴史の繋がりを突き止めそれを再び結びつけることにかけては、歴史家よりも小説家の方が断然向いているのである[124]」。現代の作家や出来事について自己省察的に論じるアーロンは、歴史の「真の顔」を表象する難しさについて言及し、次のように自問する。「我々の人生あるいはいまこの時代の人々の肖像が、印象派の拙い絵画よりも良く描かれていると果たして言えるのだろうか。歴史家という絵描きは、歴史そのものをモデルとして前に座らせ、その肖像を本物そっくりに描くものだと考えられているようだが、逆に彼の記述によって歴史の真の姿がぼやけてしまうことも往々にしてあるのだ[125]」。歴史物語にも文学物語にも言語が用いられているからこそ、両者に対して同じ言語学的、文学的分析が行われなければならないという考えのもとに、現代西洋の理論や評論においては、事実に基づく記録としての歴史に対する虚構の物語としての文学という単純な区別がなくなりつつある。

しかし中国文学の研究に目を向けると、歴史と詩の区別は、西洋と非西洋との間の言語的、文学的差異や二項対立を規定する実用的前提としていまなお機能しているようである。この区別は、ある批評的観点、すなわち哲学的関心を語り、現に起こったことではなく起こりうることを表象し、個別的ではなく普遍的なことに関わるという意味において詩は西洋に特有のものであり、それに対して漢詩は、現実の物事や状況から切り離すことのできないもの、超越的な意味ではなく字義通りの真実を語るがゆえに本来歴史的であるという考え方に、そのまま対応している。この見解にしたがえば、歴史と詩は、事実に基づく記述／虚構の創作物という対立関係に組み込まれるので、「非虚構《ノンフィクション》である」漢詩は当然のことながら歴史的言説の範疇の中に置かれることになる。「中国ではこれまでずっと、詩は歴史的経験を忠実に描き出しているという確信と共に読まれてきた」とオーウェンは明言する。漢詩が本当に史実を忠実に描き出したものであるのかどうかについては、漢詩の多くが遠い昔のもので復元不可能なため、説明しがたい。しかしオーウェンの言う「確信」とは、詩を史実の記録として読むべきだという「読者の気持ちと、そのような風潮を期待する詩人の気持ち」[126]の両方を意味する。詩に書かれていることを読めば史実を立証できるという考えすなわち期待は、オーウェンの言うように、中国人の中にすでに埋め込まれているのである。

「西洋文学においては従来、本文《テクスト》の境界線を絶対的なもの、すなわちホメロスの叙事詩『イリアス』(*Iliad*) に出てくるアキレスの盾のように、それ自体としての世界と考える傾向にあった」とオーウェンは言う。これに対して「中国文学においては古来、作品に書かれた言葉《テクスト》と生きられる世界は連続していると一般的に考えられてきた」[127]。ワーズワスと杜甫の詩の比較において見られたように、この時点で西洋文学と中国文学は、自立的な虚構の物語／事実の記述という対立関係に組み入れられることになる。アキレスの盾は、西洋文学ではおそらく最もよく知られているエクフラシス――言葉以外の手段を用いて表現するような対象を言葉で描写すること――の実例であろう。『イリアス』一八巻では、この虚構の盾に施された図像――自然界と人間界が想像豊かに描かれた図像――が言葉によって書き表されている。[128] この盾は西洋詩の象徴、隠喩的で形而上的な意味を考えさせるような象徴の中の象徴、いわゆる「それ自体としての世界」となる。これに対して、漢詩に自立的な世界が描き出されることは決してない。漢詩は生きられる世界の一部である。漢詩はこの、人間が直接経験する世界について書かれるものであり、詩の構造や意味もまたそのような世界に基づいている。

漢詩を歴史との関係において読むことには、実に多くの利点がある。歴史は、世間一般の背景事情や社会状況に基づいて文学作品を書いたり読んだりする際に重要な役割を果たすだけでなく、詩に直接関係する状況《コンテクスト》、すなわち詩を書くための機会として機能する。この特定の機会に対する反応として生まれる感情や思想が、詩の中に表現されていくのである。したがって漢詩の多くは機会詩である。先に挙げた范成大の「州橋」はその典型例であろう。なぜならそのような詩は、作者によって実際に知覚され経験される世界の中のある特定の時間から生じるだけでなく、それによって作者の経験がまさに素材となって、詩に様々な変化や反響をもたらすことになるからである。杜甫の詩が「詩史（詩による歴史）」と言われるのは、その多くが盛唐から晩唐にかけての時期、とくに西暦七五五年頃の動乱の時期における世相を赤裸々に描いたものだからである。この時期、突厥《とっけつ》の血を引く野心家の軍人、安禄山《あんろくざん》が引き起こした反乱[三四]によって長安は陥落し、唐王朝は一気に衰退の道をたどることになった。孔子が考える詩の効用の一つに「観察」というのがある。これは国内の各地で書かれた詩を編纂することによって、君主やその臣下役人、ひいてはすべての文人が、様々な風習や道徳規範を観察し、知ることができるというものである。

したがって中国において詩が有用であると考えられているのは、詩を学ぶことで「家では親孝行ができ、外では君主に仕える[129]」ことができるからである。古来中国では、詩と政治が密接に関わっており、さらに詩は世相を映す鏡であると考えられていたため、詩を歴史との関係において読むことはとりわけ重要なのである。従来の批評の大部分が、詩は明示的であれ暗示的であれ、その時代の社会情勢を記録するために書かれるのであり、またそのようなものとして理解されなくてはならないという前提に基づいて行われてきたと考えられる。そしてこの前提、すなわち歴史や政治が詩的表現と密接に関係しているという前提こそが、いわば中国特有の寓意的解釈——詩の本文を何か別のもの、隠された意味を内包する符号化《コード》された言葉として読む——を生み出した要因なのである。

しかし中国文学において歴史が重要な意味を持つからといって、漢詩を歴史記録と見なしたり、実社会の「事実をそのままに」語ったものだと考えたりしていいというわけではない。歴史や現実は、様々な形で詩の世界の中に溶け込んでいる。生きられる経験における、ある特定の時間に起こった出来事を語るのは、何も中国の詩人だけではない。ゲーテ（Goethe）もまた、自身の詩を「機会詩」、すなわち「現実によってその動機と素材が与えられる」詩と呼んでいる。ゲーテはヨハン・ペーター・エッカーマン（Johann Peter Eckermann）に、次のように語っている。「私の詩はすべて機会詩である。すべて現実によって示され、現実を基盤としている。雲を掴むような詩を、私は何一つ重んじない」[130]。ヘレン・ヴェンドラー（Helen Vendler）によれば、宗教詩人として知られるジョージ・ハーバート（George Herbert）は、「経験を再現し思い出すため」に、いわゆる「個人的な詩」なるものを書いていた[131]。ゲーテ自身の言葉やハーバートに関するヴェンドラーの見解がどうあれ、またゲーテと范成大の機会詩の間にどのような差異が認められようとも、唯一漢詩だけが、歴史や生きられる経験と密接に関係しているとは言い難い。西洋でも古来、詩と歴史との密接な関係は存在する。西洋の想像豊かな文学作品と、歴史に基づいて書かれた漢詩との差異が強調されすぎているので、古来西洋文学にとって歴史がいかに重要であったかを、この時点で認識しておく必要があるだろう。

　アキレスの盾が西洋詩の虚構性を象徴するのであれば、次のことを忘れてはならない。すなわち炎の神はアキレスの盾の他にもう一つの盾を作ったということである。周知のようにその盾は、その原型《モデル》であるアキレスの盾と共に西洋文学を代表する盾、ウェルギリウス（Virgil）の『アエネーイス』（*Aeneid*）に出てくるアイネイアスの盾のことである。この盾は実際の歴史の詩的未来図《ポエティック・ヴィジョン》の象徴、すなわち歴史的予言のエクフラシスの一つである。この盾には、建国伝説の始まり——狼の母の乳を飲むロムルスとレムス[三五]——から、ウェルギリウスの時代、すなわち皇帝アウグストゥス（Augustus）の栄光に至る古代ローマの歴史がはっきりと描き出されている。

　　そこには、予言の術を知り、来たる未来を知る炎の神が
　　イタリアの未来の物語、ローマ人の勝利を刻み込み

アスカニウスより後の時代を受け継ぐ者たちと
彼らが戦った戦争の有様が描き出されていた
（第八巻六二六―二九行）[132]

『イリアス』と比較すると明らかであるが、『アエネーイス』には一貫して歴史が描かれている。「古代ギリシアの叙事詩は、古代ローマ時代に書かれた『アエネーイス』には及ばない」とヴィクトル・ペシュル（**Viktor Pöschl**）は言う。「古代ローマ詩人ウェルギリウスによって、悲痛なる歴史の重み、その重要性が明らかにされた。彼は、偉大なる歴史には犠牲がつきものであると悟った最初の詩人であった[133]」。ここで言われている犠牲とは、アイネイアスがローマ帝政（**imperium**）の建設という没個的な、公の歴史的使命と引き換えに放棄せざるをえなかったもの、すなわち愛や個人的な幸福、私的利益といったものの犠牲のことである。ウェルギリウスの詩に描かれる悲哀の念はそのほとんどが、この個人的なものと没個的なものとの葛藤、帝国のために愛を犠牲にすることによって生じる。『アエネーイス』を注意深く読めば、アダム・パリ（**Adam Parry**）の言うように、二つの相反する声――「歴史の諸力」の声と「人間の苦しみ」の声[134]――が絶え間なく響いていることに気づくであろう。

ここで『アエネーイス』に流れる二つの異なる時間に注目してみる。アイネイアスの運命について述べられているのは、ウェルギリウスと読者にとっての現在という（歴史的）時間においてであるが、一方アイネイアスは、盾に表された未来の歴史を目にしたにもかかわらず、「（盾に描かれた）出来事を何一つ知らない」（第八巻七三〇行）者である。したがってフランシス・ケアンズ（**Francis Cairns**）の言うように、盾に予言的な数々の出来事が刻み込まれたのは、それらを「アイネイアスにではなく読者に教え広めるためなのかもしれない。なぜなら、それらはアイネイアスにとっては未来の出来事であり、彼の知りえないことだからである[135]」。歴史を過去のものとして認識している読者は、盾に刻まれた未来の出来事の歴史的重要性を、アイネイアス以上に理解している。『アエネーイス』に登場するカルタゴの女王ディドの姿に、後世のエジプトの女王クレオパトラを重ねて読むことなどは、読者にはたやすいことであろう。そしてディドが死の間際に呪いの言葉を吐き、彼女の骨より出ずる「復讐者」（第四巻六二五行）を求めるとき、読者はカルタゴの猛将ハンニバルやポエニ戦争の最中の不穏な時期を思い起こすことであろう。要するに古代ローマ時代の読者にとって『アエネーイス』という詩は、K・W・グランスデン（K. W. Gransden）の言葉を借りれば、「歴史または歴史理解の序曲《プレリュード》」[136]となるのだ。古代ローマ人は『アエネーイス』を、歴史が記された詩として読んでいたことであろう。それゆえ歴史的要素は、『アエネーイス』という詩を適切に理解するために不可欠なのである。

　ローマ王朝の歴史を綴ったウェルギリウスの叙事詩は、ルネサンス期にただならぬ影響を及ぼした。アンドリュー・フィクター（Andrew Fichter）の言葉を借りれば、ウェルギリウスは、ルネサンスの「王朝叙事詩」――「歴史意識」をあらわにし、「太古の昔に動き出した世界の成り行きが絶頂に達するのは、まさにいまであるという歴史志向の考え＝前提に基づいて描かれる」[137]詩――なるものの物語戦略を確立した。アイネイアスのような王朝の英雄は「歴史の産物である。彼はまた、自身が歴史の産物であると悟った時点で、歴史を築く存在にもなる。しかし彼は、歴史に直接関わることがない限り、また自身が歴史によって定められた人間であることに気づかない限り、決して歴史の流れを決めることはできない」[138]。ルネサンス期のウェルギリウスとも言うべきルドヴィーコ・アリオスト（Ludovico Ariosto）、トルクァート・タッソ（Torquato Tasso）、エドマンド・スペンサー（Edmund Spenser）の文学について、緻密な考察を行うフィクターは、次のような見解を示す。異教の詩人であるウェルギリウスによってもたらされる『アエネーイス』の結末は、キリスト教的な時間感覚や神の観念に適うものではなかった。このためルネサンスの詩人は、『アエネーイス』をある意味で完全な詩にするための書き直しを試みる。ウェルギリウスは、自身の経験に基づいて歴史を記すことしかできなかった。だからサトゥルヌス[三六]の黄金時代の再来は、あくまで遠い未来の可能性でしかなかったのである。この点でルネサンスの詩人は、自身がウェルギリウスよりも優れていると考えている。

キリスト教徒である詩人－預言者は、我にこそウェルギリウスよりも広範にわたる時代の知識があって然るべきと主張する。彼は、すべての歴史が聖書に記された神の計画通りに——神による人類の創造から完全なる世界の終末に至るまで——展開されるのを、何としてもその目で確かめようとするのだ[139]。

ルネサンスの詩人は、黙示録的先見に基づく終末論の観点から、歴史と霊的なものを結びつけ、最終的には「『アエネーイス』が属する次元とはまったく異なる、形而上的な次元の詩」を書く。ここで、形而上的超越／歴史の限界という対立関係に基づいてルネサンスの「王朝叙事詩」と『アエネーイス』を区別すれば、我々はあの西洋の超越性／中国の物質性という二項対立を思い起こすことになる。しかしこの思考の展開にフィクターはすぐさま待ったをかける。すなわちルネサンスの詩人とウェルギリウスとの実際の差異は、宗教的霊性の内に歴史は存在しないという見方、さらに言えば、ウェルギリウスの描くカルタゴやローマといった歴史上実在する都市が、聖書に描かれている寓意的な都市——人間の前に神が現れる——に取って代えられたという見方ではなく、むしろ両者の描くまったく異なる都市がまさしく一致するという見方に基づいて考えられるというのである。「根源的な存在論的二元論」によって、ルネサンス期のキリスト教詩とウェルギリウスの詩が区別されることはない。「キリスト教詩人は、二元論を嫌悪し遂には否定する思想体系の枠組みの中で詩を書く」。一方「ウェルギリウスは、個人の愛と帝国への責務との間の葛藤を描いた。この相反する欲望の狭間で、アイネイアスはどちらかを選択しなければならないのだが、アウグスティヌス[三七]（Augustine）にとっては、愛こそがまさしく帝政の基盤である」[140]。すなわちルネサンス期に書かれた王朝叙事詩は、霊的なキリスト教の愛だけでなく、世俗的権力をも賛美しているのである。

君主制や世俗的権力を嫌悪し、当初計画していたアーサー王伝説ではなく、人間の堕落を主題としたキリスト教叙事詩の執筆に着手したミルトン（Milton）は、霊的世界を描き出すことによって史実性を曖昧なものにしたと言える。これはまた、「文学の伝統に終止符を打つ」[141]行為でもあるとフィクターは言う。しかしそれでもなお、歴史が十分に認識されなくなるという事態は起こりえない。ミルトンが生前、政治活動に積極的に参加していたという事実を知る読者の多くが、彼の詩における聖書の主題――「人間による最初の反抗」、すなわちサタンの神への反逆――から名誉革命を連想する（ミルトン自身の意図がどうであれ）ことであろう。[142]このようにウェルギリウスからミルトン、あるいはそれ以降の時代においても、西洋詩が史実と切り離されることは決してない。しかしそれによって歴史は、詩を解釈する際の前提として考えられるようになっただけでなく、詩的表象に不可欠な要素にもなったのである。

ここで再び漢詩について考えてみる。歴史へ関係づけられる漢詩は、キリスト教的歴史観――歴史（記録）とは神の計画を開示することであるという考え――に基づく詩に比べて、よりウェルギリウス的であると言えるかもしれない。ただし、漢詩のほとんどは短い詩である。したがって、西洋叙事詩と幾分似た性質を持ち、その上、目的論的過程が描き出されているという印象を与えるような長くて複雑な物語構造という点で言えば、古典的な漢詩よりも、後世に発達した白話小説の方が、比較対象としては幾分適しているかもしれない。[143]『アエネーイス』と中国の伝統的な漢詩や白話小説との差異は、極めて明白である。しかし少なくとも両者は、一つの歴史観、すなわち歴史とは、ある種の天命――その原型は古の黄金時代にかつて存在した――を実行することであるという考えを、全面的にではないが共有していると言える。

終わりのときすなわち終末という観点から現在を捉えるキリスト教詩人と違って、儒教による古代の理想化の影響を受けた中国の詩人は、すべての始まり、すなわち古代の賢王たちの治世を規準に現在を考える傾向にある。とくに周王朝（前一一二二頃―前二五六）の慣習や制度を好んだ孔子は、次のように述べている。「周の文化（文）は、先の二代の王朝（夏《か》、殷《いん》）を手本として開花した。私はこの周の文化を受け継いでいきたい」[144]。古代中国の賢王たち――堯《ぎょう》、舜《しゅん》、とくに文王や周公――の名は、『詩書』の注釈の中にしばしば見られる。中国の詩人は、歴史の中のいまについて詩を書く度に、賢王の治世に思いを馳せる。詩人にとってその時代は一つの基準、すなわち自身が生きているいまなどは遠く及ばない一つの模範なのである。杜甫は「我が君主を堯舜の上に導き／再び社会の慣習を清める」ことが若き日に抱いていた政治的理想であると語り、賢王たちの清き時代への回帰を暗示しているが、これは単なる慣例表現ではない。なぜならこの暗示表現は、堅固で揺るぎない歴史観を利用して杜甫自身の政治的野望を正当化するものだからである[145]。当代の社会情勢を評する根拠として最後に行き着くところは、賢王への畏敬、そして遠い過去の理想化である。これらはいわゆる歴史の遡及目的論と言われるものに属する行為である。このため大多数の古典的な漢詩――いまという時代は古き良き平安の時代に比べて、常に劣っているという前提に基づいて書かれた――は、それらが書かれる前からすでに郷愁の念に導かれていると言っても過言ではない。

漢詩全般が機会詩であり、作品本文がしばしば歴史的文脈の中に組み込まれ、生きられる世界と連続しているという見解が認められたとしても、我々にはまだ検証すべき問題が残されている。それはすなわち、中国における歴史言説が事実を正確に述べたものであるのかどうか、さらに中国ではいまも昔も本当に詩が歴史記述として読まれてきたのか、そうであれば彼ら読者の判断基準すなわち期待において、文学的文章《テクスト》と歴史記述《テクスト》との区別はまったく存在しないのかという問題である。誇張表現について論じた際、中国において詩は事実をそのままに述べたものとして読まれることはないという見解が得られた。詩人は読者の心を打つ印象的な表現を生み出すために、物事を誇張して書く許可を得たようなものである。劉勰の言葉を再度借りれば、「言葉自体は過度に誇張されたものであっても、その真意が損なわれることはない」[146]。しかし、歴史家にはそのような許可は与えられていない。したがって事実に基づくとされる歴史家の記述の中に現実として起こりえないような内容が含まれていた場合、それは歴史家の信用に関わる問題となる。『書経』[三八]に書かれた戦争の記録の中で用いられている誇張表現——流血がまるで河のように流れ、戦士たちの武器を浮かべるほどであったというような——にまったく関心のない孟子（前三七一頃—前二八九頃）[三九]は、「『書経』に書かれていることを何もかも信じるくらいなら、いっそのこと『書経』などない方がよい」と言い放ち、非現実的な歴史物語を意に介さない[147]。しかしその一方で、『詩書』の詩について咸丘蒙《かんきゅうもう》と議論を交わす孟子は、誇張表現に対してむしろ寛大な態度を示し、字義通りに解釈してはならないと言う。次に取り上げるのは、中国の文学批評に多大なる影響を与えた孟子の言葉である。

> このように詩を解釈する際には、文字だけを取って詩句の意味を害してはならず、詩句だけを取って詩全体の趣旨を誤解してはならない。詩の本来の趣旨を探り当て、それを自身の心に汲み取って理解すること、これこそが詩を理解する方法である。詩句をただ文字通りに理解するならば、次の「雲漢」の一節はどのように読まれるであろうか——「生き残った周の民は一人残らず息絶えてしまった[四〇]」。これが事実であるなら、周の国民は誰一人として生き残っていないことになる[148]。

孟子は誇張表現を用いた『詩書』の詩は読むに値しないと切り捨てるのではなく、詩句《テクスト》の字義通りの意味を越えて作用する隠喩や修辞技法に読者の注意を向ける。そして詩句を本来の文脈《コンテクスト》に戻し、作者の意図に沿って詩を理解するという、いわゆる歴史的共感なるものが必要であると説く。孟子が『書経』と『詩書』に対してそれぞれ異なる見解を示していることから、中国では一般的に、歴史記録と詩作との間に明確な区別があり、歴史においてはその確かさが厳密に求められるが、詩においてはそれが必要ないと考えられていることがわかる。

漢代の高名な思想家である王充《おうじゅう》（二七—九七頃）は、彼が「芸術的誇張」と呼ぶ用語について説明するために、孟子が言及した「雲漢」の一節を取り上げ、次のような非常に簡潔で分かりやすい解説を付している。「雲漢」

とは、昔の深刻な干ばつを詠った詩である。「ひどい干ばつであったという事実は否定できないが、民衆が一人残らず息絶えたというのは何とも言い過ぎた表現である」。食料を豊富に蓄えていた裕福な民は、その災難を乗り越えることができたであろう。この詩において作者が誇張表現を用いたのは、「詩句の効果を強め、干ばつのひどさを強調するため[149]」である。王充は、修辞表現によって詩句の効果が高められ、詩の趣旨がより深い味わいと共に伝えられる限りにおいて、芸術的誇張は意義あるものだと考え、これを容認する。しかし彼は、それ以外の誇張表現を一切認めなかった。ここでもまた、詩と歴史の差異——詩人には許される誇張表現と、歴史家に求められる記述内容の確かさ——が浮き彫りにされる。

錢鍾書は実に多くの文献を収集し、「詩史」という言い古された漢詩の概念について非常に興味深い評論を展開する。歴史物語に見られる数多くの対話《ダイアローグ》や独話《モノローグ》が、歴史家本人やその他の誰かによって記録されたというのは、どう考えてもありえない。たとえば『左傳《さでん》(春秋左氏傳《しゅんじゅうさしでん》)』に見られる介之推《かいしすい》と母との会話、または鉏麑《しょげい》の自害前の独白の場面について言えば、「生前の彼らを目撃した者もいなければ、彼らの死後にそれを証明できる者もいない。注釈者はこれに対して何とか説明をつけようと、くどくどと述べ立てるのだが、読者には得心がいかずはっきりしないままである[150]」。とくに、自害の前に鉏麑が残した最後の言葉を「誰が聞き、誰が語ったのか」と李元度《りげんたく》(一八二一—一八八七)は問うているが、読者の多くはいまなおその問いに答えられない。しかし、次に取り上げる白居易の長編詩「長恨歌《ちょうこんか》」——この詩の物語の中で人物たちが交わした言葉を、作者あるいは語り手が記録することもまた不可能であると思われるのだが——に関して、先述のような疑問が提示されることはなさそうである。

帝の寵愛を受けていた(いまは亡き)妃の魂を探すため、ある一人の道士が遣わされる。道士は仙女の住む地までやって来て、ついに妃を見つける。帝への愛の印として、そして語りの視点から言えば、仙女の国は実在することにしておきたいという理由から、その麗しき女神——彼女は人間界にいる間、帝の妃としてずっと人間の姿で過ごしていた――は、かんざしを二つに折って片方を道士に渡し、それから帝と彼女にしかわからないある言葉を伝える。それは、誰もいない真夜中に、宮廷の中で二人の間で密かに交わした愛の言葉であった。この物語を読んで「『二人の言葉を誰が聞き、誰が語ったのか』という愚問を発したり、『臨邛《りんきょう》の道士[四一]』は嘘つきであるなどと言って興を削いだりするような者がこれまでいたとは思われない」と銭鍾書は述べている[151]。

ここでもやはり、歴史記述と詩の本文は、それぞれに対する読者の期待が異なるため、同じ方法で読まれることがない。したがって銭の言うように、「歴史書の文章に文学的潤色が含まれていることを知らない上に、詩はすべて立証可能な事実に基づいて書かれるものだと信じて疑わないこと、あるいは歴史書の文章には詩的性質があることを理解せずに、ただ詩人と歴史家の書き方は同じだという認識に留まること[152]」は、いずれも偏見に基づいた行為であり、これに対する批判は免れえない。銭によれば、『左傳』の中で歴史上の人物が実際に話したこととして記されている言葉は、「実はその人物のために想像で書かれたものであり、それが後世の小説や演劇における対話や印象的な台詞のもとになっていると言っても過言ではない[153]」。ならば我々が考えるべきことは、詩を歴史的に読むことよりも、歴史文献そのものをどの程度まで、またはどの点において、想像的文学作品として読むことができるかということであろう。

歴史と物語的虚構との相互連関性については、中国文学の研究領域においても度々取り上げられてきた。中国の伝説の人物にまつわる初期の歴史小説に関して研究を行ったアンリ・マスペロ（Henri Maspero）は、この歴史小説と伝記物語が混同されやすいと指摘する。穆王《ぼくおう》、重耳《ちょうじ》（後の晋文公）から斉代の名宰相晏嬰《あんえい》、弁論家および宰相として知られる蘇秦《そしん》に至るまで、古代中国の高名な人物のほとんどが「歴史小説の主人公として取り上げられた。伝記に書かれた事実だけでは不十分だとなれば、自由な発想力を駆使して架空の話が造り出された[154]」。『左傳』には、精妙に構築された修辞表現や詩ならではの魅力が随所に見られる。『左傳』は小説でも歴史小説でもなく、そこには必要最低限のことしか書かれていない。だが慎重に選び抜かれた出来事や言葉の一つひとつは、善と悪、すなわち慈悲深く聡明な君主と強情で残忍な暴君にまつわる道徳的教訓を説くために機能している。ロナルド・イーガン（Ronald Egan）によれば、『左傳』の中で、たとえば晋楚二国間の戦いのような歴史的事件が実際どのように進展したかについては、ほんの数語でしか説明されず――その戦いの規模や兵士の訓練、装備、敵軍の士気、その他、戦場での両軍の布陣などの詳細については一切言及されない――、代わりにその事件の結果を道徳的な局面においてあらかじめ決定づけるような出来事が多く語られている。これはすなわち、『左傳』の物語では道徳や教訓が重んじられているからだと考えられる。「この物語では一貫して、事の善悪を見定めること、公正なる君主と利己的な君主を見極めることの重要性が語られている」とイーガンは言う。「それができれば、戦いの結末は予測できる。すると戦いの主な内容を事細かに説明しようなどという気はたちまち失せてしまう」[155]。

余国藩《よこくはん》（Anthony Yu）もまた、『左傳』には中国の一般的な歴史文献と同様、「善悪を明確に区別するだけでなく、『懲悪勧善』の道徳規範を仕組むという試み」[156]が見て取れると指摘する。中国では道徳規範や教訓的志向が、虚構の物語だけでなく歴史物語の価値をも決定づける要因になっていることは間違いない。余はさらに次のように述べる。中国において歴史書が小説に及ぼす影響は大きい。なぜなら小説家のほとんどが、王朝の歴史に基礎を置いて物語の筋を組み立てるからである。ゆえに小説の中では、「因果応報という周知の概念」が、中国の年代記における道徳規範と同じ機能――これによって示されるのは、社会や政治の世界での発言や行為が実際にどのような結果をもたらすのかということである――を果たす。『紅楼夢《こうろうむ》』（中国の傑作小説、『石頭記《せきとうき》』としても知られる）が「歴史そのものの記述の仕方とは正反対の手法で書かれた書物」として注目されるのは、まさに先に述べた、歴史的根拠に基づく従来の小説の書き方との関係においてなのである。なぜならこの小説は虚構性《フィクショナリティ》を意識して書かれ、その物語の筋は、王朝の歴史を下書きにしたとわかるようなものとはあえて一線を画したところに構築されているからである[157]。

では、特定の歴史的時間や生きられる経験を題材として生み出される機会詩の場合はどうか。それは果たして非虚構《ノンフィクション》なのか、さらにはオーウェンの言うように、それは本当に「歴史上実在する詩人が現に記憶している歴史上の時期や場面が描かれた(158)」ものとして読まれるのであろうか。実のところ、オーウェンは古典的な漢詩を読むことにあまりにも精通しすぎているがゆえに、もはや自身が打ち立てた学説に見られる中国と西洋の文化的二項対立(四二)を容認できなくなっているのである。そこでオーウェンは考えに考えを重ねた結果、この問題に自ら解答を与えた。それはすなわち、「歴史主義」に対して異議を唱えることによってである――「率直に言えば、文学作品の本文を、それを取り巻く歴史に関係させて読むということが我々には決して理解できない。我々はただ、そのような読み方を形式的に模倣すること、すなわち作品本文を、あたかもその歴史的根拠であるかのように装っている別の文章、言うなれば歴史の『記録＝物語』の内部で作り上げることしか知らない(159)」。歴史の根拠づけとは結局のところ、文学作品の文章を読むための文脈《コンテクスト》を、それとは別の歴史物語から構築することにほかならない。このような文章《テクスト》＝文字群の円環構造があらわとなることによって、歴史の真実あるいはその確かさを立証するのが難しくなる。ここで、漢代に書かれた『詩書』の注釈とその解釈が及ぼす影響について考えてみる。すると、ある一つの非常に有益な見解が浮かび上がってくる。

　杜甫は「江南にて李亀年《りきねん》に会う」（江南逢李亀年）という詩の中で、かつては名歌手であった李に「岐王《きおう》の館で度々」会い、「崔滌《さいてき》の屋敷の前で何度か」彼の唄を聞いたと詠んでいる(160)。しかし李範《りはん》（岐王）と崔滌（宮廷の侍従）は、開元一四年に他界しており、そのとき杜甫は十代の少年であった。ゆえにこの詩に書かれていることは事実ではないと考える注釈者もいる。たしかにまったくありえないことではないとはいえ、当時少年だった杜甫が貴人の館にしばしば出入りし、李に「度々」会っていたとは考えにくい。この詩に書かれた内容の信憑性をめぐる議論に見解を加えるオーウェンは、漢詩が詩人の実際の経験を「そのまま忠実に」詠ったものとして読むべきだという考えを暗に退ける。すなわち杜甫が「間違って記憶していたか、あるいは彼が心に思い描く開元の世、その世界にいる自身を詩に表すことによって『現に起こったこと』の記憶を覆い隠した」ということも十分ありうる。または「架空の（杜甫）少年物語」を書くことによって、現実の代わりに彼の願望を表したのかもしれない。「詩の世界の中でしか求めることの許されない歴史的事実と、現実世界において真実であるとされる歴史は、別ものなのである」(161)。このようにオーウェンは、漢詩を書くということが実際の経験に基づく唯一の事実を記すことだという考えに疑問を投げかけるのである。

　オーウェンはまた、李商隠《りしょういん》の詩に書かれる多義的で示唆に富む言語表現について考察し、そこで単なる歴史的要素と対置される「詩的」要素なるものの概念を明示する。仮に歴史の根拠づけによって詩を読むことが、詩に書かれた言葉を特定の時間や場所、限定された関係の中に繋ぎ止めることにあるとすれば、古典的な漢詩の言語とは、その繋がれた状態からの乖離、すなわち歴史的および物語的特性を離れ、機能語の削除、統語的関係の省略へ向かう傾向を示すものである。何かを暗示するかのように後に響く韻尾は、不確かで説明しがたいもの、歴史的事件というはっきりと区切られた領域を越えたところにある何かを読者に思わせる。オーウェンの言うように、漢詩とは「確固たる歴史的根拠と共に生まれるもの、そしてその根拠について語るものである」という考えに疑いの余地がなくとも、またそのような見方が「歴史との密接な関係を特定するような詩の表題や序文によって強まることが多々ある」としても、「『詩的な』響きが、歴史的根拠を決定づけるような言語の諸要素を抑制する」(162)のである。このようにオーウェンは、漢詩とその歴史的根拠に関する考察を通じて、漢詩は「歴史上の体験を忠実に描いている」という、かつて自身が容認していた考えを巧みに、そして然るべき形に修正する。この点に至って、オーウェンの説は全面的に肯定される。なぜなら彼は、自らの見解を修正することによって初めて、漢詩の詩句を取り巻く状況や漢詩を読む中国人の期待の地平について言及するようになったからである。

　漢詩の多くが古くから非虚構《ノンフィクション》として読まれ、詩人が生活の中で実際に知覚、経験したことを詩に詠んでいたことは確かである。しかし、批評という点において重要なことは、従来の「歴史的な」解釈を額面通りに受け取ることではなく、その前提――歴史的解釈を形成したり、そのような解釈を前もって決定づけたりするような政治的、イデオロギー的根拠や動機――を精査し理解することである。ここで蘇軾《そしょく》（一〇三七―一一〇一）を例に挙げて考えてみる。宋代の大詩人であった蘇軾は政治的抗争に関わり、度々逮捕されていた。彼の作品は政治を風刺し治安を妨げるものだとして度々糾弾された。元豊二（一〇七九）年、蘇軾は時の政府を風刺し朝廷の名誉を傷つける詩を書いたとして投獄され迫害を受けるが、そこで起こったある事件を見てみると、当時の社会において文学作品やその解釈が政府によって検閲を受け統制されていたことがよくわかる。その事件こそ、世に言う「烏台詩案《うだいしあん》」である。[163] 政府を批判した蘇軾の詩の中で、対になって生えている檜を詠った次の簡潔な四行詩は、彼を生き長らえさせた詩であると言っても過言ではない。これにはある「歴史的な」読み、すなわち詩の言葉によって喚起される詩的心象《イメジャリ》と、現実世界においてその心象が指し示すとされているものとを意図的に結びつけようとする解釈が関係している。

堂々と向かい合う二本の檜は、互いに欺くことなく
幹がまっすぐ空に伸びているのは、ただの見せびらかしではない
根は深く地の底まで伸びて、曲がったりねじれたりすることはない
冬籠りをしている龍だけが、このことを知っている[164]

天翔ける龍は皇族の権力や皇帝を表すので、蘇軾の詩に現れる龍の描写《イメージ》はすぐさま「歴史的」すなわち政治的な読みに利用される。では、この詩と蘇軾の命がどのような関係にあるのか。これについて、蘇軾と同時代を生きた学者である葉夢徳《ようぼうとく》（一〇七七―一一四八）がある逸話を語っている。次に全文を引用する。

元豊の世に蘇軾が御史台の獄に投じられたそのとき、皇帝神宗に彼を極刑に処すというご意向はなかった。しかし、執政大臣が帝の御前にて、蘇軾を反逆罪で告訴した。顔色を変えた帝は次のようにおっしゃった、「軾は確かに有罪である。だが余はあの者が反逆罪を犯したとまでは思っておらぬ。そなたはなぜそう言えるのか」。すると大臣は蘇軾の詩の中の対句――「根は深く地の底まで伸びて、曲がったりねじれたりすることはない／冬籠りをしている龍だけが、このことを知っている」――をその証拠として引用し、こう述べた、「陛下は天翔ける龍にございます。しかし軾はこう考えているのです。陛下はこの詩の意味をご理解できず、地中に潜む龍に同情されることだろうと。これは反逆以外の何ものでもございません」。これに帝はお答えになった、「一詩人の書いた言葉に対してなぜそのように大層なものの言い方ができるのか。軾は檜のことを詠ったのであって、余とは何の関係もないではないか」。大臣もこれには返す言葉がなかった。章子厚《しょうしこう》も蘇軾の弁護のために尽力し、その結果蘇軾の罪は軽減された。この出来事を私に話してくれた子厚は、不快感をあらわにし、次のような言葉で大臣を揶揄した――「人というのは何も憚ることなく、あのように他人を傷つけることができるものなのですね[165]」。

これは、異なる解釈の対立を示す実に興味深い一例である。なぜならこの引用から、詩を読むこと、さらにはその読みと政治権力との関係について多くの重要な事柄が明らかとなるからである。中でもいま我々が論じている内容に直接関係する事柄は、蘇軾の詩に対する大臣の読み――この詩が現実世界だけでなく、皇帝への中傷を述べた詩であると解釈することで蘇軾に罪を負わせようというあからさまな（あからさまにも程があると言うべきであろう）意図の表れ――を皇帝神宗がどのようにして退けたのかということである。大臣に対する皇帝の返答によって、隠喩的《アレゴリカル》な意味と字義的意味との対立関係をめぐる問題が、非常に複雑なものとなる。なぜなら皇帝は、蘇軾の詩を字義通りに檜や冬眠している龍の詩であると解釈し、自身を「天翔ける龍」に喩えたり、大臣の解釈の規範である現実の政治に関連づけたりしないからである。否、皇帝は蘇軾の詩を字義通りに解釈しているというよりはむしろ、檜や龍を、それらの隠喩を利用して大臣が解釈したのとは別のものとして解釈し、そこから喚起される心象《イメージ》を強固な政治的解釈から、さらにはその解釈によってもたらされる（蘇軾の極刑という）不吉な結末から事実上解放しているのである。いまもなおこの詩に詠われている、檜の湛える威厳や、それが真直ぐに伸びる様は、秀才王復への賛辞、あるいはもっと一般的に、蘇軾が讃える高潔さや道徳規範の象徴といった具合に、寓意的に読まれている。しかし皇帝神宗は、蘇軾が詩の中で実際に何を賞賛しているのかということにも、（檜の場合に比べれば）幾分暗示的に語られている地中の龍が何を指し示しているのかということにも言及しようとはしない。皇帝の寛容で柔軟な解釈によって、隠喩的な意味は限定的に定められた意味内容《シニフィエ》から解放される。このようにして皇帝は、「一詩人の書いた言葉」を解釈したと考えられる。一方大臣は、蘇軾の詩を寓意的に、ただの檜とは異なる別のものを表す詩として解釈しているが、その目的は、あらゆる詩的表象《イメージ》に限定的な意味内容《シニフィエ》を付与することによって隠喩的な意味のずれを無くすことにある。要するに皇帝も大臣も蘇軾の詩を、字義通りに檜（ならびに龍）を見たまま忠実に描写した詩として読むことはない。両者が異なるのは、詩的心象《イメジャリ》の総体としての構造をどのように解釈するのかという点においてである。この差異は、各々の読みの方法やその前提の結果すなわち解釈内容として表面的には判断されるが、それを決定づけるのは、双方の読みの中ではっきりと表面化されることのない政治的目的および共感である。葉夢徳が語っているように、皇帝神宗には最初から蘇軾を極刑に処す「ご意向はなかった」。すなわち皇帝による詩の読みが寛容であるのは、蘇軾の文才を評価していたからというよりもむしろ、対立する政治勢力の均衡が保たれることを強く望んでいたからである。蘇軾の詩を読んだ皇帝は、政敵蘇軾に対する大臣の企みを十分に理解していた。だから皇帝が大臣の解釈を退けたという事態は、解釈学だけでなく政治にも密接に関わっている。この場合、政治と解釈学は融合して一つになる。「烏台詩案」における一連の出来事――蘇軾に対する告発、投獄、彼の詩に対する執拗な取調べ、釈放、そして朝廷からの事実上の追放——は、詩と政治が危険を伴いながら交差する実例として非常に意味深いものである。そのような状況の中で提示される寓意的な詩の読みが十分に受け入れられるためには、その読みが政治的、イデオロギー的前提に基づいて理解されなければならない。いまや漢詩は、字義通りのことを語るものでも、そのように読まれるものでもないことは明らかである。漢詩は何か別のもの、詩に書かれた言葉＝本文の字義とは別のものを表現することが可能であり、現に表現しているのである。中国文学の歴史において、この別のものの解釈をめぐる対立は、重大な、そしてときには良からぬ影響を及ぼすのである。

第二章　正典《キャノン》と寓意的解釈法《アレゴレシス》

ヤーコプ・ベーメ[一]（Jakob Böhme）の神秘的な作品は、作者が言葉を、読者が意味を持ち寄る「ピクニック」のようなものだと、皮肉まじりに言われてきたが、このような特性が与えられると、ベーメだけでなく文学作品なら何でも「ピクニック」として読まれるのではないかと考えられることにもなる。[1] 作品の意味はひとえに読者の貢献によるものである（大げさな言い方ではあるが）と主張することによって、現代批評において広く受け入れられている定説、すなわち作品本文《テクスト》の意味生成において読者が重要な役割を担うという考えが明確に示される。したがって作品を理論的に分析する際、その意味自体が何であるのか（作品に内在する意味）ではなく、読みの過程の中でそれがどのように構築されるのかということ（読者による意味生成の方法）に重点が置かれることになる。「ピクニック」という何ともばかばかしい隠喩表現《メタファー》から考えられるのは、それが言葉と意味を完全に分断する不当な読み方だということ、さらには両者を媒介する場《テクスト》がそこにはないということである。作品に書かれていることをそのまま読むだけでは作品の意味を理解できないというのであれば、作品本文の内容とそれを理解する方法との関係——言うなれば字義的意味と比喩的意味との間の緊張関係——は、常に複雑な解釈学上の問題を引き起こすことになる。言葉と意味、すなわち作品本文とその解釈との複雑な緊張関係が、意図的かつ体系的に本文そのものの中にすでに組み込まれている場合、それは寓意として読まれる。あるいはこうも言えるであろう。言葉と意味の関係が作品本文に対する読者の反応において構築、形成される場合、寓意的解釈法という一つの特殊な方法が採られる。一口に寓意と言っても、構成的寓意と解釈的寓意[一]という二種類の寓意があり、それらは元来まったく異なる考え方に基づくものとして区別される。しかしジョン・ホイットマン（Jon Whitman）の言うように、実際に読書を行う際、「両者の寓意を別ものと見なすことはできない[2]」。要するに、作者独自の仕方で配置された言葉と（それに対する）読者の解釈を媒介するもの《テクスト》が常に不可欠なものとして存在しているのである。本書では、作品＝寓話《アレゴリー》とその解釈＝寓意的解釈《アレゴレシス》が、作品－読者間の相互作用と密接に関係しているという理由から、寓意は構成的、解釈的双方の性質を備えているという理解のもとに考察を進めていく。

作品－読者間の相互作用は、解釈学上特有の理解行為の一つであり、それはスタイナーの言うように、広義において翻訳と言われる。スタイナーによれば、翻訳というものは正しくは次のことを意味する。「ある特定の言語において発語行為が次々に遂行されると、それら一つひとつが集まって意思疎通《コミュニケーション》という正円をなす。翻訳とはいわば、その正円の一部である孤の中でも特別の実例《ケース》である」。翻訳に関わる諸問題は、中間言語[二]の段階においてだけでなく、「目には見えず、また見落とされていることも多いが、同一言語内において」も見られる。翻訳に関してスタイナーが言わんとすることは、次の一節に簡潔にまとめられている——「同一言語内であれ異言語間であれ、人間の伝達活動は翻訳であると言える[3]」。このように翻訳の意味を広義に捉えれば、まずは言葉および概念が翻訳できなければ、人間の伝達活動は遂行不可能ということになるが、このことは第二言語（外国語）の理解に不可欠なだけでなく、状況の変化の影響を受けやすい同一言語内での解釈を考える場合にさえ必要な前提である。すなわち翻訳を効果的に機能させること、一見馴染みのない、わかりにくい内容や事柄を、馴染みのある理解可能な内容や事柄に変換することは、文化の差異を越えた《クロスカルチュラルな》理解だけでなく、主体間相互の理解のためにも非常に重要なのである。

しかし、文化の差異を越えた理解はありえないとする懐疑論的、相対主義的な考えに基づいて言えば、最も疑われるべきは諸言語間の翻訳である。西洋諸言語で書かれた寓話やそれに対する寓意的解釈を中国語で、または中国語で書かれた寓話や寓意的解釈を西洋諸言語で適切に説明することは可能なのか――この問題については、これまで数多くの議論がなされてきた。そのような翻訳は不可能だと言う評論家や中国学研究者も中にはいるが、本書の趣旨はあくまで、寓意というものに対する考え方は、東西洋間の言語的および文化的差異を越えて翻訳することが可能であるという考えに即している。本書で展開される議論の大部分が、異言語間および異文化間における寓意や寓意的解釈の翻訳を可能ならしめる条件とは何かという問い、そしてその可能性を立証するための根拠を文学批評において示すことに向けられている。寓意《アレゴリー》や寓意的解釈法《アレゴレシス》といった用語を翻訳するということは、ある言葉を他言語へ転移させるという単なる技術的な所作ではなく、何より理論上の問題――他言語への転移に必要な、もとの言語の概念に相当する概念を見出すこと、その概念が言語や文化的伝統の差異にとらわれることのない普遍的なものであるという考えを決定づける要素とは何かを突き止めること――に関わることなのである。

寓話とは「言葉と意味内容とが別々のことであると示す」言説《テクスト》であるというクインティリアヌス（Quintilian）の言説はそこかしこで引用されているが、これはおそらく寓話の定義の中でも最も簡潔で最古のものであろう。[4]このような明確な定義によって、最も基本的な寓話の要素を最も単純な状態で示すことが可能となる。後にこの基本的要素は、とりわけ聖書釈義に取り入れられることになるが、この釈義の中で寓話の概念はより一層具体的で限定されたものとなる。今後我々は、クインティリアヌスによって規定された寓話（寓意）の基本概念に度々立ち返ることになる。本書では主に、語概念の翻訳は可能であるかという問題が取り上げられる。だがその目的は、中国語の言説と西洋諸語の言説に共通の特徴を見出すことではなく、双方に同じような解釈の枠組――その内部でまさに寓意の概念が形成される——が存在することを立証するためである。別の言い方をすれば、寓話をいわゆる書かれた言葉とその字義とは異なる意味の二重構造として捉える際には、そのような構造が生み出される諸条件——本文の字義とは別の意味において解釈するための言語的、文学的、イデオロギー的（道徳的、政治的、宗教的な意味での）根拠——に関心が向けられているということである。中国と西洋の正典文学とその注釈を精査することによって我々は、双方の異なる伝統において古来用いられている解釈の方法に共通性があること、とりわけ解釈とイデオロギーとの関係に類似性が見られることを明らかにする。

ただしこれは、作品本文がそれ自体としてはイデオロギー的基盤を一切持たない、すなわち、本文の字義的意味は確固たる不変のものであり何の問題も引き起こさない——それは第一資料と同一のものと見なされ、寓意は派生的推論として区別される——ということを意味するのではない。後で我々は、字義的意味についてその概要を述べ、それがいかに複雑なものであるかについて考える機会を設ける。しかしいまここで何より言うべきことは（この時点では前置きとして述べることしかできないが）、字義的意味とは、本文を適切に理解し妥当な解釈を得るための、そしてまた本文を意図的な歪曲や書き換えから遠ざけるための重要な根拠として考えられなければならないということである。文化相対主義的見解の一つである解釈学的虚無主義《ニヒリズム》——すべての理解は誤解であり、すべての読みはただの操作《マニピュレーション》、すなわち拡散する威圧的な権力関係に左右されるという有名無実の議論——に私は依然として得心がいかない。作品本文と解釈は何一つ制限されることなく、それらが縦横無尽に活動する中で「何でもまかり通る」、したがっていかに不当な操作であってもそれが誤読、誤解釈であるという抗議が正当化される根拠などどこにもない——このような解釈学的虚無主義《ニヒリズム》の基本原則を容認するつもりはない[5]。

ベーメの作品を読むことが「ピクニック」に喩えられることからもわかるように、場合によっては読むという行為は楽しく自由なものだというのはもっともなことである。しかし私個人の意見としては、前章の最後に触れた、いわゆる「烏台詩案」のような事例もあるということを忘れてはならない。この「烏台詩案」に関して、我々は次のことを見てきた。すなわち、蘇軾の詩をめぐって対立する解釈を覆う薄皮を一枚剥がせば、諸々の政治的関心や思惑、動機をたやすく見出せるということ、読むという行為が実人生において命に関わるほどの深刻な事態を引き起こしうるということ、「政治的な」ものの方が、単なる作品本文の操作《マニピュレーション》よりもはるかに強い意味を持っていること、そして、ピクニックに出かけ、口に合う（＝興味深い）意味なら何でも言葉に和える（＝対応させる）ことよりも、解釈という行為の方がはるかに多くの問題を孕んでいるということである。

『雅歌』を読む

クインティリアヌスによる寓話の定義——言葉と意味内容は別々のことである——を思い起こすとき、我々はすでに、作品本文と解釈との間に生じる差異、すなわち言語記号や絵画的記号がそれぞれ異なる意味、すなわち字義的意味と字義を越えた意味を持ちうるという可能性を考えている。したがって寓話は、記号とその指示対象との間の断絶という複雑な関係——作品に書かれた言葉が現実の世界と繋がっているわけでも、世界の完全なる表象＝顕在化として現れ出るわけでもなく——において理解される。この記号論が中世に発達したことによって、聖書には四つの意味[四]があると考えられるようになる。そこには字義的意味とは別の意味が含まれており、それによって本文の字義を越えた神の教え——時として字義とは正反対の、すなわちその意味を打ち消す神の教え——が付与される。このような寓話の理解に欠かせないのは、意味するもの《シニフィアン》と意味されるもの《シニフィエ》との、字義と字義を越えた意味との、物質的媒体と精神的内容との隔たり（差異）であり、これらの隔たりが古来西洋における寓話の構造そのものを成す要因なのである。

しかし、異文化研究において寓話の構造を考え始めたとたん、ある中国学研究者たちの見解が我々の前に立ちはだかる。それはすなわち、西洋における寓話の理解に不可欠な隔たりは中国語においては考えられないものであり、西洋思想に見られるような精神的、形而上的超越は中国の思想や哲学には存在しない、したがって中国語で書かれた文章には寓意はまったく見られないという見解である。たとえば余宝琳の言うように、「西洋の寓話が、実際に起こった出来事をそのまま記録したものというふうに字義通りに受け取られることはまずありえない。むしろそれは記号の体系であり、その本当の意味は、記号の持つ虚構性や本文に書かれていること以上の何かに向かう意味する《シニフィアン》ものとしての記号の機能を明確に示すことにある」[6]。しかし、余の論理にしたがって言えば、「本文に書かれていること以上の何か」を表すということ自体が、中国語には不可能なことである。なぜなら、漢詩には「世界に対する詩人の字義通りの受容」[7]が記録されているからである。ここで中国語や漢詩の表現に対する直解主義は、西洋言語の形象性《フィギュラリティ》、比喩表現の最たるものとしての寓話に見られる形象性と対置される。したがって、寓意や寓意的解釈が中国と西洋の境界を実際に越えて理解されるのかという問題は、比較文化研究全体に関わる問題である。この問題の前に立ち現れるのが、中国と西洋の言語、文化、文学はそもそも同じ基準で比較することができないという考え方である。だが、たしかに、中国と西洋における思考の方法が根本的に異なるという話になれば、これは聞き捨てならない問題である。G・E・R・ロイド（G. E. R. Lloyd）の指摘にあるように、「古代ギリシア人なり中国人の思考の方法を一括りにまとめてしまうこと」によって、それぞれの思考の内的多様性が見落とされることになる。この事態は「諸々の領域や時代を越えて、両者の思考の方法に関わる特性を同一性のもとに捉えるという不当な決めつけ」によって生じる[8]。本章では、中国語による寓意表現は可能かという問いに直接答えるよりも先に、西洋の寓話、より厳密に言えば、古来西洋における寓話の最たるものと目されてきたソロモンの雅歌の考察から始めたい。作品本文、とりわけ正典の本文が寓意的に解釈される過程を見ていくことによって、寓意的解釈法の性質、またはその解釈によって可能となる文化の差異を越えた翻訳というものについて、よりよい理解が得られるであろう。

　聖書の中で特別な地位を占める雅歌について一つ言えるのは、それが正典性を備えているとは断定できないということである。その要因は明らかに、雅歌の本文——官能的な表現に彩られ、驚くほど感覚的な言葉で綴られた情熱的な愛の物語――にある。隠喩的な表現によって、色情《エロティシズム》や性《セクシュアリティ》が異常なほど露わになる。ルース・アップロバーツ（Ruth apRoberts）の言うように、「性的な経験は、言葉で正確に言い表されるものではない。ソロモンの雅歌に見られる過度な比喩表現は、この歌が一般的な話し言葉で書かれていないことの何よりの証拠であると同時に、読者が自身の心に描くよりも強く鮮明に、性的な経験を思い起こさせる」(9)。フランシス・ランディ（Francis Landy）によれば、雅歌に見られる隠喩に満ちた女性の身体の描写や熱烈な愛の告白といった表現は、「知性に訴えかけるだけでなく官能的な響きを湛えている。読者は過激な言葉に動揺しつつも、その言葉の中に情緒的、性的な意味を見出すことであろう。言うなれば、読みが困難であるほど、批評とはある種無縁の（読みの）快楽がその魅力を増すのである」(10)。しかし、厳正、厳格たる聖書との関連において考えると、ランディが雅歌の印象を述べる際に用いている言葉――「官能的」、「情緒的で性的な」、「批評とはある種無縁の快楽」――はどれも相応しくないように思われる。ならばここで欽定訳聖書（King James Version）の雅歌の最終章（第八章）から有名な二つの節を取り上げて見てみよう。これらの中で語られる言葉に、音楽のような美しい旋律の響きを感じ取ることはできないだろうか。

Set me as a seal upon thine heart, as a seal upon thine arm: for love is strong as death; jealousy is cruel as the grave: the coals thereof are coals of fire, which hath a most vehement flame.
（私を印章としてあなたの心に、あなたの腕に刻みつけて下さい。愛は死のように強く、熱情は黄泉のように非情ですから。その焔は火の焔、凄まじい炎です。）

Many waters cannot quench love, neither can the floods drown it: if a man would give all the substance of his house for love, it would utterly be contemned.

（愛は大水で消えることも、洪水に押し流されることもありません。愛を得るために家財の一切を与えようとする人があれば、その人は必ず蔑まれます。〔八章六―七節〕）

美しい詩節の中で語られる愛、死、熱情は抽象観念ではなく、鮮明に喚起される心象《イメージ》の中で生き生きと躍動し、調子よく音を刻んでいる。一九世紀の評論家ジョージ・セインツベリ（George Saintsbury）は、これらの詩節がすべての英国文学作品にとっての「理想的な英語散文韻律の手本」であるとしている。[11] 理想的な韻律、感覚に訴えかける魅力を備え、「批評とはある種無縁の快楽」を喚起する雅歌は、世界の文学の中で最も洗練された愛の詩の一つに数えられてもおかしくはない。しかし聖書の一部である雅歌を、人間の書く世俗的恋愛詩と同等のものと見なすことには抵抗を感じずにはいられない。聖書正典であるために雅歌は、正典の正典たる所以の一つである霊的意味を有していなければならない。しかしその文体から察するに、雅歌には官能的な愛の欲望が高らかに詠われている。この欲望によって霊性が損なわれることになりかねないだけでなく、雅歌が正典の一書であるという事実までもが疑わしくなる。

聖書の中に愛の詩が収められているという事実こそが、何世紀にも渡って旧約新約を問わずすべての聖書釈義における解釈上の問題を引き起こす要因であった。問題は雅歌が愛の詩であるということではなく、次の特徴が世俗的恋愛詩より顕著に見られるという点にある。それはすなわち、女性の美に対する賞賛、露骨なまでに官能的な表現、「東洋的《オリエンタル》な」官能性、そして本文全体を通じて神が登場しないことである。欽定訳以外の聖書翻訳、たとえば『エルサレム聖書』（*Jerusalem Bible*）では、神の名がたった一度だけ、八章六節に登場する。そこでは“šalhebetyah”というヘブライ語――欽定訳では「凄まじい炎」（a most vehement flame）と訳されている――が「ヤハウェの炎」（a flame of Yahweh himself）となっている。しかしマーヴィン・ポープ（Marvin Pope）の言うように、このヘブライ語の「最後の子音“yh”を捉えてそれをイスラエルの神（Yahweh, YHWH）に関連づけるというのは、翻訳としてはあまりにも根拠に乏しい[12]」。雅歌の文体と世俗的恋愛詩の文体とは、そう簡単に区別できるものではない。雅歌は語る――夜明けと春、愛の欲望と悦び、愛する人の肉体の魅力、宝石や香料、ワインやミルク、鳩、薔薇、百合、甘い香りの没薬、ぶどう酒、林檎や無花果の木、カモシカと若い牡鹿。しかし驚くべきことに、次の言葉は雅歌には出てこない――律法、誓約、神への畏怖、崇拝、罪、赦し。したがって雅歌は、聖書の中でも特殊だとされているが、この特殊性については説明が必要である。この詩の本文に内在する官能性についても、ある程度の解説が必要であろう。雅歌の解釈をめぐっては、太古の昔から論争が絶えないのである。

これまで雅歌の正典性が全面的に認められたことはなかった。一世紀末のヤムニア会議[五]において、当時のラビたちは、ソロモンの雅歌と伝道の書（Ecclesiastes）の正典性の有無について議論した。ラビ・ユダ（Rabbi Judah）は、雅歌は手を汚す――禁忌、神聖さを意味する、ゆえに聖書正典であるということ[七]――が、伝道の書はそうではないと主張した。これに対しラビ・ヨセ（Rabbi Jose）は、雅歌を正典に含むことの妥当性に疑問を呈した。しかしラビ・アキバ（Rabbi Aquiba）は次のように力説した。「イスラエルにおいて雅歌が正典であることに疑いを持つ者など、これまで一人もいなかった。雅歌がイスラエルに与えられた日は真に尊く、全世界でこれに勝る日などありはしない。聖書の書はどれもみな聖であるが、雅歌は聖の中の聖である」。アキバは雅歌を世俗詩だと見なす者たちを非難し、この歌を「宴会の場」で詠唱していた。しかしラビ・アキバが声を上げるまで、雅歌が聖書正典から外されていたわけではない。というのも、「重要なのは、雅歌がもともと聖書正典の一書であるのかそうでないのか、その事実を確かめることではなく、雅歌が正典に含まれるべきであるのか、その妥当性、必然性の有無を明らかにすることであった[13]」からである。

ともすれば、ヤムニア会議では正典に関する問題が主な議論の内容ではなかったかもしれない。しかしフランク・カーモード（Frank Kermode）が指摘しているように、今日の聖書学者は「依然として、紀元一〇〇年あたりが正典結集の時期であるという説を容認しているようである」。ヘブライ語聖書に関して言えば、正典集結の方法とは、「その神聖さゆえに『手を汚す』聖書と、その基準を満たしていないとされる『(正典の)外の』書との」線引きを明確にすることにほかならない。[14] キリスト教においてもまた、雅歌の正典性をめぐって同じような議論が展開されている。たとえば、カルヴァン[八](Calvin)と並び評されるキリスト教宗教革命の指導者セバスチャン・カステリオン[九](Sebastian Castellio)は、五五〇年にコンスタンティノープル公会議[一〇]で弾劾されたモプスエスティアのテオドロス[一一](Theodore of Mopsuestia)による雅歌の解釈――エジプト王女との結婚が慣例に背くものだとして、ソロモンは周囲から批判を受けた。雅歌にはこの批判に対するソロモンの返答が歌われている。したがって雅歌は、この世(俗世)の愛の詩にほかならない――を復活させた。一八世紀の合理主義者ウィリアム・ホイストン(William Whiston)にいたっては、次のような言葉まで出てくる。雅歌に「一貫して見られるのは、愚かさ、虚栄心、性への耽溺である。すなわちこの詩は、愛に溺れる好色男、不道徳で阿呆になってしまったソロモンによって書かれたのである」[15]。雅歌の正典性に疑問を呈する人々によって、この詩は字義通りに解釈され、世俗的な愛の詩として、あるいはソロモンが愛する人と交わす対話として読まれる。そうなると、彼らにとって雅歌は正典として相応しい書ではない。なぜならその字義的意味は、正典としての地位とは相容れないものだからである。

ミドラッシュから寓意化《アレゴライゼーション》へ

今日に至るまで、ユダヤ教とキリスト教において雅歌の正典性を立証するために採られてきた第一の方法は、本文の内容とその意味を別ものとして読む解釈法であった。ユダヤ教のラビは、雅歌をはじめとするソロモンの書がマシャル[一二]――律法《トーラー》[一三]を理解するために必要な言説《テクスト》――の範疇に属するものと考えている。ダニエル・ボヤーリン(Daniel Boyarin)によれば、「雅歌、箴言(Proverbs)、伝道の書をメシャリム(meshalim, マシャル〔mashal〕

の複数形）として読むことによって、それらは『鍵のない錠』という閉ざされた言説ではなく、閉ざされた（難解な）律法《トーラー》にかかった錠を開ける解釈という名の鍵となる。これがミドラッシュという解釈の方法である」[16]。すなわちミドラッシュ[一四]を用いて雅歌を読むことによって、それを出エジプト記（Exodus）をはじめとする律法《トーラー》の書の注釈として理解しようとしたのである。ボヤーリンによれば、このような聖書の句節《テクスト》間の相互連関性によって、ミドラッシュと寓意的解釈は区別される。なぜならミドラッシュとは、「律法《トーラー》の言葉をある別の次元の意味に翻訳すること」ではなく、むしろ「二つの意味するもの《シニフィアン》——双方が相互に解釈し合うという意味において——としての句節間の結合を確立すること」だからである。[17] しかし、いずれさらに詳しく論じることになるが、寓意によって律法《トーラー》の句節が、必ずしも「ある別の次元の意味」に翻訳されるわけではない。一方、雅歌をマシャル、すなわち律法《トーラー》を解釈するための方法として読むことがすでに、字義とは異なる意味を持つものとして聖書本文を解釈するということである。この場合、雅歌と出エジプト記が「相互に解釈し合う」一組の同等な意味するもの《シニフィアン》の関係をなすのではない。そうではなく、雅歌の方が意味するもの《シニフィアン》として出エジプト記——雅歌によって意味されるもの《シニフィエ》としての——に差し向けられるのである。要するに雅歌を読んでいるつもりの我々は、実は出エジプト記について読むように仕向けられている。しかもその逆はない。晦渋な律法《トーラー》の鍵を開けるマシャルすなわち「解釈という名の鍵」は、雅歌であって出エジプト記ではない。ということは、雅歌の方が「より明るい＝明瞭な言説」であり、これがより重要で「より暗い＝難解な言説」である出エジプト記解明の一助をなす。律法《トーラー》を理解するための方法として役立つということに、雅歌の存在意義がある。だから雅歌と律法《トーラー》の関係は、相互補完的ではなく階層的である。雅歌という作品本来の意味を越えた、より崇高な意味——雅歌が聖書正典の一書であることを証明するための——を引き出すこと、これがすなわち雅歌の利用法なのである。したがって雅歌と律法《トーラー》の関係にクインティリアヌスによる寓話の基本概念を当てはめることによって、次のことが言える。すなわち、ラビはすでに雅歌を寓意的に読んでいたのである。

事実、アッガダー(一五)の解釈学的基準について論じるサウル・リーベルマン（Saul Lieberman）は、マシャルは寓話のことであると解釈している――「マシャルを譬え話、寓話、象徴と言い換えても差し支えはない」。リーベルマンによれば、「マシャルはすでに聖書で用いられている。それは寓話として、ミドラッシュという解釈の中にもごく普通に見られるものである。マシャルを用いた解釈が聖書に書かれた本文の意味を明らかにする唯一の手段であることは間違いない。しかし寓話の中には、聖書の本文の真意とは明らかに異なるものがある」(18)。このようにマシャルは、聖書釈義に用いられる譬え話《アレゴリー》であり、その物語の中で語られることは、字義的にではなく、それとは別の意味を持つ事柄として読まれる。ラビ文学におけるマシャルについて綿密な研究を行うデイヴィッド・スターン（David Stern）は、マシャルと寓話の微妙な差異について論じている。スターンによれば、マシャルとは「隠れた目的」を内包する譬え話、暗示として読み取られるものの、公然とは語られることのない思想＝教えを含む物語である。実際に「マシャルによってその教えが公然と語られることはない。そのためマシャルを聞く人間は、それを自身で憶測せざるをえない。ゆえにマシャルは、その中に含まれた教えが真実であることを人々に確信させる際に有効なのである」(19)。直接語られることのない教えによって、マシャルは二重に解釈可能なものとなる。それによって律法《トーラー》だけでなく、マシャルの本文《テクスト》そのものに対する解釈も可能となる。

このように見ていくと、マシャルは確かに寓話に幾分近い性質を持っている。しかし、アドルフ・ユーリヒャー（Adolph Jülicher）が一九世紀に著した、新約聖書のイエス・キリストの譬え話に関する研究書(一六)の影響により、現代では譬え話《マシャル》と寓話《アレゴリー》は根本的に異なるという見方や、マシャルの持つ寓意的特性を認めるわけにはいかないという見解が大勢を占めているように思われる。両者の関係性を絶とうとする風潮の原因の一つとして、「寓話は人為的な、本来まがい物の言語様式であり、それゆえイエス・キリストの言葉を伝えるには至極不適切なものであるという一九世紀的な考え方」(20)が影響しているのではないかとスターンは言う。ところで、寓意と象徴がまったくの別ものとして扱われるようになったのは、一九世紀のロマン主義時代に起こった、創造的完成と批評的権威を求める議論がその主な要因であった。[一七] スターンの言うように、マシャルと寓話を区別しようとする人々は、「かつて存在した、事実上媒介性を持たない言語に対して憧憬の念を抱き、いまは知られざる神の完全性を経験したいと強く望む」ことであろう。「譬え話が寓話でないと主張する人は、ただ一つの言葉、言うなれば〈神の言〉――解釈という干渉の及ばない領域、解釈者の侵入や介入を赦さない魔法の領域の中でのみ実在する――をひたすら望んでいる[21]」。

譬え話《マシャル》が無媒介的だという考えは、言うまでもなく、ヴァルター・ベンヤミン（Walter Benjamin）の言う「ロマン主義者たちの神智学的美学[22]」における神学的象徴概念によく似ている。しかしこの象徴の無媒介性と寓話の表象的断絶[一八]に関する議論構造を度外視してしまえば、我々もスターンと同じく次のように言うことができる――「マシャルは、ある点においては確かに寓意的――指示的と言った方が相応しいであろうか――である。ただしそのように言えるのは、マシャルそれ自体に何かしらの具体的な意味が与えられるような特別な状況を暗示する限りにおいてである[23]」。このようなスターンの見解は、マシャルが寓話ではないとする否定的な主張よりも説得力があり意味深い。なぜならスターンは、譬え話と寓話の微妙な差異を認め、象徴／寓話という旧来の二項対立に同意することも、またこの差異を絶対視したり不相応なものと考えたりすることもないからである。重要なのは、マシャルが二重の機能を持つ言説、すなわちそれ自体が解釈を必要とする、そしてそれとは別のより重要な言説を解釈するための手段となる言説だということである。すなわちマシャルとは本来寓意的なものであり、この寓意的性質は雅歌というマシャルに体現されている。

雅歌の本文とそれに対する従来の解釈を見れば明らかであるが、この詩に書かれている言葉とその意味は別のことであると、これまで度々考えられてきた。ポープの言うように、雅歌を寓話として解釈する方法は、この詩を字義通りに解釈する方法よりも古くからあり、より広く用いられている。[一九] 寓意的解釈法は「ユダヤ教会にもキリスト教会にも広く行き渡っていた[24]」。このような傾向は、タルムードやラビの解釈の中に見受けられる。そして寓意的解釈法は、タルグム[二〇]という旧約聖書のアラム語訳、古代教父による聖書釈義、さらには中世のユダヤ教神秘主義へと受け継がれていく。ポープの言うように、ヤムニア会議で雅歌が聖の中の聖であると主張したラビ・アキバは、「雅歌を寓話として理解していたに違いない」[25]。事実ヘブライ語聖書の本文には、寓意的解釈を必要とする句節が存在する。たとえばホセア書（Book of Hosea）の中で、神はホセアに次のように告げる。「行って姦淫の妻を娶り、姦淫によって生まれた子らを引き取りなさい。この国は主に背き、甚だしい淫行に耽っているからである」（一章二節）。神は預言者ホセアに、彼の時代における神とイスラエルの関係を象徴的《アレゴリカル》に再現するよう命じたのである。[二一]しかし神は本当に、「父の家で淫らな行為に及んだ」ために石で撃ち殺されることになる女（申命記二二章二一節）を娶るようにとホセアに命じたのであろうか。この一節にどのような解釈が充てられようが、その字義的意味が幾分衝撃的であるため、寓意的解釈が必要となる。

　ユダヤ教において古来雅歌は、神とイスラエルとの愛を讃えるものであると考えられてきた。この考えが妥当であるかどうかは、言うまでもなくある一つの解釈——雅歌の本文に現れる物語を神や神の愛するイスラエル、あるいはイスラエルの伝説に登場する英雄と関連づける解釈——によって確かめられなければならない。たとえばミドラッシュ・ラッバー[二二]では、別々の聖書の書から抜粋された句節が次々と結びつけられ、ときにはある書に記された言葉が別の書に記された言葉に置き換えられることもある。雅歌の四章五節には、「二つの乳房は二匹の小鹿、百合に囲まれ草を食む双子の鹿のよう」とある。ミドラッシュでは「二つの乳房」は字義通りに解釈されず、歴史的に読まれる。すなわち二つの乳房は、モーセとアロンのことである。なぜなら「乳房が女性の美と誇りを表しているのと同じように、モーセとアロンはイスラエルの美と誇りであった」[26]からである。また七章二節では、「あなたの臍は、芳しい酒に満たされた丸い杯のよう」と歌われる。ミドラッシュによれば、この愛する人の「臍」はサンヘドリン[二三]を意味する。この最高議会に召集された議員たちは、半円形に並んで着席し、その場が古代ユダヤの自治組織における最重要の中核となる。言うなれば、「胎児が母親の胎内にいるときは臍から養分を吸収しないと生きられないのと同じように、イスラエルはサンヘドリンがなければ何もできないのである」[27]。これらの例からも明らかなように、ミドラッシュによる雅歌の釈義において、本文の字義的意味とその解釈との調和は、たとえば「イスラエル」における「モーセとアロン」が「女性」の「二つの乳房」に相当するといった対応関係においてある程度保たれている。それによって語りの内容そのものは、それとはまったく異なる領域の事柄、すなわち古代イスラエルの歴史や宗教に関する事柄に翻訳され、これによって目的は達成される。ユダヤ教に直接関わりのない人にとっては何とも一風変わった読み方に思われるかもしれないが、それでもやはり、雅歌に出てくる恋人の女性が本当にイスラエルを表しているのであれば、字義とそれとは別の事柄を対応関係に据えて読む方法は、十分な根拠に基づいたものであると言える。しかし二章七節にある一節――「エルサレムの乙女たちよ、誓って下さい」――がミドラッシュによって解釈される場合、愛する恋人はイスラエル国でもその民でもなく、神そのものと見なされる[28]。

ではなぜ、雅歌という一つの同じ歌に登場する恋人が寓意的に解釈されると、神にもイスラエルにもなりえるのか。そもそもこのような矛盾はラビによる解釈ではよくあることだが、しかしそれによってミドラッシュという解釈の精巧さが損なわれるということにはならない。例として、タルムード・ハギガー篇からラビ・エレアザル・ベン・アザリア[一四](Rabbi Eleazar ben Azariah)によって書かれたとされる一節を挙げると、その中に解釈の対立すなわち不一致という問題に対する自意識的省察が見られる。次の引用文には、ユダヤ教のラビたちが一同に会し、律法《トーラー》の言葉の意味について各々の意見を交し合う様子が述べられている。彼らの対立する意見を耳にした人間は、どのようにして律法《トーラー》を学べばよいのかと問うに違いない。この問いに対して、タルムードには次のような回答が記されている。

次のように問う人があるに違いない。あるラビによって不浄だと言われるものが、別のラビにとっては清らかなものだとされる。同様に、ある同じことが、ラビによって禁じられたり許されたり、不相応にも相応しくもなる。ならばどのようにして律法《トーラー》を学べばよいのか。聖書にはこう言われている。それらすべては「一人の指導者によって与えられた」。そして「神はこれらすべての言葉を語って言われた」（出エジプト記二〇章一節）とあるように、それらは唯一の神によって与えられ、唯一の指導者（モーセ）はそれらを、創造主たる我らが愛する神の御言葉によって示したのである。したがって我々に必要なことは、注意深く聞き耳を立て、不浄だと言う人間の言葉と清らかだという人間の言葉、禁じる人間の言葉と許し与える人間の言葉、不相応であると断ずる人間の言葉と相応しいと判断する人間の言葉を大局的に理解することである。[29]

この回答は言わば、互いに対立する解釈をすべて受け入れ、それらがすべて妥当な解釈であることを認めようというものである。ゆえにこの一節は、ミドラッシュにおける解釈の多様性と言うべきものを考える上で実に興味深い好例となる。とは言え、ミドラッシュという解釈方法の基準や根拠が何一つないわけでも、ラビの解釈では「何でもまかり通る」というわけでもない。スターンの言うように、対立する解釈はすべて神という起源から派生したものであり、その起源において解釈はすべて妥当であるとされる。すなわち、それらの解釈はすべて「律法《トーラー》の一部、唯一の神の啓示の一部である。それらはかつて一人の指導者モーセの言葉で話され、そしてモーセは、それらすべてを神から受け継いだのである」[30]。換言すれば、いかなる矛盾が生じようとも、その矛盾は最終的に神の視点において解消される。スターンによれば、ミドラッシュに見られる多義性と現代文学批評における不確定性とを区別するものは、この神の視点、すなわち「対立する解釈のすべての起源である神の存在」[31]である。このようにミドラッシュは、果てしなく開かれかつ永久に閉ざされた、自由かつ制限された言説《テクスト》である。この世に生きる人間が抱く疑問の数だけ、その解釈の条件も様々である。こうした諸々の条件の下で、多様なミドラッシュが生み出されるのである。

ミドラッシュによる解釈の多様性について論じるブルーンスもまた、ミドラッシュの状況依存性、すなわちその公共的社会的機能を重視する。ミドラッシュとは単に、ある聖書の句節をそれとは別の句節を参照して読むということではなく、律法《トーラー》の意味を「その（律法《トーラー》の）影響下で生きている人々の生活や行い」に応用する試みでもある。法解釈学の研究事例にも見られるように、このミドラッシュの特徴に着目することによって、「ミドラッシュの宗教上の目的だけでなく、その政治的意味」[32]が明らかとなる。したがって解釈の際に用いられる文脈《コンテクスト》は、その対象となる本文《テクスト》だけでなく、社会、イデオロギーに関わるものでもある。さらにここで言われる状況的知識、すなわち聖書を用いて当面の諸問題に対処するための強力な手段としてのミドラッシュは、「技術《テクネー》であるだけでなく実践的知識《プロネーシス》でもある。というのも、ミドラッシュにおいて問題となるのは、聖書本文の中で言われていることに対する人間の感応性《レスポンシヴネス》だからである。ここで言われる感応性とは、単に聖書に書かれている言葉がどのように役立つのかを知るだけでなく、その言葉が諸々の状況にいかに適応されるのか、すなわちその言葉がいかにして社会的慣行に応用されるのかを知ることでもある」[33]。ゆえにミドラッシュによって雅歌をモーセ五書と関係させ、この詩を神とイスラエルの愛の歌として読む釈義者のねらいは、人々の信仰心を高めること、そして預言書や知恵文学[二五]をモーセ五書と関連づけることによってすべての聖書の霊的価値を証明することである。これらのことから、聖書言説《テクスト》間の相互連関性は、単なる意味するもの《シニフィアン》同士の結合や相互指示性として考えられるものでは決してないということがわかる。

ミドラッシュによってあらゆる聖書の言葉を連結させ、相互に参照可能な言説の網《インターテクスチュアル・ネットワーク》を形成する釈義者は、概して本文の細部、すなわち語句の一つひとつに注視する傾向にある。スターンが「原子化」[34]と呼ぶこの方法によって、多様な解釈が生まれる。ミドラッシュに関する入門的評論を著したジェイムズ・クーゲル（James Kugel）もまたこの解釈方法に言及し、聖書本文の細部への注視と、互いに対立するラビの解釈との因果関係について次のように説明する。

釈義者たちが何よりもまず求めたものは、一つのまとまりとしての聖書、言わば寓話そのもの――「たしかにそれは神とイスラエルの愛を歌ったものだ」というように――ではなく、ばらばらにされ仮死状態となった句節の一つひとつであった。ある句節の中に、寓話の構造全体を損ねてしまうような解釈の原因となりかねない表現があったとしても、それが時として釈義者によって取り上げられることがある。したがって当然のことながら、一つの同じ「問題」にいくつもの釈義が付されると、その問題に対して様々な解答が与えられることになるが、たとえそれらが互いに矛盾するものであったとしてもまったく問題にはならない。なぜなら、一方の解答が正しければ他方は間違っているというのではなく、それぞれが互いにうまく「折り合い」をつけているからである。(35)

このクーゲルの解説から言えることは、ミドラッシュがすでに寓話たりえる特性を十分に備えたものではなく、ただ「寓話の構造全体」が、あらゆる解釈を正当化する神の視点として、聖書本文の外側で機能しているにすぎないということである。ミドラッシュにおいて最も重要なのは、聖書の本文全体に一貫した意味を与えることではなく、一つひとつの句節から本文の均整を損なう要素を取り除くことである。ゆえにミドラッシュを用いる釈義者にとって、聖書の神聖さを成立させているのはその構造全体ではなく、その中に満ち溢れている細かな要素なのである。不要なものは何一つない。しかし明晰判明なものもこれまた一つとしてない。したがって聖書の本文の正しい理解は、一つひとつの句節をうまく結びつけ、語や語同士の統語的関係を巧みに操り、その上でユダヤ教とその基盤である聖書との間に起こる不協和音を取り除くことによって得られる。聖書釈義の慣例上、ミドラッシュにおいては、解釈をより確実なものとするため、字義的意味が最大限に利用されることがよくある。釈義者が、寓話の構造全体に必ずしもこだわる必要はない。この構造は、一つひとつの句節に対する様々な釈義が、後世においてラビの解釈が発達する中で一貫したものにまとまっていくその瞬間から、徐々に現れてくるものなのである。

雅歌のタルグム（六三六―六三八頃）として知られる雅歌のアラム語訳とその解釈において、ラビの解釈に長年影響を及ぼし続け、とくにラビ・アキバによって推奨された神の愛という主題は、エジプト脱出から救世主の到来までのユダヤの歴史を語る筋の通った寓話へと成熟した。たとえば、雅歌の一章五節――「エルサレムの乙女たちよ、私は黒いけれども美しい。ケダルの天幕のように、ソロモンの幕屋のように」――に関するタルグムの敷衍訳では、ラファエル・レーヴェ（Raphael Loewe）による次の要約からわかるように、黒く美しい語り手と古代の歴史の中のイスラエル国とが同一のものと見なされている。

「イスラエルの民が金の子牛を造った[二六]〔……〕とき、民の顔は黒人のように黒くなった。〔……〕だが民がこれを悔い改め、罪が赦されると、その顔はまるで天使のように栄光の輝きを放ち始めた。これは民が罪を悔い改めただけでなく、天幕を張って会見の幕屋を造り、主が彼らの前に現れたからである。（そしてそれはまた）民の指導者モーセが神のもとに上って行き、民と神との間に和解をもたらした（からでもある）」。このタルグムの解釈は、三つの基本要素からなる。それらは罪を表す黒、懺悔という行為に見られる美しさ、そして「ソロモン」、すなわち平和の神の幕屋の天幕によってもたらされた和解である。[36][二七]

このタルグムが公認となった要因としては、ラビの解釈において伝統的に扱われてきた神の愛という主題だけでなく、キリスト教徒による寓意化《アレゴライゼーション》が考えられる。レーヴェの言うように、雅歌を寓意的に解釈するキリスト教の教父オリゲネス[二八]（Origen）は一章五節について、黒を罪と見なすタルグムと同じような解釈を試みる――「しかし神への懺悔――これはオリゲネスに言わせれば改宗に相当するものであるが――以後、黒はもはや過ちではなく、美の現れである」[37]。ミドラッシュによって一つひとつの語や本文の細部に注意が向けられるにもかかわらず、全体としてのミドラッシュは明らかに字義的意味を越えた解釈となり、その結果、聖書の本文とその周囲の状況が比喩的《アレゴリカル》な読みによって結びつけられる。ここでもまた、ユダヤ教的な雅歌の解釈によって、ミドラッシュという解釈法の最も明快な事例が提示される。初期のラビによる解釈は、寓意的解釈法と言うに足るほど成熟したものではないかもしれない。それにもかかわらず、雅歌の寓意的解釈の中核をなす神の愛という主題は、ユダヤ教の伝統の始まりから――雅歌をマシャルとして読むことの中に、さらには雅歌のタルグムをイスラエルの歴史の寓意として読むことの中に――確かに存在していたのである。

ラビの解釈から神の愛という主題を取り出し、それに新たな解釈を与える初期キリスト教徒たちによって、雅歌は、神と新しいイスラエルすなわちキリスト教会との愛を語る歌として読まれることになる。新約聖書は、旧約聖書との対応関係において成立している。キリスト教徒たちは、ユダヤ教聖書の中にキリストの姿形を見出すことで、ユダヤ教聖書を自身の新しい宗教に関係させることができる。パウロ（Paul）はそうやって、意義深い（と自身が考えている）律法《トーラー》すなわちモーセの律法を読む。なぜなら律法には、「やがて来る良いことの影」（ヘブライ人への手紙一〇章一節）があるからである。同様にパウロは、エフェソ信徒への手紙（Epistle to the Ephesians）を書く際に、創世記（Genesis）二章二四節を読んで聞かせる――「夫たちよ、キリストが教会を愛し、教会のためにご自身をお与えになったように、妻を愛しなさい。〔……〕それゆえ人は父と母を離れてその妻と結ばれ、二人は一体となる。これはとても偉大な神秘である。だが私は、キリスト教会について話しているのである」（五章二五―三二節）。このような予型論的解釈によって、創世記におけるアダムとイヴの結婚の物語が重要性を帯びることになるが、それはただ、アダムとイヴの物語がキリストと教会との愛を予示しているからにすぎない。ジャン・ダニエルー（Jean Daniélou）によれば、神の愛という主題は、「楽園のような状況の中で男女の結婚という象徴的な形式を採ってヤハウェとイスラエルの結婚を描き出す聖歌の中の聖歌（雅歌）の」主題と何ら違わない。すなわちパウロは手紙の中で、「この結婚をキリストと教会の結婚として実現させる方法(38)」を明示しているのである。終末論的予型論に基づくパウロの解釈原理に倣い、旧約聖書のあらゆる主題を新約聖書の中に読み取る初期キリスト教の聖書釈義者たちは、神の愛を享受するのはイスラエルではなくキリスト教会であると、いとも簡単に言ってのけるのである。

フィロン、オリゲネス、解釈の不安

キリスト教徒による寓意化は、ヘレニズム文化の恩恵を受け聖書釈義の重要拠点となった都市アレクサンドリアで盛んに行われた。古代ギリシアの哲学者、とくにストア派の哲学者たちは、長きに渡ってホメロスの叙事詩を寓意的に読むことに専心し、それによって神話の奥に隠された意味を探ったり、不当で無責任にも思える神々の行いについて弁明したりしていた。K・J・ウールクーム（K. J. Woollcombe）によれば、古代ギリシアの寓意化には二つの形式がある――「（一）神話の裏に隠された意味の解明を目的とする能動的寓意化《ポジティヴ・アレゴリズム》、（二）道徳に反する内容の文章を正当化することを目的とする受動的寓意化《ネガティヴ・アレゴリズム》」。これに対して、「キリスト教的寓意化《アレゴリズム》の主な目的は常に、不道徳であると非難される旧約聖書の一次的意味すなわち字義的意味を擁護することではなく、むしろ二次的な隠れた意味を解明することであった(39)」。J・テイト（J. Tate）を始めとする研究者たちによれば、古代ギリシア人による寓意化は「元来、弁護的《ネガティヴ》なものでもなく、（アナクサゴラス(二九)〔Anaxagoras〕やメトロドロス(三〇)〔Metrodorus〕といった哲学者たち、あるいはそれ以降の時代にも見られるように）釈義的《ポジティヴ》なもの(40)」であった。古代ギリシアの哲学者たちは、ホメロスやヘシオドス(三一)（Hesiod）の神話言語を自己流に解釈することで、その詩人たちの作品の中にあらゆる哲学的思想や学説を読み取った。寓意化とはまさしくこのような読み方、すなわち「伝説の謎めいた言語の中に、学術的なあるいはそれに準ずる原理を見出す方法(41)」にほかならない。しかし近年、ロバート・ランバートン（Robert Lamberton）は、我々が目にしているホメロスの叙事詩解釈に関する研究の大

部分が、実は「弁護的な《ネガティヴ》」ものであると改めて断定する。とはいえホメロスやヘシオドスは、太古のものなら何でも敬う主義の持ち主であるギリシア人から名誉と賞賛を与えられ、独特の地位を築いた最初の詩人たちである。たとえホメロスの詩の中に、礼節ある人々が驚きや不快感を示すような表現があったとしても、「その反応はどういうわけか昔から、神の威厳だとか、その表現自体が古代のものであるがゆえに当然尊重されるべきだという考えに呑み込まれてきたのである」[42]。

神話言語の奥に秘められた深遠なる意味を見出すため（釈義的《ポジティヴ》）であれ、不道徳だと非難される詩人を擁護するため（弁護的《ネガティヴ》）であれ、哲学的寓意化によってもたらされる結果は同じである。ホイットマンの言葉を借りれば、「詩の文章は、その内奥にある哲学的真理を覆い隠す単なる虚構の物語《フィクション》となった」[43]ということである。『国家』（*Republic*）の中でプラトンが詩を批判したことを機に、ホメロスを非難していた哲学者たちのことが広く知られるようになる。クルティウスによれば、寓意的解釈とは、古代ギリシア人たちが哲学と詩の仲を取り持つために採用した「妥協策」である。というのも彼らは、「ホメロスも学問も断念しようとはしなかった」[44]からである。寓意的解釈法がホメロス批判に対抗しうるものであるならば、この解釈法を用いる必要性を感じていたのはほかならぬディアスポラのユダヤ人[三三]、そして初期キリスト教徒である。寓意的解釈法は、異教文化の高度な発達を背景に自らの宗教を擁護しつつ、聖書を普及させるために必要なのである[45]。とくに古代末期における学問とヘレニズム文化の中心であったアレクサンドリアでは、ユダヤ人学者によって聖書の寓意的解釈が行われていた。ユダヤ人はこの解釈法によって、ユダヤの伝統がギリシアの伝統に匹敵するだけでなく、ギリシア哲学を事実上凌駕するばかりかその起源がユダヤ教にあることを明示した。

アレクサンドリアのフィロン（Philo）は、モーセ五書に寓意的解釈を施し、モーセをすべての哲学、律法、（英）知の起源としたことで知られる。フィロンは古代ギリシアの著作に精通し、哲学的寓意化を聖書釈義に応用した。それゆえ、古代教父の聖書釈義にフィロンが及ぼした影響は甚大で奥が深い。人間の理性を根拠に展開される古代ギリシア哲学と、モーセの前に開示されモーセを介して人間に伝えられた神の教えとの類似性を見出したフィロンは、次のように明言する。その類似性は「ギリシア哲学がモーセの影響の下に成り立っている」ことを示唆するものである。ヘラクレイトスは「盗人のごとく」モーセの思想を「掠め取って」いたと言えるし、プラトンも同様に「ユダヤの預言者たちやモーセから（思想を）拝借していた」[46]。ゆえにフィロンは、ホメロスを解読するために案出された寓意的解釈法を、ヘブライ語聖書の解釈に取り入れた。この方法においては常に、字義的意味よりも霊的意味、観念的意味の方が重要視される。フィロンによれば、聖書に書かれていることなら何でも寓意的に理解することが可能であるが、一方で聖書の本文の字義は、それが「霊性を備えた神の言」の「品格と威厳を損なう」と判断されれば、直ちに捨て去られなければならない[47]。この解釈原理が聖書に見られる神の擬人的描写に当てはまるのであれば、雅歌に見られる官能的な記述——女性の肉体的な魅力やあからさまな性描写——もその例外ではない。すなわち、その字義的意味は棄却され、寓意的に解釈されなければならない。したがって、雅歌を読む際には次の点に留意する必要がある——寓意化の釈義的《ポジティヴ》および弁護的《ネガティヴ》な性質は表裏一体であり別ものとはなりえず、異教文化に対する護教論的な主題は、隠れた意味の解明と同じく重要である。実際に、この隠れた意味の解明を通じて初めて、護教論的主題は実質を伴うものとなり、その正当性が示されるのである。

　このことはオリゲネスの『雅歌注解・講話』（*Commentary and Homilies on the Song of Songs*）にはっきりと示されている。アレクサンドリア学派の聖書釈義を代表するこの著作は、聖ジェローム[三三]（Jerome）を始めとする後世の著述家たちから絶賛を受けた。ダニエルーによれば、『注解』の方は「信仰生活に対するオリゲネスの考えを知る上で最も重要」である。「『注解』はまた、他の著述家に絶大な影響を与えた。『注解』が伝えている、神秘的な人生を象徴化するという新しい手法は、ニッサの聖グレゴリオ[三四]（Gregory of Nyssa）や聖ベルナール[三五]（St. Bernard）によって紹介された」[48]。オリゲネスの著作は、五四三年に当時のローマ皇帝ユスティニアヌス一世

(Justinian I)によって断罪されたこともあり、ほとんど現存しておらず、『注解・講話』はラテン語訳の一部しか残されていない。しかし聖ジェロームがオリゲネスに寄せた次の有名な言葉を読めば、オリゲネスの著作、中でもとくに雅歌に関するものがどれほど重要であるかおわかりいただけるであろう。「(『雅歌』に関する著作以外の)他の著作をとってみても、オリゲネスはあらゆる著述家に勝っているが、『注解・講話』に関しては、彼は自身をも凌駕している」[49]。ジェロームは後年、オリゲネスの神学を大方否定することになるが、それでもなお、先の引用に見られるような評価を変えることはなかった。それどころかジェロームは、オリゲネスの解釈に全面的に倣い、雅歌を神の愛を歌った寓話として読んでいる。ジェロームは、『注解』の方ではなく二つの『講話』を(ラテン語に)翻訳することにしたのであるが、それにはおそらく次の理由が考えられる。『講話』では、雅歌に出てくる花嫁がキリスト教会であるとされているが、一方『注解』ではその考えが、常にある解釈――花嫁の結婚はまた、キリストと霊魂の神秘的な合一を象徴している――と密接な関係にある。現在読まれている『注解』のラテン語訳は、ルフィヌス[三六](Rufinus)によるものである。

『注解』の冒頭でオリゲネスは、雅歌の包括的な定義について次のように述べている。雅歌とは「祝婚歌《エピタラミウム》である。ソロモンはこの歌を戯曲の形式で書く。そして神の言《ロゴス》なる花婿への天の愛に身を焦がし、花婿のもとに嫁ぐ花嫁の姿を歌うのである[50]」。花嫁の愛が「天の」愛であり、花婿が「神の言《ロゴス》」であるという部分は極めて重要である。オリゲネスにとって花嫁はキリスト教会、キリスト教徒一人ひとりの魂である。雅歌を寓意化するオリゲネスは、その根拠を文字/霊(コリント人への第二の手紙三章六節)、霊/肉(コリント人への第一の手紙三章一節)というパウロ的二項対立に置いている。モーセの律法すなわち文字をキリスト教徒の信仰としての霊に対置させるパウロは、キリストからの手紙が「墨ではなく生ける神の霊によって、石板ではなく人の心の板に」(コリント人への第二の手紙三章三節)書かれた手紙であると言明する。この時パウロは、聖書釈義の規則を設けたのではなく、キリスト中心的神学の観点から、ユダヤ教に対するキリスト教のあり方について述べているのである。かくしてユダヤの律法主義は、パウロによって新しい（契約としての）キリスト教信仰に取って代えられる。これは単に霊が文字に取って代わるだけでなく、生が死に取って代わるということでもある。

しかし右の二項対立はすぐさま、キリスト教的見地からユダヤ教を理解する方法だけでなく、聖書をその霊的意味において寓意的に読む上での解釈原理となる。この原理に基づき、オリゲネスは、雅歌における肉体描写が「目に見える肉体に当てはめて考えられるものではなく、目に見えない魂の部分や能力に関係するものとして考えられなければならない」[51]と力説する。彼は言う、「人間が身体と魂と霊によって構成されているのと同じように、人間の救いのために神の賜物として与えられた聖書も、身体と魂と霊によって構成されている」[52]。オリゲネスは実際に聖書釈義を行う際、その霊的意味を最も強調し、フィロンに倣って次のように主張する。「聖書に記されているすべてのことには霊的意味があるが、身体の意味に関してはこの限りではない、実際に、この身体の意味の多くは実現不可能であるということがわかっているのだ」[53]。字義的意味すなわち身体の意味が雅歌から取り除かれることによってのみ、見識ある信者の前に霊的意味がそのものとして開示され、さらに性的要素が極小化されるのだとオリゲネスは断言する。ソロモンによって記された三つの書に関して、それらが旧約聖書の中に配列されている順序に言及するオリゲネスは次のように述べている。第一に箴言では倫理が説かれ、次に伝道の書では自然物について論じられ虚飾が戒められる。最後に雅歌では観照について述べられている。神的な霊性を備えた雅歌の中で、ソロモンは「花嫁と花婿の姿を借りて、神的なもの、天のものへの愛を魂に染み込ませ、慈悲や愛の力をもって神との交感に達すべきと説いている」[54]。

霊的意味の追求それ自体は、確かに釈義的《ポジティヴ》な目的である。しかしオリゲネスは、ある深い懸念を抱えており、それゆえ彼の雅歌注解には弁護的な動機が含まれていることもまた明白である。その懸念とはすなわち次のことである。雅歌はまず、言わば霊的な料理として信者に振舞われる前に慎重に解釈され、寓意によって適切に味付けされなければならない。あるいはむしろ信者の方が雅歌を手にするに相応しい読者となるために然るべき準備を整え、十分な教養を身につけるべきであろう。そうでなければ、この聖なる書は人々に「多大な悪影響」を与える書となる。というのも、十分な教養のない人が雅歌を読めば、その人はいわゆる肉欲に身を委ねることになりかねないからである。

なぜならその（教養のない）者は、純粋で汚れのない耳で愛の言葉を聞くことができないので、耳にしたすべてのことが、内なる霊の人ではなく、外なる肉の人に関することだと曲解し、霊を捨てて肉へ向かい、肉欲を抱き、言うなれば聖書によって肉欲が刺激され（その肉欲に）そそのかされるようなことになるからである。

〔……〕

このような理由から、血肉の煩悩を取り払うことができず、肉体的な情熱をいまなお宿している者は誰であれ、本書やその注解を読むことを完全に差し控えるよう、専門的立場から強く忠告する。(55)

「専門的立場から強く忠告する」という言葉の中に、オリゲネスの不安の高まりのようなものが感じられる。程度はどうあれ官能的な愛を詠い、読者の肉欲を刺激しかねない書物が聖書に収められていると考えるのは、オリゲネスにとっては苦痛であったろう。言うまでもなく、このような禁欲主義的な考え方は、教父の間では一般的である。四〇一年、ローマに生まれたばかりのパウラ（Paula）という女児の教育に助言を呈した聖ジェロームは、将来その女児が読む書物を、聖書と正統派教父の書に限定するよう提案しただけでなく、聖書を読む順番にまで細かい指示を与えた。「詩篇（Psalms）に始まり箴言、伝道の書、ヨブ記（Job）を経て、四福音（Gospels）、使徒行伝（Acts）、使徒書簡（Epistles）へと読み進め、その後で預言書（Prophets）、その他の旧約聖書の書に戻るがよろしい。これらの書に記された知識を十分に身につけた後、初めて雅歌を読むことが許される。これを早まれば、その児は雅歌の品格を傷つける誤った考え、すなわち雅歌は官能的な愛の歌であるという考えに囚われてしまう恐れがある[56]」。敬虔な禁欲主義者である教父にとって、世俗的な意味での愛は罪であり、官能的なもの、感覚に訴えるもの、快楽などはいずれも危険なものである。中傷や官能的な印象から雅歌を遠ざけたいオリゲネスは、雅歌に対して寓意的解釈を実践する。詩句に秘められた霊的意味を開示することによって、この歌がよからぬ影響を及ぼす不道徳な歌であるという非難をことごとく退けるのである。このように考えていくと、寓意的解釈法とは弁護的であるだけでなく、慈悲深い解釈でもある――官能的、感覚的な反応、快楽を伴う反応を引き起こすと思われる正典の本文のどの部分に対しても――ということになる。

オリゲネスの解釈《アレゴレシス》によれば、祝婚歌という雅歌の表面的な形式の奥には、キリストとキリスト教会の、すなわちキリストと霊魂の神秘的な合一という霊的意味が隠れている。「二つの乳房」(雅歌四章五節)をモーセとアロンの表象と捉えるミドラッシュについてはすでに述べた通りであるが、これと同じような解釈が、次に挙げるオリゲネスの注解にも見られる。オリゲネスは雅歌の一章一三節――「あの方(私の愛する人)は、私の乳房の間に横たわるでしょう」――にある「乳房」という語が「心の場所を表しており、その中で教会はキリストと、すなわち霊魂は神の言《ロゴス》と結ばれる[57]」というふうに解釈すべきだと説く。さらに(雅歌の)本文にある「臥所《ふしど》」という語が花婿と分かち合う花嫁の身体を表しているのであれば、それは「我々の体はキリストの体の一部であるというパウロの比喩にしたがって理解される[58]」のだと強調する。また二章六節に見られる濡れ場の描写――「あの方の左手が私の頭の下に敷かれ、右手は私を抱きしめて下さいますように」――が露骨で際どいと見られるや否やオリゲネスは、それを字義通りに解釈してはいけないと忠告する。「神(He)が花婿という男性形の形容語句で呼ばれるからといって、神の言《キリスト》の右手や左手が体の部分を指していると解釈してはならない。また『花嫁』という語が女性形であるという短絡的な理由から、花嫁の抱擁を肉体的な意味で捉えてもならない[59]」。第二の『講話』の中で、オリゲネスはさらに次のような解説を付している。「神の言《キリスト》は左手も右手も両方持っている」。

したがって先に引用した一節（二章六節）は、「あの方が私に休息をもたらして下さる。そして花婿の腕は枕となり、魂は神の言《キリスト》に自らをゆだねる」と解釈される。[60] このようにオリゲネスの禁欲主義的な寓意的解釈法によって、男女の関係性はいつの間にかなくなり、性的な印象を与える表現はことごとくかき消され、官能愛《エロテイシズム》を思わせる要素は何であれ、本文の字義的意味と共に完全に取り除かれるのである。

すでに述べたように、オリゲネスにとって霊的意味は聖書に記されているすべての事柄に含まれているが、字義的意味については必ずしもそうとは言えない。したがって聖書を読む際には、身体の意味を越えた霊的意味を知ることが極めて重要である。さらに、霊的真理とは隠されているものであり、その真理に達する方法は寓意的解釈法をおいて他にない。なぜならオリゲネスの言うように、「聖霊は実際に起こった歴史上の出来事を――その出来事に神秘的な意味が付与されうる場合はいつでも――利用して、より深遠なる意味をその中に紛れ込ませる」[61] からである。このような考えはフィロンの影響によるものである。フィロンによれば、寓意は「隠れることを好む」、そして「天賦の才と徳性が備わっていない者、予備知識のない者は、聖書に対する寓意的解釈の方法を学ぶことができない」[62]。このように、霊的真理の隠れた神秘的本質が強調されることによって、寓話を語り書く人間は、聖書の正しい解釈の指導者――隠れた秘儀としての神の教えを伝授され、他の信者をその教えに導き入れることができる人間――としての権限を与えられる。霊的意味はオリゲネスの著作の中で、文字／霊、影／実体という二項対立によってさらに強調されている。こうした予型論的な思考原理に基づくオリゲネスの寓意的解釈によって字義が隠蔽される代わりに、いたるところで霊的意味の重要性が説かれ、その開示が求められる。

オリゲネスによれば、聖書を正しく理解するためには、「人間の言葉ではその意味を適切に説明できない事柄もある」ことを知っていなければならない。「その事柄は、言葉の持つあらゆる特性を駆使するよりも、純粋な知的理解に訴えることによって明らかとなる。〔……〕（聖書で）語られていることは、粗末な言葉による表現ではなく、聖書の創作を霊感で導いた聖霊の神性によって評価されなければならない」[63]。オリゲネスや彼の支持者たちにとって、書かれた言葉とは、神の言《ロゴス》の真意を人間の言語の限界から解き放つために、忘却の彼方に追いやられるべきものであろう。

ラビによるミドラッシュからオリゲネスによる極端な寓意的解釈法《アレゴレシス》に至るまで、雅歌の釈義にはどれも置換という方法――雅歌の本文およびその中に充満する官能的な表現を、教義上相応しいあるいは意義深いとされる別の何かに譲り渡す＝置き換える方法――が用いられている。原文《テクスト》を構成する諸々の要素を体系的に置換することによって、雅歌という聖なる書に書かれた言葉から、その字義とは別の意味を読み取ることが可能となる。この置換は、あらゆる寓意的解釈に不可欠な方法の一つであると考えられる。寓意的解釈法を用いて字義的意味から霊的意味への置換を行うことによって、雅歌は他の聖書と同質のものと見なされ、その正典性が証明される。しかしこれ以後、寓意的解釈がもたらす影響についてさらに詳しく論じていくと、置換という方法はまた、正典の本文の誤読や誤解釈の原因になりやすいということが明らかとなる。

『詩書』を読む

雅歌を教義的意義のある書、道徳を教え説く書として読むため、さらにはその正典性を立証するために、釈義者たちは寓意的解釈を用いたが、古来中国でも、これと非常によく似た方法で、儒教の正典である『詩書』（『詩経』）の詩が読まれていた。この解釈の類似性はとくに、『詩書』の始めの部分に収められた『国風』――「諸国から吹いてくる風」を意味する――の中に見られる。孔子自身が編纂したとされる（高名な歴史家、司馬遷（前一四五頃―前九〇頃）の孔子伝にはそのように記録されている）中国最古の詩集である『詩書』は、西洋世界におけるホメロスの叙事詩や聖書と同様、古代中国文化において極めて重要な地位を占める。[64] 中国の蔵書家であり文学研究家でもある鄭振鐸《ていしんたく》は次のように述べている。「ギリシアの詩人や哲学者が自身の見解を提示するため度々ホメロスを引き合いに出したり、キリスト教徒が聖書を人生の道標と考えたりするのと同じように、古代中国の政治家や文人もまた、『詩書』の詩を学術的、政治的議論や訓戒、政令発布などの根拠、拠所としてきたのである」[65]。中国と西洋、双方の伝統や正典に理解のある人なら、正典の解釈方法、とくに鄭が指摘しているように、ホメロス、聖書、儒家経典の解釈にまつわる状況が互いによく似ているという考えに至るのは当然のことである[66]。

中国最古の詩集である『詩書』が正典として認められることに何ら疑いはない。だが当初、この詩集は単に『詩』、あるいは『三百篇』と(編纂された詩の数で)呼ばれていた。経という語——権威ある書、正典を意味する——と共に『詩経』と呼ばれるようになったのは、戦国時代(前四七五—前二二一)になってからのことである[67]。だがひとたび正典として認められると、この古代詩集は社会的に重要な地位を占め、道徳の極致を教え伝える書と目されることになった。劉勰の言うように、「経というものは永遠なる究極の真理すなわち〈道〉であり、不変の大いなる教えである」[68]。しかし、古来受け継がれてきた流儀で宗教や道徳の問題を真正面から論じる詩はともかく、そうではない詩にとっては、当然のことながら正典としての役割は荷が重いということになる。なぜなら、そのような詩の本文から読者の期待する意味、すなわち正典の意義を見出すことは困難だからである。この場合、読者が期待する、あるいはどうしても必要な、正典たるに相応しい詩句の意味や機能が、しっかりと抑制の効いた解釈によって与えられなければならない。

詩が人間に神の知識、徳、英知を与えるものだと考えられる場合、詩は単なる文学作品としてではなく、宗教や道徳、哲学として読まれる。すなわち詩は、多かれ少なかれ自律的な自己言及性を備えた言説としてではなく、その字義的意味とはまったく異なる意味——綿密な注釈や分析によってしか得ることのできない、詩句の奥に潜む「真の」意味——を示す寓話《アレゴリー》として読まれる。勿論、解釈の影響を受けない言説など存在しない。しかし、雅歌や『詩書』の場合に見られるように、寓意的解釈とは、詩句の字義を度々無視し、あるいは曲解までして宗教的、道徳的、政治的、哲学的体系の枠組みに無理矢理適合させるような、ある種の強力な解釈であるという点で、単なる解釈とは一線を画す。寓意的解釈においては、詩を読むことで意味が生じるというよりも、意味が読みに先行している場合が多い。事実この先行する意味によって、詩の読みに用いる文脈《コンテクスト》が与えられるのである。意味とは詩句から得られるものでも、詩句に関するものでもなく、読む前からすでに知っていること、すなわち正典の書およびその意味とはかくあるべきという見解、信念、期待を裏づけるものであると言っても差し支えないであろう。

　クルティウスの言うように、古代ギリシアにおいて詩人は賢人であり教育者であった。それゆえ詩とは、真理を告げるものであるとされた。詩はギリシア人を楽しませるだけでなく、彼らの教典でもあった。しかしホメロスの描く神々は、その行動が非常に人間的だということもあり、美徳の鑑として常に崇められているわけではない。ギリシア人がそう信じていたように、ホメロスの作品に教育的価値があるとすれば、その価値は詩句の字義を越えたものであるに違いない。したがって、寓意的解釈以外にその価値を明示する方法はない。その上、イオニア自然哲学が台頭し、その科学的思考に基づいて真理が追究されるようになると、神話学は不確かな学と見なされ、詩はまがいものであると非難されるようになった。この事態の収拾に貢献し、ホメロスの詩の正典性を立証したのもまた、寓意的解釈法である。表層的な詩句の奥に隠れたもう一つの物語――本当の意味を伝える物語、深遠なる道徳的教示を内包する物語――が、寓意的解釈によって立ち現れる。クルティウスの言うように、「寓意的解釈法は紀元一世紀には定着する。セネカが嘲って言うように、哲学のすべての学派は、ホメロスの内におのれの教理を見出すことになる」[69]。クーゲルもまた次のように指摘する。古代末期において寓意的解釈法が「ホメロスを論じる特有の方法、教育《パイディア》に不可欠な一部」となっただけでなく、「聖書もまたその読み方〔……〕特殊で詳細な読み方、本文に書かれている『もう一つの話』に敏感に反応する読み方に向いていたのである」[70]。かくして寓意的解釈法は、ホメロスや聖書を正典として読むために広く用いられるようになったのである。これはまた、『詩書』についても言えることである。

『論語』の中から『詩書』の詩に言及している部分をいくつか見てみると、古来中国において広く行われていた批評のあり方がよくわかる。それはすなわち道徳的、功利主義的な性質の強い批評であり、この批評に基づいて個々の作品は、自己育成および社会秩序の双方の面において道徳的完成を成し遂げるための手段として読まれる。詩を教育のために利用するというこの基本概念の中に、古来中国において寓意的解釈法が必要とされていた根拠がすでにあるように思われる。孔子はかつて息子に、「『詩書』を学ばなければ、立派にものを言うことができない」[71]と告げている。孔子はまた、「語られた言葉に文彩（文）がなければ、遠くまでは行われない」[72]と述べ、詩をよく学ぶことで弁論に磨きがかかるという考えを重んじている。『詩書』を修辞学の教本として用いるということから思い起こされるのが、古代ギリシア時代に教育的役割を果たしたホメロスの作品、さらにはアウグスティヌスによって示された古代キリスト教時代の古典文学に対する考え方である。その考え方とは、キリスト教徒は異教の詩や世俗詩を読み、そこから様々な修辞技法を、ただ聖書をよりよく理解するのに必要な知識を得るためだけに学ぶべきだというものである。アウグスティヌスにとって寓意、皮肉、反語法などの、譬えに関する知識は、「聖書の中の曖昧な意味を解明するために不可欠である。というのも、ある意味がそれを字義通りに解釈すると通じないような場合、それが我々の知らないあれこれの譬え話として語られていないかどうかを確かめなくてはならないからである。この方法を用いれば、多くの隠れた意味が明らかとなる」[73]。孔子にとって詩を学ぶことは、宗教上の目的に適うものではなく、洗練された道徳的説得力や外交言説、一般的に言えば、市民の義務を遂行するための優れた自己表現能力を人々が身につけるために必要なことである。

弟子たちに『詩書』を学ぶように勧める孔子は、詩には「興」（精神を高揚させる情緒的機能）、「観」（社会情勢やその変化を観照する知的機能）、「群」（諸々の社会集団における異なる利害を調和一致させる公共的機能）、そして「怨」（歪んだ政治が正されることを求めて悲哀や恨みを吐き出すという精神浄化の機能）という四つの機能があると説く[74]。孔子が言わんとしているのは実用的な価値についてであり、詩の美的価値など微塵も考えていない。「政務を任されても先方とうまく交渉できず、使節として諸国へ派遣されても周囲の状況に対応できないのであれば、たとえ三百篇の詩をすべて暗唱できたところでそれが一体何の役に立とうか[75]」。このような孔子独特の実用主義を知ったいまとなっては、彼の『詩書』に対する包括的な評価――「三百篇の詩について一言でまとめるならこうだ。それらの詩に邪な心はなし[76]」――が、賞賛というよりもむしろ弁明のごとく我々の耳に響いてこないだろうか。とはいえこれは、孔子が詩に与えた最大の賛辞である。この言葉は少なくとも、詩は人を騙すような作り事《フィクション》であり道徳的に悪影響を及ぼすものだと考えるプラトンほど挑発的でも批判的でもない。

『論語』には、『詩書』から引用された詩について所見が交わされる場面がいくつかあるが、この所見は簡潔ながらいささか曖昧でわかりづらい。そこで次に二つの場面を引用し、詳しく見てみることにする。最初に取り上げるのは、孔子と弟子の子貢《しこう》（孔子は彼を賜《し》という名で呼んでいる）の対話の場面である。

> 子貢は言った、「貧しくも人に媚びへつらわず、金持ちであっても威張らないというのはいかがでしょうか」。先生は言われた、「よろしい。しかしそのことは、貧しくとも道を愉しみ、金持ちであっても礼を進んで重んじるということには及ばない」。
> そこで子貢は尋ねた、「『詩書』に『切るが如く、磋るが如く／琢つが如く、磨くが如く』とあります。先生のおっしゃることは、まさにこのことなのでしょうか」。先生はお答えになった、「おお、賜よ、ついに私と『詩書』の話ができるようになったか。一つのことを話すだけで、それに続く後の話がわかってしまうのだから[77]」。

最初の段落で、子貢は師に有徳の人の資質について問うている。すなわち子貢は、貧しくとも人に媚びへつらわず金持ちであっても威張らない人間なら、有徳の人として十分に相応しいのではないかと考えている。孔子はこの子貢の考えに加えて、古代の礼に従うことによって得られる道徳的教養が必要であると説く。続いて子貢は『詩書』の詩の一部を引き合いに出し、孔子の言葉の意味を明示する。先秦時代の詩を引用するこの方法は、いわば常套手段である。これに孔子は感銘を受け、子貢のことを心得のある人、すなわち表層的な言葉とその言葉に表されない意味を結びつける術を知る人、字義的意味の奥に隠された意味を理解する術を知る人と見なす。とは言うものの、子貢が引用する詩句と二人が論じている話題との間に直接的な関係はない。この詩句はもともと、「淇奥《きいく》」（国風・衛風）という詩の一部である。次にこの詩の第一連を引用する。

かの淇水の奥地に目をやると
葦や竹が青々と茂っている
麗しき有徳のお方がおられる
その様子は切るが如く、磋るが如く
琢つが如く、磨くが如く
何とも気高く、雄々しく
何とも輝かしく、立派なお方
麗しき有徳のお方は
いつまでもこの心の中におられる(78)

本来の文脈から言えば、子貢が引用したのは愛の詩――「麗しき有徳のお方」の気高い姿を描く――の一部であると思われる。しかし、孔子と子貢の対話の中で引用される詩句の意味内容は、道徳的完成に関するものであり、原典の意味内容とはまったく異なる。多くの注釈者が指摘しているように、子貢は孔子との対話の中で、双方の意味を暗に比較したのではないか、すなわち骨、象牙、玉、石などの素材を切ったり研いだり打ったり磨いたりすることで高価な美しい品が出来上がることと、人の生まれながらの優れた気質（「媚びへつらわない」、「威張らない」）は道徳的教養（「道を愉しむ」、「礼を重んじる」）によってさらに洗練されることを類比したのではないかと考えられる。(79) このように、切（る）、磋（る）、琢（つ）、磨（く）は、経書を学ぶ上での厳しい訓練、自己修養を表す隠喩表現となる。この修養鍛錬によって、生まれながらに有望な素質の備わった人は有徳の高貴な人物となる。このような類比《アナロジー》による解釈が確立されると、その対象となる詩句は本来の文脈から切り離され、新たな状況――その中で詩句に与えられる意味は、本来の意味とはまったく異なる――に置かれる。

　次に取り上げる場面では、子夏《しか》（本名は卜商《ぼくしょう》）という孔子の弟子が、『詩書』から引用した詩句をまたも道徳的完成という主題と結びつける。思いもかけないこの弟子の所作を孔子は称賛するのであるが、その言葉は先の場面で子貢に送られたものと同じである。

> 子夏は尋ねた、「『愛らしい笑顔の口元にえくぼ／目元は美しく／白絹に色鮮やかな模様を施す』とはどういう意味でしょうか」。先生は言われた、「白絹の素地を作ってから色をつけるということである」。
>
> 　そこで子夏は言った、「ならば同様に、礼というものは後の仕上げなのでしょうか」。孔子は言われた、「おお、商よ、そなたのおかげで私は一つ学びを得たぞ。ついに私と『詩書』の話ができるようになったか」。(80)

　この場面で『詩書』から詩句を引用することによって、事態は一層ややこしくなる。事実孔子でさえ、弟子から「学びを得た」と認めていることからもわかるように、子夏の解釈に幾分驚いた様子を見せている。一方子夏としては、自身の問いに対する孔子のあっけない返答に得心がいかないようである。だから子夏は率先して自身の解釈を示し、引用した詩句を「礼」に結びつける。その際に子夏は、一連の物事の前後関係ということを思いつく。すなわち白地を作った後に色をつけることと、仁、義という儒教的徳（素地）の後に礼が続くことを、類比《アナロジー》によって結びつけたのである。この子夏の解釈の根拠となった詩句――「白絹に色鮮やかな模様を施す」――は、現存する『詩書』には存在しない。[三七] 一方で現に存在する最初の二句は、女性の美を詠んだものであり、古代の礼とは何ら関係がない。これらの二句は、さして巧妙とも言えないこじつけの解釈によって、道徳と無理矢理関係させられたにすぎないと言える。

詩を利用するのか、詩を読むのか

『論語』から引用した先の二つの場面に見られるのは、断章取意（切り取られた詩の一部を自由に都合よく解釈すること）と言われる、ある種の強引な読み方である。銭鍾書が指摘しているように、古代中国では日常的であったこの方法は「当時むやみに用いられ、古典的な作品の至る所に見られる。大昔に書かれた『詩の文句や表現』はすべて、いま現に抱いている『感情』やいまここに存在する『物』を表現するためにある」[81]。このような自由連想が常習的に行われると、ほぼすべての物事は何か別のものとして解釈されるようになる。ゆえに詩句の字義的意味を別の意味へ置換する読みには、類比《アナロジー》や並行《パラレリズム》といった解釈行為が常に組み込まれている。このような読みは、雅歌をマシャルとして利用するラビの解釈、またはウェルギリウスの作品を始めとする西洋古典文学――クーゲルの言葉を借りれば、「（作品本来の）文脈から切り離して」しまって「新たな福音的意義を与えることも可能である」[82] 作品――に対するキリスト教徒の寓意化に酷似している。この場合、詩全体が丸ごと引用されることは（極端に短い詩、ほんの数行からなる詩を除いて）めったになく、「切り取られた詩の一部（断章）」すなわち本来の文脈から引き離されたほんの一、二行が引用され、その部分の意味に、当面の解釈の目的に合わせて手が加えられることになる。先に引用した『論語』の二つの場面で支配的に働いている原理は、あらゆる事柄を孔子の説く道徳的教義に結びつけるというものであるが、それによって『詩書』からの引用部分を理解するための新たな枠組み――その引用部分が、それを含む詩全体の中で本来どのような意味を持つのかということには何ら関係のない――が設けられる。ドナルド・ホルツマン（Donald Holzman）によれば、この点で重要なことは、「孔子が（『詩書』から引用した）詩の道徳性を強調しているということではなく、その詩を自身が利用できるように変形させているということである[83]」。

詩を読むこととは対照的に、詩を利用するという行為は、古代中国において常習的に行われていた「断章取意」について考える上でとりわけ重要な問題である。ここでは詩を読むことと利用することの区別の基準を、詩（作品）の統一性が、読みの対象となる詩に対して認められ重視されるかどうかという点に定める。『左傳』に代表される先秦時代の書には、外交などの目的のために詩を利用することが、大昔から行われていた慣例の一つであったことを窺わせる記述が数多く見られる。これによって、詩の「第一の」意味が字義的意味であり、後からその意味が寓意的解釈によって曲解されるという順序が妥当であるかが疑わしくなる。たしかにこれは重要な問題である。だがそもそも、古代中国において詩を引用すなわち利用するという慣例は、それとは関係のないところですでに生み出されている詩の原文の存在なしには考えられない。要するに詩それ自体は、必然的に詩の利用に先立つということである。その上、詩の一篇一篇は、ある特定の文脈を構築する要素として用いられるまでは限定的な意味を持たないような語句の集合として存在しているのではない。それどころか一篇の詩はそれだけで、一貫した意味、意味論的価値の総体、統語的関係がすでに組み込まれた言説である。簡潔に言えば、詩は、すでに利用されている言葉の集まりである。詩の意味が文脈に依存しないということはありえない。ただし詩を解釈するために不可欠な文脈は、詩そのものの有する全体性、すなわち詩の語句がある特定の序列や相互関係の中に配置される方法によって構築される。このように考えると、いかなる比喩的《アレゴリカル》な意味も、詩句の字義的意味に基づくものでなければならない。そして、字義的意味に基づく本来の文脈を歪めるような詩の利用の仕方はいずれも、詩の統一性を損ねる要因の一つとなりうる。

先秦時代、詩の「断章」――状況に応じて様々な解釈が充てられる詩の断片――が外交などの場面で用いられる実用的言説として度々利用されていたが、これは珍しいことではない。『詩書』という中国最古の詩集に収められた数々の詩が単に利用されるためだけに存在するのだとすれば、それらの内容の一切が、宗教儀礼や道徳的説諭、外交演説、政治工作などに関係することになる。そうであれば、『詩書』に収められた詩の美的価値について論じたところで何の意味もないであろう。しかし大昔に『詩書』の詩が文脈を無視して引用され実用的な目的のために利用されていたからといって、文学的視点からその美的価値を追求しようという我々の試みが無駄に終わるということにはならない。むしろ詩を引用するという慣例を助長したものこそが、引用の対象となる詩の美的価値であり修辞的効果であると言っても過言ではない。文脈に関係なく詩句を引用していた古代中国人は、その詩句すなわち断片を、詩全体の本来の意味とはまったく関係のない目的のために利用していたことを自覚していた。このことは、『左傳』の中で盧蒲癸《ろほき》[三八]が「詩を引くときには章を断ち切る」と述べていることからもわかる[84]。すなわち一文学作品としての詩を読み味わうこととそれを実用的な目的のために利用することはまったく別ものだという考えは、先秦時代に広く受け入れられていたのである。

断章取意による詩の利用に関する考察は、これで終わりではない。『詩書』注釈全体の基盤である大序[三九]の中で、詩は詠む人の内なる心の発露であると定義されている。ソーシーによれば、この定義は「『詩は志を言い表す』という『書経』の一節に基づいているが、大序ではこの一節を、詩の利用の可能性についてではなく、詩的な意味について述べられた言葉であると解釈している。したがって、大序と『左傳』に出てくる貴人や政治家とでは、詩に対する考え方が異なるのである」[85]。すなわち詩の統一性は、古代の伝統的な注釈においてはすでに当然のことと考えられており、注釈者は詩の利用の妥当性を公言するのではなく、詩人すなわち作者の意図が自身の注釈の根拠であると訴えていたのである。ゆえに大序やその他の注釈の真価は、各々の中で定められた基準に従って考察され判断されてこそ理に適っているのであり、現代でも多くの評論家がそのように考えている。鄭振鐸は次のように述べている。「大序は、『詩書』全般について解説するために書かれたものである。ゆえに、その中に収められている詩は原文に沿って読み進められなければならず、大序に依拠するあまりその意味を読み違えてはならない。大序の内容は、それが詩の本来の意味に則したものである限り、尊重されてよい。しかし詩の意味にそぐわない場合は、どんなに由緒あるものであれ、また誰が書いたものであれ——孔子であろうと誰であろうと——大序の内容が容認されてはならない(86)」。事実、現代における『詩書』研究の多くが、詩独自の文脈から得られる意味と文脈を無視した詩の利用との区別を明確にし、先人たちによる詩の利用、否、悪用を非難するものである。

とくにこの問題に関して言えば、歴史家の顧頡剛《こけつごう》（一八九三—一九八〇）による先秦時代の『詩書』受容研究が、おそらくいまなお最も網羅的で有用であろう。顧が認めているように、春秋時代（前七二二頃—前四八一頃）に文脈を無視して引用された詩句は、とくに成句や格言の形をとって広く用いられ、その意味は利用する人間の都合のいいように解釈されていた。先に取り上げた孔子と弟子たちとのやりとりの中に見られたのは、まさにこのことである。しかし顧の言うように、「断章取意」の慣例は、それ自体で文学批評であるとは言えず、当時もそのように考えられてはいなかった。断章取意によって詩を利用していた古代中国人には、『詩書』に収められた一篇一篇の詩に対して注釈を付す意図はなかったのである。顧はさらに、孟子のある有名な言葉を機に、詩の読み方に決定的な変化が起こったと見ている。その変化とは、断章取意による詩の利用から、詩句の意味を読み取る方法への変化、さらに言えば、春秋時代における「詩学とは到底言えない引用行為」から、戦国時代（前四七五頃—前二二一頃）以降の中国文学批評において主流となる作者の意図に基づく詩学への変化である。孟子は咸丘蒙に次のように説く。「詩を解釈する際には、文字だけを取って詩句の意味を害してはならず、詩句だけを取って詩全体の趣旨を誤解してはならない。詩の本来の趣旨を探り当て、それを自身の心に汲み取って理解すること、これこそが詩を理解する方法である(87)」。孟子にとって「詩の本来の趣旨を探り当てる」ことは、詩の解釈だけでなく、それを評価するためにも必要な作業である。この言葉と共に孟子は、手前勝手な詩の利用という旧来の慣例に終止符を打つ。そして顧の言葉を借りれば、これによって中国文学の長い歴史における「詩学の始まり」が告げられる。とは言え孟子もまた先人たちと同様、『詩書』の詩句を度々任意に解釈していた[88]。しかしここで我々は、孟子の矛盾を指摘しようというのではない。孟子によれば、一篇の詩とその意味は作者の意図に左右される。そして「音を知る（知音）」優れた読者は、自身の解釈に任せて原文《テクスト》に内包される本来の作者の意図に反することなく、詩の中に刻み込まれている作者の声を再び取り上げる人なのである。

　ところが詩に表わされる趣旨、すなわち作者の意図に道徳的価値——儒学者たちがすべての正典文学に付与しようとした——を見出すのが困難な場合、ある問題が浮上する。古代詩集と言えば当然考えられることであるが、『詩書』には愛の悦びや苦しみを詠った詩が数多く収められており、そのような愛の詩を道徳的に読むことは難しい。『詩書』研究を通じて頻繁に引用されるのが、この詩集の最初に収められた「關雎《かんしょ》」という愛の歌、あるいは祝婚歌とも言うべき詩である。この詩に、儒学者たちは道徳的‐政治的観点に基づく注釈を幾重にも重ね合わせてきた。まずはこの詩の直訳（英訳）を次に挙げる。

關關雎鳩	*Guan*, *guan*, cry the fish-hawks	（クワーン、クワーンと鳴くミサゴは
在河之洲	On the islet of the river.	河の中洲に
窈窕淑女	The pretty and good girl,	麗しき善なる乙女は
君子好逑	The gentleman loves to woo her.	君子の連れ合い）
參差荇菜	High and low grows the waterplant,	（高く低く茂る水草を
左右流之	Left and right we catch it.	次から次へと摘み取る

窈窕淑女　The pretty and good girl,　麗しき善なる乙女を
寤寐求之　Awake or asleep he seeks her.　寝ても覚めても君子は求める）

求之不得　He seeks her but to no avail,　（求めても得られぬものなれば
寤寐思服　Awake or asleep he thinks of her,　寝ても覚めても心に思う
悠哉悠哉　Longing for her, and longing,　思い焦がれ、思い焦がれて
輾轉反側　He turns and tosses all night.　眠れぬ夜を過ごす）

參差荇菜　High and low grows the waterplant,　（高く低く茂る水草を
左右采之　Left and right we gather it.　次々と集める
窈窕淑女　The pretty and good girl,　麗しき善なる乙女を
琴瑟友之　With zither and lute we greet her.　琴を奏でて迎えよう）

參差荇菜　High and low grows the waterplant,　（高く低く茂る水草を
左右芼之　Left and right we choose it.　次から次へ選び獲る
窈窕淑女　The pretty and good girl,　麗しき善なる乙女を
鍾鼓樂之　With bell and drum we cheer her.[89]　鐘と太鼓で迎えよう）

孔子は自らこの詩を選び、これに注釈を付した。この純粋無垢な小唄は「悦びを詠っているが、度が過ぎて放蕩や不道徳に陥ることはない。悲哀を詠っているが、それは自ら招いたものではない[90]」と評して温かく受け入れ

る孔子であるが、この言葉から、偉大なる師と仰がれる人物だからこそ感じていたに違いない勿体ぶった寛容さが見てとれる。すなわち孔子がこの詩の中に読み取った悦びや悲哀というのはいずれも、礼節を重んじる儒教思想に適った、従順で節度ある、抑制された情緒だということである。この孔子の解釈が後世の注釈者たちに取り上げられ敷衍されると、道徳的な色合いがさらに強められた。すなわち、彼らはこの詩（「關雎」）に、儀に適った求婚という印象を与えることによって、それが周康王とその妃（前一一世紀）の不道徳な所行を批判する詩、あるいは逆に、有徳なる周文王妃太姒《たいじ》（没前一〇二七）を讃える詩だと解釈した。漢代の儒学者、毛亨《もうこう》と鄭玄《ていげん》（一二七―二〇〇）の注釈によれば、「關雎」は「后妃の徳」を詠った詩である（伝、箋）。この見解は、唐の儒学者、孔潁達《くえいたつ》（五七四―六四八）が付した次の注釈（疏）において、さらに推し進められている[四〇]。

「關雎」において詠われているのは次のことである。すなわち、后妃の喜びは、君主のために善良で純潔な女性を見つけ出すこと、その胸中に抱く関心事は、君主に善良なる淑女を捧げることである。自身の器量の良さを鼻にかけることなく、奥まった後宮に控える女性が、未だ君主にお目見え叶わぬことを悲しむ。后妃の願いは、徳と才能を備えた女性たちを探し出し、その者たちを君主に侍らせることである。后妃はこのことだけを思い苦心し、善良なる人の道を損なうことは決してない。これが「關雎」という詩の意義である[91]。

「關雎」それ自体と比較すれば、右のような読み方が詩の原文とは何ら関係がなく、孔子の道徳哲学や政治哲学から多大な影響を受けていることがよくわかる。この注釈によれば、いかなる情緒も度が過ぎると淫らとなる。たとえその情緒が夫婦間の愛に基づくものであっても、「男性が女性を愛しすぎれば好色漢となり、女性が節度を忘れて男性の寵愛を求めすぎれば、自身の美貌をひけらかす浮気者となる」[92]。この注釈の内容から思い起こされるのは、キリスト教的禁欲主義――男女の婚姻はそれが然るべき生殖という目的へ向かう限りにおいて認められるとしても、激しい情愛はそれ自体が罪であるとする——である。C・S・ルイス（C. S. Lewis）によれば、この禁欲主義は中世文学における愛の寓意化と極めて関係が深い。というのも、「中世の考えでは、情熱的な愛とはそれ自体が不道徳であり、その愛がたとえ自分自身の妻へのものであったとしても、不道徳であることに変わりはなかった。〔……〕男が妻を熱烈に愛することは不貞である」[93]。孔子の解釈を敷衍する儒学者たちの注釈によれば、互いに慕い合いながら別々に住まう雌雄のミサゴ鳥は、「關雎」という詩の主題——君主と后妃の儀に適った関係——を得るための隠喩的契機（興[四一]）となる。有徳の后妃が世の道徳的秩序を正すための良い手本たりえるのは、大人しく巣に留まる鳥のように大奥の御殿にひっそりと住まい、夫君に対して愛情を求めすぎないからである。

> 夫婦が互いの性別の違いを自覚していれば、父と息子は親密な関係を保つことができる。父と息子が親密な関係にあれば、君主とその臣下も互いに尊重し合える。君臣が互いに敬愛しあうことができれば、朝廷は公正で儀に適ったものとなる。朝廷が公正で儀に適ったものであれば、天下は君主の徳で満たされるであろう。[94]

「關雎」は愛の詩以外の何ものでもなく、そのような詩に道徳的‐政治的な意味を押しつけるというのは行き過ぎた行為である。現代の批評家に言わせればこの種の解釈は、何の面白みもないこじつけの解釈、詩句に対する不当な解釈にほかならない。

中国学研究に従事する西洋人たちにとって、古来連綿と続いてきた、儒教思想に基づく道徳主義的注釈は「寓意的」であるがゆえに受け入れがたいものである。しかし皮肉にも彼らの多くは、たとえわかってはいても、この伝統的な解釈の影響から逃れることができなかった。たとえば、初期の中国学研究者の一人であるジェイムズ・レッグ（James Legge）は、「關雎」に対する旧来の解釈——「この詩は文王妃のことを詠っており、嫉妬に駆られることなく、大奥が有徳の女性で満たされることを切に願う后妃への賛美を表している」という考え――について「議論する値打もない」としている。それにもかかわらず、次のレッグによるこの詩の翻訳（第一連）には、古代中国の儒学者たちによる伝統的注釈の影響が明らかに見て取れる。

Hark! from the islet in the stream the voice
Of the fish-hawks that o'er their nest rejoice!
From them our thoughts to that young lady go,
Modest and virtuous, loth herself to show.
Where could be found, to share our prince's state,
So fair, so virtuous, and so fit a mate?[95]
（河の中洲より響く鳴き声に耳を傾けよ
仲睦まじき雎雄のミサゴの悦びの声を
ミサゴの姿より思うは、かのうら若き淑女
慎み深い有徳の淑女は、自ら誇示するを厭う
我らが君主の国を共に統べるとなれば、この淑女を措いて他におるまい
清らかで、徳の高い、君主の伴侶に相応しいこの淑女を措いては）

先に挙げた著者による直訳と比較すると、レッグの翻訳では、「乙女」（girl）が「うら若き淑女」（that young lady）、そして「君子」（gentleman）――「徳行正しき人」（respectable man）の意――が「我らが君主」（our prince）と訳されている。淑女が「君主の国を共に統べる」という翻訳のもとになるような記述は、原典本文に

は存在しない。すなわちこの部分の翻訳は、「この詩は文王妃のことを詠ったものである」という前提なしにはありえない。

同様に、一八九六年のS・クヴルール（S. Couvreur）によるフランス語訳およびラテン語訳において、この詩は朝廷の女官たちが后妃を讃える詩――「朝廷の女官たちは、有徳の文王妃、太姒を讃えて詠う」（*Les femmes du palais chantent les vertus de Tai Séu, épouse de Wênn wâng*）――であると解釈されている。第一連のフランス語訳を次に引用する。

> Les ts'iu kiou *(se répondant l'un à l'autre, crient)* kouan kouan *sur un îlot dans la rivière. Une fille vertueuse (T'ai Seu), qui vivait retire et cachée (dans la maison maternelle), devient la digne compagne d'un prince sage (Wenn wang).*[96]
> （河の中州で雎鳩《ミサゴ》が、クワーン、クワーン〔と鳴き声を交わす〕。〔生母の御殿に〕引き籠り、ひっそりと暮らす有徳の淑女〔太姒〕は、賢君〔文王〕に相応しい伴侶となる。）

クヴルールの訳では、有徳の淑女は生母の御殿に隠遁している。さらに「賢君に相応しい伴侶となる」という表現は、「君主の国を共に統べる」というレッグの翻訳と同様に、原典本文そのものよりも、儒学者による伝統的な注釈の影響を受けている。

二〇世紀に入ると、中国学研究者たちはそれまで以上に『詩書』の文学的価値に関心を示し、旧来の注釈に特有の道徳主義的合理化を受けつけなくなる。ベルンハルド・カールグレン（Bernhard Karlgren）は、『詩書』の散文訳（一九四二―一九四六）を試みる際、「できるだけ字義通りの」訳になるよう細心の注意を払う。これによって『詩書』は、儒教道徳をわざわざ持ち出さずとも、それ自体に価値のある古代中国詩集として広く読まれることになる。一九三七年に『詩書』を翻訳出版したアーサー・ウェイリー（Arthur Waley）は次のように述べ、

『詩書』と孔子の思想を切り離そうする。「(『詩書』に収められた)数々の詩は確かに『儒教の』詩である。しかしそれは、孔子(紀元前五〇〇年頃の人物)と弟子たちによって道徳的教示のために詩が利用されていた――古代ギリシアの教育者がホメロスを利用していたように――という意味においてである。『詩書』の編纂に孔子が関与していたとされる根拠は何一つない」[97]。この後ウェイリーは聖書の寓意的な読み方に触れているが、それもさることながら、右の引用文の中でホメロスの教育的利用について言及している点は注目に値する。「關雎」の翻訳の際にも、ウェイリーは原典本文の表現に寄り添い、その詩にまつわる旧来の儒教的な注釈を切り離そうとする。

ウェイリーとカールグレンによる「關雎」の第一連の翻訳を、先に引用したレッグとクヴルールのものと比較すると、時代による翻訳の違いが明らかとなる。まずはウェイリーの翻訳を次に引用する。

"Fair, fair," cry the ospreys
On the island in the river.
Lovely is this noble lady,
Fit bride for our load.[98]
(「素晴らしきかな、美しきかな」とミサゴは鳴く
河の中州で
いと麗しき貴婦人かな
我らが君主の花嫁に相応しい)

続いてカールグレンの翻訳を挙げる。

Kwan kwan (cries) the ts'ü-kiu bird, on the islet of the river; the beautiful and good girl, she is a good mate for the lord.[99]

（クワーン、クワーンと〔鳴く〕雎鳩は、河の中洲に。美しき善良なる乙女は、君主の良き伴侶。）

ウェイリーの「貴婦人」（noble lady）、そして双方に見られる「君主」（lord）という訳語は、原語（〝淑女〟、〝君子〟）よりも高尚な感じがするが、しかしいずれの翻訳も原典の字義的意味にかなり近い。しかも、有徳の后妃を思わせる記述はどこにも見当たらない。「寓意的解釈」に関する補遺の中でウェイリーは、とくに愛の詩のような、「寓意的に解釈されない限り道徳的教化に利用されることなどありえない」詩がいまも消えずに残っているのは、「その本来の意味とは何ら関係のない目的、すなわち社会における様々な目的や教育上の目的のために」寓意化され利用されたおかげであるということを認めている。ウェイリーの言う寓意的解釈とは、古来続いてきた儒教的注釈に限ったことではない。「西洋世界における聖書、とくにソロモンの雅歌と詩篇に収められた数篇の詩の本文に対しても、同様の寓意的解釈が施されてきた」。さらにウェイリーは、マルセル・グラネ（Marcel Granet）が一九一一年に発表した中国の恋歌の翻訳が、従来の伝統的な注釈を退け、詩の「本質」を露わにしたものであるとして、この翻訳が中国学研究の「著しい発展」をもたらしたと絶賛する。[100] ここで次のことを付け加えておく必要がある。二〇世紀始めの中華帝国末期以来、『詩書』における愛の詩を愛の詩として、すなわち古来儒学者の注釈によって付与されてきた道徳的および政治的意義という隠れた意味を持たない文学的言説として読む方法は、現代の中国人学者による『詩書』解釈にもよく用いられている。

従来の『詩書』の詩に対する儒教的注釈は、詩句の字義的意味も美的価値も度外視し、過剰な道徳的および政治的解釈を押しつける不当なものだと考える学者や批評家は多い。王靖獻《おうせいけん》（C. H. Wang）の言うように、「伝統的な『詩経』注釈に利用される寓意化の影響によって、この由緒ある古代詩集の特性や、〝詩〟という語の本来の意味が明らかに歪曲されている」[101]。ミルマン・パリ（Milman Parry）とアルバート・ロード（Albert Lord）による口誦詩の理論[四二]を中国の正典研究に応用する王は、次のように述べる。『詩書』に収められている古代詩は、もともと口述で詠まれ伝えられていた。このような口誦詩、詩の口伝の際に重要な役割を担うのが、種々多様な成句すなわち「定型句《フォーミュラ》」である。そして『書経』にも見られるように、〝詩〟という中国語の最も古い定義において、詩と楽および舞踏との密接な関係が明らかになる。王がパリ－ロード理論を自身の考察に巧く応用できていたのかどうかについては、いまなお賛否が分かれるところではある。しかし中国の正典を定型句《フォーミュラ》からなる口誦詩と捉える王の研究方法は、一九三〇年代および四〇年代を通じて中国文学研究――顧頡剛、鄭振鐸から聞一多《ぶんいった》まで――の主流であり続けたことは確かである。彼らが著した研究書の影響によって『詩経』研究は、かつての儒学者たちによる注釈のほぼすべてに見られる寓意化の傾向から脱却することになる。

　しかし我々は、古代より中国において伝えられてきた儒教的注釈が寓意的解釈法であると断定できるのか。そもそも中国文学に寓話は存在するのか。字義的意味を越えて形而上的な意味に至ることによって初めて寓話が成り立つのであれば、また抽象的で不可視の霊的存在を暗示するのが寓話であるならば、そのようなものはすべて、中国の伝統や歴史的、社会的、文化的文脈においては想像すらできないもの、ありえないものと言うべきではないのか。これらの問いに答えるため、ここでまたしてもクインティリアヌスによる寓話の基本定義に立ち返ることにする――「寓話はラテン語で〝inversio〟と訳されるが、これは言葉と意味内容とが別々のことか、あるいは正反対のことであると示すものである」[102]。だがここで、次のことに留意する必要がある。クインティリアヌスは、語られる言葉と意味内容、すなわち伝達手段と拡張された隠喩《メタファー》（寓意の別の言い方）の意味が、互いに相反する二つの領域――歴史的事実からなる具象世界と、霊的真実からなる抽象的な世界――に属するものであると明言してはいない。言うなれば、語られる言葉と意味内容との差異は、次元の同異にかかわらず、どのようなものでも構わないということである[103]。

このことは、古典作品を実例として扱ったクインティリアヌスの考察を見ると非常によくわかる。様々な修辞表現を用いた洒落（冗談）について解説するクインティリアヌスは、マルクス・カエリウス[四三]（Marcus Caelius）に対してキケロ[四四]（Cicero）が放った冗談――「カエリウスは良い右手と拙い左手を持っている」――を引き合いに出す。この冗談によってキケロが言わんとすることは、カエリウスが「弁護するよりも告訴する方が上手かった」ということである。右手は剣を持つ手として、攻撃すなわち告訴を表し、盾を持つ左手は、弁護手腕を表している。この場合、伝達手段と意味＝伝達内容は共に、実在する人間とその人間の能力を表していると言える。しかし、クインティリアヌスはこの言葉遊びを、「（キケロが）洒落で用いた寓意」の一例だと考えている[104]。先に引用した寓話の定義に言及した後、クインティリアヌスは寓話について、いくつかの例を挙げながら説明する。一つ目の寓話の型（言葉と意味内容は別々のことである）を説明する際の例として、ホラティウス（Horace）の叙事詩が引用される。この詩は「国家のことを船、内乱のことを大嵐、平和と友好のことを港と言っている[四五]」。この寓話もまた、古代ローマの実際の歴史に基づいている[105]。

もう一つの型――言葉と意味内容は「正反対のことである」――は、クインティリアヌスによれば、超越論的（観念論的）哲学とも神学とも何ら関係はなく、「修辞学者が反語（illusio）と呼ぶ表現」、すなわち「賞賛と見せかけて非難したり、非難と見せかけて賞賛したりする」皮肉の言葉に関わるものである[106]。事実このような表現は、反語法、嘲笑、皮肉に非常に近い性質のものであることから、寓意の下位概念ではなく、単なる比喩と考えられる場合もある。「これは鋭い見方である。なぜなら、寓意は本来曖昧なものであるのに対して、反語表現においては、何が意図されているかがすべて明白だからである[107]」。クインティリアヌスの考えや古代ギリシアの修辞学に関して言えば、寓意と形而上的あるいは神学的な霊的意味との間に明確な繋がりはない。

キリスト教的寓話の概念についても同じことが言える。聖書釈義を行うキリスト教徒にとって、字義的意味と寓意は必ずしも別々の次元に属するものではない。モートン・ブルームフィールド（Morton Bloomfield）が指摘しているように、中世に考えられていた四つの意味（四義説）に基づいて聖書を解釈することによって、必ずしも霊的意味が字義的意味から引き離され、それとはまったく異なる超越的（観念的）、形而上的な段階に到達するわけではない。

たとえば、聖書解釈における道徳《トロポロジカル》的な段階の意味というのは、言葉によって明らかにされるもう一つの現実のことを言うのではなく、実は意味そのものの中に見られる。イサクが父アブラハムの命に黙従し自ら祭壇に身を置く場面の道徳的意味は、第一義的な段階の意味——目上の人に従順であること——において考えられるべきである。さらに擬人化の寓話においては、寓意の一切は（あるいはそのほとんどが）字義的意味そのものに内在している。『農夫ピアーズ』（*Piers Plowman*）のBテクスト第一章で、正教会を名乗る婦人が登場する。彼女は何の寓意なのか。キリスト教的な観点から言えば、彼女は正教会の象徴ということになるが、そうではない。彼女は正教会そのものなのである[108]。

西洋において、キリスト教神学者が考える寓意を代表するものとして真先に挙げられるのが、聖体の象徴性《シンボリズム》であろう。聖体すなわちぶどう酒とパンは、実際の食物として解釈されるのではなく、キリストの血肉の象徴である。この場合キリストの血肉は、身体の意味において言われているのではない。オリゲネスも言っているように、「パンを食すという行為がキリスト教に反するというわけではない。しかしそれでも物質としてのパンは、それを口にする信者のためにはならない。信者のためになるのは、パンを求める祈りの言葉なのだ」。オリゲネスは、秘跡《サクラメント》そのものの有用性を完全に否定しているわけではない。しかし右の引用の中で、聖体儀礼にて振舞われる食物すなわち物質としての聖体よりも、その霊的意義の方が重要であると強調されていることは間違いない。ダニエルーの言うように、「霊的なパンを食することの方が、食物としてのパンを食することよりも尊いとされる[109]」。

いかなる儀式にも、それが儀式である限りは、目に見える形式以上の象徴的な意味があるに違いない。このことは確かに聖体についても言える。ならば、儒学者たちが度々口にしてきた古代中国の伝統的な儀礼についてはどうなのか。それはただの目に見える物質的な儀礼にすぎないのか。だが当然のことながら、孔子にはそのような考えはない。このような疑問をあたかも予期していたかのように、孔子は次のように言葉巧みに問うことで、儀礼や音楽とはそれらの進行に必要な道具一式のことであるなどと字義通りに理解するものではないと諭す。「礼、礼と言っても、それは単に玉や絹布のことでしかないのか。楽、楽と言うが、それは単に鐘や太鼓のことでしかないのか」(110)。孔子の考える儀礼や音楽の意義は、間違いなく目に見える形式に留まるものではない。それは玉や絹布のことでも、鐘や太鼓のことでもない。象徴的、霊的な意味を目に見える形式から引き離すことができて初めて、道徳的完成を成し遂げることができると孔子は考える。言うまでもなく、言語を象徴として用いること、その言語運用の基盤をなす抽象化能力は、言葉で表現されたことを寓意的に理解するための基盤をなす抽象化能力と同一あるいは同等のものである。これまでの考察をふまえた上で次に我々が向かうべきは、西洋の儀式は象徴的で中国の儀礼はそうでないのかという問いではなく、文化的伝統の差異によって儀式化された形式が表す意味内容が異なるとすれば、それはどのような差異なのかという問いである。

寓話と歴史的文脈化

本来寓意を表すために書かれたわけではない言説を、それ自体とは別のことを語る《アレゴリー》ものとして読むことは、決して不可能ではない。これは西洋の言説だけでなく、中国の言説に関しても言えることである。漢詩に寓意は存在しないのだから、『詩書』に収められた古代詩それ自体に寓意的性質はないという見方もある。しかしそれならば、ホメロスの叙事詩もまた寓意的作品ではないということになる。エーリッヒ・アウエルバッハ（Erich Auerbach）は次のように言明する。「ホメロスの詩に包み隠されているものなど何もない。教訓もなければ、秘められたもう一つの意味もない。〔……〕後世、寓意的解釈が広く行われる中で、ホメロスの作品にもその解釈が試みられたが、それは徒労に帰した。ホメロスには寓意的解釈は通用しない。したがってそのような解釈はすべてこじつけの異質な解釈であり、それらが一つの理論として結実することはない[111]」。これはあくまで現代的な考え方である。だが古代ギリシア世界では、ホイットマンの言うように、たとえ「ホメロス自身に寓意的作品を書くという意図がまったくなかったとしても、その作品は、相対する神々と人間との二重の視点から描かれているために、西洋で最も古い体系をなす二つの寓意的解釈法――一つは神の世界の構成要素の分析を試みる解釈方法、もう一つは人間界における諸範疇を明確に示そうとする解釈方法――が推し進められる[112]」。これと同じことが聖書についても言える。スティーヴン・バーニー（Stephen Barney）によれば、「寓意的解釈法とは、作品本来の性質にではなく批評＝反応に関わることであるから」、聖書の寓意的釈義は、聖書の本文そのものとは何ら関係がない。すなわち、「聖書に寓意が読み取られるとしても、それは微々たるものである。したがって聖書の本文に対するほぼすべての寓意的釈義は、聖書の有する寓意的特性そのものに基づくのではない[113]」。それにもかかわらず、前述のホメロスや聖書の解釈の例からも明らかなように、作品本文から寓意を読み取るという解釈法が幾世代にも渡って採られてきたのである。寓意といってもそれはともすれば、意識的に構築されたものではないかもしれない。しかしそれでもやはり、その中で意味が幾重にも重なっていることに変わりはない。

それならば、古代中国における儒学者たちによる『詩書』注釈は寓意的解釈法の実例であると言えるのだろうか。そのような解釈による寓意化を受けつけない詩句の中に、注釈者たちは道徳的および政治的な意味を読み取ったのであろうか。ジュリアンによれば、正典としての『詩書』の地位を確固たるものとするために注釈者たちが「詩句に内在するもう一つの意味を求めていた」としても、その意味は「古代ギリシアの寓話に見られるような別の段階（の意味）を示すのではなく、一つひとつの詩にまつわる文脈上の関係、歴史的関係から完全に切り離されたものである[114]」。たしかに、古来中国では、多くの注釈者たちが詩を歴史の文脈に位置づけようと試みてきた。すでに見てきたように、「關雎」という愛の詩は、文王妃太姒という歴史上の人物の徳行を讃えた詩であると考えられてきた。しかしさらに詳しく見てみると、そのような文脈化は目的そのものではなく、目的のための手段にすぎないことがわかる。ここでいくつかの問題が浮上する。すなわち、なぜそもそも『詩書』の詩は文脈化されなければならないのか、『詩書』の詩がいわゆる「文脈化される」以前はどのような状態にあるのか、そして誰によってどのように文脈化されるのか。

言うまでもなく、『詩書』の詩が歴史の文脈の中に位置づけられたのは、その正典性を立証するという目的のためである。これとまったく同じことが、雅歌についても言える。雅歌に対して徹底した寓意的解釈が行われたのは、それが聖書の一書たりえる正典性を有していることを証明するためであった。『詩書』注釈の伝統において、詩を準歴史的文脈の中に位置づけることの最終目的は、ただ単に詩を過去の歴史の「写実的な描写」と捉えることではなく、詩を礼節や善行の手本へと、比類なき道徳的‐政治的意義を説く言説へと変えてしまうこと──「關雎」の注釈に見られるように──である。孔子自身による『詩書』注釈もまた、歴史的というより道徳主義的である。

さらに重要なのは、『詩書』の詩が単なる歴史の一部としての過去にではなく、伝説上の範型《モデル》すなわち輝かしい立派な文化を興した周文王の治世という理想の歴史の文脈に位置づけられるということである。孔子は、我こそがその文化を守り復興する人間であると考えている[115]。孔子にとって、いまは亡き文王の偉大なる時代に生み出された儀礼的慣習を受け継ぎ、それを固く守ることができなければ、健全なる国家を実現することはできない。この孔子の考えが、旧来の『詩書』注釈の最終規準となり、この規準＝原理に基づいて、儒学者たちは古代詩に注釈を付したのである。『詩書』大序では次のことが言われている。「古の王は詩によって夫婦の関係を正し、孝行や目上の人を敬うことを勧め、人間同士の絆を強め、教化（徳化）を成就させ、社会の風習を善へと向かわせた[116]」。したがって文脈化とは、中国の注釈者が『詩書』の正典性を証明するために用いていた解釈法の一つ、すなわち『詩書』の詩を、孔子による道徳的教義の全要素を体現する理想的歴史に関係させる方法であると言うことができる[117]。

ではここで「關雎」以外の詩をいくつか例に挙げ、それらに対する道徳的、政治的解釈が準歴史的文脈に位置づけられる過程と、その文脈化が詩の読みに及ぼす影響について見ていくことにする。詩に書かれた言葉そのものと歴史的文脈との関係性を重点的に検討することによって、詩の注釈本来の性質が明らかとなる。最初に取り上げるのは、毛詩の二三番目に収められた詩（「野有死麕《やゆうしきん》」）である。

野に息絶えたノロジカ
白い茅でこれを包む
春に思いをはせる乙女
美しき男子がいざなう

森の中に低く茂った木々
野には息絶えた鹿
白い茅でこれを包む
玉のように美しい乙女

「さあ、慌てずに、やさしく
私の襟巻きに触らないで
犬を吠えさせてはいけませんわ[118]」

旧来の儒教的注釈を参照せずに本文をそのまま読めば、若き狩人が撃ち落とした鹿を包んで恋人に贈る場面が心に浮かぶことであろう。男がやって来ると、美しき乙女は、番犬が吠えて家族を起こしてしまわないよう、物音を立てないでと男に願い求める。昔の慣例として、『詩書』に収められた詩の一篇一篇には、「小序」と呼ばれる前書きが付されている。それぞれの詩にはその解釈の指針＝規準が示されており、後世の注釈者はその指針に基づいて詩行の一つひとつに注釈を付し、詩全体の解釈に繋げるのである。次に「野有死麕」の「小序」を引用する。

「野に息絶えたノロジカ」。この一節には、礼節の頽廃に対する強い反感の意が表れている。世界が大混乱に陥ったとき、力を振りかざす残忍な者たちが人民を虐げ、世は肉欲、放蕩に満ちていた。しかし、文王の善政の世を知る者なら、混乱の世にあってなお、礼節の頽廃に対する強い反感を抱き続けることであろう。[119]

言うまでもなく、「野有死麕」という詩それ自体は、文王や礼節を詠った詩ではない。そのため右の注釈の中でひときわ強調されている「反感」という語は、この詩の内容に相応しくない——とくに最後の三行に関しては——ように思われる。男が、ともすれば熱烈すぎるほどに、乙女の愛を求めている様子を見て取ることはできる。だがどう見ても、最後の三行にある乙女の言葉の中に、男の愛に対する反感や嫌悪の含みは感じられない。事実このような、恋人を優しくとはいえたしなめる場面というのは、愛の詩では珍しくない。次に、同じく毛詩の七十六番目に収められた「將仲子《しょうちゅうし》」という詩を読んでみると、この恋人をたしなめるという主題に、ある変化が見られる。すなわち、この詩に出てくる乙女は、恋人に近づきすぎないように願い求めるだけでなく、その理由を説明するのである。

お願い仲さん
我が家の裏庭に入って来ないで
我が家の柳を折らないで
柳が惜しいわけではないの
両親のことが怖いのよ
仲さんのことは愛しいけれど
両親に何を言われるのかと思うと
やっぱり怖いのよ

お願い仲さん
我が家の垣根を越えないで
我が家の桑の木を折らないで
桑の木が惜しいわけではないの
兄たちのことが怖いのよ
仲さんのことは愛しいけれど
兄たちに何を言われるのかと思うと
やっぱり怖いのよ

お願い仲さん

我が家の果樹園に入って来ないで
我が家の堅木を折らないで
堅木が惜しいわけではないの
人の噂が怖いのよ
仲さんのことは愛しいけれど
人が何を噂しているのかと思うと
やっぱり怖いのよ(120)

一つ目の詩(「野有死麕」)と同様に、この「將仲子」でも、乙女が恋人に近すぎないようにと求めている。しかし「野有死麕」に出てくる乙女が、ただ「犬を吠えさせないで」と言って恋人をたしなめているだけなのに対し、「將仲子」の乙女は、その内心とは裏腹に、両親や兄弟、さらには隣人たちの目を気にしている。マルコム・ローズ(Malcolm Laws)は、英国の物語詩《バラッド》に関して次のように述べている。「恋人たちが経験する様々な波乱の中でも、家族に結婚を反対されるというのは、物語詩《バラッド》には最もよくある出来事である。またそれは最も空想物語的《ロマンティック》でもあり、本来最も現実的な出来事でもある(121)」。これとまったく同じことが、『詩書』より引用した二篇の詩にも言える。すなわち、家族から交際を反対されている乙女は、恋人を拒むのではなく、物音を立てて人に気づかれないようにと注意を促し、二人の秘め事として密かに交際を続けるのである。

ところが、古代の注釈者の手にかかれば、これらの詩の内容はまったく異なるものになる。「野有死麕」が男女の愛を詠った詩であることは間違いない。この詩の中で乙女は「春に思いをはせる(懐春)」とあるが、これは「恋の病に罹っている」、「男性を求める気持ちに駆られる」乙女の心情を表した句であると考えられてきた。するとそこに、贄(贈り物)を持った美しき男子が現れ、「(乙女を)いざなう」。ところが鄭玄、孔頴達の注釈

（鄭箋、孔疏）によれば、この「いざなう（誘）」という語は、本来「導く」という意味で用いられており、したがってこの二つの詩行――「春に思いをはせる乙女／美しき男子がいざなう」――の中に異性への誘惑を見て取るのは、本来とは正反対の読み方である。鄭玄は次のように解釈する。「貞淑なる乙女は、正式な儀礼に則って、仲春に婚約者と面会することを思う。そして立派な紳士が仲人を遣わし、婚礼の手配をする（婚礼へと導く）」。この注釈によって、「野有死麕」という詩から異性への淫らな誘惑という危険な解釈が取り除かれ、さらに最後の詩節――「さあ、慌てずに、やさしく／私の襟巻きに触らないで／犬を吠えさせてはいけませんわ」――は、乙女が恋人に発する善意の警告ではなく、不貞に対する彼女の反感として読まれる。この読み方が妥当であると思わせるために、儒学者による注釈には、右の詩節にさらなる曲解が加えられる。すなわち「慌てずに」、「優しく」という表現はいずれも、ゆっくりと婚礼の準備を進めることを意味している。男が力ずくで乙女との性的な交わりを求めて、この正式な儀礼に反するならば、犬が吠えることになる。[122] 銭鍾書は、中国とヨーロッパの文学において、犬が恋人たちの逢引きの場によく居合わせることを、数多くの例を引用しつつ明らかにしている。[123] 恋人にしか聞こえない声でそっと囁きかける乙女の言葉が、世間で言われている不道徳に対する憤りの言葉であるという読み方は、誤読以外の何ものでもない。しかし、道徳をただひたすら重んじる儒学者としては、この詩の誘惑の場面から露骨に感じられる淫らな印象を最小限に抑えるために、こうした強引な誤読を敢行するより他に方法がないのである。

だがこのような強引な読みを断行する儒学者たちは、「野有死麕」という詩が求愛と結婚に何かしらの関係があることだけは認めている。しかし「將仲子」に関して言えば、この詩の注釈の中で構築された「歴史的文脈」が詩句の字義的意味とまったく異なるので、儒学者たちの注釈によって与えられた解釈の指標がなければ、誰一人その注釈にあるのと同じ理解に到達することはできない。この場合、「歴史的文脈化」は詩句の意味を封じ込める役割を果たすだけでなく、詩に対する読者の解釈を決定づける。この抑制的＝支配的な解釈行為の中に、儒学者たちによる伝統的な注釈が及ぼすイデオロギー的影響がはっきりと見て取れる。

先ほど我々が「將仲子」をいわば「単純に＝そのまま」読んだ際、この詩はある一人の若き乙女——恋人（仲子）を愛してはいるが、両親や兄弟、隣人の目を気にして、家に近づかないようにたしなめる——によって詠われた詩であると解釈された。しかしこの詩の「小序」には、そのようなことはどこにも書かれていない。

> 「將仲子」は、荘公《そうこう》を非難する詩である。荘公は母親の言いなりになり、その結果弟を傷つける。弟の叔《しゅく》は道義に背くも、公は制することはなかった。祭仲《さいちゅう》が諫めたが、公は耳を貸さなかった。小さな過ちを正そうとしないがために、大きな災いがもたらされることになる。[124]

「將仲子」とこの小序との間に、一体何の関係があるのか疑問に思われることであろう。言うまでもなく、これこそが歴史的文脈化の典型例である。鄭《てい》の王である荘公とその母武姜《ぶきょう》の物語は、この詩の解釈の格子《グリッド》として利用され、それをもとに注釈が付される。『左傳』の中でもよく知られているこの物語の内容は、次の通りである。

逆児であった荘は難産の末に生まれたが、その際、母武姜はひどく苦しんだ。そのため武姜は荘を憎み、弟の叔《しゅく》段《だん》を可愛がった。武姜は段が世継ぎに任命されることを望んだが、武公はそれを認めなかった。やがて荘が父の跡を継ぎ荘公となると（前七四三）、武姜の求めに応じて、弟の段に京《けい》の地を領土として与えた。段は京の地で勢力を強め、領土を拡大し始めた。大臣の祭仲が段に対して措置を取るよう荘公に進言したが、母親の意思に背きたくない荘公はなかなか動こうとしない。段はさらに勢力を集め、鄭を攻撃する準備を整えていた。武姜は段と通じており、鄭の都の門を開けて段の軍隊を引き入れようと密かに企んでいる。そのときになってやっと荘公は軍隊を差し向け、鄢《えん》の地で段を討った。それから荘公は武姜を鄭の都から追放し、いつの日か黄泉に行くまでは母に会うまいと誓った。しかし、しばらくしてから母を追放したことを悔いた荘公は、家臣に命じて地下泉に行き当たるまで地を掘らせ、そこに出来た地下道で母との再会を果たした。こうして二人は、母子の仲を取り戻した。[125]

このような心惹かれる物語の文脈に「將仲子」の詩句が組み込まれることによって、この詩の話し手は、恋人をたしなめる若き乙女ではなく、大臣祭仲の忠告に対してなかなか決断を下そうとしない荘公であると解釈される。その結果、「將仲子」から官能的な愛という主題が完全に取り除かれる。いまや仲子とは祭仲のことであり、「我が家の裏庭に入って来ないで」、「我が家の果樹園に入って来ないで」といった嘆願の言葉はいずれも、皇族の事情に干渉しないよう祭仲に命じる荘公の言葉を表す比喩表現となる。このような歴史的文脈化によって、詩の分析方法、詩句の解釈方法は一変する。人によっては、この文脈化は独創的、または大変魅力的でさえあるかもしれない。しかし、歴史的文脈を重視しすぎると今度は、荘公の「兄たち」、「隣人たち」とは一体誰なのか、荘公ほどの権力者が兄や隣人を恐れるとはどういうわけか、という疑問が浮上することになる。「將仲子」が小序で言われるような内容の詩であるなら、なぜ恋人の小言ともとれるような曖昧な書き方をするのか。

『詩書』に付された伝統的(儒教的)注釈を擁護するとすれば、次のように言えるかもしれない。歴史的文脈を真に受ける、すなわちそれを字義通りに受け取るのもほどほどにすべきだ。注釈においては、「將仲子」の本文に書かれている一言一句が荘公の物語の内容とぴったり一致するということが言われているのではない。表面上は愛の歌という形式をとってはいるものの、この詩は荘公を非難するために詠まれたものである。したがって、実際にはこの詩は愛の詩ではなく、荘公の詩、さらには「小序」の中ではっきりと述べられている道徳的教訓――「小さな過ちを正そうとしないがために、大きな災いがもたらされることになる」――を詠んだ詩である。だがこのような擁護に基づいて言えば、歴史的文脈化は寓意的解釈法そのものだということになる。なぜならここで言われている文脈化は明らかに、解釈学的な一方法、すなわち詩の中で語られる言葉とその意味を別々に読む方法として用いられているからである。[126]いずれにせよ、詩そのものと、それに対する注釈はまったく相容れない。これは誰の目にも明らかである。したがってこの場合、「將仲子」という作品の本文が（歴史的文脈化という）解釈の格子にぴったりと当てはまることはまずない。

伝統的な『詩書』注釈において、詩の話し手に歴史上の人物を重ね合わせて読むという解釈は、堅実な手法としてよく用いられていた。とはいえそれは、単に詩の歴史性（史実性）を明示するために採られる方法ではない。このことを例証するために、毛詩の八六番目に収められた詩（「狡童《こうどう》」）を次に引用する。この詩は二連からなる短い詩である。

あの意地悪な男ときたら
私にものも言わない
あなたのせいで
食事も喉を通らない

あの意地悪な男ときたら
私と一緒に食事もしない
あなたのせいで
夜もゆっくり眠れない(127)

儒教的注釈によれば、この詩は鄭の王昭《しょうこう》公の政治を非難する詩である。昭公は、忠実なる家臣の賢明な助言に耳を貸さず、悪名高き不実な大臣に執政を担わせたために、国家を危険にさらした君主である。「將仲子」の場合と同じく、この詩に関しても、話し手は若き女性（字義通りに読めばそう考えるのが妥当であるが）ではなく、誤って愚臣を重用したがために善良なる臣下たちの信用を得られない昭公のことを奇しくも「あの狡賢い少年」と称して諫め哀れむ賢臣であると解釈される。そしてまた、歴史的文脈化という解釈法を用いることによって――とくに話し手を歴史上の人物あるいは歴史情勢と見なすことによって――、この詩の主題は、悲しみと嫉妬に満ちた男女の三角関係(四六)から、政権争いをめぐる三角関係（君主、賢臣、愚臣）へと巧みに置換される。

すでに見たように、雅歌をミドラッシュという解釈法を用いて読むことで、花嫁の「二つの乳房」はモーセとアロンを表していると解釈され、そのためこの詩の主題である愛は、神とイスラエルとの神聖なる愛を意味していると認知される。さらにキリスト教的寓意化によってこの愛は、キリストとキリスト教会を結びつける愛であると解釈される。伝統的な『詩書』注釈によって愛の詩の話し手は、歴史上の人物と見なされたり、歴史情勢と関連づけられたりする。これによって読者の期待の地平は、その根本から構築し直されることになる。このような解釈的同定は、歴史的あるいは宗教的文脈を生み出すがゆえに不可欠なのであり、その文脈の中で作品本文はある一定の方向へ向かって、すなわち理解の先行構造(四七)としてのイデオロギー的前提に基づいて読まれる。注釈によって詩の話し手が歴史上の人物や歴史情勢などと関連づけられるその度合いが正確であればあるほど、詩の読み方が明確になる。この解釈的同定（歴史的関連づけ）はまた、置換という方法、すなわち寓意的解釈法を実践する上で極めて重要な解釈術であるとも言える。なぜなら愛の詩の話し手を偉人や聖人、または歴史上の人物と見なすことによって、詩の中から響いてくる声やその口調は、彼ら偉人たちのものとなり、その詩全体の意味がまったく異なるものとなるからである。

一般的な意味での読むという行為が、属性を考慮した前提、すなわち、読みの対象である言説がどの様式《ジャンル》に属しているかを決定することから始められるのであれば、本章で取り上げた雅歌や『詩書』の詩に対して釈義者、注釈者が行ったことは、その前提を修正すること、批判や反感を招くような言説の内容をイデオロギー的に容認できる内容へと置換すること、愛の詩の文《テクスト》から道徳または霊的真理について説く正典の文《テクスト》へと様式《ジャンル》を変換することである。それゆえ中国の儒学者たちは、愛の詩に歴史的文脈を重ねて明確な指示性を付与するだけでなく、あらゆる官能的な暗示を取り除き、その愛の詩を古の賢王のもとで完成された道徳を賞賛する（＝美）詩か、あるいは愚者の治世における道徳の欠如を非難する（＝刺）詩のいずれかに変容させようとするのである。これによって詩は、かつて孔子が道徳的および政治的な礼節に基づいて定めた詩の諸機能――「興」「観」「群」「怨」――を有するものとして重要視されることになる。バートン・ワトソン（Burton Watson）の言うように、中国の伝統的な注釈は「ほぼすべての場合において、詩に政治的意義を付与するために、そして可能な限り、詩をある特定の歴史的人物や出来事に結びつけるために書かれる」[128]。旧来の儒教的注釈を、それが道徳的‐政治的な性質のものであると理解するのではなく、単なる歴史的文脈化と捉えてしまうがために、注釈とはそもそも何であるかがわかりにくくなる。さらに、繰り返し言うが、ここで言われている歴史的文脈とは、単なる過去というありふれた意味で言われているのではなく、古の黄金時代、道徳的完成と政治的安定調和を体現する周文王の治世という理想の歴史の文脈を指すのである。

　しかし注釈の伝統は一つの統一的な実体を呈するものではなく、その中では様々な変更、修正、改訂が行われてきた。脈々と続く複雑な歴史の中で繰り返されてきた種々様々な解釈と再解釈、消去された古い注釈や新たに加えられた注釈に対して詳しい調査が行われれば、注釈の伝統とその内なる力《ダイナミックス》をさらによく知りたいと思われることであろう。作品本文とその解釈、すなわち字義的意味と比喩的《アレゴリカル》意味の力関係、言語とそれを諸々の方法や目的に応じて利用することとの間の強力な緊張関係、そしてとりわけ、過剰な政治的解釈によってもたらされる諸影響――これらはすべて、今後さらなる追究を必要とする問題である。

第三章　解釈とイデオロギー

紀元前二〇七年八月のある日、秦の第二代皇帝の宮殿は雲一つない青空に覆われていた。第二代皇帝の父は中国の初代皇帝となった、かの始皇帝である。始皇帝は敵対していた六国すべてを併呑し、紀元前二二一年に中国の歴史上初めて、あの広大な土地を大帝国の旗のもとに治めた。始皇帝は、子孫たちが未来永劫、自分が行ったような弾圧的統制によって秦帝国を支配していくことを願っていた。しかし、秦王朝が二代すらもたなかったのは歴史の痛烈な皮肉である。「二世」と呼ばれた胡亥《こがい》はその呼び名の通り、始皇帝の血を引く秦朝第二代皇帝であったが、他人に流されやすく気骨に欠ける性格で、秘かに権力掌握を企む宦官の趙高《ちょうこう》によって完全に操られていた。趙高は、皇帝への影響力を利用して李斯《りし》宰相を陰謀にかけて命を奪い、自らが宰相の地位に就いていた。紀元前二〇七年八月、趙高は宮殿に集められたすべての大臣、将官、士族たちの前で、黒い野心を抱きながら皇帝に鹿を差し出して言った。「陛下、馬でございます」。これに対して若き皇帝は「宰相も間違うものか」と笑いながら言った。「いま、鹿を馬と言ったが」。

その後、皇帝と趙高は動物の名前をめぐって論争を始めるが、皇帝が左右の人間にこれが馬に見えるかと問うたことから、その場に居合わせたすべての人々が、期せずして、この奇妙な論争に巻き込まれることとなった。宮殿中が静寂に包まれた。趙高が悪意を持って意図的に鹿を馬と呼んだことに異を唱える勇気を持つ人間は皆無に等しかった。宦官上がりの宰相の威嚇するような眼差しのもと、おどおどしながら「ああ、ええ、それは……馬です」と小声で意に反することを言う人物もいたが、大方は情けない沈黙に終始した。中には、常識からか、良知からか、言葉に対する良識からか、あるいは公明正大であるからか、誠実であるからか、はたまた皇帝への場違いな信頼からか、その生き物は間違いなく鹿であると正しい認識を示す廷臣も少数いた。だが、中国最高の歴史家・司馬遷が『史記』の中で伝えるところによると、その動物を正しい名前で呼んだ人々は、趙高によって追放されるか、あるいは殺害された。趙高は己の権力を証明するために、自分に敵対する人間を見つけ出すために、そして逆らう人間が一人もいない絶対的地位を宮廷内に確立するために陰謀を企てたのであった(1)。事実、この出来事から間もなく、趙高は部下たちを差し向けて皇帝を自殺に追い込んだ。その後、趙高は皇族の中から一人の若者を皇帝に擁立したが、わずか四六日間の在位で秦王朝は滅亡し、紀元前二〇六年には中国の歴史上二番目の王朝となる漢が成立した(2)。

「指鹿為馬」、すなわち「鹿を指して馬と為す」という話は非常に有名で、中国では故事成語になっている。名前を単に言い間違えるということではなく、いびりや強制や脅迫、さらに言えば、間違いと知りながら権力と威圧によって信頼に足る見解として強引に押しつける曲解、すなわち意図的な間違いを意味する中国語の慣用句である。鹿を馬と呼ぶ者は謀をめぐらし、何者も逆らえない権力を見せつけるためにわざとそのようなことをするということは傲慢さや邪悪さといった含みを持つため、この成句には非難の意味がある。司馬遷の記録では、故意にあるものが別のものを意味するように仕向ける趙高の解釈、すなわち悪意のこもった寓意的解釈は、宮廷が彼の影響力を阻止しようとしているのかどうか、敵対する人間がいるのかどうかを見極めるための「検証」として企てられたとなっている。宮廷で皇帝を前にして趙高が見せた身勝手な解釈は言語道断なものであるが、それが言語道断であったのは、明らかに間違っていると言う人間が一人もいなかったからではなく、由々しき政治的背景があったからである。この点で、皇帝の前に連れて来られた動物が何であるかを同定することと、その同定に関わる政治的背景を合わせて考えると、言葉と文脈、解釈と政治ないしイデオロギーがいかに重要な関係を結んでいるのか容易にわかる。両者の関係があればこそ、鹿を鹿と呼ぶという至極単純なことがとてつもなく複雑なこととなり、ある特定の言説や物体（物事）や出来事が解釈される過程で絶対的な影響を及ぼす極めて重要な決定因子、すなわち言説《テクスト》の外の要因の存在を再認識させる。悪名高き趙高の話は、意味や解釈の操作が強引で、あからさまで、狂気とも茶番とも見える、滅多にない特殊な事例であろう。だが、ここから引き出せる教訓は、それほど特殊なことでもなく、多岐に渡る汎用性を持っている。

趙高が鹿を馬と呼んだのは疑うまでもないが、それが廷臣たちを意識してのことであり、また司馬遷も読者を意識してその記録を残したということから、この話の核心は、そこに比喩の乱用、すなわちあるものを別のものの名前で呼ぼうとする明白な自覚が趙高本人にあったと考えることで初めて見えてくる。この話が示すのは、名指しがいかに恣意的であるかということでは決してなく、節操のない何でもありの時代では、そのような恣意性がいかに権力の濫用を孕んでいるかということである。読者が司馬遷の記録を読むとき、「馬」は「鹿」とまったく異なる意味を持つ言葉であり、それぞれの動物の名前が差別化されていればこそ、正誤を認識する根拠が生まれ、趙高が意図的に誤った解釈をして邪まな隠謀を企てたことを道徳的判断と政治的立場から見抜き、糾弾できるのである。言葉の字義通りの意味に何の共通基盤もなければ、的確な道徳判断ができる基盤などなく、それゆえ影響力を及ぼす政治的行動の基盤もありえない。ひづめや枝角を持つ動物と鹿という言葉の間に自然なあるいは必然的な関係がない限り、その字義通りの意味はもちろん慣習的なものである。しかし、ある言語共同体の中で、ひとたび鹿という言葉がただそのような動物だけを名指すということになれば、その語と指示対象の関係は、歴史的所与、すなわち言語という社会的慣習の中で比較的安定し固定化された関係ないし合意事項となる。(3)趙高の例に見られるように、そうした合意事項を破り、意図的に慣習を破る行為は例外なくいささか異常なものであり、その動機や意味は注意深く検討されるべきである。意味の安定性、つまり同じ言語を用いるすべての話者の合意事項としての言葉の適切な意味が言語の常態を作っているのであり、そうした言語の常態を、司馬遷は趙高の言語の濫用を彼の政治的権力の濫用として暴くことで求めたのである。司馬遷が趙高の話を二世皇帝の崩御と秦王朝終焉の前に置いたことを考えると、一連の出来事が『史記』の中で道徳的意義を持っているのは明らかで、鹿を馬と混同するということ自体が時代の混乱と頽廃を示唆している。

趙高の話は言語記号の恣意的性質に注目する現代の言語論が飛びつきそうなものであるが、中国の正史に収められた「指鹿為馬」の話は、本書においてこれまで述べてきたように、名指しと意味の恣意性についての話ではなく、政治的隠謀や抑圧をめぐる話である。ある名前を好き勝手に別のものの名前に用いるのは、ここでは政治権力のためであり、わざわざ公の場で誤った名前を使用するのは純粋な言語活動などではなく、政治的行為にほかならない。それゆえ、司馬遷は言語の常態に戻れたからこそ趙高の誤称を糾弾できたという点に注目することが重要となる。彼は過去の朝廷の運命を――秦王朝の興亡を――異なる時代の異なる朝廷の支配のもとで殷鏡遠からずとして書いていったのであるから。漢の時代、司馬遷や当時の人々にとって、趙高はもはや政界において何の影響力も持っていなかった。彼は単に厭わしい過去の悪党、権力を持った宦官や陰謀家といった警戒すべき危険な人物の一例に過ぎなかった。司馬遷が趙高の計画的な過ちを指摘することができたのは、字義通りの規範的な意味があるということに加えて政治構造が変化したためである。すなわち、誤った解釈は、鹿を馬と呼ぶような明らかに馬鹿げたものであっても、そのような解釈を可能とする権力と運命を共にするということである。誤った解釈を正すことによって政治やイデオロギーの状況が正しくなることもままある。つまり、解釈の体系とイデオロギーの体系は互いに密接な関係を持っており、また依存し合っているということだ。このことこそが、司馬遷の歴史書を読むことから得られ、中国を地理的、文化的に越えて、他の歴史、他の物語、他の言説を読むときに適用しうるであろう重要な見識である。

字義通りの意味の複雑さ

中国における『詩書』の伝統的注釈は概して、我々が見てきたように、詩を歴史的状況や歴史的偉人たちに関連づけるが、そのような歴史的文脈化が純粋に歴史的であるわけではない。すなわち、注釈はある特定の時と場所にあると想定される詩の起源をめぐる物語を我々に伝えているわけではない。詩の起源をめぐる物語、つまり歴史的文脈は、その詩が実際に言っていることなどお構いなく、もっぱら注釈者が語る物語である。それは道徳や政治の用語を用い、儒教の教えに合致させた詩の解釈を通して語られる。こうした詩の歴史的な寓意的解釈というと、タルグムの作者たちが雅歌を聖書に記された聖なる歴史の寓話として解釈した方法を思い出す。というのも、タルグムも中国の伝統的注釈も、語句の解釈に多大な努力が注がれる結果、本文の字義通りの意味は、完全に無視されることこそないものの、独創的で、時にひねくり回した説明がなされるためである。

ラファエル・レーヴェが指摘するように、ラビの解釈において「字義は、キリスト教の釈義に見られるような、寓意に妬みを抱きかねない継母ではなく、むしろ寓意を率先して助ける寓意の侍女、あるいは研究助手である(4)」。すなわち、字義通りの意味と寓意的意味は互いに矛盾しないということである。ジェイムズ・クーゲルもまた原句の細部にまで注意を払うことがラビの解釈の特徴であることに注目する。クーゲルはレーヴェの指摘に賛成して次のように述べる。「最も寓意的なラビの解釈、つまり雅歌の解釈でさえ、原句の語句が軽んじられたことはない。つまり、『字義通りに』とか『比喩的な』といったことについてここで語ることが妥当であるというのならば、そうした言葉は通常の使い方とはかなり異なる方法で用いられるべきである(5)」。また、K・J・ウールクームは雅歌に関する批評の中で、「ラビたちは神の愛を述べるために、雅歌に現に書かれている言葉を用いた」

と述べる。木の実の中に仁を見つけて殻を捨てるかのごとく、隠れた意味が見つかりさえすれば原句の語句などお構いなしというようなことはなかった。「だからこそ、パレスチナ・ユダヤ教的寓意化たるラビ的ミドラッシュとヘレニズム・ユダヤ教的寓意化たる初期キリスト教徒による聖書解釈《アレゴレシス》の間には重要な違いが生じるのだ」と彼は続ける(6)。いま述べた聖書研究者たちは、ラビの解釈では字義的意味が重んじられていることを認めた上で、ラビの解釈に明確に表れているこの特徴が、キリスト教的解釈学とは相容れないとしている。しかし、レーヴェもクーゲルもウールクームも、ラビの解釈をある意味で寓意的なものと見ている。というのも、ラビは聖書本文から、その本文の神性を証明する比喩的意味を見出すからである。

聖書の釈義と同様に、『詩書』の注釈でも一つひとつの言葉や句節の細部に渡って解釈の努力が注がれるが、儒教的注釈による文の解釈とその方法はすべて、一つの全体的な目的、すなわち『詩書』の道徳的・政治的解釈に見合うように全体の意味を構築しようという目的に常に向かう。このように、ラビと『詩書』の注釈者が共に重視する（解釈の対象とする）字義的意味は――それを彼らが正典本文から引き出そうとするがゆえに――寓意的意味と複雑な関係を成すのである。

研究者たちの中には、ラビによる聖書本文解釈の方向性がキリスト教における寓意化と質を異にしていると見なす向きもあり、彼らはラビの解釈は決して寓意的なものではないと主張する。ダニエル・ボヤーリンは、中国における『詩書』の注釈の特徴が歴史的文脈化にあることを思い出しながら、雅歌を聖の中の聖とするラビ・アキバの読みは文を隠れた意味や抽象概念に「翻訳」するのではなく、「ある特定の歴史、より端的に言えば、文脈の中に置くこと」であると主張する。言い換えれば、それは寓意的解釈ではなく句節《テクスト》間の相互連関性である。ボヤーリンが言うように、「ミドラッシュの注釈の中で最も高い位置にある読みは句節間の相互連関性、すなわち様々な言説を究極の言説（律法《トーラー》の書）に結びつけることであり、言説を抽象的観念に結びつける寓意的な読みではない(7)」。

しかしながら、句節《テクスト》間の相互連関性と寓意的な読みをきっぱりと分けるのはかえって問題である。まず、前章で見たように、クインティリアヌスの定義に基づいて言うなら、寓意は具体的な意味《シニフィアン》するものをプラトン的抽象概念《イデア》に翻訳することを求めているわけではない。二番目として、それより重要なことは、ラビの釈義集を自己充足的で相互に参照可能な一つの言説の集合体にもっぱら関わるものとして理解したり、儒者の注釈集を純然たる歴史的文脈化と理解したりするのは、思慮の足りない、問題の重要性を軽視した行為であろう。ラビや儒者たちが聖書や『詩書』の本文に対してどのような操作を施したのか、それはどのような宗教的動機あるいはイデオロギー的前提から生じたのかといったことを調べもせずに、彼らの言葉を額面通りに受け取るべきではない。書かれた言葉の表面的な意味を捉えるだけでは、それら釈義、注釈を本当に理解することができないからである。キリスト教の寓意的解釈と予型論がイデオロギー的な理由や政治的な理由で聖書の本文を「翻訳すること＝書き変えること」であるとすれば、ラビ的釈義ならびに儒教的注釈といった他の解釈の伝統は原句に極めて忠実であり、偏向的「翻訳＝書き変え」でないという結論は短絡的であろう。

ボヤーリンはミドラッシュにおける解釈の方法について、「聖書の詩を新たな言説に結びつけたり、結び直したりして、それまで見過ごされていた言葉同士の結びつきを明らかにすることによって、聖書の中に新たな関係を構築するだけでなく、言ってみれば、すでに構築されていた解釈上の関係を暴く」ことと説明する。(8) ラビが聖書の言葉を正典としてのみならず解釈学的に読み、モーセ五書を理解するための手段としてモーセ五書の後に続く聖書を一般に用いているのは事実である。しかし、聖書にある句節間の結合＝相互連関性は、語句をただ結びつけたり、結び直したりするだけの遊戯《ゲーム》ではないし、雅歌という特殊な場合でも、その詩を「出エジプト記」に結びつけて「聖書の中にすでにあった解釈上の関係を暴く」こととして捉えるのは難しい。同様のことは、『詩書』の詩を他の儒教の古典に結びつけ、道徳原理やその原理が具現化された歴史物語に関連づける儒者による注釈にも言える。ボヤーリンはミドラッシュについて、「聖書の句節と意味を結びつけるのではなく、ある句節を他の句節と結びつけることによって」つまり「意味するもの《シニフィアン》と意味されるもの《シニフィエ》を関連づけるのではなく、意味するもの《シニフィアン》としての句節同士を相互連関させることによって」機能するのだと主張する。[9] だが、そのように句節から意味をきっぱりと切り離せば、意味するもの《シニフィアン》同士を結びつけることは端から意味づけという行為ではない、つまり、与えられた状況の中で聖書の言葉の意味を構築しようとする解釈学的行為ではないということになろう。意味するもの《シニフィアン》同士の結合によって生成される意味とは、聖書本文の意味そのものというより、むしろ聖書の原句を現在の問題という特定の状況に関連づけることである。言い換えるならば、言説の意味は字句に基づくばかりでなく、文脈にも常に基づくのである。聖書の本文を結び合わせて意味するもの《シニフィアン》同士を結びつけるとき、ラビたちは意味のない言語ゲームに興じているのではない。彼らは特定の目的を持って聖書の本文を読んで社会問題という現実的問題に取り組んだのだ。もしミドラッシュが実践的知識《プロネーシス》であるのならば、ジェラルド・ブルーンスが示唆するように、意味するもの《シニフィアン》同士の結合は、聖書の中にのみ存在する言説同士の関係あるいは句節《テクスト》間の相互連関性を聖書の中で構築することだけでなく、聖書をユダヤ人社会にとっての現実的問題や政治的問題にも関連づけていることになる。ブルーンスが言うように、律法《トーラー》の書は「(どのようなことを語ろうとも)身近な状況を語る言説なのである」[10]。

　重要なのは作品の解釈、とりわけ正典の解釈が、原文にすべて基づいているのではなく、言葉の字義通りの意味が読者の現在の問題ないしその書物が重要な位置を占める共同体《コミュニティ》の状況と必ず結びつくという点である。解釈は、作品を手にする読者や共同体にとって、その存在を意味あるものにする努力以外の何ものでもないとさえ言えるかもしれない。それならば、作品が読者に理解できなかったり、ある特定の共同体の信仰や期待＝解釈の判断基準にそぐわないと思われたりするとき、また古来受け継がれてきた価値基準や考え方に挑戦的なものであったり、期待される情報内容《メッセージ》を伝えることができなかったりするときはいつでも、作品と世界を仲介することで作品が「身近な状況を語」れるようにすることが注釈者や解釈者の務めということになる。

そのような務めを果たす上で、ラビや儒者の注釈者たちは血眼になって作品に書かれた言葉の字義に論拠を探し求めるのであるが、彼らが行う様々な読みは、厳密に字義通りであるということ、言ってみれば、作品本文に忠実であるということではなく、したがって、キリスト教の寓意的解釈と本質的に異なる。ラビも儒者の注釈者も、何かしら明確な解釈基準があるという観点から正典の書を読むのであるから、いずれも聖典の本文に身近な状況を語らせようとしているだけなのだ。事実、ボヤーリンもまた次のように認めている。「主題《テーマ》論的観点からミドラッシュ的注釈＝句節《テクスト》間の相互連関性が寓意的読みと実質的に同じと考えることは実際可能である。というのも、雅歌を理解するにあたって参照される律法《トーラー》の言説は神とイスラエルの関係を描いているからだ。したがって、まさに同じ主題としての素材が、言ってみれば、初期のラビたちのミドラッシュ様式から、後代のラビたちの寓意的様式へと置き換えられたのだ」(11)。ラビの解釈が字義通りの意味にどれだけ忠実であろうとも、その読みは常に字義の有する聖なる性質を明らかにすることに向けられる。なぜなら、ミドラッシュでは結局、神の視点から多様な言葉の意味が一つずつ精査されるためである。聖書の意味の方が原文の字義通りの意味より常に重要なのだ。したがって、その意味で、クインティリアヌスが規定した通り、字義とそれに対するラビの解釈《ミドラッシュ》から導きだされた意味が、すでに寓意的な関係を形成している。

キリスト教の聖書釈義でも字義が寓意を妬む継母であると必ずしも見なされているわけではないことは重要である。たしかに、中世はあらゆるものを他のものの記号《サイン》として寓意的に見る姿勢があったし、目に見えるものを深遠な霊的な意味を持つ不可視のものへ翻訳する傾向があった。しかし、ウンベルト・エーコ（Umberto Eco）は、中世の時代が例外なく禁欲的で形而上学的であり、漠然とした抽象的概念に取り憑かれ、美や物質的な世界の豊かさをまったく享受しなかったと考えるのは現代人の偏見であると強く主張する。寓意的解釈者は最終的に字義の向こうに自分なりの意味を見出すが、そうするには言うまでもなく、最初に字義と取り組まなければならないし、ときには、我々が普段思っている以上に字義を丁寧に扱っている。その例として、エーコはマチュー・ドゥ・ヴァンドーム（Matthew de Vendôme）が『詩の技法』（*Arts Versificatoria*）の中で「美しい女性を表現するための法則」を作ったり、ローマ・カトリック教会の聖職者たちが「ドゥエー聖書の雅歌（*Canticle of Canticles*）について書き記したり、ソロモンの妻の美しさについて語ったりした」ことに触れている。たとえ彼らの目的が聖書正典に様々な寓意的意味を見つけることであったとしても、「かなり頻繁に女性の美しさとはかくあるべきなどと理想を独断的に述べたり、その過程において、彼らの高潔さからすれば随分下品な女性認識を勢いに任せて述べたりしていることに我々は気づく[12]」。すなわち、キリスト教の解釈において、字義通りの意味は形ある物質世界と密接な関係を持っているが、この上なく官能的な聖書の言説、すなわち雅歌を読むときでさえ、神聖な価値のために字義通りの意味が放棄されるとは限らないのである。

エーコによると、中世の精神構造は一三世紀にかなり大きく変化した。このことはトマス・アクィナス（Thomas Aquinas）の著述に最もはっきりと表れている。一三世紀においては、具体的な現実世界を、霊的意味を持つ象徴的世界に移し入れる代わりに、自然が一つの存立構造――それ自体が諸物の形相的実在性を有する――と見なされることが多かった。こうした自然と事物の概念の変化には重大な意味があった。「象徴的なものの見方が自然論的[一]な見方に変わった。後者では、鋭い鑑識眼をもって表層の事物の結びつきを研究することが切望された[13]」。アクィナスの著作では新しいものの見方や新しい聖書釈義の理論が提唱されたが、これは象徴的なものの見方から自然論的な見方へ状況が大きく変化したことに伴ったものと考えれば一番納得がいく。アクィナスは、聖書を読む際、字義通りの意味、つまり歴史的な意味への注目が、理解において最も重要かつ基本的な方法であり、意味の多様性は各々の単語の多義性にあるのではなく、事物それ自体にあると論じる。このことを『神学大全』（*Summa theologica*）の有名な一節で次のように言い表している。

この意味で聖書においていかなる混乱の結果が生ずる恐れもない。というのも、すべての意味はただ一つの意味、すなわち「字義的な意味」を基盤としているのであるし、また論議の帰結が引かれるのは、もっぱら「字義的な意味」のみからなのであって、寓意的に語られているところのものからではない。このことについては、アウグスティヌスが『ヴィンセンティウスを反駁する書翰』で言う通りである。とはいえ、そうであるからといって、このことによって何かが聖書から失われるわけではない。なぜなら、「霊的な意味」の奥にある信仰に必要な事柄で、聖書のどこか他の箇所において「字義的な意味」によって伝えられていないものはないからである。(14)

エーコの説明によれば、アクィナスは霊的な意味の基盤としてまず字義通りの意味を置くことによって、旧約聖書に描かれる出来事と人々に「徴《しるし》の意味を付与している。これによって、それらの出来事や人々は歴史的真実や事実と共に、象徴的な現実となっている」(15)。旧約聖書の中で語られる霊的な意味、すなわち聖なる歴史の象徴的現実の本質がキリスト到来の前兆にある限り、アクィナスは予型論的読みというキリスト教の伝統にただ従っているだけのように見えるが、旧約聖書に描かれた出来事や世界を、新約聖書に描かれる出来事の単なる予兆としてではなく、それ自体が歴史的な真実であり現実であると捉えている点において、他と異なっている。エーコはアクィナスの二つの重要な主張を取り上げる。一番目として、霊的な意味は聖書で語られる聖なる歴史のみに宿るのであって、現実世界の世俗的歴史や生活にではない。二番目として、霊的な意味を持つのは聖書だけであり、世俗の詩ではない。一度、霊的な意味は聖書の中にしかないとなれば、自然を神が書いた書物として読む寓意的見方、すなわち、象徴的な宇宙にある霊的な意味に満ちた神話的記号や文字として捉える寓意的見方はその基盤を失う。「俗事はありのままの状態に戻る」とエーコは言う。「我々はアクィナスと共に、聖書の後の歴史と自然界がある意味で世俗化するのを目撃する」(16)。したがって、アクィナスの聖書釈義の方法はアレクサンドリア派よりもアンティオキア派(二)に近い立場にあるように見えるが、重要なことは彼が寓意を否定したことではなく

――明らかに、否定してはいないが――、字義通りの意味を寓意的解釈のための唯一正当な根拠として考えたということである。

もし、寓意的解釈法が、字義通りの意味を排除するのではなく、字義とは異なる意味から成る構造全体を作る解釈の様式を意味するのであれば、寓意をめぐるエーコの見解は、儒者による『詩書』の注釈を適切に特徴づけるものであると言える。もちろん、儒者の注釈が持つ道徳的・政治的性質と聖書釈義が持つ宗教的性質の重要な違いを十分認識しなければならないが、ジョン・B・ヘンダーソン（John B. Henderson）が指摘するように、『詩書』注釈と聖書釈義という互いに異なる伝統の中で用いられてきた解釈法には多くの共通点がある。解釈の伝統が異なっても、彼らが固持する前提――正典とはあらゆる事柄に通じており、首尾一貫していて意味深く、道徳的、霊的な意味に満ちているという前提――は互いによく似ており、そうした考え、すなわち前提を具現化するために、彼らは同じような解釈法を用いているのである。したがって、それぞれの原典本文の特殊性を超えた共通性が「一般法則」となるのだが、これは原典を正典化することから生じる必然的な結果である。ヘンダーソンが言うように、「正典化という行為自体が、正典本文の特殊性とは関係のない分類＝系統分化という結果に繋がるものだった」[17]。正典の書一つひとつはそれぞれ異なる書であるにもかかわらず、正典化によって、釈義者および注釈者は、一連の解釈の体系を構築する必要に迫られる。しかも、東洋と西洋では言語体系が異なるのに、彼らが用いる解釈法は驚くほど似ているのである。

アクィナスが何にもまして字義通りの意味にこだわったことが、中世の時代に重要な解釈法の変化をもたらせたことは否定できないが、解釈法がそれまでのものからすっかり変わったわけでも突然変わったわけでもなかった。アクィナスが主張した聖書の四重の意味は、カールフリード・フレーリッヒ（Karlfried Froehlich）が述べるように、聖書の句節の一つひとつを強引にその中に押し込めてしまうような意味区分ではなかったし、字義通りの意味と字義通りではない意味が相互に排他的な二項対立を作るものでもなかった。「その上、いずれか一方の意味を採択しようというものでもない」とフレーリッヒは言う。「字義通りの意味は霊的な意味を排除しなかったし、その逆も然りだった。むしろ、それら二つの意味は一方から他方へと弁証法的に展開する関係にあった[18]」。アクィナスが字義的意味の根本的重要性を強調する根拠、すなわち聖書が霊的意味の奥に隠し持つものはすべて聖書の他のどこかに字義的意味として明確に書き表されているという彼の見解のもとを辿れば、『キリストの教え』(*On Christian Doctrine*) の中で聖アウグスティヌスが指摘したある重要な点に行き着く。

アウグスティヌスは聖書解釈の基礎となる書としての『キリストの教え』という初期の作品において聖書を修辞学的に考察し、聖書は明快な理解を求める人には平易な言葉を差し向けるが、分かり易さに価値を見出さず修辞学的装飾を求める人には曖昧で象徴的な箇所が喜びを与えると述べる。「だから明瞭な箇所であればそれだけ空腹感を覚え、不明瞭な箇所ではいっそう飽満感が除かれるように、聖書は聖書を見事に健全に調整した。実際、こうした不明瞭な箇所も聖書の他の箇所を見れば、ほとんど必ずと言っていいほど明瞭に語られている[19]」。最後の一文は、先に引用した『神学大全』の一節にアクィナスが採用しているものだが、聖書を改めて説明する必要のない自明の書物、すなわち内的相互参照網とし、平易な字義通りの意味が曖昧な箇所を説明し、寓意的解釈の基盤を提供するものとする。

聖書と人間の手で書かれるものとの溝は一三世紀に徐々に縮まった。アクィナスの影響のもと、再び聖書の字義通りの意味に関心が集まり、その結果、ヘブライ語の学者たちは、ヘブライ語で書かれた原典の重要性と翻訳の不適切性を強調するようになった。同時に、聖なる作者の対極にある人間が詩の中で寓意を用いることも、霊的意味が物質的意味より優位に立つ点で聖書の唯一性を台無しにすると考えられた。「したがって」、ジェイムズ・クーゲルが述べるように、「聖書の唯一性が聖書の霊的な意味に帰するものであればこそ、その唯一性はヘブライ語を用いる注釈者たちから徐々に軽視されたり非難されたりし、一方で、世俗の詩人と（さらに悪いことに！）神のご意志によって侵害されるという二重の攻撃に晒された[20]」。ルターやカルヴァンをはじめとする宗教改革者にとって、寓意化は教義学ではほとんど役に立たない。ルターもまた、アクィナスのように聖書を自明のものと見なしている。このことが意味するのは、ルターがカトリック教会との論争の中で説明しているように、人は聖書を適切に理解するために、ローマ・カトリック教会の教父を経由する必要などないということだ。フレーリッヒは、中世後期のとりわけトマス主義者の議論的前提を継承するルター派の聖書解釈法に三つの相を認める。字義通りの意味への関心、聖書の明快さへの関心、聖書釈義の伝統という歴史的連続性への関心である[21]。ルターの古典的定理では「聖書はみずからの解釈者である[22]」。ルター曰く、「精霊は天においても地においても、最も単純な書き手であり、語り手である。それゆえに御言は、文字の表した、あるいは、字義通りのことばに対して意味と我々が称するところの一つの最も単純な意味しか持つことができないのである[23]」。再びここでも、文字と霊が対立する関係にはまったくない。

しかし、字義通りという言葉でルターが言おうとしたのはどのようなことか。字義通りの意味への関心はルターからアクィナス、そしてアウグスティヌスへと遡ることができるのだが、字義通りの意味への関心は霊的な意味に反対することでは決してない。というのも、字義通りの意味は、ジェラルド・ブルーンスが述べるように、彼らのような影響力の大きいキリスト教の神学者たちにとって「字義的意味というより霊的意味である、もっと正確に言えば、それはむしろ精霊、すなわち先-理解であり、聖書研究はその中で遂行される[24]」からである。すなわち、アウグスティヌスからアクィナスそしてルターまで、キリスト教の解釈学における字義通りの意味とは、神学の枠組、つまり、聖書がどのような意味を持っていようとも、聖書は常にキリストについて語り、常にキリスト教の教義と一致するという条件を前提とし、その条件から逸脱しないものである。フレーリッヒは、明快で単純で二つとない字義通りの聖書の意味を重視するルターもまた、「聖書はあまねくキリストについて述べている。旧訳聖書もそうである。そして、この『字義通りの意味』こそが聖書についての真の霊的理解の本質である[25]」と主張していると言う。ルターをはじめとする当時の神学者たちにとって、字義通りの意味は真の意味で

――無条件に字義通りと言うことはできないが――『神学的な字義通りの意味』であり、単なる言葉、単なる文法的意味、死した文字とはまったく異なっている」[26]。

このように、伝統的なキリスト教の解釈における字義通りの意味はあらかじめ、ある程度霊的な意味を持っており、字義通りの意味を適切に理解することには、聖書本文の表層と、純粋な言葉や文法の意味を常に超える文脈を繋ぐ努力が含まれている。ルター曰く、「聖書は文字と霊との分裂を許すものではない」[27]。したがって、聖書釈義では、字義通りの意味が聖書の霊的な理解に対立するものではなく、むしろ霊的な理解に揺るぎない基盤を提供する。すなわち、字義的意味が必ずしも無視されたり軽視されたりするわけではない。霊的意味がキリスト教の教義に繋がれるのとまったく同じように、字義的意味もまたキリスト教の教義に繋がれるのである。フレーリッヒ曰く、字義通りの意味への関心が「専門家の手によるすべての名声ある聖書釈義の品質を保証している。『聖書が語ること』に注意深く耳を傾けることは、それが釈義者の専売特許とは言わないまでも、解釈者が第一に心がけることであると考えられている」[28]。ルターにとって字義的意味の適切な理解には宗教的な枠組が不可欠であり、したがって「聖書が言っていること」は、聖書が言っているはずだと事前に何らかの方法で立てておく見通しの中にあることになる。それゆえ、字義通りの意味と寓意的意味は複雑な関係をなしており、両者の境界線は非常に不明瞭である。

それでは、字義通りの意味を理解するために霊的な見通しが立てられるということは、字義通りの意味と霊的な意味の間には何の違いもないということ、あるいは、字義通りの意味は好みに従って棄捨されたり構築されたりするということを示しているのだろうか。ハンス・フライ（Hans Frei）は、聖書の物語の「字義通りの読み」をめぐる極めて示唆に富む論文の中で、まさに字義通りの意味という考えと聖書釈義という解釈への取り組みに疑義をさしはさむために脱構築の理論を用いる。フライによれば、聖書の字義通りの意味とは、言語記号の性質といったものではなく、キリスト教徒の共同体内部における「合意の読み《コンセンサス・リーディング》」である。「新約聖書における物語言説の真の指示対象が存在する――それが歴史に関することであれ観念的なものであれ、また理解できるものであろうとなかろうと――という考え、物語言説の意味はともすれば真たりえるという考え方自体が幻想なのだ」とフライは言う。[29] 言語記号の意味など幻想であり、キリスト教社会内で人々によって共有される決定事項として考えられるのであれば、聖書の解釈は脱構築され、完全な機能不全を起こしていることになるとフライは続ける。「『意味』とは不在を前提とする差異であり、根源的なものでも実体的なものでもないのならば、自己現前＝「了解」――意味が不在と差異を前提とするものであればこそ必然的に生まれる対極としての概念――は、ただの空虚なものに差し向けられざるをえない[30]」。たしかにフライは重要なことを述べているが、意味は自己充足的に定位するものか完全な無（すなわち、常にすでに幻である不在）かのいずれかの一方で定義されなければならないのだろうか、また、そうした「すべてかゼロか」という考え方は理解するということのまさにその性質を理解すること、すなわち聖書釈義という取り組みを理解する一助となるのだろうか。字義通りの意味の抹消とは、あれかこれかの二項対立を乗り越えることではなく、実際には一方の項を他方の項に包摂させるだけのことであるのは明らかであり、そうしたことを主張すれば現実的にも理論的にも由々しき結果をもたらす。

そのような字義通りの意味の抹消から生まれる結果は、キャサリン・タナー（Kathryn Tanner）がフライの見解をキリスト教神学と聖書の関連性をめぐる議論に用いるとき、はっきりする。タナー曰く、字義通りの意味＝聖書の言説の明白な意味と呼ばれるものをまさに「言説が単に言わんとすること」やその「内在的な意味」といったようなものとして取り扱うことはできない。そうではなく、「聖書の言説の明白な意味とはキリスト教の共同体において人々に利用される機能に依存するもの、すなわち件の共同体によって確立された言語使用（usus loquendi）に従った明白で逐語的な言説の意味である[31]」。要するに、原句を利用することによってその意味が生成される、それによって寓意は字義と成るということである。フライにならい、タナーは字義通りの意味を「合意の読み」、キリスト教の共同体がそのように書いてあると聖書の本文を使って意味したこと、伝統的な解釈がそういう意味であると判断してきたことと論じる。だからこそ、字義通りの意味は、寓意的＝霊的な意味と分けることができず、「原句の伝統的な意味[32]」と見なされる。これは、「字義的意味が聖書に書かれている言葉を利用するという解釈の慣例から離れて、『それ自体において』存立することは不可能だということである。したがって、もはや原句の『正しい』意味と解釈の伝統が寄与してきたこととの間に『完全な』区別などない」。つまるところ、タナーはデリダの言葉を言い換えて「字義通りの（明白な）意味は（厳密には）存在せず、差異の体系の中に必然的に現れる『仮像』であり、またそのように分析されねばならない[33]」とまとめ、字義通りの意味＝明白な意味は、それが霊的な意味から分割できない結果、完全に消えることになる。

　しかしながら、タナーの精緻な議論は神学と聖書の関係を明らかに偏ったものにしている。というのも、神学にすべての比重がかかり、聖書には何の比重もかかっていないからである。字義通りの意味がないとなれば、神学はかなり不穏な覇権的存在になる。なぜなら、伝統的な釈義や注釈、キリスト教徒の共同体を具現化する教会、そしてその代表者としての教父が、聖書がどのように利用され、どのような意味を持つのかを決定する唯一の照合枠、かつ唯一の権威となるからだ。言い換えれば、キリスト教の教義、あるいは教会のイデオロギーとしての神学が、聖書の字義通りの意味に依拠して疑問を投げかけたり抗議したりすることなどまったくできない絶対的な権威となるからだ。共同体の合意が覇権を握れば個々の理解は共同体の「合意の読み」から逸脱することを許されない。しかし、字義通りの意味が複雑であることを認識することと字義通りの意味を完全に排除することは、まったく別のことである。タナーの議論を読むと、ジャン・ジェルソン（Jean Gerson）の一四一四年の『聖書の字義通りの意味について』（*De sensu literali sacrae Scripturae*）が思い出されるかもしれない。それは、ローマ・カトリック教会のみに字義通りの意味の決定権があると宣言するものである[三]。フランク・カーモードが述べるように、そうした宣言が含み持つ意味にはかなり深刻なものがある。「異説を唱える人々は自分たちの教義が聖書の字義的意味に基づいていると主張する。しかし字義的意味が、定義上『ローマ・カトリック正教会のもの』であり、もはや一般に利用できるものではないとなれば、正教会のものとは異なる意味を肯定するだけで異端の証明と見なされた」[34]。聖書の字義通りの意味を抹消したところで、それがローマ・カトリック教会と教皇たちの権威を絶対的で決定的なものとすることにしかならないのは明らかだ。

タナーはこうした問題を十分に認識している、と指摘しておくことが公平と言えよう。事実、典型的な自己解体批評主義において、タナーは自身の立ち位置についてかなり的を射た疑問を呈している。

こうした研究手法は、それ自体が既存の、現在も機能している共同体の慣例の存在なしには成り立たず、その慣例の範囲内でしか実践されない。ゆえにこの研究は、右の慣例を現出させる、あるいはそれが依拠するところの基本原理の及ばぬところで遂行されることはない。昔からの慣例は、それ以外のあらゆる権威に訴えることなく、我々が研究の手法とすることによって、ある種の冒すことのできない既成の事実になるものと思われる。さらに、我々の全体論的解釈方法は、共同体内部の既成の慣例への本質的順応を暗に示しているのかもしれない。とくに、明白な意味が共同体における一つの機能であるという考え方は、我々の研究手法が従う因習的慣例の自閉性を強調するだけのように見えるかもしれない。つまり、言葉それ自体が端的に言い表すことは、すべて共同体によって作られている、と。言説の明白な意味は、ある慣例や価値観を共有する人々で形成される言語社会の内部で構築されている伝統的な意味であり、共同体の因襲的な読みを支配する見解に反して求められそうな言葉それ自体の意味など何もないかのようだ。意味の決定においては解釈の慣例が絶対的なものであり、それ以外のものに取って代わることなどありそうもない文化社会的文脈に言葉の意味が縛られるのは明らかなことである[35]。

タナーは自身の論の中で、ここで述べるすべての反論を受けて立つと断言するのだが、ピラトのごとく[四]、右のような重要な問題を指摘したものの答えを出すには至らないであろう。タナーが論じた聖書の解釈は本文への応答のことではなく、言説の利用をめぐる共同体による決定のことであり、したがって言説や意味やイデオロギー支配について彼女自身が指摘した先のすべての問題に答えは出せないまま保留される。しかしながら、我々が単なる理論化に留まらず、現実の世界に参入した途端、力の作用をめぐる現実的な問題が非常に重要なものとなる。「共同体」や「合意」という概念は、理論上、全体性という考え方あるいはそれを表す言葉にほかならないが、政治的現実においては、それらが本来の意味とは正反対の意味に変わる厄介な傾向がある、要するに、合意という共同体共通の利益の代弁者を名乗る権力者たちの個人的な欲望や利益を隠蔽する空虚な標語《スローガン》になることがよくあるということだ。タナーの議論は、神学者やローマ・カトリック教会の解釈共同体を代弁する、もしくは我こそが代弁すると主張するすべての人間に揺るぎない権力を与えている。歴史がそうした揺るぎない権力の危険性を我々に気づかせる上で何らかの役に立つのであれば、タナーの議論が招きかねない不穏な論理的帰結を前にしたとき、我々はいったん足を止め、字義あるいは「字義通りの読み」の抹消について熟考することができるはずだ。そして、我々が足を止めて熟考しているその間に、字義通りの意味という概念は意図的な誤訳やイデオロギー操作を阻止するのに極めて重要であることが明らかになり、私欲を合意という解釈の内にしのばせる権力者たちがどれだけ詭弁を弄しても、明解な字義的意味の何たるかを我々が見失うことはもはやないであろう。事実、字義通りの意味の強さは、まさにその平明さとあるがままの単純明快さにあるのだ。

それに、「合意」論にいくら説得力があろうと、言説は何も語らず、完全に静止しているわけではない。言説の字義通りの意味は、ある程度まで歪曲され拡大解釈されるかもしれないが、最終的には、読みや解釈を拘束する。つまるところ、言説の読みは、読者が作者の言葉に意味を持ち寄るピクニックに喩えられるものなどではない。趙高の誤称の話でたとえるならば、読み手は鹿が馬を意味すると何のためらいもなく言い切ることなどない。もちろん、中には無知や悪意からそのように言う人もいるであろうが、そうした人は、趙高がそうであったように、言葉を悪用し社会規範に従った意味を歪曲したと告発されることになる。言語が人間社会の中で最も基本的な社会的制度であるのならば、言葉の比較的安定した意味は、まさに最も基本的な「共同体の合意」であり、その共同体が表現と意思疎通のために言語を必要とする限りにおいて、名指し（鹿を鹿と呼ぶこと）と誤称（鹿を馬と呼ぶこと）を混同することはないはずだ。古代の中国人はそのことがよくわかっていた。というのも、儒教思想において、名称の改正は最も重要な政治的かつ知的な要目の一つであるからだ。現代の理論においては、エーコが行き過ぎた解釈、すなわち彼の用語でいう過剰解釈から守るために、「作品《テクスト》の意図」という有益な概念を展開させている。エーコは作品の意図は読み手の参与から隔てられた、それだけで、何か表面的なものではなく、むしろ弁証的に、読み手の意図と関連づけられていると主張する。「作品の意図は『見よう』というつもりにならなければ見えない」とエーコは言う。「したがって、作品の意図は読者の側が推測をした結果、初めて問題にできるのである」[36]。しかしながら、重要なことは、読み手がその作品の言わんとすること、もしくは意味することを決定するということではなく――ある読者反応批評の無責任な説明において、まさに頻繁に議論されていることであるが――、読み手の決定が絶えず作品によって要求され、読み手の当初の推定は間断なく調整され修正され、その結果、読む過程の中でより適切な理解が生まれる点にある。

作品《テクスト》の意図とは、エーコが指摘するように、我々がアウグスティヌスからアクィナスまでの議論の中で見た字義ならびに作品本文の一貫性に対する、古くからある考え方のことである。エーコ曰く、「作品のある部分のいかなる解釈も、その妥当性が同じ作品の他の部分によって確認される場合は受け入れられるが、逆に疑われる場合は退けられなければならない。この意味において、作品の整合性が、他の方法ではなんとも御しがたい読者の衝動を統制するのである」[37]。言い換えれば、作品の意図は、ある作品を形成する要素連続《シークエンス》の中に配置された諸々の言葉から成る、作品の統一性、すなわち意味の一貫性として現れ出る。作品の意図の妥当性を認めることは、したがって、作品本文の字義通りの意味＝明白な意味に耳を傾けることである。比喩的意味として用いられている単語でさえ、作品の全体構造の中で理解されなければならない。実際、ある言葉が字義通りの意味で用いられているのか、それとも比喩的な意味で用いられているのかは、この全体構造の中でのみ決めることができる。

歴史的に言えば、字義通りの意味に注意深く耳を傾けることが聖書解釈学に重要な結果を招いた。一度、字義の重要性が大いに認められると、聖書の字義研究や文体研究が発展し始め、自ずと聖書の言葉が一層重視されるようになり、寓意は徐々に軽んじられていった。それでも英国国教会主教のロバート・ラウス（Bishop Robert Lowth）は、聖書の詩をめぐる講義[五]（一七五三）において、雅歌をキリストと教会の愛の寓意として解釈した。ラウスはそれを「神秘的寓意」、言い換えれば「歴史を基に作られた」寓意と称したものの、彼のもっぱらの関心は雅歌の比喩的表現や詩的な卓越性にあった[38]。ラテン語によるラウスの講義は英語に翻訳され、数人の手によって補注が加えられ一九世紀半ばに出版されたが、その補注によって当時の学者たちがラウスの仕事をどのように捉えたのか知ることができる。ゲッティンゲン大学の哲学教授ヨーハン・ダーヴィット・ミヒャエリス[六]（John David Michaelis）は長い注の中で雅歌が寓意詩であるという意見に異議を申し立て、そのままの意味で読むのが絶対的に正しいと主張する。ミヒャエリスは、雅歌を寓意的に読もうとする「学識ある理論家たち」に反対して、「人間の心に神が慎重に植えつけた貞淑な夫婦の愛、人間の幸不幸を大きく左右する夫婦の愛が、神の霊感を授けられた大詩人の手に負えないわけがなかろう[39]」と論ずる。聖書の言葉の詩的特徴や文体的特徴が研究の対象となるとき、また、神が計画の一環として人生に企てた愛と結婚が霊感に満ちた詩人にとって十分意義深い主題と見なされるとき、雅歌が聖書正典の一つとしてふさわしいものであることを証明するために寓意的解釈を行う必要性はほとんどなくなる。

ミヒャエリスが注の中で寓意に意義を唱えると、寓意は教義を不自然に偽装するものとして退けられ、ロマン派の美学において象徴の価値が高く評価されることになる。『真理と方法』の中でガダマーは、一八世紀以降、とくにヴィンケルマン（Winckelmann）のドイツ古典主義が否定されロマン派の文芸理論で象徴が寓意の対立概念として重視されるようになった後の西洋における寓意の価値低下の過程について短く触れている。[七] ガダマーは、カントの象徴的描出の概念[八]がいかに象徴の審美的価値に道を開いたのか、またゲーテやシェリング（Schelling）、ゾルガー（Solger）をはじめとする一八世紀後半から一九世紀のドイツの思想家たちの登場後、寓意が外的すなわち人為的な要因によって、理念《イデー》とその表象を機械的に関係させるものだと理解される一方で、象徴という語（言葉）がいかに理念とその現れ（仮象）との内的統一性を意味するようになったのかを説明する。芸術を自由で想像力に満ちた天才の創造物として捉えるロマン主義的感性によって[九]、最終的に寓意の地位が地に墜ち、そしてそのことが教義学と密接に関係すると考えられた。「芸術の本質があらゆる教義による拘束から解き放たれて、天才の無意識的な創造ということで定義することができるようになった瞬間に、寓意は美学的に疑わしいものにならざるを得なかった[40]」とガダマーは言う。象徴は、あらゆる芸術や文学に特有なあの浮動的性質、不確定性を生じさせる形式と本質の間にある不均衡な緊張を伴った多義的なものと見なされる一方で、寓意は極度に単純化され、形式から遊離した意味の入った殻として軽視された。

もっとも、初期のドイツロマン主義から信頼を失った寓意の概念は現在ではいく分限定的に捉えられており、それが要因となって、現にいまもあれこれと論争が絶えず、現代の批評に大きな影響をもたらし続けている。ポール・リクール（Paul Ricoeur）は「寓意は一度その仕事を終えれば破棄されうる修辞学的手続きである。寓意の梯子は、上ったら降りることができる[41]」と述べる。そのような修辞学的行為をノースロップ・フライ（Northrop Frye）は「素朴寓喩《ナイーヴ・アレゴリー》」と呼び、『神曲』（*The Devine Comedy*）や『妖精の女王』（*The Faerie Queen*）のような洗練された「持続的寓喩《コンティニュアス・アレゴリー》」と区別する。「持続的寓喩」は「偽装した観念構造ではなくて心象構造であることに変わりはなく、注釈は他のすべての文学の場合とまったく同じように寓喩を扱わなければならない。すなわち、心象の集合体によって、いかなる教訓、いかなる実例が暗示されているのかを見極める必要がある[42]」。フライは「心象構造」としての詩と「偽装した観念」構造としての寓喩を区別し、ロマン主義の美学や現代批評において地に堕ちた寓意の評判からダンテ（Dante）やスペンサーの偉大な寓意的作品を擁護しようとしている。

　同じように、寓意を象徴として扱って、その文学的価値を存在論的に意義あるものと力説する批評家は少なくない。仮にも寓意が、然るべき文学的価値を有する権利を主張したいのであれば――それが、寓意を象徴として見なすことが望まれているという状況にあってはなおさら――、寓意は独自の「心象構造」を何としても持たねばならない。これが、寓意の読み方を手引きする際にC・S・ルイス（C. S. Lewis）が論じることである。隠れた意味が見つかる、すなわち、読み手が寓意の梯子を上り切ったとき、ルイスは先に引用したリクールの主張とは反対の立場に立ち、読み手はその梯子を下りるべきではないと言う。「結局のところ、寓意とは逆方向からみた直喩である。そして直喩の場合には、我々はその効果がわかれば、それを棄て去ってしまうような真似はしないのである」[43]。アウエルバッハも聖書を、とくに予型論的枠組の中で寓意的に読む際に、感覚的事象を抑圧することについて警告する。そうした抑圧には「事象の具象性が意味の厚い網の目に捉えられて硬直し、死んでしまう恐れがある」[44]。歴史的現実であると同時に何か別のもの、すなわち将来に実現する何かを描き出すものとしての「比喩形象《フィグーラ》」をめぐる議論、抽象的かつ霊的な寓意的解釈を、深遠な歴史的意味に満たされた比喩形象《フィグーラ》解釈と対比させること、西洋では「霊的・寓意的解釈の傾向が勝っていた」という主張のいずれもが、ある意味でロマン主義美学における寓意への負の意識を軽減するため、また、その悪評から寓意を擁護するための努力として理解されうる[45]。ロマン主義美学が残した批評的影響の中で、多くの学者たちが文学と寓意、文学の解釈と寓意的解釈を別のものとして考える傾向があるのも無理はない。現代では、宗教であろうと世俗の事柄であろうと、あらゆる教義上の権威を疑ったり、拒んだりする懐疑的傾向があり、修辞的技巧としての寓意は必然的に様々な教理・定論を偽って説くものと疑われている。もっとも、そうした懐疑的態度が自らの社会的信用を失わせるのであるが。

　聖書の字義通りの読みの優位はまた、世界がますます世俗化し、聖書の審美的価値が認められてきたこととも密接に関係している。マーヴィン・ポープが注目するように、雅歌に関する現代の研究成果で最も顕著な特徴は、単なる寓意として読まず、雅歌が人間の肉体的愛を語っていることを進んで認める傾向が広く見られる点にある。「現代の研究は、生と死が極めて重要な関心事であった古代東洋《オリエント》の豊穣神崇拝の儀式に雅歌の起源と背景を関連づける傾向がある」とポープは言う。彼は雅歌を通読し、様々な解釈を見直した後、「儀式的な解釈は当初から激しい抵抗にあってきたが、その解釈が官能的な比喩表現を最もよく説明できる。性欲は人間の基本的関心事項であり、『神は愛なり』という言葉に『神』と『愛』という言葉が持つすべての意味が含まれていることを確認する」[46]と確信する。こうした新たな歴史的研究手法の成果の影響は大きい。考古学上の数々の発見、人類学上の様々な業績、そして古代東方《オリエント》世界の神話や民間伝承への新たな関心が聖書を歴史やパレスチナ人の文脈に差し戻してきた。ソロモン王時代の古代インドとメソポタミアとが接触していた可能性を探り出そうとする研究や、雅歌とインドの聖歌を関連づける――いずれの歌にも官能的な愛が宗教的重要性を持ち、神を希求する人間を象徴するといった事例が多く見られるという観点から――研究がこれまで行われてきた。こうした読みは、もちろん、雅歌を紛れもない官能的な愛の賞賛として読むことではない。それゆえに、古くからある寓意的解釈法の伝統から決定的な断絶を起こしているのではなく、聖なるものと性なるものが互いに融和するような、一つの新たな背景に雅歌を据えてみようという取り組みである。

今日では、プロテスタントであれカトリックであれ、キリスト教徒の釈義においてすら、雅歌の明白な意味をあらゆる神聖化の根拠として捉え、雅歌が人間の愛《エロス》と神の愛《アガペー》の二つの愛について語っていると見なす傾向にある。ヘルムート・ゴルヴィツァー（Helmut Gollwitzer）は次のように述べる。

> 雅歌が単に人間の性愛《セックス》について述べているのであれば、聖書の中に雅歌が含まれているのは、教会とキリスト教徒が最終的に性愛と人間の愛《エロス》を平静な態度で受け入れるべきであると要求しているのであり、「そうし

たことがあるのを喜びと思うように」と我々に堂々と述べているのだ。性欲（肉欲）はこの上なく強烈で不思議な情動であり、創造主からの素晴らしい贈り物なのである。(47)

オリゲネスならびに世俗の愛《エロス》と性愛《セックス》への伝統的な禁欲主義を思い起こすと、ゴルヴィツァーがここで明確に述べた変化の大きさがとてもよくわかる。また、ハインリヒ・ハイネ（Heinrich Heine）が宗教の唱える禁欲主義と人間の自然な感情の否定を見事に風刺した著作の中で語ったバーゼルのナイチンゲールの物語を思い出すのもいいかもしれない。一四三三年五月、バーゼルの宗教会議に参加する聖職者や修道士たちの一行が、五つの神学上の問題について説教したり議論したりしながら、バーゼルの近くの森の中を歩いていた。突然、彼らは花盛りの菩提樹の前に釘づけになったように立ち止まった。木には一羽のナイチンゲールがとまっており、うっとりするような甘い鳴き声でさえずっていた。そのやさしいメロディーは敬虔な学者たちの心にしみこみ、彼らの感覚はどんよりとした冬眠の状態から目覚めた。けれどもついに、一行の中の一人が、あの鳥はどうやら自分たちの神学の話をそらせて、肉の喜びや罪に誘う悪魔らしいと言うと、「生ケル者ト死セル者トヲ裁カントシテ来ルベキ者ニ対シテ誓ウ」云々といった当時の決まり文句を唱えて悪魔払いに取りかかった。すると、その鳥は「そうだ、私は悪魔だよ」と応えて、笑いながら飛んでいってしまった。ハイネ曰く、「この話に注釈をつける必要はあるまい。この話には、快い、甘美なるものをすべて悪魔の仕業として罵った時代の悪しき刻印がおしてある」(48)。

何百年にも渡り、愛と性が公然と非難されたため、雅歌は明白な字義通りの意味に従って読むことができず、それゆえ、寓意的解釈が雅歌を聖典の一部として正当化する唯一の手段となっていた。現代に至り、世俗化が随分進んだ社会的文脈においてようやく、ゴルヴィツァーは愛の欲望を弁解する必要などない新しい時代の到来、まったく新しい信仰の時代の到来を告げることができた。彼は雅歌の中に文字と霊の融和、人間の愛《エロス》と神の愛《アガペー》の融和、すなわち「人間性の大憲章《マグナ・カルタ》」が惜しみなく表現されている様を見てとる。彼は雅歌についてカール・バルト（Karl Barth）の言葉と共に次のことを思い出させてくれる。「雅歌を正典から排除したいと思うべきではない。雅歌が正典に含まれていないといった態度をとるべきではない。また、あたかも正典の中のあらゆることには霊的な意味しかないかのように雅歌を霊的な意味で解釈すべきでもない。ここにはこの上なく深遠な解釈などまったくないかもしれないが、この上なく自然な解釈はある」(49)。現代においては、聖書本文の明白な意味の正当性、雅歌の中で語られる人間の愛《エロス》の重要性を認めることによって、霊的意味を排除するのではなく、霊的意味を聖書の字義的意味と融和させているのである。ひとたび、他の解釈を認めない教義の絶対的支配力がその力を失い、文字と霊が相互矛盾する関係に置かれることがなくなれば、字義通りに語られることと正典の神聖なる本文として書かれていることとの調和を図る機会が得られる。ここに来て我々はようやく、雅歌の読みを通じて、人間の愛《エロス》と神の愛《アガペー》、人間と神を再び健全に出会わせることができる。

注釈の伝統と論争

聖書の字義あるいはその統一性を重視するという、キリスト教の歴史の中で連綿と受け継がれてきた姿勢の原点を、ルターからアクィナスを経てアウグスティヌスまで辿ることが実際できるのであれば、中国でもまた、儒家経典に対してあからさまな過剰解釈を押しつけることなく原文を字義通りに読み解こうとする試みは、古くから行われていたということになる。『詩書』を、伝統的な注釈者たちがつけ加えた道徳的あるいは政治的意味を考慮せずに、字義通り詩文として読むことは、中国文学批評における近代的な傾向と言われている。たしかに、そのような傾向は二〇世紀に入って初めて広まったが、しかし、「近代的」と言うにはその言葉の意味する範囲を、誤解を招きかねないぎりぎりのところまで拡大せねばならない。というのも、おそらくこの「近代的」な読みの始まりは、多くの詩人や文人たちが、極めて寓意的な漢代の注釈に疑問を持つ見解を述べ始め、『詩書』の少なくとも一部を古代歌謡の韻文として捉えようとした唐の時代（六一八―九〇七）と宋の時代（九六〇―一二七九）にまで遡るからだ。彼らの懐疑的考察は、後に伝統的な解釈に組み込まれて吸収されたり、また一部は伝統的な解釈を覆すものとして地下で脈々と生き続けたりした。したがって、『詩書』の伝統的解釈、すなわち旧来中国において広く行われていた文学批評を論じるとき、直線的で一元的かつ統一された見解や原則の集合体としてではなく、様々な見方、方法、方向性を持ったものとして扱うことになる。この『詩書』という中国最古の詩集に対する注釈の歴史は非常に複雑なため、注釈の見解が各々異なり、頻繁に変わってきたことに留意することが――たとえそれらの差異や変化の多くが、現在において差し迫った問題となるわけでも現代社会に密接に関わるものでもなく、またそうした見解の不一致が遙かなる時を越えて現代に生きる我々の目にはほとんど同じように映るものであったとしても――、重要なことである。孔子が『詩書』を編纂したという伝説はまさに伝説以外の何ものでもない。実際、孔子が『論語』の中でこの私撰集のことを「三百篇」と言っていることからも、その時代（紀元前五世紀）には、最終的な形、すなわち現在我々が手にすることのできる三〇五篇が収められた詩集の形態に近い母体が存在していたと考えられる。『詩書』はおそらく戦国時代（前四〇三―前二二一）の間に編纂され、秦始皇帝の厳しい思想統制の下で行われた、あの忌まわしい焚書坑儒（紀元前二一三）で焼失した本の一つであると考えられる。それでも思想の伝播は止まることなく、『詩書』を含めた秦朝以前の作品は焚書という難局を乗り越えて後世に残った。こうした古代の書物は、前漢の時代（前二〇六―二五）に広く用いられていたいわゆる新字体（今文《きんぶん》）で書かれたものと、秦の始皇帝時代に壁の中に隠され焼失をまぬがれたと言われる古い書体（古文）で書かれたものの二つの版がいまに残っている。今文と古文の違いは単なる中国語の文字の形や書き方の違いの問題に尽きるものではなく、中国古典文学研究の歴史を通して今文学派と古文学派が対立や論争を続けてきたという事実が背後にある。(50)『詩書』の場合、古文で書かれた版と今文で書かれた版とでは、その内容に大きな違いがある他の経書と違って、二つの版の内容がかなり似ており、このことから、各詩は焚書以前にすでに広く知られており、人々の記憶に刻まれ、文字によってではなく口承によって残ったのであろうと考えられる。こうしたことから、『詩書』における論争は文字に関するものではなく、解釈や注釈に関するものが大半を占める。

前漢時代、注釈には齊、魯、韓という王朝公認の今文三学派の「三家詩」があり、紀元前二世紀には「五経博士」が設けられ、「三家詩」の注釈の研究と教育が行われた。その後、毛公が編集したとされ、毛詩として知られる古文の『詩書』が各詩に「序文」を置いた形で現れ、紀元前一世紀が終わろうとする頃には公認文書とすべきという意見が現れ出した。漢の注釈者である鄭玄（一二七―二〇〇）が毛詩の古文版を基に、それに今文三学派の解釈をも融合させて注釈（鄭箋）を付し、『詩書』研究に大きな影響を及ぼして以来、毛詩は徐々に今文にとって代わり、いまでは唯一現存する『詩書』となった。今文派の「三家詩」は四世紀までに亡び、毛詩は正典もしくは古典としての権威を確立しただけでなく、その注釈（毛伝）も正典的な位置を占めるようになった。毛伝・鄭箋、すなわち漢の注釈は唐の時代、孔穎達《くえいたつ》（五七四―六四八）によってわずかな改訂と共に権威を揺るぎないものとした。ここにおいて、詩の解釈を儒教的な道徳と政治哲学の範囲に限定し、一貫して詩を歴史的人物に結びつけて、「評価」（美）、「風刺」（刺）、諸国の君主を「婉曲的に諌める」（諷諫）といった社会的有用性を目的とする厳密な注釈の枠組ができた。

漢代の注釈が唐の時代に正当な注釈の流儀としてまとめられた頃になると、今度はその正当性が一部の文人や学者たちによって批判されるようになった。唐の偉大な詩人李白（七〇一―七六二）はある有名な短い文章の中で、漢代の五経の注釈者を偲ばせる「魯出身の学者」は、現実世界をどう扱うのかまったくわかっておらず、「白髪になり死の床にあっても依然詩や物語の研究をしていることであろう」と揶揄している。(51) 唐代の文人である韓愈《かんゆ》（七六八―八二四）は毛の『詩書』の序文に散文で疑問を呈したに留まらず、詩でも次のように書いている。

『詩書』は三〇〇篇の詩からなり、
風雅にして麗わしく、聖天子の教えの道・理を保持している。
それは一度聖人の手による編纂を経ているので、
軽々に議論できるような安易なものでは到底ない。(52)

韓愈は三〇〇篇の解説や注釈に意見することはないと述べることで、それまでの注釈体系から謹んで距離を置いていたようである。宋の時代になると、毛伝・鄭箋の権威は歐陽脩《おうようしゅう》（一〇〇七—一〇七二）や蘇轍《そてつ》（一〇三九—一一一二）、鄭樵《ていしょう》（一一〇四—一一六二）、とりわけ影響力のあった儒学者朱熹《しゅき》（一一三〇—一二〇〇）などの多くの文人や学者から激しい異議申し立てを受けた。こうして宋代の注釈は漢代の注釈とは異なる形をとることになり、新たな方向性が生まれた。それはやがて「序文」という解釈学的な枠組や毛伝・鄭箋に囚われない詩の字義通りの読みへと繫がっていった。

朱熹は当代随一の影響力を持った儒学者であり、儒教の入門書である彼の四書——『大学』、『論語』、『孟子』、『中庸』——の解釈は後の儒学教育の制度化において大きな影響を与えた。朱熹がまずどのような人物かといえば、文芸評論家というよりは思想家ないし哲学者であった。彼にとって詩や文芸作品は、作品それ自体ではなく、〈道《タオ》〉の顕在化という点においてのみ重要であった。世事にはまったく無頓着な、老子の謎めいた神秘的〈道〉とは異なり、朱熹が重視した儒教的な〈道〉の概念は、人として何が正しく適切であるのか、その究極的な根拠と道理となる「天理」、仁・義・礼・智・信という儒教の五つの徳目として示され、家族、ひいては社会における適切な人間関係に具現化されるものとして理解される。したがって、〈道〉は超越的であると同時に内在的でもあり、天地の隅々まで行き渡っており、物事の本質や原理、法則や道理（＝理）として、至るところに目に見えるものとして現出しうる。文学的書記がこの〈道〉を適切な形において顕在化する限り、それには確固たる目的と正当性がある。「〈道〉は文の根本であり、文は〈道〉の枝葉である。〈道〉に根ざすゆえに、文として現れ出たものはすべて〈道〉なのである」と朱熹は述べている。[53] 文という言葉を朱熹は儒教の道徳観と教えを具現化する適切な文章という意味で使っている。朱熹は当時の儒学者たちと同じく、文をそれ自体で価値のあるものとするような、言ってみれば、樹の枝葉を尊重し根を疎かにして物事の順序を誤っている韓愈や蘇軾《そしょく》のような詩人や文人に厳しく批判的であった。

朱熹は、古の聖人たちが文を書いた目的は、修辞効果や華麗な文体技巧を追求するためではなく、〈道〉に則った自分の考えをできるだけ明快に表現するためであると主張する。「聖人たちの言葉は明快でわかりやすい。彼らは〈道〉というものを明らかにするために言葉を使い、後世の人たちが彼らの文から学ぶことができるように努めたのであるから。もし聖人たちがわかりにくい言葉を使っていたならば、彼らは経書など一つも残せなかったはずだ」。この理解でいけば、経書に書かれている言葉は明快でわかりやすく、難解でも曖昧でもないということだ。朱熹によれば、昔の人は自然な文体——読みやすく、合理的かつ常識的な文体——を用いていた。それはあたかも「自然に湧き出たような響きと調子を持っていた」[54]。朱熹が古典の持つ明快さと自明的性質を強調するとき、すべてにおいてとは言わないまでも、ルターがアウグスティヌスやアクィナスから受け継いだ重要な思想、つまり「聖書はみずからの解釈者である」という考えを想起するかもしれない。たしかにルターの場合と同じく、朱熹が自然な文体や明快な意味を重要視する狙いもまた、それらを宗教思想や教えを効果的に伝える手段として奨励することにある。そして経書に書かれている文章は明晰判明であるという朱熹の確信は、注釈よりも正典の字義通りの読みをより重視する姿勢を生んだ。その結果、朱熹は正典の字義通りの読みを推し進める抜本的な見直しを行い、古典研究の伝統を刷新することとなった。

宋明代の儒学者たちの中でも飛び抜けた文才の持ち主であった朱熹は、文学の価値を高く評価した。新儒学[一〇]は道徳を偏重し政治的な指向を持っていたが、それでも朱熹は優れた詩や気品ある散文、優美な文体をとても好んだ。リチャード・リン（Richard Lynn）曰く、朱熹も周敦頤《しゅうとんい》（一〇一七―一〇七三）も文が〈道〉の真意を伝える手段として使われるべきという意見を持っていたが、「彼らは文の持つ審美的な価値を低く見ていたわけではなく、文の実用的／教示的な機能に従ずるものとして捉えていた」。この点で、彼らは、「文（芸術としての文）をつくるは道に害あり」[55]とした、より厳格な新儒学者の程頤《ていい》（一〇三三―一一〇七）や程顥《ていこう》（一〇三二―一〇八五）とは明らかに意見を異にしていた。羅根澤《らこんたく》によれば、朱熹は、程兄弟と異なる考えを持っていただけでなく、周敦頤よりもさらに文に重きを置いていた。朱熹が〈道〉を「文の根本」とし、文を「〈道〉の枝葉」とするならば、この比喩表現は有機的統一体としての大樹を強く連想させ、〈道〉と文の相違はただ「異なる部位にあり、しかし同じ幹から生えている」点において、双方が本質的に繋がっていることを暗に示している。朱熹が文を〈道〉から「現れ出る」ものと考えている以上、彼にとって文と〈道〉は繋がっている、すなわち一であり、対立するものではない。この点において、「朱熹は散文作家として、韓愈や歐陽脩とは明らかに異なっているが、道学[一二]の思想家としては、周敦頤や程兄弟とそれ以上に異なっていたと言えよう」[56]と羅根澤は述べる。

　朱熹は思想家の観点から作家を批判してはいたが、韓愈や蘇軾をはじめとする作家たちを、その文学的才能、豊かな芸術性、文体の美しさにおいてたびたび賞賛した。朱熹自身、文学的意義の高い詩や散文を書いている。また、韓愈の著作を編集したり、『楚辞』――楚地方で詠まれていた南方様式の詩を収めた詩集、屈原《くつげん》（前三四〇？―前二七七？）などの詩が代表的――の注釈版を編纂したりした。そうした文学的感性と共感はもちろん、正典の価値と正典の形式的統一性を重視する彼の姿勢に結びついている。彼の名高い『詩集傳』は、『詩書』を明白で自明の作品集《テクスト》として読むため、漢代の多くの注釈を退けた点で前例のないものである。『詩書』に対する朱熹の姿勢は、銭穆《せんぼく》がその批評研究で述べているように、『詩書』を文学作品として捉え、いわゆる「小序」や注釈を介するのではなく、何度も読んで復唱し、その内容を自身の中で繰り返し考えることによって詩の意味を理解しようというものだ。そうした態度によって、「『詩書』を文学として研究することに対する独自の理解、すなわち他の注釈や学問に拠ることのない理解が得られ」うると銭は述べる[57]。したがって、朱熹の文学への関心は、詩の形式的特徴や精神を高揚させる詩的効果（興）、詩の持つ字義通りの意味に注意を傾ける読み方にも寄与した。

朱熹は、弟子や信奉者たちが書き留めた話の中で、毛序や鄭箋ではなく、作品としての詩の統一性を重視しているとたびたび明言している。当時、朱熹の周囲で用いられていた、幾分口語的な文体で書き留められた朱熹の語録（『朱子語類』）を読むことによって、彼自身が語る偉大なる儒者の考え――多岐に渡る重要な問題に対する――を色々と知ることができる。「昨今の人々は詩を詩で説明するのではなく『序文』で解釈する」と朱熹は不平を述べている。「序文との整合性をとるために、文の意味を歪曲させたり、何の躊躇いもなく、いとも簡単に詩人の志を犠牲にしたりする。これこそ序文がもたらした大いなる損害にほかならない[一二]」。こうした発言から、朱熹が『詩書』の詩句と毛氏・鄭玄による「序文」を分けて、『詩書』という作品の統一性と字義通りの意味を無視した当時の慣例的な読みを退けているのは明らかである。彼の読みは、毛伝・鄭箋に盲目的に従うようなものとは大きく異なっていた。「『詩書』の詩を解釈するとき、私は大方、序文に従わない」と彼は断言する。「それでよい解釈ができなかったとしても、せいぜい序文の著者に悪いことをしただけのことであるが、もし詩の意味を文脈から考えず序文にただ従って解釈すれば、当の偉大なる詩人たちを不当に扱ったことになる[58]」。朱熹が漢代の注釈のあり方を批判するとき、欧陽脩や鄭樵といった先達の歩みを踏襲しているのは明らかだ。彼はいかにして毛氏による「序文」を拒否するようになったのか、次のように回想している。

序文は実に信じるに値しない。かつて鄭樵の『詩辨妄』（詩経の不道理を議論する）を読んだことがある。かなり厳しい言葉を使っているところもあり、すべて村野妄人[一三]の作とまで言っている。最初は私も彼の言葉を疑ったが、後にいくつかの序文について自分で詳しく調べ、『史記』や『国語』に照らし合わせてみると、

序文は確かに信頼できるものではないことがわかった。(59)

しかし、朱熹は「序文」に対する鄭樵たちの否定的な見解をただ繰り返すに留まらなかった。朱熹は自ら編集した『詩書』の序文で、詩を「人の心が事物に感じることで、言の余に形《あらわ》る」ものと定義し、「心の感じるものは正邪が一様でない。それゆえ形《あらわ》れた言の是非も一様でない」と述べる。孔子が『詩書』を編纂したときは、「詩を読んで得失を考え、善い者はこれに倣い、邪まな者は改めるために(60)」正邪いずれの詩も含めたと朱熹は言う。彼は大胆にも孔子の『詩書』の解説はすべての詩に当てはまらないと明言したのだ。「『邪念がない』という語句はよいが、『詩書』の詩のすべてが『邪念がない』のではない(61)」。『詩書』に収められたすべての詩が道徳的な意味を持っているわけではないとするのは非常に急進的な考えであり、漢代の注釈とはまったく異なる光を『詩書』に当てることとなった。朱熹は、この偉大な古典には正邪いずれの歌も含まれていると主張することで、一つひとつの詩をもれなく漢代の注釈者たちが設定した道徳的な枠組に関連づけて読むのではなく、字義通りの意味で読むという足場を作ったのである。

「国風」として知られる『詩書』の最初の部分で(一四)、朱熹はそこに収められた詩を民謡であるとし、それらの詩を、いずれも様々な時代や風俗を表す詩として、有徳なものと邪なものに分けた。

> 『詩書』のいわゆる「風」は大方、巷で生まれた民謡であり、男女が互いに詠じて情を表す歌謡である。この中で周南召南だけは周文王の直接の影響を受けたため徳化が及んでおり、人々の情性は正しく、それゆえ言葉に表れたものは楽しくとも淫に過ぎず、哀しくとも自らを傷つけるものはない。これをもって、この二篇のみが国風の正経となる。しかし、『邶風《はいふう》』以下は、その国の治乱の状態が同じでないことから、人の賛否も異なり、その感ずるものも、邪正・是非が一様でない。したがって、先王において「風」と知られるも

のは、ここで変わっているのである。(62)

朱熹は、周文王の徳化が決定的な役割を果たした歴史的状況に『詩書』が呼応していると見ている。しかしそのように考えている限り、朱熹が毛氏の「序文」から解放されているとは言えないであろう。事実、右の引用文に述べられている朱熹の見解は毛詩の「大序」を思い出させる。詩は時代の道徳的状況を反映しているという点もそうであるし、周文王から後の王たちにかけて道徳的正しさと政治的平和が次第に乱れていくという歴史を辿り、詩もまたこの乱れを反映して「正風」から「変風」に変化したという点でもそうである。しかし「大序」では、「変風」の詩は退廃的で腐敗した当時の道徳的状況を反映しているものの、詩人はその時の王を「刺《そし》り」あるいは「諌め」、古の聖人君子たちの治世の時代にあった正しい規範やよりよい時代への憧憬を暗に示そうとしたのだとされる。「大序」を読む限り、詩人たちは「事が変わったのを達観して、旧習を懐かしむ。それゆえ変風は民の情に発するが礼義に留まっている」(63)。このことから、ソーシーが述べるように、「大序」は「変風」を退廃の反映ではなく間接的な批判としている、言い換えれば、詩的模倣《ミメーシス》を「反語的模倣《アイロニック・ミメーシス》」とすることで、「時代の鏡としての機能」に「批判的な機能」、すなわち社会的主張としての機能を加えているのである。(64)

しかしこの点こそ、朱熹が問題視し恣意的と考えたものである。というのも、物言わぬ詩句《テクスト》に向かって「序文」が反語的な「賛美」や「批判」を声高に叫び、そのような支配的な雑音なしに読めば自ずとわかるはずの古典の権威を無理やり奪っていると考えたからである。朱熹が詩の起源を人間の心情の自然な表現と見ていたのならば、自明の詩句に注釈者が「反語的模倣《アイロニック・ミメーシス》」を上書きすることは不自然かつ不要なものであろう。朱熹は次のように言う。

おおむね古人が詩をつくるのは、今人が詩をつくるのと変わらない。だからそこには、自ずから物に感じて情を述べ、情性を吟唱するものだってある。いつから全篇これ他人を譏刺《そし》るものということになったのか。それはただ序が凡例を立て、篇篇みな褒貶《ほうへん》によって解釈し、詩人のこころを尽《ことごと》く穿鑿《せんさく》して駄目にしてしまったためだ。人が何かしているところを目にして、その人を評価する、もしくは諌めるために今人が直ちに詩を書くとすれば、馬鹿げたことと思わぬか。[65]

漢代の注釈者たちにとって、「変風」という堕落の時代に書かれたとされる官能的な詩や不徳の詩など扱いにくいものの正当性を明示するために、それらの詩には郷愁と風刺、すなわちかつての黄金時代を懐かしむ反語的賛美と風刺が暗示されているという前提がどうしても必要だったのである。そうした注釈から詩を切り離すと、朱熹は詩を字義通りの意味で読み、詩を道徳的な解釈に埋没させたり擁護したりせず、自立した意味を持つ言説とした。その結果、朱熹はいくつかの「変風」が「淫奔詩」[一五]にほかならず、道徳的な注釈が作り上げたものからかけ離れた詩であるという、これまで誰一人として考えようともしなかったことに気づく。陳榮捷《ちんえいしょう》（Wing-tsit Chan）は、「（朱熹は）それまで誰も行わなかった大胆な一歩を踏み出し、『詩書』の三〇五篇の詩のうち二四の詩を道徳的教訓ではなく、純粋な恋愛歌だとした」と述べる。[66] このようなことは、当時においては謗りを免れないようなことであったが、『詩書』解釈の刷新でもあった。周予同《しゅうよどう》が論じるように、朱熹は先達の批評家たちのように、単に「序文」に疑問を呈して退けただけでなく、「淫奔詩」の存在を明言した大胆な解釈で『詩書』研究史上異彩を放つ存在だと言う。[67] すなわち、朱熹は『詩書』の中のすべての詩が正典としての地位にふさわしいわけではないと認めることを厭わなかったのである。

漢代の注釈者と朱熹がどれほど異なるのかを見るには、毛詩の四二番目に収められた「静女《せいじょ》」をめぐる両者の注釈を比べてみればよい。詩は次の通りである。

うるわしき女《ひと》は姿美しく
私を町はずれで待っている。
ぼんやりかすんで姿が見えず、
頭をかきつつゆきなずむ。

うるわしき女《ひと》は姿したわしく
私に彤菅《つばな》（一六）を遣《おく》ってくれた。
彤菅《つばな》はつややかに赤く、
その人の美しさに心よろこぶ。

郊外の野から私に荑《つばな》（一七）をおくってくれた。
その美しさと神々しさに私はまことに心うたれる。
それはその女《ひと》が美しい上に
その女《ひと》からいただいたものであるゆえに。(68)

これは、語り手の恋人である「静女」の美しさとやさしさを賛美する詩であると思われる。秘密の逢瀬であろうか、語り手は町角で彼女を待ち焦がれているが、彼女は現れない。彼は恋人のことを想いながら、彼女がくれた贈り物を思い出す。そして、贈り物の価値は、贈り物自体にあるのではなく、彼女のまさにその手から渡されたことにあると言う。

この詩が恋人への愛情と彼女を待ちきれない男の気持ちを表しているのは明白である。だが、毛詩の「小序」

はこの詩が「時の刺《そし》りである。時の権力者、衛君は無道、その婦人は無徳であった」と明言する。鄭玄によれば、衛君と夫人は道徳がなかったため、この詩は「衛君の夫人に代わり、王妃として相応しい徳の優れた気品ある乙女について述べている」[69]。毛伝・鄭箋では、すべての詩が意味を捻じ曲げられ、徳や有徳の女性を求める寓意、それゆえに無道の者に対する名指しを避けた婉曲的な批判になる。しかし、朱熹はそうした複雑で捻くれた説明を退けた。彼は詩を字義通りの意味にとり、「これは淫奔期会の詩である」と遠慮なく断言した[70]。鄭玄の牽引付会な注釈では、第二連に出てくる「赤い彤管《つばな》」は綿密に練り上げられた何らかの「昔の規則」を象徴しているとなっているが、朱熹は正直に「これが何なのかはっきりしないが、愛の証として贈られたものであることは確かだ」と述べる[71]。このような正直な態度は、朱熹が正典の自明的性質を信頼していた証左である。というのも、彼はこの古典に奇抜な解釈を押しつけるよりは自分の確信のなさや無知を認める方がよいと考えたのであろうから。「序文」の中で朱熹が目にした誤りは、注釈者の無知をすっかり隠蔽する不誠実さ以外の何ものでもなかった。「小序」の書き手が原文に忠実に注釈をつけていたら、後世の読者たちは注釈の誤りを許し、たとえすべてを説明できていなくても、その注釈にもっと敬意を払っていたことであろうと朱熹は言う。

朱熹の精緻な読みからすると、漢代の注釈で用いられた歴史的文脈化は、注釈者のきまり悪さと無知を隠蔽し、原文の意味を歪曲しているに過ぎない。多くの「変風」に対する朱熹の解釈は「序文」を断固退け、『詩書』は孔子の古典として随分崇拝されてはいるものの、官能的で「淫奔」な詩が多く含まれていることを率直に認めるものである。毛詩の七六番目に収められた（前章で論じた）「将仲子」について、漢の注釈者たちはその詩を荘公と側近の祭仲に結びつける解釈枠を作り上げ、詩に描かれた官能性を取り繕った。朱熹はそうした牽引付会な文脈化を退け、この詩は単純に「淫奔者の辞（道ならぬ恋にある人の言葉）」だと断言した。彼はこの詩の語り手は女性で、彼女の恋人に、垣根を越え、庭の植木をへし折って夜這いしてくると家族や近所の人たちが二人の情事に気づくから止めてくれと嘆願していると考えた[72]。

これも前章で述べたが、毛詩の八六番目に収められた「狡童」を読めば、それが明らかに恋人の不平を詠った詩だとわかる。

あの意地悪な男ときたら
私にものも言わない
あなたのせいで
食事も喉を通らない

毛序はこの詩を、「優れた家臣の助言を聞き入れて国を治めることができず、野心家の大臣にあらゆる権力を握らせてしまった[73]」鄭の昭公（名は忽《こつ》）に対する政治的批判であるとしている。漢代の注釈によれば、この詩の語り手は有徳の大臣で、「小序」で言及される野心溢れる参事の祭仲を信用してしまった君主のことを嘆いているというのである。朱熹はこのような奇抜な読みを真っ向から否定し、それがどれほど馬鹿馬鹿しいものか指摘している。伝記を調べてみれば、忽を批判していると言われるすべての詩は「実際の忽とまったく一致しないことがわかる。彼は『狡賢い少年』とまで呼ばれているが、どうしたらそれが君主に対する詩の語り手の敬愛表現になるのだろうか？　しかも、忽が国を滅ぼしたのは彼の弱さと不注意以外の何ものでもなく、一体いつ彼が『狡賢く』なったことがあっただろうか？」さらに朱熹は続けて、こう述べる。「哀れな忽は、『鄭風』のすべての不徳の詩が彼を批判していると言われて、すっかり見る影もなくなっている。忽は『狡賢く』なかった。狡賢かったのであれば、彼は斉の国に助けを求めて、祭仲のような人々の好き勝手にはさせなかったであろうから、国を治める力を失うこともなかったであろう[74]」。原文の意味に忠実になることで朱熹は、次のように、漢代の注釈よりもはるかに理にかなった読みをする。「これは浮気な女が、自分のもとを去って行く男にふざけて放った言葉である。『私を口説こうとする男はたくさんいる。あなたは私のもとを去って行くけれど、だからといって食事も喉を通らなくなるなんてことはないの』と彼女は言っているのだ」[75]。朱熹の原文に忠実な読みは、詩の意味をわかりやすくしただけでなく、漢代の注釈を抜本的かつ大幅に改め、非常に「現代的」な『詩書』の読みを生み出した。『詩書』の読みを改めた朱熹の業績は次第に影響力を持つようになる。朱熹の原文に忠実な読みが注釈の重要な歴史的転換期となったのは間違いなく、伝統文化や文学全体に渡って因習を打破しようとする二〇世紀の学者たちに深い影響を与えた。

『詩書』の牽引付会な解釈の撤廃、漢代の注釈の伝統たる道徳的で政治的な寓意的解釈の否定は、一九一九年五月四日の学生運動に端を発する「新文化運動」の一環となった。五月四日は中国の歴史における新時代の幕開けの日である。戦争と革命が続く国家の危機の時代にあって、中国人は近代化の到来と自然科学や民主主義といった西欧の知を前に、文化的伝統の重みと不安を強く感じていた。近代の中国人学者による古典研究とすべての文化的伝統の批判的再検討を当時の社会的、歴史的状況から切り離して理解することはできない。一九一一年の辛亥革命によって中国最後の王朝が幕を閉じ、その数年前には従来の入学試験を廃止し西欧式の教育課程による新たな学校が作られ、儒教の古典を尊ぶようなことはなくなった。日本の帝国主義者による侵略や西欧の植民地主義の脅威に苦しみ、血も涙もない軍閥や独裁者による分断支配と蹂躙を受け、多くの中国人、とくに中国の知識階級、すなわち現代の文人であり儒教的な社会的責任感を固持し続けていた人々は、当時の中国が壊滅の危機にあると肌で感じていた。国家存亡の危機に晒されているなか、彼らはそれまでの歴史を通解し、何がいけなかったのか考えるため、中国の伝統文化を極めて綿密に検討せざるをえなくなった。

「新文化」の先駆者たちは儒教の教義の根本原理を見直し、伝統と自分たちの関係を再定義しようとした。昔ながらの考えと伝統的価値観に疑問を付し、口語体を新たな文学表現の手段とし、文学は儒教思想を伝えるものであるという伝統的な考えなどなくすべきだと提唱し始めたのだ。一つの知の独裁から逃れると、危急存亡に対する様々な反応が起こった。一部の急進的知識人は中国の近代化の手段として完全な西欧化を提唱し、保守的伝統派は最後の抵抗を試みたが、多くの学者たちは伝統文化の批判的再検討の中で中道路線を歩み、いまの世情にも社会的意味を有し、強い近代国家の建設に役立つものは残そうとした。伝統文化の中から、いまでも社会的意義を持つものと、ほとんど意味のないものをふるい分けるために、胡適《こてき》（一八九一―一九六二）は「整理国故」として知られる思想運動を主導し、歴史学者の顧頡剛《こけつごう》（一八九三―一九八〇）は、彼が整理編集した七巻に渡る『古史弁《こしべん》』（一九二六―一九四一）などを通じて伝統的歴史や古典を批判する論文を発表し、近代中国に不朽の学術的影響を与えた。余英時《よえいじ》は、顧頡剛の貢献について「近代歴史学を初めて系統的に体系化した」とし、中国の歴史学研究における新たな「クーン的範型《パラダイム》の創造」[一八]にほかならないと述べている。[76]

　顧頡剛は、伝統的な注釈＝古注を瀕死の文化の体現として、また時代遅れの歴史観として非難する中で、朱熹と宋の時代から受け継がれた批判的学風を全面的に支持している。顧は『古史弁』第三巻の序文で、同書に収められた『易経』や『詩書』に対する様々な学者の随筆や書簡、批評文が反伝統的で破壊的な性格を持っており、中国文化の建設と「再生」に不可欠なものという考えを示している。『古史弁』第三巻の内容は破壊的であると同時に建設的であると顧は次のように語る。

> 『周易』については、伏羲と神農にこじつける聖経の地位を破壊し、占いの書としての地位を建設した。『詩書』については、周文王や周武王、周公旦にこじつける聖経の地位を破壊し、本来の楽歌の書としての地位を建設した。読者諸氏におかれては、ここで言う建設と呼ぶものが私たちの創作した意味であるなどと誤解しないでいただきたい。『周易』は本来占いの書であり、『詩書』はもともと楽歌の書である。私たちが行うことは、ただそれらを洗ってすすぎ、素顔を露わにするだけのことである。それゆえ、建設とは「再生」を意味し、いわゆる破壊とは表面を見えにくくしている埃や汚れを綺麗に取り除くことと同じである。

このような見方は宋代に起源があり、朱熹の著作や語録によく出てくる。そこに現代人の知識を加え、意味を拡張すれば、多くの新しい意味を見出すことであろう[77]。

宋代において成し遂げられた学術的業績、とりわけ朱熹の批評方法を受け継ぐ現代中国の学者たちは、中国文化の伝統に対する批判的検証を試みる際に、ある種の（朱熹の時代からの）継続感を感じている。しかし同時に、再考と再検証の取り組みは、最後の王朝が滅亡して中国が国際社会に参入していった二〇世紀であればこそ手に入る「最新の知識」と「新しい価値」に満ちた現代的なものであったのは疑う余地もない。漢代の注釈に対する朱熹の修正主義的批判が儒教の伝統内部における漢宋間の学問的対立である限り、二〇世紀の伝統文化批評は近代化の証として、すなわち進化と前進の観念に満ちた現代的思考様式の必然的結果として、朱熹と宋代の学風を直ちに乗り越えなければならなくなる。したがって、鄭振鐸《ていしんたく》が漢代の伝統的注釈ならびにそれらの相違点や論点を批判的に調査して、朱熹も結局漢代の注釈者と大差ないと結論づけたことは驚くに値しない。朱熹は漢代の注釈の影響に縛られないようにしたのだが、鄭振鐸が朱熹の『詩集傳』に不満を感じたのは「毛序を踏襲しすぎている」という点であった。鄭振鐸は続けて次のように述べる。

> 朱熹は毛序の最も先鋭的な攻撃者として広く知られ、大胆にも『詩書』から毛序を切り離したが、「国風」を歌謡、「鄭風」を淫奔詩として毛序を大いに否定した以外は、依然として毛序が設定した枠内に留まっている[78]。

朱熹によって始められた過激で新奇な批判を、その帰着点へと論理的に導いたのは、何も鄭振鐸をはじめとする二〇世紀の批評家たちだけではない。というのも、朱熹による古典の再解釈が引き起こしうる影響は、すでに宋の時代、朱熹の信奉者であった王柏《おうはく》（一一九七―一二七四）の著作にも目にすることができるからである。王は『詩集傳』の明察を、極端でかなり型破りではあるものの論理的に納得のいく方向に展開した。朱熹が正典と言われる『詩書』に「淫奔詩」も収められていることを立証すると、王はそうした詩を儒教の偉大なる古典から排除、もしくは「駆逐」すべきだと主張し始めたのだ。王の『詩疑』（『詩書』への疑念）は朱熹が提唱した正典の字義通りの解釈から非常に奇抜な結論を導き出しているのだが、いわゆる「淫奔詩」を『詩書』から排除しようというまさにその姿勢に、儒教的道徳の偏った見方が現れている。顧頡剛は王柏の著作の現代版を出版し、そこに自ら編者として記した序文の中で、現代の学術研究と宋代の研究との相違点、また現代において宋代の研究に加えられた改良点について言及している。『詩書』に官能的な詩が収められているということは、孔子自身が編纂したとされるこの古典の正典性にそぐわないため、それまでの注釈者たちにとって解釈学上の根本的な問題となっていた。漢代の注釈者たちは、「小序」を見ればわかる通り、この問題について「官能的な詩の多くを『徳を語り教える』という考えが宿っているとみられる言葉」であると曲解することで解決しようとした[79]。こうして『詩書』を構成する互いに相容れない要素が、正典の字義通りの意味と寓意的な、ときに牽引付会な、解釈の間に緊張関係を築くようになる。朱熹をはじめとする宋の批評家たちは、漢代の注釈におけるこの上ない曲解を退けたが、すべてを退けたわけではなく、また孔子による『詩書』編纂の伝説についても疑問を付すことはなかった。漢代の注釈について、その大前提を退けることなく批判しようとした宋の批評家たちは、古くからある『詩書』の矛盾を注釈上の問題として浮き彫りにするに留まったのである。

　このような状況で王柏が解決策として、『詩書』という正典から「淫奔詩」を取り除こうとしたことは勇気があるだけでなく理にかなってもいた。それは、『詩書』という作品の統一性と字義通りの意味を認めながら、その正統性と正典性を主張するというものであった。「王柏は『詩書』が聖なる古典だからこそ、それを読むのである。そこに『詩書』を汚す恐れのある淫奔詩がたくさん収められていると知れば、その正統性を守るために淫奔詩を除外すべしと提唱するのも当然である」と顧頡剛は言う。(80) これはキリスト教において雅歌がまさに愛の歌だという理由でその正典性を否定しようとした人々のことを思い出させる。観点を一八〇度転回させることで、また正典性に対する理解の仕方を変えることで、正典に書かれた言葉《テクスト》からその字義通りの意味が聞こえてこないかと耳を澄ませてみてはどうか――しかもそれによって正典性が失われることはない――という考えが浮上する。そしてこの傾聴の姿勢によって、聖書釈義と『詩書』注釈の双方の分野において、現代の解釈と伝統的な釈義注釈が明確に区別される。純粋主義的な儒者であった王柏は、雅歌を聖書から除外しようとしたキリスト教徒と同様、純粋性と道徳的正しさを求めるあまり、実際には古代の詩を集めた正典としての詩集の存在そのものを脅かす結果を招いたのである。

したがって、皮肉なことではあるが、『詩書』は曲解と的外れな寓意化があったからこそ儒教の古典の一部として生き残ったとも言える。ここから学べることは、「偶像を破壊できるのは歴史という概念が成熟したときだけであり、それ以外のときには多くの史料が失われてしまうということだ」と顧頡剛は述べる。要するに、学術研究において古来連綿と受け継がれてきた前提がまったく疑われることのなかった時代、『詩書』が儒家経典の一書としての地位ゆえにその存在価値が認められていた時代、「淫奔詩」は道徳的・政治的寓意化によって、むしろその詩句の意味が曲解されることで守られていたのである。「この点では漢の注釈者が『詩書』の保護に果たした役割に感謝しなくてはいけない」と顧は述べる。(81) しかし、『詩書』の正典性が儒教的道徳の教えに関連づけられなくなると、牽引付会な解釈の押しつけはもはや筋の通らないものとなり、現代の批判学は詩句の本来の意味を従来の注釈による曲解から取り戻すことにもっぱらの関心を持つようになった。事実、正典性自体が大した重要性を持たなくなっている。というのも、現代では、『詩書』もその他の儒家経典と同様、かつての教育や科挙において見られたような絶対的地位を占めなくなっているからである。そして、儒教の道徳的・政治的な教えに沿うことで『詩書』の正典性を保証したかつての解釈法もその役割と正当性を即座に失ってしまった。

顧頡剛はとても印象的な比喩を用いて、『詩書』の字義通りの意味をかつての道徳的・政治的寓意から救い出す現代の学問の役割を規定した。彼は『詩書』の詩句を「時が経ち、伸びた草やからみついた蔦にすっかり覆われた原野に立つ崇高な石碑」にたとえる。この貴重な石碑と古の碑文の真実を知るには、「石碑の表面が現れるまで」草と蔦を刈り取らねばならない[82]。したがって、儒教において、正典性とは重荷、あるいは鄭振鐸が言うように、不運と見なされるようになる。「『詩書』の地位は正典化によって高められたが、その本質と価値は、漢代の儒学者たちの曲解によって見えにくくなってしまった。このことは、不幸にも聖書に含まれてしまったことで、その本質と価値を長年失ってしまった雅歌とまさに同じだ[83]」。たしかに、正典性と文学作品の美的価値をまったく相容れないものとし、現代の学者こそ作品の「本質」が理解できると、過信気味に信じている点で鄭を批判するのは簡単であろう。しかしそれでも、旧来の注釈が及ぼしてきた弊害の大きさを考えると、道徳的、政治的、宗教的な意味で正典性を否定した鄭の考えを理解できない人はいないはずだ。ウンベルト・エーコもまた正典性と牽強付会な過剰解釈を関連づけ、次のように述べる。「一つの作品が特定の文化にとって『神聖』なものとなるやいなや、それは疑り深い読みの方法《プロセス》に左右されやすくなり、結果として明らかに極端な解釈を受けるようになる[84]」。鄭振鐸は比喩を用いて正典とその注釈について述べるが、このことは顧頡剛の草と蔦にすっかり覆われてしまった石碑を思い出させる。鄭曰く、他の重要な古典同様、『詩書』は「これまで長い間幾重にも重なった解釈の堆積物に埋もれてきたのであるから」、現代の学者の仕事はそこから詩を救い出し新たな文学研究の光を当てることである[85]。

復元や発見といった比喩は、原文が注釈の薮の中に埋もれて見えなくなることが、実はどのような文化にもよくあることを考えると、それほど新奇なものでもない。リー・パターソン（Lee Patterson）が述べるように、本来、原典の内容をわかりやすく説明するために付されるはずの注釈によって、原典に潜む力が疑問視されるような事態が往々にして起こる。中世の教父が著したものは正典として扱われ、びっしりと注釈がつけられたものだ。

「注釈の奥義を授けた教父の書は自らが生み出した子孫たちに埋もれ、最後には見えなくなってしまう。家父長の権威は自らの影響力によって無効となる」とパターソンは言う。中世の写本には原文が物理的に「埋もれ」てしまったものさえある。「注釈でいっぱいの紙面《ページ》にわずか二、三行、ときには一行だけ原文が残っていることがある」[86]。これは中国の多くの古典の物理的形式にも言えることで、正典の文章が、行間に記された注や解説、余白に書かれた注釈などに埋もれてしまっている。ぎっしり書かれた注釈が紙面上《ページ》を埋め尽くしているのは、意味の解明だけでなく意味の制限、すなわち、文意を時代の要請に合わせるために文献学的・解釈学的技法が戦略的に用いられたことを示している。社会や歴史の状況が変わり、読者がそれまでとは異なる態度や考え方で正典に接するようになれば、過去の注釈は妥当性を失うか、もしくは間違いとなり、新たな読みと解釈にとって取り除かれるべき邪魔物となる。

顧頡剛、鄭振鐸をはじめ、現代中国の多くの学者たちは、時代の変化やそれが古典研究に及ぼす諸々の影響について十分承知していた。彼らは「解釈の堆積物」が取り除かれたとき、学問が大きな進歩を遂げることができるようになると確信していた。そして実際、彼らの研究成果はそれまでの古典研究から大きく方向転換した現代的学風の模範ともなっている。詩人で学者の聞一多《ぶんいった》が一九三〇年代から四〇年代に書いた独創的な論文は、考古学、人類学、民俗学、文学を結びつけて古代の歌や詩に新たな光を当て、神話批評と原型批評の恰好の例を提供した。たとえば、魚の原型的想念《イメージ》をめぐる論で、魚、魚釣り、魚を料理し食べることは、『詩書』から現代の民謡に至るまで中国の詩に頻繁に登場するが、魚はかなり昔から常に「繁殖力の最も強い生き物」と考えられてきたため、性欲や性行の婉曲表現であると考えられると述べる[87]。このような文学研究の新たな方向性はそれまでの解釈様式に明らかに反するものであるが、その中で育まれた道徳的感性によって、文学作品に描かれる色情《エロティシズム》の審美的価値に対して旧来の寓意化はまったく反応を示していないと考えられるようになる。儒教が現代において社会的にも文化的にも支配力を失い、『詩書』に儒家経典の一書としての価値を見出す必要がなくなると、従来の注釈における寓意的解釈は廃れ、その信頼性も失われていくようになる。

キリスト教における雅歌の釈義と中国における『詩書』の伝統的注釈の比較研究から、我々は寓意的解釈法とイデオロギーとの関係についていくつかの推論を導き出すことができよう。徹底した寓意研究において寓意を象徴的表象の手段と結論づけたアンガス・フレッチャー（Angus Fletcher）は「寓意はイデオロギーの自然の鏡だ」と言う。[88] このことが、寓話——寓意的な読み方に読者をそれとなく導くような仕方で、（修辞的＝詩的）言語表象《イメジャリ》が意図的に組み込まれている文学作品——にも当てはまるのであれば、寓意的解釈法すなわち作品を諸々のイデオロギー的前提に一致させるように機能する解釈法については言うまでもない。ホメロスの叙事詩や雅歌や『詩書』が宗教的、道徳的、政治的等々の目的で正典化されるとき、正典化した共同体はもちろんそこから何かしらの意味や社会的機能を期待するであろうが、その意味や社会的機能は必ずしも字義的意味として作品に備わっていたり、その中に書き記されていたりするとは限らない。そこで、そうした意味と社会的機能を正典化された作品に帰属させるために、寓意的解釈が行使されるのだ。ウンベルト・エーコの言葉を再び引用するならば、「一つの作品《テクスト》が特定の文化にとって『神聖』なものとなるやいなや、それは疑り深い読みの方法《プロセス》に左右されやすくなり、結果として明らかに極端な解釈を受けるようになる。ホメロスの作品のような、古典的寓話の場合もそうであったし、教父期やスコラ哲学期の聖書の場合にしろ、ユダヤ文化の律法《トーラー》の解釈の場合同様、そうした事態が起こらずには済まなかった」[89]。そして中国文化でも『詩書』の解釈に同じことが起きた、とつけ加えることができる。ここで再び、字義通りの意味に対する明確な理解がとても役に立つ。なぜなら字義通りの意味は、解釈を方向づけるイデオロギー的前提を明らかにし、寓意的解釈の中に見出される道徳的、政治的、宗教的意味は作品そのものというより、作品が正典化され「崇拝される」ようになったときに期待される機能によって定義されるという、見過ごされがちな事実を明らかにする役割を果たすからである。正典化は、これまで見てきたように、寓意的解釈としばしば密接な関係を持っている。

聖書本文を解釈する上での諸問題を解決する方法についてアウグスティヌスは興味深い議論を行ったが、その議論は解釈とイデオロギーの密接な関係を示す好例となりうるだろう。彼の聖書の読み方は神学的関心に深く関わる初期の記号論体系に基づいている。あらゆる記号は、聖書に現れる記号も含めて字義的か象徴的かのいずれかであるとアウグスティヌスは次のように述べる。

ある記号が、決められている通りの指示対象を示すとき、その記号は字義的とよばれる。たとえば、bos《ボース》と言うとすると、ラテン語を話す人々には、それが我々を含めて誰しもこの名前で呼んでいる動物である牛をさしていることがわかる。字義的な語が示している指示対象を、それとは別の事柄を示すときに用いるとき、その記号は比喩的である。たとえば、「牛」《ボー・ウエム》と言えば、この音節によって、この名でいつも呼んでいる牛のことだということがわかる。しかし、さらにこの牛とは福音書記者をもさすことがわかる。「牛に口籠《くつこ》をかけてはならない」と言うとき、使徒の解釈によれば、聖書は福音の伝導者のことを言ったのである。(90)

アウグスティヌスにとっては聖書の中の個々の言葉《サイン》を、字義的であろうと比喩的であろうと、正しく理解することが重要であった。読み手が曖昧な語義や構文、句読点や発音などに行き当たったとき、読み手を導く解釈の原則は、第一に信仰の規則であり、それでもなお曖昧さが残るときは、曖昧な部分を間に挟む前後の文脈だとアウグスティヌスは言う。これらの原則のうち後者は文献学的なもので技術面を扱っているが、前者は明らかにイデオロギー的なもので、読者が迷った際、最後の頼みの綱とすべき解釈の真の基盤と権威を規定している。アウグスティヌスは読者に、比喩的な表現を本来の意味＝字義通りの意味と解釈したり、本来の意味＝字義通りの意味を比喩的な表現ととらないようにしなくてはならないと警告している。「したがってまず第一に、ある表現が字義的意味を表すものなのか比喩的意味を表すものなのかを決定する方法が確立されなくてはならない。この方法とは一般に、神のことばとして述べられていて道徳的な正しさにも信仰の真実にもかかわりをもちえないときは、それは比喩的表現であることを知るべきだ、というものである」[91]。言い換えれば、聖書に書かれた言葉をめぐる問題がいつ、どのような場合に生じるかを決定するのは信仰の真実である。つまり、キリスト教徒の信仰に基因するイデオロギー的前提が、聖書の解釈上の問題に正しい答えを与える以前に、問題の所在を明らかにするのだ。よって、読者が聖書の文章の意味をどう理解するかは信仰の規則が何を規定するかに大きく関わっており、そしてそれは教会制度が決定する。アウグスティヌスは次のように言う。「聖書のより明らかな箇所や教会の権威によって明らかな信仰の規則に照らしてみるとよい」[92]。ここにおいて、解釈あるいは聖書釈義の確定は、教会のイデオロギーとその圧倒的な権力とかたく結ばれていることがはっきり理解できる。

このことから、アウグスティヌスの時代とは異なる考え方や信条を保持する後世の読み手にとっては、寓意的解釈という方法自体ではなく、個々の寓意的解釈に影響を及ぼすイデオロギー的前提こそが妥当性を欠くいかがわしいものとなることがわかる。現代において『詩書』に対して行われていた道徳的・政治的解釈が嫌悪されるのは、それが寓意的な読みだからではなく、また詩の字義通りの意味を強引に歪めているからでもなく、詩を今日の人々には受け入れがたい政治的宣伝《プロパガンダ》の偽装として読ませるからである。魚と魚釣りを性的象徴とする聞一多の読みは、たとえそうした現代的な読み方もまた字義通りの意味とは異なるものを意味するものとして作品を解釈しているとしても、右の政治的解釈に比べれば断然興味深いと言えるのではないだろうか。

事実、ある文章を解釈して「それが何を意味するのか」を説明しようとするとき、我々は決まってその文章を、字義的意味以上の、すなわちそれとは別の何かを意味する文章として解釈し始める。なぜなら理解することとは、文章が字義通りに述べていることを知ることではなく、文章が述べていることを自分の現在の状況に結びつけることだからである。これも広い意味では寓意的と考えられるかもしれないが、前章で論じたように、すべての文章解釈を寓意と捉えてしまえば、概念としても批評用語としても寓意はまったく無意味なものになってしまう。

代わりに、本書では寓意的解釈を、もっと狭義に、極めてイデオロギー的な解釈、つまり字義通りの意味の抵抗を乗り越えるために、作品をある宗教的教義や個々の哲学思想、道徳的な教え、知的もしくは政治的正統性に合わせるために大いなる努力を行うといったようなこととして理解することにしたい。もちろん、このような定義による寓意的解釈と、それほどイデオロギー的でない解釈との間に明確な線引きはできない。正典とそうではない、もしくはまだそう見なされていない作品との間にはっきりした線引きができないのと同じことである。ここでの線引きは程度の問題であり、種類の問題ではないが、それでもそのような区別は存在するし、極めてイデオロギー的なものとそうでないものを分けるという実用的な目的に資する。

だからこそ、理解と解釈はある特定のイデオロギー的基盤と密接に関係している。西洋のキリスト教や中国の儒教のように、強力なイデオロギー体系が、ある時代の社会に圧倒的な影響力を持っているとき、それに呼応した寓意的解釈の体系が必然的に生じ、精神文化を伝える参照枠となる。そのような釈義や注釈はしばしば正典的な地位を獲得し、権威的解釈の正当性を疑うことはイデオロギー的正当性を握っている支配体制全体を批判することにほかならなくなる。西洋の教会史にはこのことを示す例が山ほどあり、フレーリッヒが指摘するように、聖書の字義通りの意味の解釈を弾圧するために公会議でまさに「教義的糾弾」が行われた[93]。中国では『詩書』の解釈は何世紀にも渡って儒教の枠組の中に閉じ込められ、正当とされる注釈の権威は二〇世紀に入るまで、その正当性が疑われることがなかった。

我々にとっては誤りにも思える寓意的解釈の長い歴史を振り返ってみると、興味深く思われてくるのは、注釈は正典の読み方のみならず、その正典の地位ゆえに、文章の書き方にも影響を与え、正典を寓意的に解釈した文章を意識的に模範とするように仕向けるということだ。牽引付会で歪められた解釈の長い歴史から学びうることは、作品の統一性、書かれてある言葉の明白で字義通りの意味を尊重することがいかに重要なことか、また、精巧に作られた文章の審美的価値をいかに正しく認識するかということである。理解の妥当性を求めて教義《ドグマ》から解放されることと字義通りの意味を理解することの間には常に相関関係があるように思われる。作品の統一性と字義通りの意味への尊重があって初めて、雅歌や『詩書』の愛の詩をめぐる狭義の寓意的解釈を退けることが正当化されうる。キリスト教の伝統においてよく知られる寓意的解釈の正当化に関して度々引き合いに出されるのが、「文字は人を殺すが、霊は人を生かす」(コリント人への第二の手紙、三章六節)というパウロ的二項対立である。しかし、この対立は間違っている。というのも、文字と霊は互いを排除できないし、排除する必要もないからだ。もし文字の抑圧が何世紀にも渡って誤読と過剰解釈に特有のものであったのならば、もし文字《テクスト》とそれを読む人との相互作用が根本的に誤解されてきたのならば、将来においてより建設的な解釈を実現するために考えられるべきことは、解釈原理が真の普遍性を持つということ、すなわち文字と霊の健全な再融合である。

詩と政治的解釈

字義通りの意味をしっかり捉えた上での真理要求、すなわち正しい了解の要求に対して現代の批評が常にとる深く懐疑的な態度を考えれば、連綿と続いてきた伝統的な注釈を甚だしい誤読であり誤解であると述べるのは、幼稚で胡散臭い自己満足な意見だと聞こえるかもしれない。相対主義や懐疑主義の議論に従えば、異なる時間と場所——過去や他者性——の文化体系を批判するのではなく、とくに自己の立ち位置や視点の根底にある前提や偏見——イデオロギーであれ何であれ——に意識を向けるということになるはずだ。自己に意識を向けると言えば聞こえはいいが、自己存在に関わる歴史性や自己に対する無知——これらはともすれば、我々の洞察と不可分なものであるかもしれない——を認めたとして、それでもなお我々は、判断や評価を敢行したり、あれこれ言ったりしたところで誤読や誤解釈はなくならないと断じることができるものなのだろうか。己の知の限界を悟ることが、善悪の判断力、理に適った読みと明らかに間違った、あるいは故意に歪曲された読みを区別する能力を、完全に麻痺させるとすればどうだろうか。本章の最初で少し議論したように、趙高は馬を鹿と呼んだが、それを意図的で計画的な言語の乱用であり、社会秩序が乱れている明らかな兆候であり政治権力の乱用と見なす我々の評価は果たして正しいのか、と。趙高の例のような強引な誤読や誤解に直面したとき、我々はどのような立場を取るべきなのだろうか。

ここで、先に論じた通り、字義通りの意味と言語の常態という概念が極めて重要になる。字義通りの意味の構成要素が決して単純なものではないにしてもである。しかし、字義的意味が複雑だから批評の責任を放棄しなければならないとか、書かれた言葉の意味に対する曲解を否定する根拠などないと宣言しなければならないということではない。字義的意味が複雑であるということは、書かれた言葉に対する妥当な解釈を付すための字義的根拠についての検討や吟味がその都度、書かれた言葉が本来存する場所で行われるべきであるということを意味しているのである。さらに、字義を越えた意味を比喩的《アレゴリカル》に読みとる行為がすべて不当であったり、そのような行為が作品に無理やり及んだりするとは限らず、個々の事例によって妥当な読みと不当な読みを峻別する手立てになりえそうな単純な方法など確かにない。したがって、解釈の妥当性を議論し解釈とイデオロギーの関係性を理解するためのよりよい方法は、抽象的な原理や自明の原則を作り上げることではなく、具体的な例を精査することにある。解釈の妥当性を判断する方法は、やはり字義通りの意味を持った作品に現に書かれている言葉が与えてくれる。中国の歴史では、漢代の『詩書』の注釈に具現化された儒学思想が後の文学や批評に大きな影響力を持ち、道徳的意味や政治的意味が強調されることになる。儒教用語で定義される道徳的価値を推奨するのに有効か否かが文学作品の価値判断における重要な基準になり、儒教的な道徳観をはっきり伝えていない作品は、表現形式に非の打ちどころがなく芸術的に洗練されているものであっても、同基準によって価値が低いと見なされる傾向にある。たとえば唐代の李白と杜甫は中国古典文学において最も優れた詩人と一般に認められているが、道徳的適切さや政治的妥当性といった基準から杜甫を李白より上とする見方が昔からある。宋代の有名な政治改革者であり優れた詩人でもあった王安石《おうあんせき》（一〇二一―一〇八六）は四人の高名な詩人を比較したことがあり、杜甫を一番、欧陽脩を二番、韓愈を三番、李白を四番と順位づけた。「この順位づけに疑問を呈する向きも少なくないが、王安石はこう応えている。『李白の詩は高尚と言えるようなものではない、したがってとっつきやすい。低俗で粗野な心の持ち主であり、十中八九が女性と酒の詩だ。しかし、彼の才能は優れており魅力的で、注目に値もする』[94]」。王安石の目には、洗練性の面で李白は杜甫に及ばないばかりか、大方の批評では李白ほど高い評価を得ていない欧陽脩や韓愈にも肩を並べられないと映っている。たしかに、王安石の順位づけには「疑問を呈する向きも少なくな」く、一般に受け入れられている意見というより彼の好みの特徴の一端を示していると思われ、幅広い視点から考えれば、李白と杜甫が中国の古典詩の中で最も優れた業績を残した偉大なる二人の詩人と見なされることが常である。

しかしながら、李白と杜甫のどちらが優れた詩人であるかという議論が、唐の時代からいまなお続いており、李白を推す側より杜甫を推す側の勝利となることが多い。たとえば、唐の詩人である元稹《げんしん》（七七九―八三一）は二人を比較し、李白は「（杜甫という屋敷の）敷居にも及ばず、玄関の奥にまで達することができないのは言うまでもない[95]」と杜甫の墓碑銘に記し、李白を退けた。李白と杜甫のいずれをも高く評価していた韓愈は、単純に甲乙をつけるような比較は愚かで的を射ていないと考え、そうした退屈な比較に従事する人々を「思慮がない」と断じた。しかし、後世の批評家は韓愈より元稹に大方賛同する傾向にある。たとえば、宋代の葛立方《かつりつぽう》（?―一一六四）は、「杜甫と李白は詩の業績における名声では互角だが、韓愈が『李白と杜甫の文学は厳然と存在し、輝く焔は万丈の長さにも及んでいる』と言うのを耳にするとき、二人を順位づけることは難しいと思われる」と述べる。だが、それにもかかわらず、葛は二人に対して厳密な順位づけを敢行し、杜甫の詩について「唐代からただ一人勝ち得てきた称賛であり、李白がそれに及ぶことはない[96]」と断言する。

同じく宋代の批評家黄徹《おうてつ》（一一四〇に活躍）による詩の解釈は、道徳的・政治的傾向が非常に強く、郭紹虞《かくしょうぐ》が指摘するように「詩の理解に柔軟性がなく意味を取り損なう」点で判断をよく誤っているものの、一貫して李白より杜甫を賞賛した。(97) 黄は『碧溪詩話《きょうけいしわ》』の序で評価の基準を説明し、詩は「王や両親への孝悌、兄弟や友への恭敬、人々の幸福を思う忠恕への専心を示し、太子に間接的な助言を行い、道徳教育に資するべき(98)」であると明言する。これらの基準を適用して李白の詩人としての資質を厳格に審査した黄徹は、李白の詩が右の基準を満たすものではないことに気づく。唐の玄宗皇帝は李白の才能を認めていたようだが、黄はそんな玄宗が本当に望んでいたものは狂詩文であり、「官能的な言葉で詠まれた凝った作りの詩で彼の妾を喜ばせたかった」のだと嘲った。黄は続けて、それさえ詩に表すことができれば李白は満足だった、というのも「彼のすべての作品を読んでみれば、杜甫のように国を愛する心を詠んだり、人に同情を向けたりする表現がいかに少ないかがわかる(99)」からであると言う。つまり、黄が李白を退けるのは「国への忠誠心を杜甫ほど述べないし、戦争の苦難に喘ぐ民への同情を杜甫ほど見せないため」である。もちろん、黄徹がこれを書いたのは宋の時代であって唐の時代ではなく、だからこそ、李白の後援者《パトロン》となったことのある玄宗皇帝を批判することができるということには留意すべきである。中国の文学史では、李白も杜甫も偉大な詩人として尊敬されており、李白の肩の力が抜けた自由な文体の美しさ、彼の気質、枠にとらわれない想像力、情熱的な表現が杜甫以上の評価を受けることもときにあるが、概して、銭鍾書が指摘するように、唐の中期からほとんどすべての人から杜甫が最も偉大な詩人であると崇められ続けている。多くの批評家が、孔子を「聖人と呼ばれた最高の思想家」とするのに倣って、杜甫を「詩王」あるいは「詩聖」と考え、杜甫の作品を韻文で書かれた「儒家経典」のようなものと見なしている。たとえ李白と杜甫のいずれもが偉大であると認めていても、「孔子と孟子のいずれにも敬意を表する文学者たちが、二人のうちの一人を『最高の聖人』とし、もう一人を『第二位の聖人』と見なしているのと同じく、杜甫はなお最高の詩人である(100)」。

ここで杜甫と李白を比較して順位づけたり、伝統的な順位づけが妥当であるかどうか検討したりすることは、本書の議論の要点ではない。そのような判断は常に必ず変わるものであり、個人的嗜好や意向でどのような結果にもなるため、唯一の基準によって測定できるようなものではない。しかし、そうした順位づけや価値判断の根底をなす前提について議論することはできる。王安石が、李白の詩の「十中八九」が「女と酒」について述べているると言うとき、李白はまじめで意義深い主題に欠けているということで、皇帝への忠誠心や民への同情をよく詠んだ杜甫とはまったく異なる、と批判される。この点で、李白は儒学者の批評家たちの道徳的・政治的期待を満たすことができない。『酒、女、歌』が常に西洋文学の中心的テーマになってきたのであれば、中国文学版『アナクレオン風歌謡集』(一九)とも言うべきものが伝統的批評において軽く黙認されるようなことはまずない。

杜甫と李白をめぐる別の比較を見れば、この点がとても明確になるであろう。杜甫は四川の山あいにある小さな町について詠んだ詩で、兵士たちが険しい崖をよじ登って前進するのがいかに危険なことかと述べる。そして、兵士のために山を削って道を開けけば随分楽なのにと想像する。それゆえ、「それは天が悪いからだときめつけたい、この重なりあった山々を片づけてしまいたい(101)」と叫ぶ。修辞的効果に関しては、杜甫のこの詩句と李白の次の二つの詩における誇張表現は似ている。李白は「君のために黄鶴楼を叩き壊そう」と言う。また別の詩では「君山を削り取ってしまうのが好い。湘江の水を、平らやかに敷きのべて流れさせよう(102)」と言う。黄徹は山を削り取るという印象的な描写の入ったこれら三つの詩行を引き合いに出しながら、二人の詩人の詩句にはまったく異なる価値があると考える。高い山並みと大きな河といった自然の障害物に守られた戦略上重要な拠点を占領し、それまで統一されていた国を壊した当地の将軍たちの間で繰り広げられる冷酷で残忍な戦いに対して杜甫は自身の詩の中に悲しみを表しており、誇張した詩的表現が国を破壊する不誠実者たちを守る険しい崖を片づけてしまいたいという思いを示している。黄は、杜甫の詩の意味は裏切り者を排除し宮廷に敬意を表する詩であり、したがって、忠誠心と正義の心に満ちているとする一方で、「叩き壊す」とか「削り取る」といった(李白の)言葉は抑制のない粗野で大げさな言葉に聞こえると論じる。このように、昔の批評家が文学作品について論評するときは、他の何にもまして「意味」というものに注目した(103)。

黄徹がここで意味と呼ぶものは、詩の格調を指すだけでなく、とくに儒教の教えに合致した適切な道徳的意味と政治的意味を指す。杜甫の詩は、詩の中で使われる誇張法が単なる比喩表現ではなく「忠誠と正義」の精神を奨励するという賞賛に値する目的に資するために李白の詩より優れていると判断される。一方、李白の詩にも類似する表現があるが、道徳的美徳や政治的目的に資する姿勢が根底になく、酔っ払いの虚勢にほかならないと見なされる。つまり、詩人が力強い比喩や心に残る情景《イメージ》をもとにどれほど素晴らしい絵を言葉で描こうとも、またどれほど印象的な言い回しを使おうとも、儒教の徳や礼節の考えに適さなければ、有害とまでは言わずとも、無意味と判断されることになる。伝統的な注釈がすべてそのような道徳的批評であるというわけではないが、批評書の多くの部分がそうした批評に割かれ、文学の評価の中心を占めているのは確かである。

孔子自身、『詩書』について次のような解説をしている。「詩経三百篇の詩は様々であるが、三百篇の詩について一言でまとめるならこうだ。それらの詩に『邪な心はなし』[104]」。この解説は明らかに道徳的視点と政治的視点からつけられているが、三百詩が漢代の儒者たちによって道徳的・政治的寓意化が行われたからこそ正典になったのは確かである。孔子はそれ以前からこの詩文撰を道徳と修辞学の教育の入門書と見ており、詩の勉強の目的を、まず「家では親孝行ができ、外では君主に仕える」ため、そして「多く鳥獣や草木の名を知る[105]」ためにあるとした。中国の伝統は儒教の影響を多大に受けているため、批評と言えば昔から大抵、孔子が『論語』で述べた詩の効用と道徳や政治的関心を中心とするものになってきた。劉勰《りゅうきょう》の『文心雕龍《ぶんしんちょうりゅう》』のような重要な評論でさえ、文学の概念とはまずもって「〈道〉を書くこと」であり、儒家経典は、この〈道〉を書き表すこと――形式的にも内容的にも――に対する理想的な模範を与えるものであるとされる。このことを劉勰は「〈道〉は聖人の手によって文様（文）を表し、聖人は文章（文）によって〈道〉を明らかにする」のであり、「文章を用いること」とは「儒家経典の枝葉を用いること[106]」であると言った。要するに、劉勰は道徳、政治に関する孔子の教えに影響を受けて、書くことは〈道〉、すなわち孔子の天道を照らし出すための有益な手段であるという考え方を、『文心雕龍』における議論の出発点と捉える。その後、様々な文学様式をめぐって詳しい議論が始まり、洞察に満ちた論評や批評を展開して中国の古典文学の性質を明らかにしていく。したがって、劉の『文心雕龍』、ならびに他の多くの批評書や解説、論評を読めば、伝統的な中国の批評ではどのように政治と詩学が密接に絡み合っているのかわかる。

　詩の道徳的内容や政治的内容が重視されると、詩人や詩人の意図は道徳や政治の用語を用いて考えられるようになる。孟子は、そうした意図主義《インテンショナリズム》的解釈に対する警告として、批評家は「以意逆志（自分の心をもって詩人の言おうとした精神を迎えとる）」[107] をすべきという有名な言葉を述べた。はるか昔の時代から詩を語りかけてくる詩人の意図を復元するために、読み手は「その古人のいた時代を論じ明らかに」し、「尚友、つまり古に遡って古人を友とする」[108] べきということである。したがって、孟子が詩の解釈者について思い巡らせたように、解釈という仕事とは時代世相を通した全体的理解、すなわち、詩人を血の通った人間としてよく知った上で詩を理解する努力のことである。孟子は、詩人の実際の経験を参照しつつ彼の詩を理解することによって、詩句と再現された詩人の意図あるいは詩人の人生《コンテクスト》が、至極単純な等式で結びつけられるとは考えていない。というのも、孟子は詩の解釈者に向けて、文字が詩句を曇らせてはならず、詩句が詩の趣旨を曇らせてはならないと警告しているからである。すなわち、孟子は文と文脈の釣り合い、字義通りの意味と比喩《フィギュラティヴ》的な意味の釣り合いをとろうとしたのである。

　しかし、後世になると徐々に詩が詩人の意図と等式で結ばれたり、詩と詩人の実際の経験が混同されたりするようになり、多くの批評家が詩を詩人の人生や人格の一種の「注」＝補足説明として読み、詩人の意図を道徳的介入や政治的介入として、単に復元するというよりむしろ、構築するようになった。しかし、中国の伝統的批評では詩を単なる詩人の経験や現実と同一視することはない。詩を、詩人が実際に見たり感じたりしたことの文学的記録であるかのようには読まない。そうではなく、道徳的・政治的解釈によって、「言葉とその意味は別のことを表す」寓意として扱う。これまで見てきたように、それが伝統的注釈者の『詩書』の読み方であり、そのとき、『詩書』の詩に書かれた「言葉」は、道徳的・政治的妥当性に基づく判断基準に対して、諸々の問題を投げかけるものとなり、これによって字義通りの意味を越えた適切な「意味」の構築が求められる。すでに見たように、多くの場合、そのような適切な「意味」が、字義通りの意味がどうであれ、構築される必要があるとされる。『詩書』の寓意的読み方は、他の詩の読み方に大きな影響を与えてきた。他の詩の読みにおいても、字義通りの意味からかけ離れたような道徳的意味や政治的意味を無理やり付与する牽引付会な解釈を時折目にすることができる。詩を政治用語で解釈し、作者が言わんとすることを扇動的な秘密の真意《メッセージ》と捉えることは、深刻で、ときに危険な結果を招くことがある。先に見たように、蘇軾が反逆罪というでっちあげの罪で逮捕された、いわゆる「烏台詩案」がそれである。別の例として、王維《おうい》（六九九―七六一）の有名な詩の読みが挙げられよう。王維は繊細な風景画の優雅さと禅仏教の文字通りの理解と示唆に富んだ言葉による美しい風景の描写を芸術的に融合したことで知られる。彼は偉大な詩人であり優れた画家であり最高の技術を持った音楽家であり道教と禅仏教の思想が含み持つものを自然の美しさとして描き出すことができる思想家であった。王維の代表作の一つである「終南山」を見てみよう。

終南の太乙山は高く天帝の御座に近く聳え、
山々は連なって、とおく東海のはてまでも続いているかと思われる。
山を出てふりかえれば、来し方は一面に白雲にとざされ、
山に近づいて見れば、行く手に見えた翡翠緑《エメラルド》の靄は、いつか消えたように見えなくなる。
終南の山の広大さは、中峯の南北で天の分野を異にし、
多くの谷々は、あるいは晴れたり、あるいはかげったりしている。
この山中に来て、どこか人里に出て、宿をとろうとし、

川を隔てて向こうの岸の木こりに尋ねてみる。(109)

この詩は中国の洗練された水墨画に見られるような美しい山の景色を描いているだけでなく、周囲の雰囲気やまるで生きているかのような動きを伝えている。読み手は詩の流れに沿って、太乙山としても知られる終南山への旅の歩みを追体験できる。詩の語り手はまず遠くから山を眺め、とてつもない高さと海にまで広がる裾野を持つ偉大なる終南山の大きさを感嘆する。遠目からは湿った山の空気が翡翠緑《エメラルド》色の光を放っているようだが、近くまで来ると、色は消えて無（仏教の「アバーヴァ」すなわち非在の概念を中国語で書けば同じく「無」という漢字になる）に帰す。山を登りながら振り返ると、白い雲が四方をすべて閉ざしているように見える。頂上まで登ると、中峯で隔てられた明るい場所と暗い場所と共に山の全景を満喫する。そして最後に、靄の中を下りながら一夜を過ごす宿を見つけようと考え、川の向こう岸から聞こえる木こりの斧の音に導かれ、斧の音以外何も聞こえない静かな森の中で宿を求める。この詩は五言律詩で、色や形、光と闇の印象的な対比、優雅な韻律と調和のとれた脚韻による詩句の自然で滑らかな流れ、木こりの斧と宿を求める人の声の両方が作品の向こう側で響いているような含みを持つ表現などによって、人間と自然が穏やかに交わり一体となっている様が目に浮かぶ。この「終南山」を我々は、人間の情緒（「情」）と自然の風景（「景」）が見事に一体化された詩、すなわち諸物＝対象（客観性）と詩的主観性が共に描き出された詩の優れた一例として読むことができる。このような詩は、古典的な風景詩、とくに王維の作の特徴であり、中国の古典文学において高い評価を受けている。

だが、計有功《けいゆうこう》（一一二六に活躍）によれば、この詩は政治に熱心な文人によって、自然の美しさを描いた詩ではなく、王室の堕落に対する詩人の不安、すなわち狡猾な当時の宰相李林甫《りりんぽ》と玄宗皇帝が寵愛した伝説の美女楊貴妃の兄楊国忠《ようこくちゅう》による権力奪取に対する不安を吐露する隠れた真意を含んだ政治「風刺」として理解された。そのような政治的読みでは、王維の詩は表面的には終南山について述べているものの、その詩が持つ本当の意味はまったく別のものであり、隠された真意、すなわち人里離れた場所に身を隠して差し迫った危険から逃れたいという詩人の密かな思いを表しているということになる。自然について語っていると思われる字義通りの意味を基にして、隠された政治的意味が含まれていると理解されるのだ。『唐詩紀事』には次のように書いてある。

この詩が現在進行中の事件について書かれているという人もいる。「終南の太乙山は高く天帝の御座に近く聳え、山々は連なって、とおく東海のはてまでも続いているかと思われる」の部分は、悪い影響が国と宮中に蔓延しているという意味だ。「山を出てふりかえれば、来し方は一面に白雲にとざされ、山に近づいて見れば、行く手に見えた翡翠緑《エメラルド》の靄は、いつか消えたように見えなくなる」は、悪い勢力は見かけだおしで、実際はまったく大したことがないことを意味する。「終南の山の広大さは、中峯の南北で天の分野を異にし、多くの谷々は、あるいは晴れたり、あるいはかげったりしている」の部分は、玄宗皇帝が特定の人に便宜をはかっているということである。「この山中に来て、どこか人里に出て、宿をとろうとし、川を隔てて向こうの岸の木こりに尋ねてみる」は、差し迫った危険に対する詩人の大きな不安を意味する。(110)

右の解釈は、明確な字義通りの意味の層を、隠された意味という新たな層で覆い、詩全体を寓意化し、終南山の美しい自然の鮮やかな描写を長安の都の宮中における政治的陰謀というまったく別のものに変えてしまっている。このような寓意的読みに付随する問題は、隠されていると推定された意味が王維の詩全体とうまく合致しないことである。この隠されているとされる意味を暗示する詩句は詩のどこにもないばかりか、各々の詩行を読むことで得られる様々な心象《イメージ》に照らして考えてみても明らかな自己矛盾を起こしている。もし悪い勢力が終南山とその規模の大きさで象徴されているのであれば、なぜそれが実体のない白雲や消えゆく翡翠緑《エメラルド》色の靄のように「見かけだおしで、実際はまったく大したことがない」と言われる必要があるのだろうか。もし終南山が悪い勢力を表しているのであれば、なぜ強い恐怖心に駆られ「差し迫った危険に対する大きな不安」を抱く詩人が、終南山で宿を見つけて一夜を過ごしたいと思うのだろうか。先に引用した読みでは、終南山は字義通りには詩人が政治的混乱から身を隠したいと考える静かな場所として捉えられているようだが、寓意的には詩人が逃れたいと思っている悪い勢力として捉えられてもいる。つまり、終南山は、一方で悪として、他方で詩人を悪から守る安全な安息の場所として解釈されているのである。字義通りの意味と寓意的意味が相反するものとなっており、この矛盾ゆえに、ここに挙げた読みは一貫性がなく理解できない。一貫性がなく自己矛盾した解釈は、道徳や政治や宗教と強引に結びつける寓意的解釈法の兆候としてしばしば目にするものである。

　重要な点は、山水詩は政治的寓意として秘密の真意を暗示することができないということではなく、説得力のある寓意的解釈は字義通りの意味を基に作られ、詩の首尾一貫した統一性を尊重しているということである。エーコがアウグスティヌスによる解釈基準を示しながら述べるように、「作品のある部分のいかなる解釈も、その妥当性が同じ作品の他の部分によって確認される場合は受け入れられるが、逆に疑われる場合は退けられなければならない」[111]。この解釈基準に照らして考えれば、王維の詩に対する寓意的解釈はほぼ破たんしている。そこで示した例のように、過剰解釈は原文から逸脱するために説得力を欠く。過剰解釈は、作品あるいは物語言説を構成する諸要素――作品という全体を支える部分としての――を一つにまとめることはないし、一貫した全体的解釈枠の中でそのすべての部分を説明することでもない。実際、意味の全体性と作品の統一性は中国の伝統的な批評において一般に受け入れられてきたものであり、したがって、中国古来の文学研究に従事する何文煥《かぶんかん》（一七三二―一八〇九）のような学者でも、彼自らが編集した詩選集に取り上げた中国歴代の詩に関する様々な批評について論じる際、先に挙げた王維の詩の牽引付会な解釈について「まったく言語道断」[112]と言う。詩はそのような政治的誤読において、ある種の暗号化された真意《メッセージ》のようなもの、すなわち政治的性質を持った危険思想の告白に転化され、文学創作の自主性が認められず罪の潔白も認められない社会に生きる詩人にとって危険な結果をしばしば招く。

　王維の詩に見た過剰解釈の欠点は、漢代における『詩書』の注釈の欠点と同じく、字義通りの意味と寓意的意味との溝、すなわち詩的言語表象《イメジャリ》と作品ならびに意味の統一性に合致しない注釈《メタテクスト》を強引に結びつける点にある。「終南山」を宮廷で皇帝を取り巻く悪い勢力に結びつけることは――『詩書』の淫奔詩の語り手を古代の擬似歴史的人物と同一視するのと同様――道徳的・政治的注釈によって詩の置換を引き起こす。詩を字義通りの意味に従って読むことより、押しつけがましい寓意的解釈が優先され、文学の解釈が隠された道徳的・政治的真意を解読することとなる。詩的言語表象《イメジャリ》の置換は押しつけがましい寓意的解釈にとって必須のものである。たとえば、二本の檜をめぐる蘇軾の詩を政治的目的に沿って読めば、第一章の最後で見た通り、議論の中心は様々な詩的心象――まっすぐ空に伸びた檜、とくに地底で冬籠りをしている龍――が表しているものをどのように探し出すかという問題になる。そうした詩的心象が本当に意味するものを探すことこそが、蘇軾の詩の理解の仕方だけでなく、詩の理解が詩人の実人生に引き起こす結果を左右するのである。神宗皇帝がどのような意図をもって蘇軾の詩を読んだとしても、あからさまに政治的な解釈で宰相がでっちあげた反逆罪から皇帝が救ってくれたのは蘇軾にとって幸運だった。しかしながら、詩人や文人が不運に見舞われる事件は中国の歴史を通して多々ある。政治に深く関わる寓意的解釈が根拠のない批判や罪をでっちあげる手段になったり、無慈悲に人を迫害せんとする陰謀を実行するための有効な駆け引きの道具になったりする。

　そうした危険な政治的解釈は過去の誤った時代の不幸な事例としてだけでなく、我々の時代にも現実として多々あるということを認識することが重要である。後で寓意的読みの政治性を詳しく考察する予定でいるが、王維や蘇軾や正典化された『詩書』の詩に対する偏った読みの例から、字義通りの意味を超えた文学の読み、すなわち寓意的解釈法が審美的価値判断といったことだけに深刻な結果をもたらすわけではないことを確認した。文学は、もちろん、道徳や政治と関連を持っている。そして、文学、ならびに道徳と政治が、いずれも人生の質や道徳的平和、精神的安らぎに寄与しようとしている限り、文学の目指すところは道徳や政治の目指すところと根本的に異なることはない。文学は、人生のあらゆる面から素材を採ることによって再現される芸術ゆえ、そこにはもちろん道徳や政治といった主題も含まれる。したがって、政治的解釈は定義上、文学批評と相容れないことはないが、道徳や政治を考慮する余り、文学批評が詩の置換を引き起こすことには反対しなければならない。文学作品を秘められた動機や秘密の計画に従って字義通りの意味を無視して強引に読むこと、言い換えれば、イデオロギー的解釈や政治的解釈を乱暴に当てはめることには反対しなければならない。

第四章　未来社会の空想図《ユートピア・ヴィジョン》——東洋と西洋

政治的性格を備えていなければそもそも成立しない文学様式があるとすれば、それはユートピア文学——理想社会の心象《イマジネーション》に文学の形式を付与した著述の形態——である。ユートピア文学は社会的空想文学《ファンタジー》と言えなくもないが、ドミニク・ベイカー＝スミス（Dominic Baker-Smith）が論じる通り、それは「政治的空想文学《ファンタジー》」[1]である。さらに、ユートピア文学の本質は寓意である。というのも、ユートピア文学は共通の目的を達成するために社会の諸要素が一定の秩序のもとに有機的に構築された生活様式をめぐる物語であるため、良い社会とはどのようなもので、そのためにどのような原理を必要とするのかといった政治的思想を詳説することを目的に書かれるのが常だからである。したがって、ユートピア文学をめぐる本章の議論では、寓意的解釈《アレゴレシス》というユートピアの解釈法から寓意《アレゴリー》というユートピアの言語表現に力点がいささか移ることになる。たしかに、寓意が、言葉の意味の拡張によって、意味伝達上完結した物語《テクスト》の枠を超えて異なる物語へ確実に変容することを請け合うものであるのならば、意味伝達の制限を超える表現の可能性は、いまとは異なる人間の状況——より良い社会や現実にある様々な制約が取り払われた理想社会への願い――を描いてみせたいと考えるユートピア作家にとって、好奇心をそそられる有効性がある。それゆえ、寓意はそもそもユートピア文学と親和性が高く、加えていまとは異なる人間の状況を可能性として示せば、それは自ずと現状への不満がある程度含まれる批判的提唱となる限りにおいて、ユートピア文学は社会批判、すなわち現実社会の変容と変質を望む寓話となる。

ユートピア願望は人間の本性という、まさに人間が生まれ持った性質に深く根を下ろしているものと思われる。というのも、たとえ何らかの行動を起こさなくても、人生をより良いものにし、いまある限りの資源と能力から最善の状況を手にしたいと思わない人間はいかなる社会にも存在しないからである。ユートピア願望は、したがって、世界中の至るところに存在する。このことを、オスカー・ワイルド（Oscar Wilde）はいかにも彼らしい才知《ウィット》と的確な表現で巧みに描く。

ユートピアが載っていない世界地図など一瞥にすら値しない、というのはその地図には人類が常に上陸を目指している国が省かれているのであるから。それゆえ、人類はある国にいったん上陸しても、あたりを見晴らし、さらによい国を発見して船出するのだ。進歩とはユートピアを現実のものとすることである。(2)

ユートピア願望は世界の至るところにあるばかりでなく、歴史的に常に繰り返されるものでもある。より良い社会は常に今後――常に遠のいていく未来、新千年紀の最後――における可能性として見込まれる。聖書のエデンの園やプラトンの『国家』から、理想社会について記した今日の著作に至るまで、西洋では哲学、文学、政治理論において、最も望ましい社会が長きに渡って想像されてきたという伝統がある。しかしながら、寓意や寓意的解釈をめぐって翻訳可能性の問題に直面したように、ユートピアをめぐっても同じ問題に直面する。ユートピアを理解するには、言語と概念の両翻訳可能性が必須なのだろうか。ユートピアは文化の差という溝を越えて翻訳可能なのであろうか。ユートピアは東洋、たとえば、中国の思想書や文学作品の中にも出てくるのだろうか。中国の書物《テクスト》にもいまの社会とは異なるより良い社会への願望が描かれているのか。こうした疑問に対する答えには、一般的見解の一致がどうもないようである。

「最も厳密な意味において、ユートピアという言葉は一六世紀の始めに登場した」。ロラン・シェアー（**Roland Schaer**）は、近年における最も重要なユートピア研究書に寄せた評論をそのように始める。シェアーはトマス・モアのユートピアの歴史的意義を強調して、「ユートピアの歴史は、もちろんトマス・モアに始まる」(3)と自信たっぷりに述べる。一方、シェアーと同じ研究書に論を寄せているライマン・タワー・サージェント（**Lyman Tower Sargent**）は、ユートピアという言葉をシェアーよりはるかに広い意味で捉えて、ユートピアという主題の源を歴史を遡って探す。サージェント曰く、「どのような文化においても、モアの『ユートピア』（*Utopia*）が現れる以前から、人間の努力によって作ることができるとされるユートピアなるものを考えていたわけではないが、しかし、中国やインドといった国、また仏教やイスラム教の影響を受けた様々な文化圏にはそのようなユートピアが存在する」(4)。ユートピアは、一六世紀のヨーロッパの発明品であるのか、それとも、それよりはるか以前から他文化の伝統にも確認できる定義の緩やかなものであるのかということが本章の関心である――そして、それは再び翻訳可能性の問題でもある。東洋と西洋の異文化研究《イースト・ウエスト・スタディーズ》の視点からこの問いに答える前に、まずは西洋のユートピアについて考えていこう。ワイルドが、人類が「上陸」と「船出」を常に繰り返すとしたユートピア国は、どこにあるのか。それはどのような文脈において出現し、どのような姿をしているのか。まずは、ユートピアをくまなく調べ、最も際立った特徴を見つけた後で、その核となる概念が言語ならびに文化的伝統を分かつ境界を越えるものなのかどうか、様々な証拠と共に議論していこう。

ユートピアと世俗主義

「ユートピアとは欲望されるものの表現であり探究である」。ルース・レヴィタス（Ruth Levitas）はユートピア研究における様々な取り組みやユートピアの定義を渉猟した自身の考察の中で、そう結論づける。「ユートピアの本質的要素は希望ではなく欲望、いまより良くありたいという欲望である」(5)。レヴィタスはユートピアに関する書物を渉猟し、内容、形式、機能を基にしたいずれの定義も局所的に過ぎる傾向があるとし、自身の提唱する緩やかな定義であれば、あらゆる種類のユートピアに適用できると主張する。ユートピアを幅広く包括的に定義しようという彼女の試みは刺激的だが、しかし彼女のユートピア観も局所的でないわけではない。というのも彼女は、「本質主義者」や「普遍主義者」であるといった印象を抱かせそうな事柄——たとえば、人間の本性といったこと——が、自身のユートピア観の基盤にあると思われたくないようなのである。その代わりに、レヴィタスは、自身のユートピア観が持っている構築性を強調する。レヴィタス曰く、「いまより良くありたいという欲望」と言えば普遍的なものに聞こえるかもしれないが、ユートピアは「社会によって解消されることを前提とする『生得的《ナチュラル》』欲求を基底とするものではなく、ある特定の社会とその社会においてのみ可能な、あるいはその社会からもたらされる諸々の充足感を経由して例外なく社会的に構築される必要性と欲求の隔たりに対する反応として生じる社会的構築物である」(6)。しかし、個人を動かす原動力《プシケ》、すなわち人間の本性に何らかの基本的欲求を仮定しなければ、社会的構築物というまさにその概念や比喩は空虚で根拠がないものと考えられよう。そうでなければ、なぜ「いまより良くありたいという欲望」が非常に多くの文化や社会において一様に、頻繁に起こるのかという疑問がそもそも生じる。ユートピアであろうと他のどのようなものであろうと、あらゆる種類の社会的構築物の土台にあるのは何なのか。もっとも、人間の本性という概念と構築性という概念が互いに排他的関係である必要はない。なぜなら、そもそも人間の本性に特有の基本的性質を認めなければ、ユートピア、すなわち

「いまより良くありたい」という思いなど、構築されることはないからだ。

最も包括的かつ魅力的なユートピア研究の一つにおいて、クリシャン・クマー（Krishan Kumar）はルネサンス時代における人間の本性の意味の変化がユートピアの概念にとって最も重要なことと述べる。西洋では、人間の堕落という創世記の物語が人間の本性を考えるための基礎をなす言説となっており、エレイン・ペイゲルス（Elaine Pagels）が指摘するように、初期のキリスト教徒や彼ら以前のユダヤ人たちは最初、アダムの反抗とその恐ろしい結果を、選択と人間の自由をめぐる物語として理解した。ユダヤ人や初期のキリスト教徒は総じてアダムの罪が人類に苦難と死をもたらしたという考えを受け入れたが、ペイゲルスによると、彼らは「アダムが自分の子孫に善いことと悪いことを自由に自己選択できるようにしたのだとも考えようとした。アダムの物語の要諦は、ほとんどのキリスト教徒がそう思っているように、この物語を耳にした人が神から与えられた自由な自己選択能力を誤って用いないように警告することにある」(7)。だが、社会的にも歴史的にも状況ががらりと変わり、キリスト教が迫害対象の秘密教団《セクト》から国家宗教になると、聖アウグスティヌスは創世記の物語をめぐるそれまでの解釈を抜本的に改め、「いい意味でも悪い意味でも、後世の西洋のキリスト教徒に脈々と受け継がれ、主観的思考や政治的思考に重要な影響を与える」(8)こととなった人間の本性に対する分析を行った。

アウグスティヌス、ならびに彼が影響力を持った中世のローマ・カトリック教会は、人間の本性を本質的に悪であるとみなした。禁断の実を食べるというアダムの原罪によって人間の本性は取り返しがつかないほど堕落してしまったと考えられたからである。ヨハネス・クリュソストモス(一)（John Chrysostom）がアダムの行為を個々の行動責任は個々が引き受けるべきという訓戒とみなして倫理的選択と個人の責任を強調したとすれば、アウグスティヌスはアダムを個人としてではなく、すべての人間の象徴、すなわち、人間の本性として捉えたのである。アウグスティヌス曰く、「結び合わされた二人が彼らを罰する神の判決を受け取ったとき、やがて女によって子孫となる人類全体がその最初の人間の中にあった。彼は創造されたときではなく、罪を犯して罰せられたときに、人間として造られたものを生んだのである。少なくとも、罪と死の始原に関する限りそうである[9]」。ペイゲルスは、アウグスティヌスの解釈は人間の自由選択の物語を人間の隷属性の物語に変えている、というのも彼は「生まれたときはもとより、受胎の瞬間から人間は捕らわれの身となっている[10]」と主張するからだ、と述べる。アウグスティヌスによれば、原罪によって汚れた人間の本性、すなわち「根の腐った木のよう[11]」なものから自由なものなど一切生じない。こうした見地に立てば、人間が自ら救われることは不可能で、死後、魂が天上の神に受け入れられるためには、ただイエス・キリストによって罪が贖われることを期待する以外にない。したがって、アウグスティヌスの言う神の国とは、人間の国と正反対のものとして考えられた。アウグスティヌスによれば、この二つの国は「二つの愛が造った。すなわち、神を軽蔑するに至る自己愛が地の国を造り、他方、自己を軽蔑するに至る神の愛が天の国を造ったのである。要するに、前者は自己を誇り、後者は主を誇る。なぜなら、前者は自分から栄光を求めるが、後者にとっては神が良心の証人であり最大の栄光だからである[12]」。アウグスティヌスの神の国は、あらゆる人間社会と明らかに正反対のものである。その本質は物質的なものではなく霊的なものであり、その国は天において実現され地上には実現されない。

この点で、概念としてのユートピアは中世の教会イデオロギーと根本的に異なっている。なぜなら、ユートピアは人間によって現世の地上に作られる理想社会であり、天上の神の楽園とみなされるものではないからである。クマーは「宗教とユートピアは根本的に矛盾し合うものである、なぜなら、概して、宗教の関心はあの世の方に向いている一方、ユートピアの関心は現世にあるからだ[13]」と説得力のある意見を述べる。たしかに、聖書には楽園の物語があるが、この物語の要諦は、アウグスティヌスの解釈に見たように、人間に罪と死の始原を教えることにある。アラン・トゥレーヌ（Alain Touraine）が述べるように、「ユートピアの歴史は地上の人間が天上の楽園という概念を捨てたときに始まった。ユートピアは世俗化の産物の一つである[14]」。いずれにせよ、アダムが神に逆らったために人類はエデンから永遠に追放されてしまったのだから、人間は神の力を借りることなく地上に

料金受取人払郵便

小石川局承認

5361

差出有効期間
平成29年9月
24日まで
(切手不要)

郵便はがき

112-8790

083

東京都文京区小石川2-10-1

水声社 行

御氏名(ふりがな)	性別 男・女	年齢 才
御住所(郵便番号)		
御職業	御専攻	
御購読の新聞・雑誌等		
御買上書店名	書店	県 市 区 町

読　者　カ　ー　ド

の度は小社刊行書籍をお買い求めいただきありがとうございました。この読者カードは、小社
行の関係書籍のご案内等の資料として活用させていただきますので、よろしくお願い致します。

お求めの本のタイトル

お求めの動機

. 新聞・雑誌等の広告をみて（掲載紙誌名　　　　　　　　　　　　　　　　）
. 書評を読んで（掲載紙誌名　　　　　　　　　　　　　　　　）
. 書店で実物をみて　　　　　4. 人にすすめられて
. ダイレクトメールを読んで　　　　　6. その他（　　　　　　　　）

本書についてのご感想（内容、造本等）、今後の小社刊行物についての
ご希望、編集部へのご意見、その他

楽園を建設すればよいと考えるのは、宗教的な観点からすれば、とてつもなく傲慢なことであり神への冒涜以外の何ものでもなかろう。アウグスティヌスが『神の国』で意図したことは、クマー曰く、「地上の国のことに没頭しすぎて天上の神の国から離れていく」ことへの警告であった。もしこの世の隅々まで罪と堕落が行き渡っているのであれば、また、もし人間がみな罪人であるのならば、ユートピアという理念は人間の単なる思い上がりと傲慢さの現れに過ぎないのではないだろうか。たしかに、クマーが述べるように、「ユートピア的理想主義に対しては、そうした見方が中世のキリスト教世界では一般的だった。当時の神学の正統派ではアウグスティヌスの影響が絶大だった。このような『俗世を厭う』という考え方によってユートピア的思索は徹底的に阻止された。そのため、中世はユートピア思想史において、著しく不毛な時代となっている[15]」。

キリスト教の教義に、エデンの園という豊かな想像の楽園、メリオリスト[二]的な人間の改革能力に対する信頼、千年王国という考えなど、ユートピア的要素があることは疑いない。これらの概念はもともとユダヤ教にあったもので、その中のいくつかのもの、とくに啓示と救世主《メシア》予言は、のちにキリスト教において発展し、ヨハネの黙示録の中で人々の心を揺さぶる神秘的な表現で描かれた。預言者はユダヤ人に向かって「終末の日」という黙示録的光景を用いて、世の終わる時の救世主《メシア》到来を説いたが、キリスト教徒にとってはイエスが、すでにこの世に到来し去っていった救世主《メシア》であり、イエスの再臨によってすべての善人が天の神のもとに送られる。聖ヨハネ曰く、「私はまた、新しい天と新しい地とを見た。先の天と地とは消え去り、海もなくなってしまった。また、聖なる都、新しいエルサレムが、夫のために着飾った花嫁のように用意をととのえて、神のもとを出て、天から下って来るのを見た。〔……〕人の目から涙をすっかりぬぐいとって下さる。もはや、死もなく、悲しみも、叫びも、痛みもない。先のものが、すでに過ぎ去ったからである」(ヨハネの黙示録二一、一‐四)。あらゆる苦しみと悲しみが洗い流された至福の現世を求める点で、千年王国という考えはユートピア思想とよく似ている。だからこそ、千年王国の到来を信じる中世や近世初期の様々な教派はアウグスティヌスの正当信仰に対し、かなり本気で異議を申し立てたのであった。クマーが論じるように、千年王国は『地上の楽園』すなわち『新たな地の国』――その非の打ちどころのなさにおいては堕落前の楽園《エデン》の再来と言うべきものであると同時に、来世における天上の楽園をも思わせる――への希望を抱かせる」。それゆえ、まさにこの点において「宗教とユートピアが部分的に重なる。来世における救済という考えが疑われるようになると、現世を――したがって、ユートピアを――蔑視するキリスト教の価値基準はほとんど力を失った」[16]。したがって、「新しい地の国」、「地上の楽園」への期待と共にある千年王国という考えは、極めて宗教的なものでありながら、ユートピア思想の一因になっているのである。

とはいえ、千年王国とユートピアは同じものではない。クマーによれば、ユートピアは特殊な歴史的条件のもとに現れた独特の近代的概念だからである。ユートピア思想の本質は根本的に世俗主義であり、中世の教会やアウグスティヌスの原罪という考えに対立する概念として位置づけられる。つまり、ユートピアは性善説――人間の本性は非の打ち所がないものであることだけは確かだという考え――を前提条件とする。言い換えれば、ルネサンス期の人文主義が『ユートピア』――ユートピアという名称はトマス・モアが一五一六年に発表した同名の作品に由来する――誕生の基本的必要条件の一つとなっているのである。モアは『ユートピア』を執筆する数年前、アウグスティヌスの『神の国』について一連の公開講座を行っていることから、『ユートピア』はある意味で、最も良い生き方をめぐるアウグスティヌスの宗教思想への応答として読むことができる。モアがアウグスティヌスの『神の国』を取り上げた主な目的は、それとユートピアとを対比して両者の相違を示すことであったとジェラルド・ヴェーゲマー（Gerard Wegemer）は説明する。「ユートピアは、一つの国家の名前であると間違いなく言うことができる『最高かつ唯一のもの（政治秩序）である』（237. 38-9）。それに対して、『神の国』は、真の国家がこの地上に時と場所を選ばず建設されうることを否定する[17]（xix. 20-21）」。だが、そもそもユートピアは、モアの構想時から、地上の最高の国家だったのであり、それゆえに現世を超越した霊的存在としてのアウグスティヌスの神の国とは一八〇度異なるのである。したがって、モアは敬虔で献身的なキリスト教徒であったにもかかわらず、『ユートピア』で最も重視されているのが人本主義であるのは明確である。修道院生活といった、キリスト教の明らかな影響に加えて、最も強く光り輝くのは、モアのプラトンへの畏敬の念とカトリック教徒の風刺家となった喜びである」[18]。モアが描くユートピアの住人はキリスト教徒ではなく異教徒であり、異なる宗教信仰を極めて寛容に許容する人々である。

モアの『ユートピア』が出版されて一年が経とうとするとき、マルティン・ルターが「九五カ条の論題」[三]をヴィッテンベルグ教会の正門の扉に張りつける（一五一七）と、カトリック教会とプロテスタントが激しく衝突し始めた。敵意剥き出しの対立と宗教戦争によってヨーロッパは二分されたが、一方で世俗化が急激に進み、社会問題を解決するために教会の仲介やキリスト教の教義が命ずる指示を必要としなくなった。中世の宗教的世界観が力を失ったことは、クマー曰く、「ユートピア文学誕生の必要条件であった」。また、新世界の発見という当時の歴史的事件によって紀行文が流行し、モアの『ユートピア』も紀行文から文学形式の範を多く得た。遠く離れた国の慣習や社会制度は、それが現実のものであろうと想像上のものであろうと、より良くありたいという人々の欲望を常に駆り立てた。クマーは、「こうした紀行文がユートピア文学――ユートピア文学の原型――の素材となった」と指摘する[19]。このことから、新世界の発見がユートピア文学誕生のもう一つの要因になっていると言えよう。

ユートピア文学の誕生は、ルネサンス、宗教改革、アメリカ大陸発見といった歴史的文脈において極めて具体的に定義されうるために、クマーは次のように論じる。「ユートピアは普遍的なものではない。ユートピアは古代ギリシア・ローマやキリスト教の伝統を持つ社会、すなわち西洋にしか存在しない。他の地域にも様々な理想郷や、公平で平等な黄金時代の尚古主義的神話、コケーニュ型[四]の空想、さらには救世主信仰《メシア》まで、比較的豊富にあるが、それらはユートピアではない」。だが、興味深いことに、クマーは中国を唯一の例外とし、「非西洋文明圏において、中国だけはユートピアのような概念が本当にあと少しで生まれそうなところまできている」と言う。とはいえクマーは、中国におけるユートピアの可能性を論じたジャン・シェノー（Jean Chesneaux）の論文をもとに、結局次のように結論づける。大同（調和）や太平（平等）をはじめ、シェノーが注目するすべての観念には、「西洋と似たようなユートピアの宗教的・神話的『先史』こそあるものの、西洋の真のユートピアと一致する『ユートピア』的要素は一つもない。中国ではユートピアという文学形式の伝統のようなものは生まれなかったのである」[20]。クマーは最近出版した著書の中で、中国型ユートピア思想についてさらに議論を展開しているが、その議論は残念ながら、シェノーが一九六〇年に発表した先の論文だけを再び参考にしている。しかも、シェノーの論文の目的はクマーの関心とはかなり異なるところにある。シェノーの論文は、大同や太平、平均（均等化）、均田（土地の平等分配）といった中国に昔からある平等主義の概念を跡づけることによって、中国がなぜ社会主義国になりえたのかということを説明しようとするものである。シェノーは、現代中国の政治状況が理解しやすくなるように、ある一つの文化的・歴史的な流れを提示しようとしたのだ。シェノーは次のように論じる。「東洋に社会主義が出現した。それが外部の影響によって植えつけられたものであったとはいえ、ともかく自ら姿を現したのである。そして、何世代にも渡って人々が心に抱き続けた曖昧模糊とした夢が実現し、形となった。この意味で、東洋にとって社会主義は一般に思われているほど『無縁なもの』ではない」[21]。シェノーが論じるのはもっぱら道教徒と仏教徒、つまり宗教と政治についてであるが、文学作品にも少しだけ言及している。その中には、陶淵明《とうちょうめい》（三六五—四二七）の『桃花源』にある有名な物語や李汝珍《りじょちん》（一七六三—一八二八）の小説『鏡花縁』があり、後者ではシェノーが「フェミニスト・ユートピア」[22]と呼ぶ、女性による統治国家が描かれている。

　もっとも、シェノーの論文は、ユートピアを論じる際の便覧としては物足りない。中国のユートピア思想の源を十分に遡れないうえ、儒教という社会思想・政治思想にほとんど触れられていないからである。クマーはこのような論文から示唆を受けたために、中国の文学的伝統におけるユートピアの全貌を明らかにすることができず、中国にあるユートピア的要素をすべて合わせたとしても「真のユートピア的理想とは似ても似つかない」という怪しい結論に至ってしまった。中国語の翻訳版では、中国のユートピア思想は「ほとんどの場合、仏教の弥勒仏《マイトレーヤ》に関連づけられた救世主《メシア》到来あるいは千年王国の期待が連想される」ともクマーは述べている。したがって、クマーによれば、宗教的信仰のために非西洋文化圏にはユートピアを見つけることができないということになる。「なぜ非西洋圏の社会でユートピアを見つけるのが難しいのか、その理由の一つは、同地域が宗教的思想体系に支配されていることにある」[23]とクマーは言う。しかし、これは、後で論証しようと考えていることだが、中国の現実を正しく捉えていない。とはいえ、私が強調したい点は、クマーが間違っているとか間違った情報を手にしているといったことではなく（第一、クマーは、中国のユートピア思想に主な関心を抱く中国研究家ではない）、ユートピアの本質ならびにユートピアが世俗的思考と密接な関係を持っているというクマーの説得力ある議論である。事実、この議論を礎にして、中国にもユートピア思想があることをまざまざと知ることになる。クマーは世俗主義がユートピアの必要条件と考えているのだが、彼はこの必要条件が東洋にはないと見ている。しかし、我々は後で、儒教の影響で中国社会は昔からどのような宗教的思想体系の支配も受けてこなかったこと、それゆえ、世俗主義が中国文化の極めて顕著な特徴であることを議論していくことになるであろう。そうした仮定と共に、中国の文芸様式におけるユートピアの可能性を調査し、概念としてのユートピアが東洋と西洋の文化的差異を越えて翻訳可能か否か、すなわち、ユートピア的欲望が中国の伝統において言語化されているか否か、次に探究していくことにしよう。

儒教におけるユートピアの傾向

世俗主義がユートピアの必要条件であるのならば、中国の伝統と儒教はとくに、中世ヨーロッパのものとまったく異なる世俗文化の雛形を示すことになるであろう。『論語』に窺い知れるように、孔子は死後の世界ではなく日常生活の現実にもっぱら関心を持っていた思想家である。『論語』にある一節、「孔子は、怪談や、武勇伝や、乱倫背徳のことや、鬼神霊験などについては、あまり語るところがなかった[24]」を読めば、孔子の理性主義の一端が見えるであろう。もっとも、神や霊に対する孔子の態度には相反する面があった。というのも、孔子は、宗教儀式に参加するときには「あたかもその先祖がそこにいるかのように恭敬の誠を尽くし、神を祭る場合は、神様が目の前に出現されているように敬虔[25]」であるべきとしているからである。こうした孔子の曖昧な態度は、彼の弟子である季路《きろ》[五]（前五四三―前四八一、あるいは前五四二―前四八〇）が神や死者の魂にどのように仕えたらよいのか尋ねた時の言葉からも明らかである。季路が問うと、孔子はすぐに彼の問いそのものを退け、単刀直入に「まだ人に事《つか》えることができないのに、どうして神霊に事《つか》えることなどできるものか」と答えた。そこで季路は死について尋ねると、孔子は、「まだ生きるということもほんとうに知らないで、どうして死ということがわかるものか[26]」と答えた。死をめぐる問いはほとんどすべての宗教における中心的な関心事であるが、孔子は天国や黄泉の国で起こることより、いま・ここのことに関心を持っていた。

神や霊に対する孔子の世俗的態度、理性主義的姿勢についてはこれまで多くの研究者が指摘してきた。孔子の時代の宗教的思索や哲学的思索の考察において、馮友蘭《ふうゆうらん》は「孔子は神や霊の存在についてかねてから懐疑的であった[27]」と論じている。また、周予同も、神や霊の存在に懐疑的である一方で儀式を全否定しなかった孔子について、宗教儀式は「自分の道徳哲学を補助するものとして用いた」と指摘する。「したがって、孔子や彼を祖とする儒学者の行う祖先崇拝や、儀式における天地への供物は、上世や歴代の王への敬意を誘発し、個人倫理や社会倫理を完成するための儀式だったのである。それゆえ、孔子の儀式への言及は、古来の御霊《みたま》信仰の範囲を超えて宗教心理学をうまく応用したものとなっている[28]」。儒教の世俗志向に注目する中国学研究者も少なくない。レイモンド・ドーソン（Raymond Dawson）によれば、「孔子が最も関心を持っていたのは人間を道徳的に導くことであり、彼の最大の特長はその人間味にある。もし、孔子の目指すところが現世における楽園の再建であったならば、信仰の対象となる可能性はほとんどなかった[29]。ここで言う「楽園」とは、聖書のエデンの園のことではなく、文王が統治した周王朝という実際にあった古代の王国のことであり、孔子はその当時の社会を道徳実践と政治実践の完璧な見本と考え理想化した。「私は昔から伝わっている先王の道を述べ伝えているだけであって、新しく作り出すことはしない」と、孔子は謙遜しながら言う。「その先王の道の正しいものを正しいと信じ、愛好すべきものを愛好している[30]」。孔子は文王統治下の古代周王朝をとくに賞賛したのだが、そうした太古の輝かしい時代への郷愁、すなわち古の聖人君主たちの仁愛に対する崇拝の念が、中国の伝統においては失われたエデンの園に相当するようなものとなっている。本質的な違いは、それが原罪や信仰の分派とは無関係な点にある。

孔子にとって、太古の理想社会に戻る方法は信仰や神の導きによるのではなく、終末の日や再臨を待つのでもなく、現世におけるいま・ここで人間が懸命に努力することにある。言い換えれば、各々が努力して道徳的存在（人間）となることによって、失われた黄金時代の精神文明が再現される。かつての黄金時代の文明復興の究極的目的は、非の打ち所のない世界が未来において成就することである。それゆえ儒教で理想とされる過去は、単に指を銜えて懐かしんだり憧れたりするだけの黄金時代ではない、つまり、決して取り戻せない過去ではない。それどころか、理想とされる過去は現実の社会生活において重要な位置を占めている。それは現状を判断・批判する尺度となり、実際、尺度として用いられる。すなわち、太古の楽園をめぐる言説には常に批判機能があるのだ、というのも、それは質の面から見た生活水準――それゆえに足らないもの――をも測定する尺度として役立つ理想社会の社会的寓意になるからである。

これに関連して、なぜ孔子の教えの最後には、弟子との会話の中にはっきりと確認できるように、かなり頻繁に扇動的な言葉が付加されるのか、その意味が理解できる。孔子のお気に入りの弟子、顔淵《がんえん》が、師の説く最高の徳目である「仁」をどうしたら実践できるのかと問うと、孔子は次のように答えた。

心では自分というものを引きしめ、外部は先王の定めた社会の規則に従うことが仁である。こうした克己復礼で、人がただ一日だけでも仁を行うことができたら、その影響は広く行き渡って、天下の人々が皆仁徳に向かい、仁に心を寄せるようになるであろう。己の身勝手に打ち勝って自分が礼を実践しうるようにすることは、結局、自分の力によってできることである。それは他人の力に俟《ま》ってできるものなのか。(31)

儒教の教えでは、個人が自制心をもって努力し、先王の定めた社会の規則に従うこと、さらに重要なこととして、神の力を借りるのではなく人間の努力によって理想社会を目指すことこそが社会を幸福にするとされる。おそらくこの点において、儒教の世界観は西洋人の楽園願望や失われた黄金時代へのギリシア人の郷愁と異なっているであろう。もちろん、孔子もしばしば天や天命に触れた。これは儒教にも宗教的思想や超越的思想があったことを示すが、しかし、儒教が昔から多かれ少なかれ神の領域ではなく俗世の社会的倫理的問題に関心を持ってきたことは間違いない。こうした伝統があるために、中国文化は異なる宗教の信仰に寛大かつ寛容であり、とくに世界の他の多くの文化と比較するとき、様々な点で比類なき世俗主義が見えてくるであろう。(32)

「ユートピア古典文学の中で原罪という根本原理を攻撃していないものはない、ということだけは確かに言える。ユートピアは常に、人間が生得の力だけで、『ただ自然の光（理性）によって』到達しうる道徳の高みを表している」(33)。これは、自分の力によって、つまり「生得の力のみを用いて」仁に帰する人格者をめぐる孔子の考えにあてはまりそうだ。その基底にある考え——すなわち、その社会的寓意の核心——は、人間の本性への信頼、すなわち道徳力と非の打ち所のなさへの信頼である。もちろん、こうした信頼は儒教の伝統にしっかり根づいたものだ。孔子は「人間の生まれついた天性は、大体似たり寄ったりで、そんなに差がないが、その後の習慣教養で、善悪賢愚の隔たりがだんだん遠くなるものだ(34)」と言い、人間の本性を良いものとも悪いものともはっきり言わないが、適応性については認めている。孔子の関心は概して、人間の本性より、様々な現実の社会的側面おける人の生き方にあった。弟子の子貢は「先生が文章、すなわち、人の身にあらわれる徳や、国家の礼楽制度について語られたことは、常に拝見し、また拝聴することができたが、先生の人性論や天道論について語られることは極めて稀で、容易に聴くことができない[35]」と記している。

しかし、中国の多くの注釈者は、孔子はかねてより人間の本性を善であると考えており、その点では、孔子と孟子という歴史上の偉大な二人の思想家の間には、たとえ一〇〇〇年を超える隔世があっても、何の違いもないと主張してきた。先に引用した子貢の発言について劉寶楠《りゅうほうなん》は次のように述べる。「人間の善性という考えは最初、孔子が口にしたものだ。孔子が『人間の生まれついた天性は、大体似たり寄ったりで、そんなに差がない』と言ったとき、人間は異なる性質を持っていてもみな善人であるということを意味したのだ[36]」。さらに劉は、孟子を引き合いに出しながら、孔子の発言に次のような注釈をつけている。「そのとき、子貢は他の弟子たちとあれこれ上辺だけの議論をしていたために、孟子は人間の本性は善であるとはっきり言う必要があると考えたのだ。一方、孔子は、人間が持って生まれた天性は、大体似たり寄ったりで、そんなに差がないと言うだけだった。というのも、彼は人間の天性ではなく習慣や躾といったことに目を向けさせようと思ったからである。そのようなわけで、孔子は人間の本性が善であるとわざわざ口にする必要がなかったのである[37]」。人間の本性に対する古代中国人の考え方をめぐる現代の議論に目を向ければ、徐復観《じょふくかん》もまた「人間の生まれついた天性は、大体似たり寄ったり」という孔子の発言にある「天性」という言葉には悪ではなく善の意味があったはずで、「孔子が人間はみな似た天性を持っていると言うとき、その性質を良いものとして述べていたはずである[38]」と言う。いずれも、孔子が実際に人間の善性を信じていたとする論証としては物足らないとは思うが、中国ではこのような解釈や注釈が孔子の言葉の理解に大きな影響力を及ぼしてきた。

儒教の伝統では、人間の本性が善であるとはっきり説いたのは孟子と考えられている。彼のこの考えは、劉寶楠の注釈にある通り、告子《こくし》との議論にも見てとれる。告子は、水がどの方向に流れていくのか予想できないのと同じように、人間の本性は善とも悪とも言えないと主張した。彼は水の流れは地理的な条件によって東にも西にも流れていくと述べる。しかし、孟子は告子の水の比喩を拝借し、視点を水平方向の流れから垂直方向の流れに変えて、水の本性は下に流れるものではないかと切り返した。孟子曰く、「人の本性は生まれながらに善である、水が必ず低い方へ低い方へと流れるのと同じことだ。本来善でない人間はない、低い方へ流れない水などないように」[39]。この世にはもちろん悪もあるが、孟子は人が悪に走るのは過酷な環境や状況のせいであり、人間の本性が悪であるからではないと主張した。機械を用いれば水がその本性に反して上に向かって流れることがあるように、人間も犯罪や悪事に走ることがある、と。孟子によれば、人間には誰でも「四端《したん》」の心、すなわち、「惻隠」(哀れみ深い心)、「羞悪」(恥を知る心)、「辞譲」(辞退して人に譲る心)、「是非」(正を是とし、不正を非とする心)という四つの心の萌芽がある[40]。つまり、人間の本性には善性が根を張っており、しっかり育てれば善性が申し分なく発揮される。中世のキリスト教は人間を罪の子と見たが、孟子にとっては「人は誰でも皆、尭・舜のような聖人になることができる[41]」のであった。「根の腐った木のよう」という人間の本性に対するアウグスティヌスの認識を思い出すとき、右に見たような儒教の楽観的人本主義と原罪という中世のローマ・カトリック教会の重苦しい考え方との間には根本的な違いがあることが認められよう。

もっとも、ユートピアにとって重要なことは、人間の本性が善であり完璧であるという考え方より、むしろ人間の本性から生まれる社会的・政治的見解にある。孟子は、人間の本性は善であるという考えを根拠にして「仁政[六]」を主張した。彼が理想社会として思い描いたものには伝統的なユートピアの特徴がはっきりと見られる。その社会では、絹の服を着て肉を食べ、年少者はよくしつけられ、年長者は働き過ぎる必要がない[42]。当時の現実——戦国時代——は、孟子が想像したような田園風景の広がるユートピアでの素朴な暮らしからは程遠いものであったことだろう。孟子の目の前には悲惨な光景が広がっていた。「王の台所には肥えた肉があり、厩には肥えた馬がつながれている。しかも、民には飢えた気配があり、野には飢えた行き倒れがある。これは民の食うべき食物を獣が食っているからで、獣を率いて行って人を食《は》ましているようなものだ[43]」。最後の比喩はモアの『ユートピア』にある論評にとてもよく似ている。『ユートピア』に描かれている、イングランドにおける羊毛取引拡大に向けた牧場確保を目的とする土地の「囲い込み」の様子は、読者に鮮烈な印象を与える。ラファエル・ヒスロディ（作品の語り手）は「イギリスの羊は元来おとなしく小食な動物なのですが、最近は、なんでも途方もない大喰いで、そのうえ荒々しくなったそうで、そのため人間さえもさかんに喰い殺しているとのことです[44]」と言う。孟子の場合もモアの場合も、動物が人間を喰い殺す姿が平和と調和に満たされたユートピア社会とはっきり対比されており、したがって、いずれの場合のユートピア像も現実の社会計画ではなく、社会批判の役割を担っている。社会的寓話としてのユートピアは、現実の状況を判断し不十分なところを見つけ出す物差しとして提示されるのである。

孟子の「仁政」は結局、一つの理想、言い換えれば、公平で善良なる社会を思い描く単なる空想《ファンタジー》に留まった。孔子には優秀な弟子が何人もおり、おのおのが道徳的・政治的理念を現実のものにしたいという孔子の願いも同じだった。孔子には優秀な弟子が何人もおり、儒教教育を細目に従って完璧に施せば、王や皇帝の助言者を務め、道徳的成熟と政治的調和を中国の至るところで実現してくれると期待できる人ばかりだった。こうした期待は、ある意味で、かのプラトンの哲人王思想に似ていなくもないが、自分の考えが現実離れしていることにはっきりと気がついたプラトンと同じく、孔子も自分が時代の気質に合っていないことを自覚する。プラトンは、哲学者が王になるか、もしくは、王が哲学の研究をすべきという自分の考えが「まさに矛盾というこのうえなく大きな波にたとえられ」、「嘲笑と軽蔑の大波で我々を押し流してしまう[45]」と認めざるをえなくなる。孔子の場合は、王国を渡り歩き、自分の政治思想の価値を統治者に説いていこうと考えるが、うまくいったことは一度もなかった。ある門番は孔子という人物を、「世の中がどうにもならないと知りながら、なお且つやろうとしているあの人[46]」というふうに描写したが、この言葉はいまもなお我々の間ではよく知られている。落胆と挫折を繰り返し味わえば、聖人でも耐え難くなるのだろう。

孔子でさえも時折不平をこぼした。自分が生きている時代におのが道徳思想と政治思想を実現できず、苦難と挫折を味わった孔子は、少なくとも苛立たしい思いに駆られるときなど、空想に逃避し、非現実的な期待を持って、突如空想の土地、すなわち、孔子の教えに適うより良い社会の実現が少しでも叶いそうな、人知れず遠い土地を求めたはずだ。

それこそが、『論語』の中で孔子が「道義の行われない乱れた中国にいる気はしない。小さな桴《いかだ》にでも乗って、海の外へ行ってしまいたいものだ[47]」と溜め息交じりに述べる箇所である。孔子は具体的にどこへ行きたいと言ったわけではないが、中国古来の詳しい注釈には、孔子が東方の朝鮮半島のどこかにある「九夷《きゅうい》（東方の未開人）」が住む地に向かった可能性を裏づけなしに指摘したものが少なからず見られる。彼らによると、「他の三つの方角に住む人々と異なり、九夷には他人の影響を受けやすい性質がある」。孔子は「筏に乗って九夷に到着したと思われる。なぜなら、その国は古の中国の聖人たちが身につけていた道徳に感化され、〈道《タオ》〉が普及したからである[48]」。つまり、九夷には、他の三つの方角に住む未開人と異なり、孔子の道徳的影響を受けやすい性質があったということである。

『論語』にある他の似たような箇所、たとえば「孔子が、乱れた世を厭う気持ちから、えびすの国にでもおろうか、と言ったことがあった」という箇所について、劉寶楠は次のように言う。「筏に乗って海の外に行くといった類の発言は、すべて朝鮮半島のことを指している。孔子の教えは中国で受け入れられず、朝鮮半島には仁と善の影響が及んでいたため、海の外で〈道〉を広めたいと考えたのだ[49]」。劉は『論語』の読者が、「海の外へ行ってしまいたい」という孔子の願望を「欲居九夷（人里離れた場所に隠遁する）」という現実逃避主義者の願望、すなわち、自然の美しさを愛でながら社会的責任から逃れて世捨て人のように生きたいという中国の文人の間で非常によく知られた願望とは無縁のものだと確実に理解させたいと考える。たとえ孔子が中国を後にして東方の地にいる素朴な未開人と一緒に暮らそうと言ったとしても、中国で無理なら、せめて海を隔てた遠いどこかの土地で「道義が行われる」はずだと孔子は期待したのであると。[50]

こうした注釈は単なる推測の域を出ないものであるかもしれないが、非常に興味深い点がある。孔子の時代の朝鮮半島が異国情緒豊かな「外国」であったことはたしかであり、モアが構想したユートピアやフランシス・ベーコン（Francis Bacon）が科学的かつ文学的想像力によって生み出したニュー・アトランティスとどこか似たような空想社会を思い描きやすい土壌があった。そこに住む人々は野蛮で原始的ではあるが、人の手が入っていない自然の中で純粋無垢に生きている。正しく感化し教育すれば、彼らは孔子の考える社会思想・政治思想を実践する人間になれる。モアは、ユートピアの歴史を述べる件《くだり》で、土地の征服者ユートパスが「粗野な住民の教化に努力し、彼らの生活様式や文化や市民的教義を現在殆ど世界に類を見ないくらい高度なものに引き上げた」と言う。[51]これは、孔子の『論語』に付された旧来の注釈にある「九夷」の想像図に確かにとてもよく似ている。なるほど、孔子も孟子もユートピアの全体像を言葉で描かなかったが、彼らの教えには紛うことなきユートピア的特徴が見えるときがある。我々は、孔子が筏に乗って海の外に行きたいと言ったり、中国から遠く離れた場所で未開人と暮らしたいと言ったりする箇所や、それらの箇所に道徳的意味や政治的意味を強調する注釈から、ユートピア建設に最低限必要な材料をすべて入手した。それは想像上の航海、海の外にあるいまだ発見されぬ未踏の謎の地、そして、いつの日かこの地上に理想の社会が実現するのではないかと思わせるほどに極めて優れた順応性を持った、高貴な野蛮人《ノーブル・サヴェージ》のごとき純粋で素朴な未開の土着人の存在である。そこでいま必要となるのは、これらすべての要素＝材料をある種の語り、すなわち記述として一つにまとめるための文学的想像力、非の打ち所のない理想社会を描き出すための文学的想像力である。

文学における変種

中国文学で幸福の地＝楽土、すなわち理想社会への欲望を詩という形式で最初に表したのは、おそらく『詩書』の「碩鼠《せきそ》」(七)であろう。この詩には楽土の詳細な記述がないため、これぞまさしくユートピア文学であると明言することは難しいが、ルース・レヴィタスの見解、すなわち、ユートピアの本質的要素は「いまより良くありたい」という基本的な欲望であるという意見に同意するのであれば、この古代の短詩には、まさしくそうした欲望がはっきりと表現されている。(52) 詩の第一連は次のように始まる。

大きなネズミよ大きなネズミ、私の黍《きび》を食い荒らさないでくれ
長い間お前に勝手気ままにさせたのに、私を気にかけてくれようともしない。
お前たちのもとを去り、(よく治まった)楽土へ行こう
楽土よ楽土、そここそ私の落ち着き場所。(53)

この詩は、言葉を少しずつ変えた詩行を繰り返す連が複数ある典型的な民間歌謡の形式を持つ。「楽土」がどのようなものなのか描写がないが、この素朴な詩はまさに現状への不満を声にしたものであり、海を渡って九夷の暮らす土地に移住したいという孔子の思いのごとく、いま・ここから逃れて、どこか別の場所にもっと良い社会を探し求めたいという欲望を語っている。旧来の注釈では、この詩は統治者の「貪欲さ」と「重税」を批判する政治風刺であるとともに、「君主を見捨てて、幸福と徳のある地に行きたい」(54)という欲望を表したものでもあると言われる。つまり、昔からこの詩は、目の前の現実を離れて、楽土でいまより良い暮らしがしたいという思いを述べた社会風刺、すなわち、一種の政治的寓話として読まれてきたのである。『詩書』は儒家経典の一書であるため、「碩鼠《せきそ》」は中国のユートピアを描き出す想像物語の中でも重要な位置を占めていると言ってよかろう。

太古の民間歌謡から、今度は三国時代の有名な政治家であり詩人でもある曹操《そうそう》(一五五―二二〇)の詩に目を移そう。曹操は「対酒」と題した詩の中で、孟子をはじめとする数多の古典に依拠し、これぞまさしくユートピ

ア的想像と言えるものを描いた。彼は、「兵役や税金取りの役人などやってこない」太平の社会を想像した。権力を持つ人間はみな「賢明」で、民衆は役人に報告されるような「争いを起こすことはない」。倉庫は穀物であふれ、老人に重い荷を背負わせることもなく、人々はみんな家族のように接する。「道に落ちているものをネコババするような人もなく」、牢獄には誰もいない。そして、最後は「恩恵は広く草木や昆虫にまで及ぶのだ[55]」と仁が人間界さえも越えてあまねく及ぶという明るい調子で締め括られる。しかし、現実社会における曹操の経験は、彼が想像したようなユートピア社会とはまったく異なるものであった。彼は幾度となく武力遠征に出かけ、数え切れないほどの戦争や争いを経験し、刀を交え戦火をくぐり抜けて魏の基盤を作ったのだった。曹操が他の詩で描いた恐ろしい戦いの場面と比較すれば、先に見た彼の詩のユートピア像の真価がさらにわかるであろう。ある哀歌で、曹操は漢朝の権力をもった役人たちを「何進の如きは猿が冠をかぶっているようなものであり、知力が少なく謀略のみが大それている[56]」と描写した。別の詩では、様々な対抗勢力が利益を求めて繰り広げる争いや戦争によってもたらされた悲惨な状況について述べる。

混乱が長く続き鎧兜にシラミがわき、万民が死亡した。
白骨は野に晒され、千里四方鶏の声すらなく
生民は一〇〇分の一を遺すだけとなった。このことを思うと断腸の思いである[57]。

曹操の描くユートピアが戦争という残酷な現実から逃れて平和と幸福を見つけたいという切なる思いから生まれたのは明らかである。それは、彼が現実の世界で経験した惨状の恐怖から想像力によって逃れようとしているようなものである。したがって、ユートピア的寓話に欠かせないのは理想と現実の食い違い、すなわち、社会の現実への不満といまより良くありたいという欲望である。

中国古典文学の中で、具体的な描写の伴う最も有名なユートピア文学と言えば、何といっても陶淵明（三六五―四二七）が書いた『桃花源』に収められた優美な物語である。この作品は曹操の詩の二〇〇年ほど後に書かれた。『桃花源』は、現世から隔絶された平和と調和に溢れた社会を垣間見させてくれる。この秘境は、武陵生まれの漁師によって発見される。漁師は、他の多くのユートピア譚と同じく、狭い道を通って世俗の社会から人里離れた別世界に辿り着く。漁師の桃花源発見を陶淵明は優美に描く。それ以来、桃花源は中国文学の伝統における理想社会の古典的象徴になった。

谷川の流れに沿って行き、どれほどの道のりを来たのか、突然桃の花咲く林に出逢った。両岸数百歩の間、他の木はなく、芳しい草が鮮やかに美しく、散る花びらがはらはらと舞っている。漁師はとても不思議に思い、さらに進んで林の奥を見きわめようとした。林は川の源で終わり、そこに一つの山があった。山には小さな洞穴があり、そこからほのかな光が射しているように思われる。すぐさま船を乗り捨て、その口から入って行った。はじめはとても狭く、人一人やっと通れるほどであったが、さらに数十歩進むと、突然目の前はからりと開けた。見れば土地は平らかにうち広がり、家々のたたずまいもきちんと整い、よく肥えた田、美しい池があり、桑や竹などがうわっている。道は四方に行き交い、鶏や犬の声が聞こえて来る。そこここに行き来し畑に働く男女の着物は、まったく外部の人のそれと変わりなく、白髪の老人もおさげの幼児も、みな喜ばしげにそれぞれ楽しんでいる。(58)

モアのユートピアと同じく、桃花源の共同体は水や山、深い森によって他の世界から隔絶されており、漁師が細い道を辿った末に発見する。その地に着くと、漁師は外の世界とは明らかに対照的な自給自足の自治行政社会を目にする。漁師に対し、住人たち曰く、「先祖のものが秦の世の戦乱を避けて妻子や村人を引き連れ、この人里離れた大地に来た。以来、ここから一歩も出ず、こうして外界の人々とは隔たってしまった。それから彼らは、いまは一体何という時代なのかと訊く。なんと、漢という時代のあったことを知らず、魏や晋は言うまでもない」[59]。時間経過の感覚がないというのはすべてのユートピアに顕著なことである。なぜなら、ユートピアは変わることのない幸福な社会、滅びることも改良の必要もない完璧な社会状況と考えられるためである。漁師は、外界から迷い込んだ闖入者として、外の世界のいまの現実とそこから隔絶された桃花源とを繋ぐ存在である。彼は、時というものがないユートピア社会とは対照的な変化と有限の世界からやってきた男である。「外人（外の人＝外の世界からやって来た男）」として、彼は注目の的となり、すべての家族から食事や酒に招待され、その間、彼は家族の長たちに戦争や苦難、王朝交代といった外の世界の話をする。

数日後、漁師は別れを告げると、秘密の楽園の外に住む人々にこの場所のことを言わないでほしいと言われる。しかし、漁師は楽園を出て自分の船を見つけると、来た道を辿ってあちらこちらに目印をつけ、村の役人にこの道のことを伝える。これは、漁師が誓った約束を反故にしたことを意味するだけでなく、永遠に変わることのないユートピアの完璧な状況に時間と変化という脅威が訪れることをも意味する。ユートピアが失われないようにするため、物語は謎めいた形で幕を閉じることになる。複数の人間が漁師と共に人里離れた桃花源の捜索に向かわされるものの、桃花源は跡形もなく消え、二度と発見されることはなかった。以来、桃花源は中国の文学的想像において常に人々の興味をそそる夢幻、すなわち、見慣れた世界の外にある理想社会の元型として残り続けている。

鍾嶸《しょうこう》（四五九—五一八）は世に知られる『詩品《しひん》』[八]の中で、陶淵明を「古今隠逸詩人のおおもと」[60]と述べる。しかし、陶淵明は『桃花源』で、よくある「隠逸詩」、すなわち、魂や不死をめぐる個人的な空想の類を書いたのではなかった。それどころか、彼が書いたものは紛れもない農村であり、素朴で汚れのない心優しい人々が集う共同体であった。彼は次のような詩を添えている。

彼らは互いに励ましあって農耕に従事し
日が暮れると思い思いに休んだ。
〔……〕
春には蚕から長い糸をとり
秋の実りには税を取られることもない。(61)

四世紀の中国の詩人にとって、王の金庫に税を納める必要のない平和な社会を思い描くことなど、控え目に言っても、かなり大胆な空想であった。後に多くの詩人が陶淵明に感化されて桃花源の亜種を書いたが、そのほとんどの詩において陶淵明の『桃花源』にある極めて重要な要素が失われた。陶淵明が書かなかった「隠逸詩」の類に主題がすっかり変わってしまったのである。桃花源は不老不死の人間離れした存在が住む理想郷になった。たとえば、唐朝の詩人、王維《おうい》は「桃源行」という詩で住人を次のように描く。「初めに彼らは世俗から逃れるために、人間界を離れた／彼らは仙人になったと言われ、世俗には二度と帰ることはなかった」。漁師が再び道を辿って秘境を見つけようとすると、「春が来て、あたり一面の水面に桃の花びらが落ちて広がっている／だが、仙人の住む所はどこにあるのかわからない(62)」。王維の詩では、漁師という姿をとって不老不死を求める痩せこけた道教徒を表しているのは目に見えて明らかであり、ひっそりとたたずむ桃花源は、現世から隔絶された人間社会ではなく、漁師が神話上の仙人たちに束の間出会うことができる御伽話の世界になっている。

さらに唐朝の詩人、孟浩然《もうこうねん》（六八九―七四〇）は、陶淵明の漁師が神秘的な桃花源を見つけたと思われる武陵についての詩を書いた。ここでも、ありふれた現実世界から離れた仙人の世界が強調される。

武陵の川路は狭く
前棹入花咲き乱れる林に入る
川の源にある人里離れた場所の
どれほど奥深くに仙人が暮らしているのを誰が知ろう。(63)

桃花源を主題とする亜種の別の例として、劉禹錫《りゆううしやく》（七七二—八四二）は陶淵明が書いた素朴な村人たちを仙人に変え、漁師の発見をさらに印象深く神秘的に描く。

洞窟は靄が立ち込めて薄暗かった
だが、数歩中に入ると霊妙な光が現れた。
仙人の子たちは俗人を見て驚き
ここに至るまでの道をどうやって見つけたのかと尋ねる。
まもなく緊張も解け、笑みを浮かべて
俗人の世界について訊いてきた。

劉禹錫は詩の最後で、汚れなき優美なおとぎの国と人間の執着心で濁った世界を対比してみせた。

桃花が渓流に満ちて水は鏡のように光る。
塵心は垢のようにこびりつき、水で洗っても拭えない。
仙人の家をひとたび出たら、尋ねようにも跡形もない。

いまに至るまで水は流れ、山は幾重にも重なり深く閉ざしている。[64]

「鏡」のように光る水と「塵心」は仏教でお馴染みの比喩表現であり、この比喩によって陶淵明が描いた本来の桃花源は見覚えのある人間の社会から人間界を超越したおとぎの国に効果的かつ根本的に変化している。劉禹錫の詩では、陶淵明の素朴な田園風景の広がるユートピアが意味の面でも趣旨の面でもまったく異なる場所になっているのである。

陶淵明の書いた元々の主題が後に書かれた詩の中で歪曲されていると指摘したのが宋朝の偉大な詩人、蘇軾《そしょく》である。「世間に広く出回っている桃花源の伝説のほとんどが、陶淵明の『桃花源』を誇張して歪曲してしまっている。『桃花源』をじっくり読めば、昔の人々が秦の始皇帝の圧政から逃れて桃花源にやってきたとしか言っていない。そうであれば、漁師が出会った人々は彼らの子孫ということになり、秦の時代から生き続ける仙人ではないのだ[65]」。蘇軾はこのように指摘して、桃花源は人間社会であり、神話上の世界でも仙人の世界でもないと批判する。蘇軾と同時代の著名な詩人で政治改革者でもある王安石《おうあんせき》は、中国文学の伝統において陶淵明の『桃花源』にあるユートピアの主題を正しく発展させた数少ない人物の一人である。彼の「桃源行」は陶淵明の『桃花源』の続編としてふさわしいものであり、平和な社会という理想と、戦争と暴政が繰り返される現実の対照がより際立った作品となっている。王安石の「桃源行」は秦始皇帝の圧政の描写から始まる。「秦の人民の半分は長城の下で死んでいた／商山の老人たちだけでなく農民たちも／戦乱を逃れ桃花源に隠れようとした」。ここでは万里の長城の建設が秦の始皇帝の圧政の証拠として喚起されている。というのも、長城の建設は強制労働ならびに多くの人々の命を犠牲にして遂行された事業であったからだ。陶淵明に従い、王安石はそこで暮らす農民たちの先祖が、「商山《しょうざん》四《し》皓《こう》」[九]として知られる仙人のように、耐え難い暴政から逃れて身を潜める秘境を見つけたとする。王は、それから彼らがどのように人目を忍ぶ生活を送ったのか、次のように述べる。

ここへやって来て桃を植えてから幾たびの春を経ただろうか。
花をつみ実を食べ枝を薪にした。
子孫が生まれて育っていき世間と隔絶してしまった、
父と子という関係はあるが君主と臣下の区別はない。

陶淵明の詩では、桃花源の農民たちに収穫した作物への租税は課されなかった。一方、王安石の詩の桃花源は、住人たちが互いの血縁関係だけを認識しているように、統治者と被統治者、王と臣民といった階級制度ではなく、もっと基本的な制度によって組織されている。桃花源と外界の境界線は、外界の人々が秦朝の恐ろしい過去などほとんど誰も覚えていない一方で、桃花源の住人たちは漁師の生きている時代については何も知らないといった、対照的な記憶と知識によって強調される。

世間では秦の国が昔あったことなどもはや誰が知ろう、
一方この山の中ではいまが晋の世だとは思いもつかぬ。
噂によれば長安では戦塵が立ち込めているそうだ。
春風の中に振り返れば覚えず、涙が流れて手拭いを濡らす。

長安は漢ならびに西晋の首都であり、ここでは一般に中国を表す提喩となっている。桃花源の幸福な住人たちは外界や外界の人々の尽きることのない苦悩を知らないが、「戦塵」の陰に暮らす外界の人々の苦難を耳にしてこぼす涙に彼らの心の優しさが現れている。詩の最後で、人間の歴史の大部分は秦の始皇帝のような暴君のもとでの苦難であり、舜《しゅん》のような古代の聖人君主たちは伝説として、すなわち、儚い望みであり叶わぬ希望として伝え続けられるという厳しい現実が述べられるとき、詩の政治的意味が一層明らかになる。[66] 陶淵明と王安石の詩に描かれる桃花源は典型的な農民社会であり、西洋に特有の都会のユートピアとまったく異なっていることは確かである。何と言っても、陶淵明はトマス・モアより一二〇〇年も前に生きていたのであり、それぞれの時代における社会状況の違いが各々のユートピア観に影響を与えたのは何ら疑うに足らぬことである。しかし、陶淵明の『桃花源』と王安石の詩が明らかにユートピア的詩とみなせるのは、秘境が人間的で世俗的な性格を持っている点、すなわち、想像上の人間社会であり、仙人郷ではない点にある。

ユートピア文学は、その本質が虚構であるにもかかわらず、極めて現実的な性格を有するために、芸術的創意の発現としてより、社会的・政治的意見の表明としての意味が強い。この現実的性格を、ワイルドは「進歩とはユートピアを現実のものとすること」[67]と言って指摘しているのである。トマス・モアやフランシス・ベーコンらが幸福な社会の模範としてユートピアを初めて構想したとき、ユートピアは近代社会構築における主要な設計図の一つとして進歩思想の一翼を担うこととなった。ロラン・シェアーが論じるように、ユートピアは文学と政治を極めて密接に結びつけた。「ユートピアは、一方で物語という表現《テクスト》によって創られた虚構空間に投影された心象であり、他方でそこに示された事業計画は実現されることを仮定したものであり、ユートピアはそういうものとして歴史を紡いでいくのに欠かせない要素を物語から選別し、同時に歴史の方向を変えていく」[68]。ユートピアは本質的に地上の楽園構想、すなわち、社会理論の想像上の雛形であり、その寓話である。おそらく、芸術から実生活へのこの変換可能性こそが、ワイルドが自身の社会主義の理解に欠かせないと考えていたものであろう。中国文学の伝統において、桃花源という文学的発想は平等で公平な社会という政治的理念、すなわちユートピアの特徴をすべて備えた社会と密接につながっている。したがって、ユートピア思想とその表現の探究は、『桃花源』をはじめとする文学作品だけでなく、古来想像されてきた社会構造の構図においても行われる必要がある。

社会構想としての大同

中国の伝統における理想社会の典型的雛形は、かの『桃花源』を別にすれば、儒家経典に見ることができる。たしかに、中国では昔から、ユートピアと言えば文学的表象というより哲学的理想となってきた。それゆえ、文学のみならず道徳思想や政治哲学にもユートピア社会を探し求められるはずだ。『詩書』に収められた詩「碩《せき》鼠《そ》」が現実からかけ離れた「楽土」を希求するユートピア的欲望と呼びうるものを歴史の早い段階で表現していると考えてよければ、大同という理念を記した『礼記』のある重要な一節は、古代中国のユートピア観――あるいは理想社会の有様を描き出した、単純ではあるが明らかなユートピア記述――のさらなる一例として認められるであろう。大同は、古代中国の太平やそれに類似する理念とともに、昔からしばしば中国で平等主義を標榜する思想を生み出し、謀反人や革命家たちは自分たちの急進的な政治指針や政治行動の正当性の根拠としてきた。中国の伝統思想における重要なユートピア的理念の記述として、『礼記』の『大同』の一節はそのすべてを引用する価値があるものである。

大道の行われる世には、天下は万人のものとされる。人々は賢者能者を選挙して官職に当らせ、手段を尽くして相互の信頼親睦を深める。だから人々は、それぞれの父母のみを父母とせず、それぞれの子のみを子とせず、老人には安んじて身を終えさせ、壮者には充分に仕事をさせ、幼少には伸び伸びと成長させ、やもめ・みなしご・障害者の人々には苦労なく生活させ、（一人前の）男には職分を持たせ、女にはふさわしい夫を持たせる。財貨は、それがむだに打ち捨てられることを、人々は憎むが、しかし財貨をひとり占めにはしない。労力が出し惜しみされることを、人々は憎むが、しかし自分のためにのみ努力を用いはしない。みなこうした心がけであるから、（私利私欲に基づく）計謀は外に用いられる機会がなく、窃盗や暴力のさたもなく、誰も家の戸をしめない。これを大同の世という。[69]

大道による事の成り行きは、ここに描かれるような社会状況の究極の根本原理として示され、同時にここに描かれるような社会的人間関係が調和した状況は大道それ自体が円滑に行われている証拠として考えられる。「天下は万人のものとされ」、個々が私利私欲に走らない社会状況とは公有制に対する純然たる信念を暗示し、また、人々が賢者能者を選挙して官職に当らせるという仕組みは、明晰かつ開かれた社会契約の一形式として解釈できる。公共の利益、共通の利益という精神がこの空想社会では顕著に現れ、個人の利益より公共の利益が強調される点において、「大同」という思想は、先にトマス・モアたちに見たようなユートピア思想と共鳴する。

この有名な大同の記述の起源は、孔子がある会話の中で述べたことにある。その会話では、大同の行われている完璧な社会状況とは失われた完璧さ、すなわち、はるか昔にはあったものの孔子がそのことについて話しているときにはすでに失われたものとなっていることが明らかにされる。ここにある完璧な社会状況とは、葛兆光《かつちようこう》が述べるように、孔子たちがあのときはどうなっていたのかと思いを馳せた時代、すなわち自身が生きている時代よりもずっと昔に創られた理想社会の典型的な状況である。彼らは「自分たちの理想を委ねる時代として、はるか昔の時代をよく用い、いささかやり過ぎとも言える理想主義的色合いを頭の中で加えたのだ[70]」。そうであれば、『礼記』に描かれた大同の行われる世は、時代状況に幻滅することによって生まれた空想である。実際、孔子も大同の世を、彼の時代を表したと思われる「小康」という社会状況と、つまり、調和が失われ社会が分裂し不平等が横行し、「大道の理想はすでに見失われ、天下を私有の国家とする[71]」状況と対比している。

人間の本性たる博愛精神をもって「大道の行われる世」という理念は孔子が実際に口にしたものと思われるが、この理念を耳にすると道教の古典『老子』で力説される自然界の公正（公平正義）という理念を想起する。老子曰く、「天道は余りある方を減らし、足りない方に与える。ところが人道はそうは行かない。足らずに苦しんでいる方をさらに減らして、余りある方に与える」[72]。ここにある対比――お好みであれば、自然と文化の対比と呼んでもらってもよい――は、自然界は公平である一方、社会は人間の活動や介入によって不平等になっているということである。儒教が中国の伝統的社会における日常の社交や政界に大きな影響を持ち、人々が従うべき規範・正説になると、歴史上規範とみなされてこなかった「太平」をはじめとする多くの平等主義の理念は、仁政や規則、統制、支配層の権威や介入を重視する儒教と比較して、道教的な自然主義の色調を帯びるようになった。たとえば、原始道教の重要な経典である『太平経』では、まさに「太平」という理念が天地は本質的に均等なものであるという観点から定義されている。「『太』とは大なり、すなわち、天の大きさに向けて蓄積されていく事物である、なんとなれば、どれほど大きなものであろうと天より大きくなることはできないからである。『平』は政における「平等」なり、すなわち、一方を好んで隠れてえこひいきすることなどなく、物事を理性によって扱うことである。したがって、平等であることとは物事を均等に維持することであり、大地に負けず劣らず平坦にすることである」[73]。もっとも、『太平経』のイデオロギー的背景は複雑である。自然界の公平という道教的見方は極めて限定的なもので、『太平経』全体としては、統治者と非統治者という階層的な社会構造を退けるどころか全面的に認めている。したがって、『太平経』が提唱する公平とは権力を持って上に立つ人間、とくに王や大臣たちに下々の臣を公平に扱うようにさせるという現実的な目的にもっぱら適うものとなっている。このことから、『太平経』が求める社会は、中国のある学者が述べるように、「身分や上下の分け隔てない平等社会ではなく、単に聖人君主と監督責任のある官民がいる階層的封建社会」であり、「すべてに対して公平である平等主義の原則」[74]に基づいた社会ではない。

もちろん、ユートピアに社会階層があってはならないということはない。モアのユートピアは王と数多の役人に支配されている。だが、『太平経』は典型的なユートピアの形式を持った理想社会の光景を詳らかにしない。太平という理念は、中国の歴史上何度か起きた農民反乱において、急進主義者や謀反人たちを鼓舞し抑圧や不正に対して蜂起させてきた。二世紀の後漢末期に起こった黄巾の乱と一九世紀の清朝で起こった太平天国の乱はその顕著な例である。太平という理念は、実生活における不平等さを測る尺度ならびに反乱を鼓舞するものではあるが、幸福な社会の実現のために理想社会《ユートピア》はどうあるべきかはっきり示すものとは言い難い。

短い描写であれば、多少なりともユートピアであると識別できる理想社会を描いたものは中国の歴史を通して数多くある。西晋時代の著名な詩人である阮籍《げんせき》（二一〇―二六三）は、素朴で無垢な、平和な「原始社会」を想像した。「太古、天と地が開かれ、すべてが始まった。大なるものは穏やかな性質を持ち、小なるものは単純な形をしていた」。阮籍の「原始社会」の天と地も、当時の代表的な思潮であった道教の特徴をはっきり示す自然界の公平に範を得ている。阮籍の「原始社会」は「危険を回避する必要も利益を求める必要もなく、管理されていなくても無くなるものはなく、手に入るものも余すことはない」社会である。そうした社会での生活で最も顕著な特徴は、打算のない、自然界の公平である。「若くして死ぬことはなく、生き過ぎることもない。幸せは努力によってもたらされるのではなく、不幸は怠慢のためにもたらされるのではなく、すべては天の道に従ってお り過不足なくもたらされる」。阮籍の想像した社会が他の社会と根本的に異なっているのは社会階層のない点にある。その社会は役人がいなくても調和している。「君主もいなければ身分の差もない。役人は一人もいないが、すべてが上手くまわっていた。人々はみな健康で、自らを教化し、決まりを破ることはなかった。すべてがこのような状況だったため、その国は長く続いた」[75]。しかし、この平和で無垢な「原始社会」は、未来の理想社会を克明に描いたものというより、当時の現実に対照的な社会として想像された。

このことは、阮籍の親友であり西晋王朝の著名な詩人嵇康《けいこう》（二二四―二六三）にもあてはまる。彼が想像した社会にも統治機能や社会階層がないことは特筆すべき点である。「上に君主なく、下に人々の争いなし」と嵇康は言う。「すべてはその本質に従って不足なく、自らを不服と思う人は誰一人いない。腹が満たされれば眠り、腹を空かせば腹を満たしにいく。心も腹も常に満たされている彼らは、自分たちの社会が至上のものと知らない。

そのような状況で、仁義の起源や手の込んだ儀礼など知るはずもない」[76]。人間の行いより物事の自然の道理に従うことを重視する道教は、決まりや規則、道徳や政治の面から適切と考えられる人間の行いを重視する儒教とかなり対照的である。だからこそ、阮籍と嵆康が描こうとした理想的な生き方は「原始的」すなわち文明化されていない生き方であり、はるか昔にはあったらしいがいまは失われてしまった完璧さを示していると考えられる。さらに、彼らが想像した道教の聖人たちは、典型的なユートピア譚に出てくる普通の人間ではなく、不老不死の超人に近いように見えることが少なくない。だが、阮籍と嵆康が描いた理想社会は、線はまばらで色もわずかといった感じのかなりおおざっぱな描き方がされているものの、より良くありたいという基本的な願望、すなわち、基本的なユートピア願望ないし空想を表現していることには違いない。

陶淵明が中国で最も良く知られるユートピア作品を描いたのは阮籍と嵆康がこの世を去って一〇〇年余り経った頃だったが、先に論じたように、陶の「桃源郷」は当時、例のないものだった。同時代の人々からも後世の詩人や読者からもあまり理解されず、その状況は時代がかなり下った後も変わらなかった。しかし、陶淵明の名が蘇軾によって世に知られる以前の北宋時代、詩人で散文家の王禹偁《おううしょう》(九五四―一〇〇一)が、陶の『桃花源』にとてもよく似た興味深い作品を書いた。この作品は未開部族出身の船乗りによって書かれたと思しき書簡体形式の短編で、手紙によれば、陶の桃花源と同じく秦の始皇帝の圧政が歴史的背景にある。もう少し正確に言えば、秦朝の道教徒徐福《じよふく》が不老不死の住人が住むと言われる島を求めて旅に出て詐欺師扱いされたという歴史が背景にある。『史記』によれば、徐福は始皇帝に、東方の三神山に長生不老(不老不死)の人々が住んでおり、長寿の秘伝を知っていると具申する。道教の秘術に好奇心をそそられ、不老長寿の霊薬を手に入れたいと思った始皇帝は、徐福に三神山とそこに住む人々を探す旅に行かせる。このとき始皇帝は、思春期前の汚れなき童男童女を数千人随行させる。しかし、驚くなかれ、彼らは二度と戻ってこなかった。この伝説を下敷きに、王禹偁は未開人の船乗りに彼の一風変わった冒険と発見を語らせる。「私の家族は長い間、海のそばで暮らしてきました」と船乗りは、始皇帝に宛てたと思われる手紙に書く。船乗りは、突然嵐に襲われ、船が岸から遠くに流されてしまい、強風がついに止み海が穏やかになると、見覚えのない水域におり、近くに島が見えたと語る。手紙は次のように続く。

到着するやいなや、一〇〇ほどの家族が住んでいる場所を見つけた。皆、垣根のある小さな家に住んでおり、耕された土地も所々にある。仰向けに寝転がりながら日光浴をしている人、川辺に座って足を洗う人、魚釣りをする男たち、薬草を摘む女たちがいる。彼らはみな幸せで満たされており、我々の社会などまったく及ばない。尋ねてみると、一人の人がやって来て、私にお辞儀をしてこう言った。「私たち一族は中国からやって来ました。天子が徐福に不老不死の国を見つけに行かせることになり、私たちは一年の航海を経てここにやって来ました。その当時はまだみな、幼かったです。徐福はずるい男で、不老不死の島も仙境の蓬莱も見つけられないことを知ると、到着したこの地に留まろうと決めたのでした。船に載せてあった穀物の種を運び、それを蒔きました。以来、毎年収穫があります。川では魚が捕れますので、毎日食べるものには困りません。また島のあちらこちらから自然の所産を選んで集めますので、私たち一族は生き延びて参りました。この世を去った人は川に流します。新たに生を受けた赤子を育てます。気持ちの上では故郷との縁を断ち切って参りました。五つの砦に兵士が送られたことや長城建築のための強制労働、阿房宮建立の苦役などまったく知りませんでした。重税をかけたり残酷な罰則を科したりしたとしても、私たちに何ができるというのでしょう。(77)

未開人の船乗りによって書かれたと思しきこの架空の手紙は非常に短いものであるが興味深い点がいくつかある。まず、この手紙にはユートピアの典型的要素がある。航海と、ユートピア譚に頻繁に出てくる激しい嵐との遭遇とその後の平和な社会の発見である。二点目として、この詩には現実に比して優れた社会と生活様式、神や不老不死の仙郷ではなく地上の人間社会が描かれている。三点目として、手紙からは、人々が余暇や娯楽を個々に楽しみながら、ふだんは集団で活動する共同生活を送っていることがわかる。そして最後に、そうした叙述で示される理想社会の姿には、社会生活や政治的現実の欠点を如実に浮かび上がらせる尺度の役割があるため、批判的機能が内在している。こうした要素をすべて持つ作品が後世にも確認できる。その代表例が清朝の小説家、李汝珍の『鏡花縁』である。これは複数の架空社会と社会風刺を結びつけた空想旅行譚で、しばしば「中国の『ガリバー旅行記』[78]」と呼ばれる。しかし、ユートピア的発想が確認できる古代のあらゆる著作の中で、『礼記』にある大同に関する文章が最も重要かつ最も影響を与えていることはほぼ間違いなく、ユートピア的要素を持つ多くの作品の重要な背景となっている。時代が下り、政治改革者の康有為《こうゆうい》（一八五八―一九二七）が大同思想を基にした『大同集』というユートピアに関する著作物を書くと、大同はさらに広く知られるようになる。

康有為と現代中国におけるユートピア思想

一八四〇年代に起こったアヘン戦争は中国現代史における重大な激変期の始まりとなった。これ以降、中国は政治改革から共産主義革命へと足早に駆け抜けて行くことになる。国内で政治腐敗が広がり、国外から西欧列強の帝国主義に圧されて中国最後の王朝が崩壊に向かっていた頃、成人を迎えた康有為《こうゆうい》は時代の不安を強く感じ、改革運動の指導者になった。彼は一八八八年、政治改革を皇帝に申言する手紙を書いて一躍時の人となった。一八九五年、皇帝に改革推進の手紙を再度送るために、北京にいた科挙受験者をまとめ上げて再びその名が広く知れ渡った。一八九八年になると、ついに光緒帝は話し合いのために康を宮殿に呼び、改革の主導権を与えたが、康の改革はわずか一〇〇日間ほどしか続かなかった。

保守派の人々は、実権を握る西太后の後ろ盾を受けて結集し、康の改革を阻止すると、光緒帝の改革指示のほとんどを無効にし、七人の改革派指導者たちを迫害した。政治状況が見る見る悪化すると、康は愛弟子の梁啓《りょうけい》超《ちょう》と共に日本に逃れ、一九一一年の辛亥革命で清朝が崩壊した後も、天寿を全うするまで立憲君主制を主張した。したがって、康有為は、熱心な儒者というより、まずもって政治活動家であり、しかも彼の膨大な著作はすべて、目の前の政治的課題に取り組むために書かれたものである。しかし、二〇世紀に入り、改革から革命へと国内状勢が急速に変化し、政治活動も次第に急進化していくと、康有為はあっという間に急進的思想家ではなく保守的な反動的政治家とみなされるようになる。彼の著作、とくに『大同書』に記された改革論とユートピア思想は、より急進的な政治行動を求める声や革命的言論《レトリック》の中で急速に色褪せ、当時の中国の政治に与える影響は極めて限られたものとなった。

政治改革者としての康有為のユートピア論は、明朝後期以降、とりわけ清朝後期から盛んに輸入翻訳された西洋の著作から受けた影響に加えて、青年時代の香港訪問、ならびに後のヨーロッパやアメリカでの放浪で国外の社会状況を観察して形成されたものである。つまり、彼のユートピア思想は、外の世界について得た新しい知識と新しい経験から旧来の思想を再解釈して改めることによって作られている。また、中国王朝末期の学者として、康は自身のユートピア思想を伝統的な文体と伝統的な儒教の言葉で書き表した。彼は、いわゆる今文経学《きんぶんけいがく》の学説、とくに『春秋』を『公羊伝《くようでん》』に基づいて解釈する公羊学派《くようがくは》が唱えた三科九旨説にある三つの時空間、すなわち「拠乱世」、「升平世」、「太平世」という概念を取り入れた。これら三つの世界は段階的に発展していく一連の社会状況を示している。康はこの三つの世界を『礼記』にある大同と小康という社会観と組み合わせ、大同という未来の世界は太平世の到来に符合するという考えを展開しながら、三つの世界を一連の発展段階として並べた。

康有為は、発展の過程を時間と空間の両面から意味づけた。彼は中国を低次の段階（拠乱世）に置く一方で、ヨーロッパやアメリカは社会進化の高次の段階（太平世）にあるとした。「中国は過去二〇〇〇年の間、漢代であれ唐代であれ、宋代であれ明代であれ、また安定の時代であれ混乱の時代であれ、繁栄の時代であれ衰退の時代であれ、総じて小康の世界だった」。康は『礼記』にある大同に関する有名な記述の注釈として次のように記している。「過去二〇〇〇年の間に登場した学者の教えは、荀子、劉歆《りゅうきん》、朱子、正しいもの、間違ったもの、厳密なもの、未熟なもの、良いもの、悪いものと、数え上げればきりがないが、それらをすべてもってしても、中国は小康へ至るのがやっとであった[79]」。つまり、当時の康の考えでは、中国は小康という社会状況にあたる升平世の段階に入ったばかりであり、大同という社会状況にあたる太平世はいまだ到来していなかった。湯志鈞《とうしきん》が述べるように、康は中国の過去二〇〇〇年の歴史は小康の歴史であり、大同なる太平世はまだ到来していないと見たが、太平世は西洋社会を規範として設定されており、したがって「中国が徐々に大同の域に達していくために必要なことは立憲君主制を基盤とする資本主義体制の実現をおいて他にない[80]」と康が考えていたために太平世は中国にいまだ到来せずと見たのである。

だが、康が革命に失敗し、その後ヨーロッパやアメリカに出かけて西洋諸国の現実を目にすると、世界のどの地域も彼が理想とする太平世からかけ離れた状況にあると考えるようになる。そこで康は自身の大同三世説を幾分改め、中国は最も低い次元の拠乱世に留まり続けており、西洋諸国はほぼ、第二段階の升平世に入っており、どの人種も太平世という理想社会を今後迎えることになるとした。

どのような理論上の混乱や論理矛盾があるにしても、大同や太平世をはじめとする儒教の伝統的理念に対する康の解釈の仕方はそれまでになかったもので、西洋的なものの考え方や西洋の社会体制・政治体制に対する康なりの理解が強く反映されている。康の著作にかなり寛容で好意的な当時の読者でさえ、彼が一八八六年にはすでに「中国社会改革の青写真を作っており、近代化を成し遂げて立憲君主制を基盤にした大同を目指そうとしていた」ことはわかっていた。「この考えは、終生に渡る康の不変の信仰箇条となり、いわゆる『公羊学派の三科九旨』やそれに類する説は、彼の根本的理念を形にして表す外部形式以外の何ものでもなかった[81]」。

形式と構成の面に関して言えば、康の初期の短いユートピア研究の書『実理公法全書』は、朱維錚《しゅういそう》が指摘するように、「ユークリッドの『原論』を完全に模倣している[82]」。『原論』は一六〇七年に徐光啓《じょこうけい》がマテオ・リッチ

(Matteo Ricci) と共に翻訳し、最初の六巻を刊行、残りの九巻を李善蘭《りぜんらん》がアレクサンダー・ワイリー (Alexander Wylie) と共に翻訳し、一八五〇年代に出版されている。翻訳者たちは、まさかユークリッドの『原論』が一八八〇年代、「広東でひっそりと暮らす一人の若き学者に、彼のユートピア思想の表現形式を与えることになるとは思わなかったことであろう」[83]。実際、康有為は、自身の社会政治理論に正統性を与え、説得力を持たせるために科学的権威の力を借り、たとえば「人類は自律の権利を有するなり」といった定理や、あらゆる社会は「人間の平等」を基本に組織されるべきといった基本原理は、すべて「幾何公理なり」[84]と主張した。康は幾何学用語を用いることで、自律した平等社会という自論を疑う余地のないある種の科学法則、つまり幾何学的配列関係と同じように自明で検証可能なものとしたかったのである。

『大同書』でも同様に、西洋の思想と書物が康有為の知識の源となっている。その中には、中国翻訳叢書の一冊として一八九一年に刊行され、「太平世」の状況を描いているという翻訳者の解説が入ったエドワード・ベラミー (Edward Bellamy) の『かえりみれば』(*Looking Backward*) などの書物に負ったユートピアに関する情報や知識も含まれる。したがって、皮肉なことではあるが、康の『大同書』について最も留意すべき点は、表題こそ衆目を集めるものではあるが、実際には『礼記』の大同に関する一節とほとんど関係がないということである。大同の一節には一〇〇名余りの人物が登場するが、そのうち康が引用しているのはほんのわずかしかない。朱維錚が論じるように、「このことをもって、『礼記』にある大同の考えと康有為のユートピア的理想には何の関係もないと言い切れるわけではないが、儒家経典に由来する大同の教理は、康が太平世を構想していたときに主張しようとしていた実際の理想ではないことを証明している」[85]。康の西洋の知識と理解がかなり限られたものであったとしても、西洋の書物の影響の方がはるかに大きいのだ——とりわけ一〇〇年以上経った現在から振り返ってみると、そのことがよくわかる。

『大同書』の中で、康は「傅氏」という人物に触れている。「傅氏」とはフランスのユートピア社会主義者シャルル・フーリエ（Charles Fourier）のことである。もっとも、康は同書でフーリエをイギリス人だと勘違いしているが。さらに康はユートピアという言葉にも触れている。だがここで問題なのは、そうしたことによって康がまったく誤った帰結を導き出しているということである。すなわち、「儒教の太平世、仏教の極楽浄土、列子の終北国、ダーウィンのユートピアはすべて現実であり、単なる空想ではない[86]」という言葉からもわかる通り、康は、世界全体が一つとなって大同へ向かう動きを見せ始めたと言明するのである。康には、中国に起源を持つ様々な資料と、西洋の書物の中国語翻訳や西洋へ出かけて見聞きした知識を混同する嫌いがある。そうは言っても、康は当時、中国の伝統思想や儒家経典の研究の中に西洋の学問を取り込んだ最初の人物であることには違いなく、このような西洋の影響の兆しが明らかであればこそ、それが保守派の敵意を煽り、彼らに「表で儒教に敬意を払い、裏ではキリストに従う[87]」者として康の政治観や社会観を批判するための恰好の口実を与えることになった。右の面従腹背に似た言葉は敵対する側を批判する言葉であることから意図的な誇張があると考えられるが、康有為の著作物を読むと、儒教の専門用語が主に西洋に由来する新しい思想を運び入れるのに無難な玄関もしくは乗り物として使われているのは間違いない。汪榮祖《おうえいそ》が述べるように、「彼が儒教の大同の考えを、自身の発展史観を裏づけまた自身の政治思想に資するよう用いたのは明らかである[88]」。朱維錚もまた、「康は表面的には公羊学派の三科九旨説の枠組みからはみ出るようなことはなかったが、古いワイン瓶に新しいワインを注いだのは明らかであり、注いだものは社会ダーウィン主義だった[89]」と指摘する。社会ダーウィン主義は、当時の多くの学者たちと同じく、康にもかなり魅力的に映った。というのも、社会理論に科学的発見や科学的事実といった堅実な基礎を据えられるように見えたからであり、社会進歩が種の自然な進化の過程と同じように確実に起こるという希望や約束さえ与えてくれるように思えたからである。

康は、ユークリッド幾何学に魅せられたときと同じように、ダーウィンの進化論を人間生活や社会に適用すれば効果的で科学的な説得力を生むと考えた。彼は『大同書』の中で、ゆくゆくは国境が消え地上のあらゆる国が一つになるという考えを示したが、彼が考えた実現過程は確かに社会ダーウィン主義の適者生存説に影響を受けている。康曰く、「国界の併合統一は淘汰の自然である」。

群立する小国が大国・強国によって併合統一されていくのは大同の先駆である。ドイツやアメリカの連邦政府は、小国が自らの消滅を気にすることなく統一を行うとくに素晴らしい方法である。これが、アメリカがアメリカ大陸全土を、そしてドイツがヨーロッパ諸国を統一する基盤になるのではないだろうか。これこそ、大同の世が次第に実現していく道である。(90)

二〇世紀、とりわけ二つの大戦の間に起こったことを歴史的に振り返ってみれば、康が考えた大同への道は我々の耳に恐ろしく不吉に響くが、世紀の変わり目に『大同書』を書いた康は、社会ダーウィン主義が持つ社会的な含みは看破できなかったものの、それが持つ科学的魔力には魅了されたのだ。康の構想は、はじめは複数の国が集まって緩やかな連邦制をとり、その後、一人の統治者のもとで統一されるというものだった。彼は、「大同合国三世表」なるものを作り、「拠乱世」、「升平世」、「太平世」という三つの世界の違いについて詳述し、それらを社会進化の段階として整理して並べた。康は「人類進化表」なるものまで作り、大同という理想的な状態に発展していく段階としての三つの世界を示した。大同の状況では人種の別が次第に消えて、「すべての人種が一つに融合し智愚の別がなくなる」。そして、最終的には「人民は平等にして奴隷も召使もいなくなる」(91)。康有為が考えた大同という世界の実現に至る筋道が含み持つ意味に、現代の読者の方が敏感であるとすれば、約一〇〇年前に大同の世界を記した康自身のために言っておくが、究極的目標、すなわち、すべての人間の平等と統合と調和という究極のユートピア的理想こそが、より良くあることへの期待を抱かせたのだ。

康有為が構想した大同という空想世界には、典型的なユートピアの特徴がはっきりと見える。モアの『ユートピア』と同じく、『大同書』は康が中国でも外国でも実際に目にした、また康が生きた時代にもそれ以前の時代にもあった様々な苦悶や不幸をめぐる記述で始まる。康は中国の歴史や古典、ならびに彼自身が他の国々で見聞した豊富な資料をもとに、人間の状況を根本的に不幸なものとして描いてみせた。彼の描く人間の苦しむ様や中国社会の様々な欠点や悪への批判はかなり印象的であり、朱維錚は康のユートピア主義以上にその部分を『大同書』の真価と捉える。(92)繰り返しになるが、人々の苦しむ様子の描写はモアの『ユートピア』と同様、大同というユートピア的理想を唯一の救済の道として示す前提として用いられている。康は言う、「苦悩の道を目の当たりにし、これをなんとか救う道がありはしないかと思い、あれこれと深く思いを巡らせるに、それは大同太平の道を行う以外にない(93)」と。それから、彼は大同へと至る具体的な道について詳述する。国の境界がなくなり地球上が統一される、人種の別がなくなり人類が統一される、すべての女性が男性の支配から解放され、両性の平等が達成される、家族制度がなくなり世界公民となる、私有財産権がなくなり農業、工業、商業、運輸が公的管理される、などなど。大同という世界では、すべての人々が等しく平等な権利を享受し、性欲をはじめあらゆる自然の欲求が、他の人々の自由や権利を侵害することなく満たされる。

当時の中国社会は厳格な家父長制度にあったことから、愛や性交、結婚に対する康の進歩的な考え方は特筆すべきことである。彼は、結婚という制度を廃止して、代わりに二人の間での合意ないし契約にしようと考えた。「性欲と性交に関して、二人は愛しあうとき一つになり、相反するとき離別することになる」。また、性欲は「個人の欲望を満たし、相手の欲望も満たしてあげたいという思いをもたらす要因であり、所属や地位に関係なく、限度や限界があるわけでもないが、互いの愛をもって行うべし」。同性愛には異性愛と同じ地位が与えられた。「大同の世では、男と女は平等であり、何人も自由であり支配を受けることがない。みな同じような服を着て、同じような仕事をする、男と女はまったく異なることがない。性交に関しては、男女間であろうと、男同士であろうと、まったく異なることがない(94)」。詰まるところ、康有為に従えば、大同という理想世界には個人の差や集団の差がない。国の別もなく、すべての人間が複数の自治区から成る連合政府のもとに生きる。陸軍も海軍もないが、警察は秩序を維持するために置かれる。私有財産もない。人種の別もない。性差別もない。すべてが平等かつ自由なのである。

だが、康のユートピア思想には盲点がある。たとえば、人種の違いに対する彼の理解は一九世紀のヨーロッパにおける人種差別とダーウィン主義の影響が強い。というのも、彼は社会ダーウィン主義の「適者生存」説に従って、異なる人種を各々異なる進化段階にある存在と考え、白人種と黄色人種を進化の鎖の頂点に置き、褐色人種、黒人種、インド人は未発達の段階に取り残され、絶滅の危機に晒されているとしたからである。進化は階層的なもので、諸々の人種は人間という種の進化における諸段階のいずれかに属するものとして理解される。康曰く、「いままさに列国がたがいに競争しているが、必ず千数百年の後になると、しだいに大同の境域に入るだろう。幾多の黒人種・褐色人種は、この千数百年間の弱肉強食の過程を経て全滅してしまうだろう。悲しいことだ。これらの人種は大同の新世界には伝わらなくなるだろう」。康の言葉はさらにその露骨さを増す。「かくて大同の世になると、白色人種と黄色人種だけが生き残って、黒色人種、褐色人種はほとんど地上から絶えてしまうだろう。ただインド人だけはいくらか生き残るが、その多くは世界中に散らばり、その血統や肌の色を次第に変化させることになろう」。それゆえ康が人種融合で起こると考えることは、まず褐色人種と黒色人種が黄色人種になり、その後、「黄色人種と白色人種が一つになり、貴賤の差がなくなる」[95]。これは、康有為のユートピア未来社会構想の中で、おそらく最も憂慮すべき不吉な面であろう。というのも、社会ダーウィン主義を信奉する人間の考えは単一性と画一性を厳格に測定する尺度の根拠となり、厳格な尺度が一種の優生学の構想《プログラム》として用いられれば、どのような理想社会像からもかけ離れた、非常に危険で抑圧的な政治社会工学が運用されることになるからだ。一九一一年の辛亥革命ならびに最後の王朝である清朝の崩壊の後、中国の政治が急激に社会主義・共産主義の発展に望ましい状況になると、改革主義者・立憲君主制主義者としての康有為の考え方は過去の遺物となった。

マルクス主義革命論者の目には、ユートピアは単なる空想譚であり、大同という理想は決して実現することなどできない空虚な夢物語と映っている。マルクス（Karl Marx）とエンゲルス（Friedrich Engels）は、ヘーゲルの目的論的歴史観と一九世紀の科学主義に見られがちな自信を携えて、サン・シモン（Saint-Simon）、シャルル・フーリエ、ロバート・オーウェン（Robert Owen）といった初期の社会主義者たちの理論を「空想的《ユートピアン》」、すなわち、幻想的で非現実的な「未来社会の空想画」、架空の「空中城郭[96]」として、歴史・社会の科学的理論である自分たちの社会主義と対置した。マルクスとエンゲルスに従えば、空想的《ユートピアン》社会主義者たちが「空中城郭」くらいのものしか考えられなかったのは、彼らの理論がマルクスの唯物史観に比べて体系的・論理的問題があったからではなく、社会的経済的現実に堅実な基盤を置いていなかったため、またマルクス以前の社会主義者たちの時代は「労働者階級《プロレタリアート》が極めて未発達な状態で、歴史的主導権も独立した政治運動も欠いた階級という空想を彼らに与えた[97]」ためである。したがって、社会主義をマルクス以前の未成熟な夢から科学的理論と社会実践に成熟させたのは、個としての人間の意志ではどうしようもない時代の流れ、すなわち歴史それ自体なのである。マルクスは、唯物史観の発見、とくに資本主義生産形態の複雑さを解明する鍵となる余剰価値の発見をもって、「社会主義は科学になった[98]」と宣言した。エンゲルスが『空想から科学への社会主義の発展』（*Socialism: Utopian and Scientific*）の中で説明するように、マルクス主義が科学たりえるのは、歴史的発展の法則、すなわち、社会的変動と政治的諸変革の「究極の原因」を支配する客観的な法則を発見したためである。エンゲルス曰く、そうした「究極の原因」は「人間の思惟の中にではなく、頭脳の中にではなく、つまり人間が永遠の真理や正義をより深く認識してゆくということにではなく、生産と交換の様式の変化に求められなければならない。つまり、それは哲学にではなく、各々個別の時代の経済の内に求められなければならない[99]」。

　中国では、毛沢東が康有為のユートピア主義に関して、同様の主張をしている。「一八四〇年のアヘン戦争に敗れたときから、中国の先進的な人々は、非常な苦労を重ねて、西方諸国に真理を求めた。洪秀全、康有為、厳復、孫中山は、中国共産党が誕生する前に西方に真理を求めた人々を代表している。その頃、進歩を求める中国人は、西方の新しい学問に関するものならどんな書物でも読んだ」。しかし、毛に従えば、中国共産党が誕生する以前に西洋に真理を求めた人々は、マルクス主義という真理がロシア経由で中国に到来したことによって、当然のこととして挫折した。「中国人がマルクス主義を探し当てたのは、ロシア人を介してであった。一〇月革命前には、中国人はレーニン、スターリンを知らなかったばかりでなく、マルクス、エンゲルスも知らなかった。一〇月革命の砲声が轟いて、我々にマルクス・レーニン主義が送り届けられた」。中国の共産主義者たちが真理を発見すると、「人民共和国を経て社会主義と共産主義に到達し、階級の消滅と世界の大同に到達する可能性が生まれた」。毛は続ける。「康有為は『大同書』を書いたが、大同に達する道は見つけ出せなかったし、また見つけ出せるはずもなかった。〔……〕唯一の道は、労働者階級の指導する人民共和国を通ることである」[100]。毛は、康有為が見つけ出せず、また見つけ出せるはずもなかったことを見つけ出せるのは、一種の階級的組織的政治権力としての「労働者階級《プロレタリアート》による独裁」だけであると考えた。しかし、同時に、毛はマルクス主義を康有為や他の「進歩を求める中国人」にできなかったことを実現する道、すなわち、大同という太古の理念を実現する道――より良い道――として見てもいた。

　エンゲルスが初期の空想的《ユートピアン》社会主義者を現代の科学的社会主義の祖先と考えたのと同じように、毛も康有為をはじめとする共産主義以前の思想家たちを、失敗こそしたものの真理の発見に向けて立派な努力を行った草分け的存在とみなした。大同の実現を目標に定めて達成する政治手段として社会主義を提起することによって、毛は中国のユートピア思想の核心を「人民共和国」と「労働者階級《プロレタリアート》による独裁」という全体構想の中に維持した。これは、もちろん、マルクス主義的弁証法に従った考え方、つまり科学的社会主義による空想的《ユートピアン》社会主義の徹底的な止揚《アウフヘーベン》という考え方に従ったものである。グレゴリー・クレイズ（Gregory Claeys）は「社会主義、あるいはもっと正確に言って、共産主義は、ユートピア願望が現代社会において受け入れてきた特性形式である」[101] と言う。

しかし、そのような止揚《アウフヘーベン》は、ユートピア願望を社会主義・共産主義イデオロギーにする、すなわち、空想を「科学」にし、また理念としてのユートピアを社会的・政治的現実として具現化する。ユートピアが幸福な社会の理念を社会的寓話として詳らかにするものであるのならば、現実となったユートピア、すなわち、社会主義は、理念としての価値を否定し、それを現実において解消するのであるが、そのことによってユートピア像にそれまでなかったまったく新しい問題が現れることになる。

最も善なるものの堕落

社会的寓話としてのユートピアは定義上、虚構《フィクション》である。ギリシア語の語源上の意味では、ユートピアとは「どこにもない場所」という意味であり、「素晴らしい土地」(eutopia)という意味もかけてある。モアの『ユートピア』の語り手であるヒスロディという名前には「馬鹿げたことを言う旅商」といったような意味がある。こうした言葉は一文学様式としてのユートピアの創造的性質を示すものである。たしかに、ユートピアは、それが現実のものでない限りにおいて理想である。一九世紀に社会主義、とくにマルクス主義が、幸福な社会という理念を文学作品で夢想する代わりに、共産党と共産主義革命によって理念の実現に向けて走り始めると、ユートピアは「幸福な社会を夢見させるだけで何の役にも立たない単なる願望充足であるとして、歴史のごみ箱に処分された」。その結果、一九世紀前半は、クリシャン・クマーが論じるように、文学におけるユートピアが衰退する。「当時大いにもてはやされるようになったのは、ユートピア的社会理論、そして実験的なユートピア共同体で、文学におけるユートピアではなかった」[102]。しかし、一九世紀末から二〇世紀初頭にかけて、社会主義それ自体が、エドワード・ベラミーの『かえりみれば』(一八八八)、ウィリアム・モリス(William Morris)の『ユートピアだより』(*News from Nowhere*, 一八九〇)、H・G・ウェルズ(H.G. Wells)の『近代のユートピア』(*A Modern Utopia*, 一九〇五)といった新しいユートピア文学を誕生させる。ロシア革命後に発表されたアレクセイ・トルストイ（Aleksey Tolstoy）の『火星に行った地球人』（*Aelita*, 一九二三）やコンスタンチン・フェージン（Konstantin Fedin）の『都市と歳月』（*Cities and Years*, 一九二四）といった初期のソビエト文学は構造的にも趣旨の点でもユートピア文学である。

ユーリー・シュトリーター（Jurij Striedter）が指摘するように、ソビエトの小説家たちが第一次世界大戦後の世界の瓦解を目にすれば、崩壊や廃墟の様を描くのみならず、「そのような難局を、瓦礫となった過去から復興したより良い未来への移行期として捉えて描くことであろう。何のかのと言っても、みんなで一致団結して生きる幸せな人間社会というものが革命とその成果、すなわちソビエト連邦の最終目標になり続けるのだ」[103]。革命と新ソビエト政権は瓦解した世界に新たな復興の希望を与えたことであろう。シュトリーターはさらに、マルクス主義者が空想的《ユートピアン》社会主義を退けたにもかかわらず、ユートピア小説は革命後のロシアにおいて有力な文学形式として出現したと言う。

> 共産主義革命自体が、新たなユートピア観を生み出しただけでなく旧来のユートピア観を復活させその形を変える——イエス・キリストの復活をはじめとする千年王国の期待からユートピア小説という皮をかぶって世に広まった政治経済学者の計画へ、ロシア農村共同体の新たな神話と再建計画から未来主義者や文化団体プロレトクリトの機関紙『プロレタリア文化』が書く都市や労働者階級《プロレタリアート》に関する小論文や詩へ、厳格なロシア的救世主《メシア》信仰から国際主義・宇宙主義へ、無政府主義者の夢から社会的構成主義者の考える社会構想へ——ことを助長したのである[104]。

したがって、ユートピアに対する異常なまでの強い憧れは革命熱から生まれたのだ。それゆえ、初期のソビエト文学は、戦後の廃墟からより良い新たな世界を作り、工業化と近代化、すなわち科学の進歩によって可能となった科学技術を手にした労働者階級《プロレタリアート》が築く、電気工学に明るいソビエト体制というレーニンの共産主義の理念が吹き込まれた素晴らしき新世界を想像する様々な試みに満ちている。

しかし同時に、ユートピアの否定的鏡像――反ユートピアすなわちディストピア――もまた一九世紀に発展し始め、二〇世紀に入ると、人間は基本的に従順で適応性があり、幸福な社会が訪れる日も遠くないという根拠のない期待や、機械や科学技術の進歩がもたらす影響への自信など、あまりにも楽観的な考えが頻繁に見られるようになったため、そうした考えに対する応答として反ユートピアがとくに重要なものとなった。フランスでは、シャルル・ノディエ（Charles Nodier）が一八三〇年代に反ユートピア小説を何冊か出版した。また、エミール・スーヴェストル（Emile Souvestre）が書いた『来たるべき世界』（*Le Monde tel qu'il sera*, 一八四五）は「機械化、思想統制、物質的富のことしか頭にない人々の非人間性などに関する危険性を予見して警告する物語」を読者に提供した。したがって、ローラン・ポルト（Laurent Portes）が論じるように、小説家は、一八四五年頃には「人間が機械の奴隷になり、愛より自己利益が大切になるような未来を批判するようになった」[105]。イギリスでは、リチャード・ジェフリーズ（Richard Jefferies）の『ロンドンなき後』（*After London*, 一八八五）、イグナティウス・ドネリー（Ignatius Donnelly）の『シーザーの柱』（*Caesar's Column*, 一八九〇）、オイゲネ・リヒテル（Eugene Richter）の『社会主義が実行されたなら』（*Pictures of a Socialist Future*, 一八九三）などが出版されたが、すべて社会批判としての反ユートピア小説であった。この状況について、クマーは次のように論じる。「ユートピアと反ユートピアは互いに支え合っている、つまり、同じ文学様式における表裏の関係にある。両者は相手の活力と精力から栄養を摂取している。一方が未来を明るく描けば、他方は暗く描く」[106]。しかし、ユートピアと反ユートピアが綱を引きあい、二〇世紀になって反ユートピアの側が明らかな勝利を収めたのは、幸福な社会への期待とそれに対する異議申し立てという単なる文学様式内部の力学だけによるものではない。

社会の現実自体が、反ユートピア小説という文学的想像、言ってみれば、反ユートピア小説の持つ社会性と説得力に適するものとなったのだ。クマーが注目するように、「とくに文学者や人本主義者は、第一次世界大戦、ファシズムの台頭、ソビエト共産主義からスターリン主義への凋落、一九三〇年代の西洋資本主義の失敗といった一連の出来事によって、ユートピア的希望を口にする気になれなくなった。〔……〕ユートピア自体に関して言えば、その主だった雰囲気や様態はディストピア的なものと何ら変わらないように思われた(107)」。言い換えれば、世紀の変わり目の社会的・政治的現実こそが、文学という形式を借りた現実への応答と注釈として、エヴゲーニイ・ザミャーチン（Yevgeny Zamyatin）の『われら』（*We*, 一九二四）やオルダス・ハクスレー（Aldous Huxley）の『素晴らしき新世界』（*Brave New World*, 一九三二）、ジョージ・オーウェル（George Orwell）の『一九八四』（*Nineteen Eighty-Four*, 一九四九）といった影響力を持った完成度の高い反ユートピア小説を生み出したのである。ユートピア小説ならびに反ユートピア小説という文学様式に寓意的《アレゴリカル》な二重構造が生まれるのは、それらを取り巻く状況としての社会的・政治的現実に直接結びついている――とはいえその結びつき自体が偽装であるが――ためである。このような小説を読むときには、作品が字義通りに述べていることだけでなく、ユートピアの肯定、もしくは辛辣な風刺あるいは批判といった寓意的な意味をも理解しなければならない。

だが、反ユートピア作家が応答の必要性を感じた空想上の幸福な社会《ユートピア》には一体どのような問題があるのだろうか。あるいは、さらに重要なこととして、ユートピアというまさにその考え自体に、ユートピアをほぼ必然的に反ユートピアへと反転させてしまう要素があるのだろうか。ユートピアには様々な類型があり、内部構造も異なっているのにもかかわらず、共同体の幸福を期すユートピア的理想に共通して付随する大きな問題は、集団を優先して個を犠牲にする傾向がある点である。この文脈において初めて、我々はザミャーチンの『われら』という反ユートピア小説の表題の意味が理解できる。『われら』では、ディストピアたる「単一国」のすべての住人が個人名ではなく数字で――単なる統計として――識別される。ザミャーチンは一九二〇年代のソビエト文学の状況をめぐる架空の「自己取材《セルフ・インタヴュー》」において、想像上のフランス人記者に「最大の問題は相変わらず個人対集団の問題」であり、自身の小説『われら』は「この問題を赤裸々に語った初めての作品である」[108]と語っている。「数字が個人名の代わりになっている状況」は、レナータ・ガルトセヴァ（Renata Galtseva）とイリーナ・ロドニャンスカヤ（Irina Rodnyanskaya）が論じるように、「スターリンやヒトラーの『収容所』で行われていた簿記計算を思い出させる」。それにしても驚きなのは、ザミャーチンがスターリンやヒトラーの全体主義国家の現実をいかに正確に予想していたか――彼は『われら』を一九二〇年から一九二一年にかけて書いたのだ――、また、集団の名のもとに個人の価値を縮小させる全体主義のまさにその有無を言わせぬ力に対する洞察力がいかに鋭かったかという点である。「それまでの自己を自ら進んで放棄し、別の人間を装うことで、個人は匿名の存在――集団内部で番号によって特定されるよう――になる準備をする」[109]。

ユートピアに纏わりつく個人対集団の問題は、最初期のユートピア作品、モアの『ユートピア』にまで遡れよう。その中では、個人の権利と利益が、日常生活を組織的に管理し、個人の自由を厳しく制限するユートピアの社会計画ならびに規定によって断念させられている。モアのユートピアの住人は、たとえば、一人で自由に旅行ができない。「旅行の場合には必ず団体を作って行くが、その際、一行がその旅行をする許可を得ている旨を証明し、また帰ってくる日時を定めた市長の証明書を持っていなければならない。〔……〕もし許可もなくまったく自分勝手に自分の州の境界外をうろついていて見つかり、市長の証明書を持っていないのが分かると、逃亡者・脱走者の汚名を着せられて連れ戻され、厳重に処罰される。二度同じ過ちを犯すと、今度は罰として奴隷にされてしまう」[110]。単なる文学作品のことであれば、これが不吉な影を落とすユートピアの恐ろしい裏の顔と控え目に言うこともできるが、これが全体主義社会の政治的現実として立ち現れると、気の滅入るような耐え難さとなる。もちろん、そのようなことは毛沢東による圧政下の中国や旧ソビエト連邦、東ヨーロッパで実際に起こったことだと多くの人にはわかるし、二〇世紀を代表する反ユートピア小説がディストピアの悪夢のような姿として描こうとするものでもある。ユートピアが、より良くありたいという人間の基本的欲望に始まり、その欲望を文学という形式によって実らせたものであるのならば、集団の名のもとに個人の自由を犠牲にすることは、虫がユートピアの中心部でユートピアが完全に朽ちるまで芯をかじり続けるようなものである。

したがって、個人対集団の対立は、すべてのユートピアにおける根本的問題である。この問題についてザミャーチンの『われら』を取り上げて考えてみたいと思う。『われら』は二〇世紀の偉大な反ユートピア小説の中でも最初期の作品でハクスレーやオーウェルに影響を与えただけでなく、個人対集団の問題が非凡な想像力と分析力、魅力的な比喩表現、深い洞察力をもって描かれているためでもある。『われら』は遠い未来の物語で、語り手のD－五〇三が、科学技術の極めて発達した「単一国」で起こるあらゆる出来事を記した一連の覚え書から成る小説であり、顔も知らぬ過去の人々、すなわち、いまの時代に生きる我々に向けて書かれたSF年代記である。単一国というディストピア世界では、人間の生活が「時間律法表」によって厳格に管理されている。「時間律法表」とは、D－五〇三をはじめとする「員数成員」[10]がするべきことを精確な時間に基づいて規定するもので、D－五〇三が「科学的倫理学――つまり、加減乗除に基づいた倫理学の体系」[11]と呼ぶ包括的な規範的律法表である。

無秩序な行動、すなわち自由というものは恥ずべきこととされ、野蛮で異常で非理性的で犯罪にも等しいこととして冷笑の対象となっている。「自由と犯罪は切り離し難く結びついていて、それはあたかも……そう、あたかも飛行機《エアロ》の運動とその速度の関係のようなものだ」とD－五〇三は日記に記す。「飛行機の速度＝〇なら、飛行機は動かない。人間の自由＝〇なら、人間は罪を犯さない。それは明白である。人間を罪から救い出す唯一の手段は、人間を自由から救い出してやることである」[12]。ここにおける聖書の楽園追放の物語をめぐるザミャーチンの再解釈は極めて意味深いものに思われる。なぜなら、ザミャーチンは意図しなかったかもしれないが、アウグスティヌス以前の楽園追放の意味を現代に呼び起こし、個人の選択と人間の自由をめぐる物語として読んでいるからだ。

もちろん、そうした再解釈は、ディストピア寄りの観点から皮肉っぽく披露される。「古代の楽園についての伝説なんだが……これはわれらのこと、現在のことじゃないんだ」と国家任命詩人のR－一三は、謀反を起こした成員が前日に死刑宣告を受けたこと、ならびに彼が生きるディストピア社会で幸福と理解されていることの性質について思いを巡らせながら言う。「楽園のあの二人に選択が委ねられた。自由なき幸福か、あるいは幸福なき自由か、第三の選択肢は与えられなかった。この二人は頓痴気で自由を選んだのさ――それでどうなった？もちろん、それから何世紀も彼らは手かせ足かせに憧れたんだ」。単一国は楽園追放の物語をこのように再解釈し、不自由、すなわち厳しい制限と全面的管理こそが幸福であると再定義して、個人の選択をすべて禁止するという、まさにディストピア的な目標を達成する。R－一三は、単一国の公式詩人としての立場で国家の代弁をして次のように続ける。

> そうだよ！　われらは神を助けて決定的に悪魔に打ち勝ったんだ――人々をそそのかして禁制を犯すようにさせ、破壊をもたらす自由を味わうようにさせたのは悪魔だからね。彼は狡猾な蛇なのだ。だがわれらはこいつの頭をでっかい靴でグチャッ！　と一発さ。そしてお膳立てができて、楽園の復活だ。そしてわれらは再びアダムとイヴのように純真で無邪気になった。善悪についてのあの混乱もなくなった。すべてはまったく単純になり、楽園のように、子供のように単純になった。恩人、機械、立方体、ガス室の鐘、守護者――これはみな善で、みな偉大で美しく、高潔で、高尚で、水晶のように清らかだ。なぜならこれらが、われらの非自由、つまりわれらの幸福を保護してくれているからさ。(113)

したがって、ディストピアとしての単一国で幸福を感じることとは、集団の一員と完全になるために、選択と個人の自由と個々の権利を放棄することである。語り手が独特の数学的表現で述べるように、個人と集団の関係は単純な数式で測ることができる。

さてここに二つの秤皿がある。一方の皿には一グラム、他方の皿には一トンがあるとしよう。一方には《私》、他方には《われら》、単一国がある。単一国との関係において《私》に何らかの権利がありうると仮定するのは、一グラムが一トンと釣り合うと仮定することと、まったく同一であることは明白ではないか。このことから次のような配分が生まれる。つまりトンの方には権利が、グラムの方には義務が割り当てられる。無に等しきものから偉大なるものへ至る自然な道程は、自分が一グラムであることを忘れ、一トンの一〇〇万分の一であると感ずることである。[114]

この部分は全体主義国家の論理を効果的に暴いている。その論理は、常に、集団の絶対的重要性に対して個人は無意味であるというものである。こうした論理を単純な計算で表現することは、ザミャーチンの風刺方法に典型的なものであり、とくに、反ユートピア世界での管理の象徴として数学を風刺的に用いている。ドストエフスキー（Fyodor Dostoevsky）の『地下室の手記』(*Notes from the Underground*)にある、似たような数学的言説をほのめかしながら、ザミャーチンは管理の論理を単純な等式に置き換えてみせ、語り手のD－五〇三に「決して――そう、決して――誤りを犯さない」、「九九表」の素晴らしさを称えさせる。D－五〇三は続ける。「九九表の調和的で永遠の法則に従って生きている数ほど幸せなものはない。動揺も、迷いもない。真実は一つ。そして真実の道も一つ。かくして、この真実は《二掛ける二》であり、真実の道は《四》である」[115]。この小説では、「二掛ける二は四」という単純な数学的真理は、単なる完全管理以上のものを意味する。というのも、それが実証する「科学的倫理」は人間の生活を、そして人間の本性それ自体を抽象化し、中身のまったくないものにして、線形的目的論や人格を持たない氷のように冷たい算術論理に勝るとも劣らない確実性をもって現れ出るからだ。数学を風刺として用いることによって、ザミャーチンは社会主義イデオロギーと彼が当時目にした社会主義国家に蔓延する妥協のない科学主義に疑問を呈し、集団の大義のために個人の自由を犠牲にして人間性を抹殺する危険性――合理性、科学の進歩、公共善といったもっともらしいユートピアの主張の危険性――を我々に警告するのである。

しかし、ミハイル・バフチンが論じるように、小説というものは本来、多声的であり、「言葉遣いの社会的多様性や、ある場合には多言語の併用や、また個々の声たちの多様性が芸術的に組織されたもの」である。すなわち、小説は例外なく社会的・イデオロギー的な「言語的多様性[116]」の小宇宙である。ザミャーチンの『われら』に見られるように、たとえ権威や統制に関する物語が反ユートピア小説では一般的なものとして意図的に描かれているとしても、多声性を本質とする芸術様式である小説は、そうした権威的言説が必ず衰退していくように展開するはずである。「小説とはただ一つの言語の絶対性を拒否したガリレイ的言語意識の表現である」とバフチンは述べる。「言表および意味の面からイデオロギー世界を脱中心化すること、言うなれば文学意識がもたらすある種の言語的不確定性――そこにはもはや、イデオロギー的思想を保有しておくための極めて神聖な単一の言語的媒体などは存在しない――というものが考えられない限り、小説は始まらない[117]」。多声的な小説をめぐるバフチンの見解を引きながら、シュトリーターは、ザミャーチンの『われら』においては、語り手の「言語意識」が表向きの権威的言説を無意味に反復するうちに、「相違の多様性を含めた、様々な言葉と声の可能性」を発見するに至り、それを機に「自分を取り巻く社会の多声性を見つけ始める」様子を論じている。小説が進み、不可避的にさらに多声的になるにつれて、権威的言語は徐々に語り手を管理する能力を失っていく。「この多声性は、権威ある政治的言説のみならず、数学者であるD‐五〇三（とその監督者のザミャーチン）にとって馴染み深く、また、曖昧さなど微塵もない合理主義から生まれる絶対的状態のために神聖視される代数学や数学といった絶対的言語の正しさを疑い、徐々に侵食していく[118]」。

シュトリーターの指摘は、たしかにザミャーチンの『われら』の言葉と色調が変化していく様子を言い当てている。たとえ全体主義国家である単一国での生活が数学的な正確さをもって制御され、隅々まで行き渡った監視のもと隠し事など一つもない透明性が維持されているとしても、完璧で落ち度の一つもない制御と管理は実際には不可能である。しばらくは、すべての物事が全体主義の単一国でしっかり管理され、普段と異なることや意外な出来事などまったく起こらないかのように見える。しかし、物語が展開していくにつれ、謎めいた女性I－三三〇と彼女の誘惑的な雰囲気と気まぐれな行動に表象される、まさに不規則性と予測不可能性が、反ユートピアのほぼ完璧な管理状態を破壊する。

しかし、ザミャーチンは小説の最後で全体主義的管理からの解放は約束しない。決して破壊できるようには思えなかった単一国という組織が最終的には崩れ、当初思われていたほど管理が完璧なものでないことはわかるものの、単一国がすっかりなくなってしまうわけではない。革命が失敗すると、謀反を起こした員数成員たちは殺されたり処刑されたりし、それ以外の員数成員には、わずかに残っている人間性を脳から除去する「想像力摘出手術」を受ける命令が下される。I－三三〇によって、また自らの人間の本性の目覚めによって、一時期謀反に魅かれたD－五〇三は、想像力摘出手術を受けると、体制の側に戻って謀反側の員数成員のすべてを裏切り、謀反者たちへの拷問や処刑を全知全能の「恩人」と共に座りながら眺める。革命の鎮静化と謀反者の処刑は迅速に行われたに違いない。D－五〇三は次のように言う。

事を先に引き延ばすことはできない――なぜなら西方区域には、まだ、混沌と、うなり声が続き、死体と野獣がおり――それに残念なことに――理性を裏切ったおびただしい数の員数成員たちがいるからである。

しかし、横に走っている四〇番街に、臨時の高圧電流の壁を建設することに成功した。そして私はわれらが勝利することを希望している。いやそれ以上である。私は確信している、われらは勝利するであろう。なぜなら理性は勝利するはずだからである。(119)

この言葉をもって小説の幕引きとなり、読者には単一国が反乱や混乱を再び管理し、全権を握る「恩人」と彼の高性能殺人機械を謀反者が滅ぼすことなどほぼ不可能であるといった印象が残される。一九二〇年代の政治状況の中で、ザミャーチンは個人が勝利するなどという希望はまったく間違ったものであるということを示して、読者の勧善懲悪感を満足させることは拒否したが、この拒否は当時の政治的現実に対する彼の冷静な分析とユートピア的主張がいかに危険なものであるかという彼の洞察から裏づけられたものである。小説の暗い幕引きは、ザミャーチンの悲観主義というよりも、むしろ、社会的・政治的現実に対する彼の敏感な反応を示している。クリシャン・クマーは述べる。「社会主義が科学や科学技術、組織に対する現代的信仰をこの上なく詳細かつ精巧に体現したものであると見られる限り、反ユートピアは社会主義と闘うために考案されたものと実際考えられる。その意味で、過去数百年の間にユートピアも反ユートピアも、最も重要な現代の政治的兆候、すなわち、イデオロギーと政治運動としての社会主義の台頭を表現し、描くようになったのである[120]」。

もし、ユートピア思想の「生霊《ドッペルゲンガー》」としての反ユートピアが、イデオロギーあるいは政治的現実としての社会主義への応答批判として登場したのであれば、二〇世紀末に起こった大きな社会的変化はユートピアにも反ユートピアにも終わりを告げる出来事であったのかもしれない。社会主義崩壊を示す極めて象徴的な一九八九年のベルリンの壁崩壊、ソビエトの崩壊、一九九〇年代から起こっている中国の大きな変化はすべて、国家による計画経済と「労働者階級《プロレタリアート》の独裁」による社会主義が失敗に終わったことをはっきりと実証している。おそらく二〇世紀は、幸福な社会というユートピア思想に、それとは正反対の醜さに変化する傾性があるという歴史の皮肉を証明する十分な証拠を与えてきたと言ってよかろう。フレデリック・ルヴィロワ（Frédéric Rouvillois）は多くの例を引きながら、ユートピアにはもともと全体主義との親和性のようなものがあるという持論を展開する。「ユートピアと全体主義の近親性を偶然とは思えないほど頻繁に目にする」とルヴィロワは述べる。「ユートピアと全体主義は鏡像関係にある。ユートピアは全体主義の前兆以外の何ものでもなく、また、全体主義はユートピアの夢の悲劇的実現であるかのように、両者は同じ世界観《イメージ》を常に送り合い続けている。両者の間に立ちはだかるものは唯一、夢とその実現を隔てる距離だけであるかのようだ」(121)。

ユートピアと全体主義に通底するものは、先に論じたように、集団の名のもとで個を容認しない点である。政治的現実では、集団が抽象的概念としてあり続けることは不可能であるため、集団という考えは人間の営みを通して機能し、実際の人間、大抵は最高指導者によって具象化される。ザミャーチンの数学的表現で言い換えれば、権力を持った指導者は非常に重たい一トンの存在であり、各個人は、それに比べてたいした重みのない一グラムの存在である。反ユートピア小説では、指導者は、ザミャーチンの『われら』における「恩人」やジョージ・オーウェルの『一九八四』におけるビッグ・ブラザーのように、神のような姿になる。「基本的に、ユートピアと全体主義には人間、自然、歴史について似たような考えがある。両者とも歴史を、自我と理性を有する人間と共に必然的かつ永続的に進歩するものと捉えている。人間こそが歴史という劇の主役、歴史を前に動かす力だというのである」とルヴィロワは言う。「目の前で『神の国がついに地上に実現した』ことを確かめるという共通の計画の向こうに見えるものは、昔からユートピアと全体主義を結びつけてきたのと同じ願望、すなわち、地獄の苦しみを味わってでも神の国に人間が住むという願望である」(122)。「神の国に人間が住む」というユートピア的願望と聞くと、モアの『ユートピア』の起源をルネサンスと宗教改革という世俗主義の文脈から論じたクマーの議論、とくに、ユートピアはアウグスティヌスが唱えた原罪と性悪説への批判と反論であるという指摘を思い出す。これまでユートピア的主張と反ユートピア的反論を見てきたが、我々は結局、人間は神ではないということ、そしてもっと重要なこととして、人間は神の世界には住めないということに改めて気づくだろう。これは宗教的敬虔さを取り戻せということではない。いま以上に謙虚で慎み深くなって、人間の限界と人間としての弱さを冷静に自覚するようにという意味である。

しかし、ユートピアが必ずしも社会主義とぴったり一致している必要はないし、社会主義が反ユートピア主義者の唯一の批判の的である必要もない。社会主義国家が軒並み失敗に終わったために社会主義を批判するのは、クマーが主張するように、「キリスト教を異端審問のために批判するようなものだ[123]」。端的に言えば、ユートピアとは変化への欲望とその変化の未来図である。ユートピアとは「現実に対して、様々な変化の可能性を測定評価してもらうものではなく、変化への要望を突きつける[124]」ものである。二一世紀になり、ユートピアはおろか、反ユートピアも消えつつある。「もはやウェルズの後継者も、ハクスレーやオーウェルを継ぐ人さえもいない」とクマーは言う。「反ユートピアはユートピアとほとんど同じく、ここのところうまくいっていない。もっとも、小説家やSF作家の中には反ユートピアの表現様式や技法を用いてそれぞれ悪夢の未来像を想像している人もいるが[125]」。しかし、ユートピアの終焉を宣言するのは歴史の終わりを宣言するのに等しく大袈裟なことである。我々にできる最良のことは、難しいことであるとわかっていても、ユートピアから、悪夢のようなディストピアを作り出すあらゆる要素を除去することである。歴史は途切れない。我々も試行錯誤しながら未来を構築していく必要がある。「我々のいまの状況が矛盾した状況なのは実に明白だ」とロラン・シェアーは格調のある英語で語る。「我々こそが、現に未来を築き上げている張本人なのだ。それが好ましいものであろうとなかろうと、今日行っている純粋に人間的な選択が今後何世代にも渡って続いていくことを知っている。選択は常に盲目的であり、我々が今日も作りつつある世界の運命が我々の理解をまったく超えた法則の支配を受けていることを進んで認めようとしないのであれば、我々は、言わば、サルトルが言った『人間は自由であるように運命づけられている』という精神でユートピアを選択する以外に他はなかろう[126]」。

言い換えれば、ユートピアとは我々が思い描いた未来なのである。要するにトマス・モア以来五〇〇年の発展を遂げたあとで、ユートピアという考えはついにその最も基本的な出発点、すなわち目の前の現実の彼方により幸福な社会を望むというあまりにも人間的な欲望、レヴィタスの言う「より良くありたいという欲望」に戻ったのだ。この意味で、ユートピアという幸福な社会の理想は、もちろん今後もなくならないであろうし、未来への希望と未来に貢献していこうという確固たる思いは続いていくであろう。しかし、我々が二〇世紀に目撃したことを考えれば、大いなる理想が孕む危険性には常に気をつけなければならない。ユートピアという理想もそうだ。そこでは、集団の利益の名のもとに一人ひとりの人間から個性が奪い取られる。また、理想と現実、頭の中に描くユートピアと社会生活や日々の政治といった現実の間には常に溝があることに気づかなければならない。完璧な社会への期待《テーゼ》にはそのような社会を否定する要因《アンチテーゼ》が含まれており、人間の本性は本質的に善であるという信念《テーゼ》が権力や支配に貪欲な人間の最も邪悪な部分《アンチテーゼ》を引き出すことになるというのは、歴史上、おそらく最も恐ろしい皮肉、あるいは弁証法の一つであろう。しかし、人間はより良い社会、より良い人生への希望を捨てることはできない。たとえ理想と現実の間に常に溝があるとしても。どうすればその溝に橋をかけられるのか。どうすれば釣り合いがとれるのか。どうすれば個人の権利と集団の責任との間の均衡を保てるのか。これは政治家への問いだけでなく、新たな一〇〇年、新たな千年紀に入った我々一人ひとりが考えるべき重要な問いである。

未来図のない未来など考えられない。それゆえ、未来社会《ユートピア》の空想図は今後もなくならないであろう。もし、世界の現実が頭の中にある理想社会ほど望ましいものでないのであれば、非難すべきは頭の中にある理想社会ではない。そこで、本章を楽観的な見方で締め括ろう。ユートピアという理想社会像は今後も我々を導き続け、これまで数々の計画が失敗に終わり、何度も期待を断念しなければならなかったにもかかわらず、個人の権利と集団の責任のいずれをも尊重する、いまより開かれた、寛容で人間味のある社会、可能性のある最高の見通しと、東洋と西洋の政治的英知が結びついた社会の建設に向けて、人間は将来、いまよりも上手くやっているかもしれない。

第五章　結論——解釈と政治

これまで本書では、寓意《アレゴリー》を書記の様態《モード》として、寓意的解釈《アレゴレシス》、とくに聖書の雅歌の釈義や『詩書』の注釈に代表される聖典《キャノン》の寓意的解釈を解釈の様態《モード》として考察してきた。ユートピアとその分身たる反ユートピアが社会的理想の寓意あるいは全体主義の悪夢への転落の寓意として意識的に描かれたものであるとすれば、雅歌や『詩書』の恋愛詩の寓意的解釈の多くは、そもそも寓意的でない作品本文《テクスト》に牽強付会な意味を付したイデオロギー的偏向解釈である。そのような偏向した誤読と曲解を防止するため、本書では言葉の字義的意味と作品《テクスト》の統一性の重要性を強調してきた。たとえそうしたものが、読者が否応なしに主観的な立場から解釈してしまうような事態や、読者の期待の地平と無関係でないわけではないとしても、である。解釈が、これから読もうとしている作品に関する読者の一定の予備知識とともに始まることは間違いない。しかし、解釈を進めることとは、自分の予備知識の正しさを確認するだけの閉回路内の歩みではなく、自分の予備知識が作品本文《テクスト》から異議を申し立てられ、より妥当で適切な理解へと至るまで絶えず修正と調整が続く、考えることを閉ざさない対話と意思疎通の過程である。解釈という一連の変化の過程を進むことにおいて大事な点は、個々が閉じた回路の内部を移動するのではなく、何か重要で価値のあることを学ぶために、作品本文に向き合い自分の知識の正しさの確認に限定された閉じた回路の外部にある世界に出ることによって徐々に理解を進めていくことである。

字義的意味と作品の統一性を拠り所とすれば言語の乱用、すなわち、鹿を馬と呼んだ趙高の邪な企みに見たような政治的曲解や蘇軾の檜を歌った詩や王維の「終南山」の例にあったような文学作品の歪曲といったことに異議を申し立てることができる。これらの例に見た偏向解釈はそれ自体が政治的行為、政治的影響によって必然的に引き起こされる危険な／批評上の捏造である。もっとも、そのような解釈が必然的に引き起こされたというのは、単にはるか昔の遠い国のことだったから、つまり、常に身の危険や危惧すべきことが身近にあった時代・場所だったからということではない。我々の時代でも所によっては身の危険や危惧すべきことが常に身近にある。実際、文学表現や芸術表現の自由を擁護する法がなかったり、作家を迫害する権力の乱用を制限する方法がなかったりする社会では、政治的観点から実践される寓意的解釈が極めて重要なことも良くある。この点で、異なる形の社会の間、もっとはっきり言えば、法の支配を受ける民主主義社会と権力を握った少数の人々の意志と気まぐれによって管理される全体主義社会もしくは権威主義社会の間にある政治的・制度的構造の相違をどれだけ強調してもしすぎることはない。こうしたことから、本書の締め括りの主題を解釈と政治の関係に据えたい。もっとも、議論に用いる例は、西洋の多くの読者に馴染みのない、風変わりな響きさえ持つような名前の古代中国人作家が書いた時間的にも場所的にも離れた事例より、西洋の読者にとって身近な事例を取り上げる方がいいだろう。

解釈と政治は一致しないものであることをいくつかの例で検証し、各々の例がどのように異なる結果を招くのか、「政治的解釈」という概念そのものに、根本的に異なる意味と含意があることを明らかにすることによって示してみたい。現在、西洋の言論界において「政治的解釈」が非常に重視されていること、また「政治的解釈」

が解釈の絶対的地平であるとさえ見なされていることは否定できない事実である。[1] したがって、政治的解釈の性質とその解釈が引き起こすことになる結果を詳察し、異なる社会的・政治的条件のもとでは政治的解釈の意義も異なることが明確になれば、有用かつ有益であると考える。

そうした相違に関する一つの例が、『リプレゼンテイション』(*Representation*)の特別号(一九九五年冬号)「歴史を同定すること——一九八九年前後の東ヨーロッパ」("Identifying Histories: Eastern Europe Before and After 1989")の序章である。この特集号は、カリフォルニア大学バークレー校に勤務する二人のアメリカ人と、ブダペスト在住の歴史を専門とするハンガリー人との交流と協力によって生まれたもので、「検閲、秘密主義、記憶、異議の連鎖的問題」[2]を扱った興味深く、極めて得るところの多い論文を集めて三人が共同編集した。ところが、この特集号の序章を書くにあたり、三人の編者は連名で一つの序章を共同執筆する代わりに、「いまも有効なマルクスの言葉を『各自の必要性に応じて』借りるため」、三つの節に分けて各々自分の経験や考えを記した。共同執筆がこのように不完全な形に終わった理由は序章自体に詳しく説明されている。共編者は「興味や経験がそれぞれ異なっている」ことがわかったので、「この序章のまさに最初から違いを浮き彫りにすることにし」、「東ヨーロッパという複雑な生活世界(life-world)と(彼らが)理解のためにそこに関与したことで見えた複雑な生活世界(life-world)をうやむやにすることはできないし、するつもりもないと白状することにした」[3]。「東ヨーロッパの複雑な生活世界」に関する違いを(したがって、暗に西洋の複雑な生活世界に関する違いも)率直に認めたということは、互いに相容れない三者の思慮が、まずそれぞれ異なる社会的・政治的現実に「自ら関わっていくこと《アンガージュマン》」によって生まれること、そして究極的には、それぞれが異なる環境の中で日々の生活を送ることによって形成されるものだということを暗示している。

序章の共同執筆に同意「できないし、するつもりもない」という事実は、三人の学者のうち二人がアメリカ、一人が東ヨーロッパという異なる政治的状況を背景に持っているために生じたものである。我々の生活の経験や現実との関わりは我々の言語使用と言葉の意味理解に間違いなく影響を与える。概念や専門用語、とくに、倫理的価値観や政治的価値観に関するものは、異なる社会や政治的状況の中で生きる人々にとってまったく異なる意味を持つ。この点では、類似性より差異の方が適切な理解のために重要なものとなる。ボリス・カガルリツキー（Boris Kagarlitsky）が論じるように、「左翼」、「右翼」、「革新的」、「保守的」といった用語はとても複雑で、東洋と西洋の境界を横断して社会的現実に適用することは実際できない。カガルリツキー曰く、「西洋の左翼運動に顕著な特徴は、昔から経済管理に労働者が民主的に参加することを求める戦いとなってきたことにある」が、そうした左翼の概念はかつてのソビエト連邦など社会主義を名乗る国々では民主主義が存在しないために通用しない。社会主義国は、「労働者の利益の名のもと『知性に欠けたブルジョア民主主義』と戦うことを主張する一方で、労働者には民主主義の権利を認めていない(4)」。社会主義国には民主主義的現実といったようなものなど存在しないため、「左翼」という用語を社会主義の政治に用いると大きな誤解を招くことは明らかだ。カガルリツキー曰く、「定義の上では全体主義体制は右翼でも左翼でもない。全体主義体制は、与えられた状況の中でより『効果のある』方を選んで右翼や左翼といった言葉を用いるかもしれない」が、右翼であろうと左翼であろうと「政治的勢力分布図《スペクトル》上のある場所を占有することなどありえない。なぜなら、いずれの場合もそれがすべての領域になるのであるから(5)」。

たしかに、左翼が国を牛耳った場合、そうした社会主義国家でどのようにして野党としての「左翼」を形成することが可能だろうか。「左翼」という概念は社会が異なれば同じ意味にならないのは明らかであり、また「政治的解釈」も社会が異なれば同じ意味にはならない。「左翼」や「政治的解釈」といった概念は、それらの言葉の意味や価値が根本的に変わらない限り、民主主義と全体主義の境界を横断することは不可能である。この点について、政治的解釈を例にとった議論を通して要点を説明し、政治的解釈への偏愛が異なる形態の社会でいかに大きく異なった意味を持つのか示したいと考える。すなわち、倫理的・政治的寓意は、東洋と西洋の社会的・政治的現実において大きく異なる意義を持っているということである。

政治的転覆のための解釈

スティーヴン・グリーンブラット（Stephen Greenblatt）は『イギリス・ルネサンスの形の力』（*The Power of Forms in the English Renaissance*）の序で、新歴史主義について「第二次世界大戦が終わって数十年が経ち、支配的な旧歴史研究方法からも形式主義批評からも、一部を引き継ぎつつ、距離をとる批評方法[6]」と綱領を記す。同書では、新歴史主義が固有の学術的地位《アイデンティティ》を獲得するために区別の対象とした旧歴史主義研究の典型例として、ドーヴァー・ウィルソン（Dover Wilson）、とくに彼が一九三九年に発表した論文「シェイクスピアの『リチャード二世』と『ヘンリー四世』の政治的背景」（"The Political Background of Shakespeare's *Richard II* and *Henry IV*"）が取り上げられている。グリーンブラットとウィルソンの違い、すなわち、新旧歴史主義の違いは、リチャード二世が退位に追い込まれ暗殺される『リチャード二世』の上演時に女王のエリザベス一世が一六〇一年八月四日に論評した時の所見をめぐってくっきりと浮かび上がる。エリザベス女王は、失敗に終わったエセックス伯による女王への反乱前夜に上演された『リチャード二世』を見て、「我はリチャード二世。それを知らぬというのか」と述べた。この発言について、ドーヴァー・ウィルソンは先の論文の中で、『リチャード二世』は政治的転覆を目論む劇などではないという理由で、エリザベス女王は何の懸念も抱いていなかったはずだと述べる。それに対してグリーンブラットは、エリザベス女王の発言は劇とその上演に秘められた政治的転覆性を暴露しているからこそ、女王はウィルソン以上に『リチャード二世』の政治的意義を感じ取っていたと指摘する。ウィルソンの解釈は、政治的転覆にまつわるあらゆる力や要素を隠蔽して、『リチャード二世』を「テューダー朝への賛歌」というお決まりの政治的見解の表象に仕立てる。しかし、とグリーンブラットは続けて言う。

エリザベス女王は明らかに何か別のことに反応している。それが冒涜的なことであろうとなかろうと、舞台上に現れる廃位をほのめかすものすべてに。この特別なときにこの特別な物語が選ばれたということに。上演場所に対して。公共圏に立ち現れる自身の姿、殺されたリチャード二世の姿と重なり合う自身の姿に対して。ドーヴァー・ウィルソンは新批評家ではない。すなわち、彼は作品《テクスト》を、それ自体の形式構造がすべての意味を担っている象徴物とは考えない。その代わりに、彼は歴史を調査することによって作品に自律性と普遍性が付与されると考えるのだが、しかし、まさにその普遍性こそがエリザベス女王の反応によって否定されるのだ。[7]

以下、グリーンブラットによれば、ウィルソンの解釈は、様々にひしめき合う政治的諸力の痕跡、とりわけエリザベス女王の主権を危うくしかねない政治的転覆を暗示する要素を隠蔽し、うやむやにする傾向がある。このことによって、シェイクスピア劇は、たとえ政治色がまったくないわけでなくても、政治的に無害なものになる。したがって、エリザベス女王には劇の政治的意味を見抜き、「劇の上演を危険な兆候」と如才なく「判読」[8]できるのに、歴史主義者のドーヴァー・ウィルソンにはそれができない。「明らかに何か別のことに反応している」時のエリザベス女王が劇とその上演を政治的寓意として理解している――単なる文学的・歴史的意義を判断しているのではなく王位陥落の脚色として判断している――のは明らかである。

グリーンブラットは著書の中で、文学的産物に含まれる政治性に対する旧歴史主義者の単純なものの見方を雄弁にかつ説得力をもって厳しく批判する。文学作品の有機的統一性を形式主義的に証明しようとする旧歴史主義と異なり、新歴史主義は文学作品を一貫性のない断片的なもの――政治権力やイデオロギー統制との絶え間ない闘争に引き込まれる力場、すなわち「力の場、不和や変容する利害関係の場、正統的動機と転覆的動機がぶつかり合う場」[9]――と見ようとする。文芸作品や演劇芸術が持つ政治的意味に焦点をあてた新たな視点によって、自らの存命もまた反逆や政治的転覆を絶えず監視し鎮圧することにかかっている政治上の人物エリザベス女王は、ドーヴァー・ウィルソンよりずっと優れたシェイクスピア劇の批評家――『リチャード二世』をイギリス社会とその政治的勢力《エネルギア》から成る全体構造の内部にある徴《サイン》として解読する洞察力に優れた人物、文学形式の持つ力、すなわち権力形式を体現するものとしての文学の性質を適切に理解する人物――としてその姿を現す。

グリーンブラット曰く、新歴史主義は「『文学的前景』と『政治的背景』の間、より一般的に言えば、芸術的産物とその他の種類の社会的産物との間に確固として存在する境界を担保する前提に挑む」[10]。ドーヴァー・ウィルソンが、シェイクスピア劇の政治的背景をめぐる自身の論文の中で、シェイクスピアによる政治とイデオロギーの審美的超越を前景化しようと努めたとすれば、新歴史主義はそのような超絶的なシェイクスピアを高く評価することはなく、代わりに、彼の劇を、政治的に条件づけられ政治と連動するもの、すなわち「美学に権限を委譲するルネサンスの様態《モード》」[11]として読む。新歴史主義はミシェル・フーコーをはじめとする大きな影響力を持ったポストモダン派の学者たちの学説を土台にして、文学作品《テクスト》を政治的対立の場、権力と支配を求めて拮抗する力の象徴的戦場として捉えることで、今日の文学理論における主要な方法論となった。

新歴史主義ならびに、言説や政治的修辞の力をはじめとする文学形式がもつ力への自省的意識に比べれば、ドーヴァー・ウィルソンの論文に代表される旧歴史主義の研究は、あまりにも単純と指摘される「一元的論理」による歴史観、教養のある人々だけでなくすべての国民でさえ抱いていると思われる単一の政治的大局観の再構築、文学作品の審美的自律性や永続性の探究といった点が現代の読者にとって絶望的なほど古めかしく見えるのかもしれない。新歴史主義者によれば、そのような歴史と政治への無批判的視点を疑問視し、最終的に解体するものが、文学作品自体に潜む政治的転覆の力――旧歴史主義者によってこれまでうやむやにされ、隠蔽され、無視されてきたものの、エリザベス女王の「我はリチャード二世。それを知らぬというのか」という発言で明らかになり、即座に問題視された政治的転覆の力――である。ということは、『リチャード二世』や同劇の上演の政治的解釈は、エリザベス女王が劇に出てくるリチャード二世を実際の政治的人物として彼女自身と同一化することが必要条件になっている。この同一化があればこそ、劇に秘められた政治的転覆性が露呈するということである。

新歴史主義者は学術上の革新的方法をもって、女王に政治的洞察力があったことを全面的に認める。新批評や伝統的な歴史主義が長きに渡って影響力を持った時代を経て、新歴史主義はいま、過去の文学の研究に新たな理論的枠組みを提供しており、その成果には目を見張るものがある。たしかに、ルイス・モントローズ（Louis Montrose）が指摘するように、アメリカの新歴史主義は、とくにルネサンス研究の領域において「最も新しい学問上の正説になりつつある[12]」。この言葉は一〇年以上も前に一種の予言として述べられたのだが、その的確さには恐れ入る。というのも、新歴史主義は実際、多くの文学研究者に文学・文化研究における権威的な理論的枠組みを提供しているからだ。たしかに、新歴史主義は学問上の新たな正説になっている。

しかし、新たな理論的雛形、革新的な方法論の登場に沸き立っている一方で、いくつか出ている疑問は保留されたままで、いまだ疑わしい点は残っている。スティーヴン・ジャスティス（Steven Justice）は、新歴史主義の主要雑誌『リプレゼンテイション』に投稿した論文の中で、極めて重要な問題を適切に指摘する。それは、まさに新歴史主義が政治を強調するところから生まれる問題である。

> 国教反対者とその敵対者をめぐる歴史研究——反乱と抑圧、異端と正統、批判と権威の研究——は、かつてみんなに求めたことを、いま歴史家に対して、抵抗しがたいほど要求する。どちらか一方を支持せよ、と。だが、歴史家は、どちらを、また誰を支持するのか[13]。

最後の一文にある問いは、どちらか一方を支持せよというまさにその要求に疑問を投げかけていると考えられるが、この要求をそのまま受け止めるとき、正しい側として選ぶべきは弱者の側、権力を持たぬ側、咎められる側、犠牲者の側であり、統治者や政治的既成勢力の権力に預かる側であってはならないという新歴史主義者の倫理的同情の姿勢に対して、ある種の倫理的不安を覚える。もし文学を歴史的に研究する人々や批評家が、王や女王を彼らが持つ政治的感性ゆえに称賛し(だが、王や女王としての能力として、他にどのような感性を彼らに期待するというのか)、王や女王と同じような感性を自ら磨き、エリザベス女王が『リチャード二世』について発言したように、あらゆる文学作品のどこにでも政治的転覆の力を見出そうとするのであれば、知らず知らずのうちに間違った倫理的選択をする、すなわち、政治上の抗争と同盟において誤った側につくことはないのであろうか。だが、学者集団であろうとどのような集団であろうと、選択に関する統一見解といったことを述べることなど不可能だ。というのも、選択というものは、別々の文化的・歴史的文脈に生きる個々の人々によって行われるというのが実情だからだ。政治であれ、他のことであれ、どのような選択をするのかは各人が有する歴史性が最終的に決定する。なぜなら、旧歴史主義が普及させていると思われることとは対照的に、またグリーンブラットがすでに指摘しているように、教養ある人々が全員、例外なく持っているたった一つの政治的見解などないし、ましてや、ある地域に住む人々が全員、例外なく持っているたった一つの政治的見解など存在しないからである。

とはいえ、個々の選択や決定もまた、いくつかの重要な点において、所与の社会の文化と政治の状況に影響を受けている。このことこそが、『リプレゼンテイション』東ヨーロッパ特集号の共編者となったグリーンブラットと他の二人が、序章の部分で各々の差異を認める必要性を感じた理由を説明可能とする。道徳知や、政治的転覆という概念の理解は現実生活の中で条件づけられており、そこへ付随する様々な事象が入り交ざり、期待の地平の範囲内で一種の実践的知識が構成される。政治闘争の歴史研究においてどちらの側の支持に立つのか決定するときは常に、個人的な先入的愛好と社会状況との間で調整を図る対話が必然的に行われる。したがって、どちらの側に立つのかという決定において、倫理的・政治的責任を個人が引き受けないでいられることは、ほとんど不可能である。

どちらの側を支持するのかというまさにこの問いのために、新歴史主義が文学に秘められた政治的転覆性にこだわり、エリザベス女王の政治的解釈を正しいものとして支持するとき、その正しさをどうやって測るのかという疑問が浮上することになる。このことをめぐってアナベル・パターソン（Annabel Patterson）も、『リチャード二世』に対するエリザベス女王の論評を、彼女自身が言うところの「検閲の解釈学」の観点から論じている。パターソンによれば、そのような政治的解釈は、現在の状況と劇に記された歴史上の過去の間にある「暗黙の類似性」に依存しており、劇を政治的転覆と見る人々は「類似ということにまつわる不正確さや不完全さに思い悩むことなどまったくない」。このことによって歴史は危険視され、パターソンが警告するように、他ならぬ、まさにその理由のために、歴史を書くことが一五九九年の司教命令[一]による公式の検閲領域に特別に含まれたのだ。そこでは、皮肉を禁じて、「イギリスのいかなる歴史も、陛下の勅選法廷弁護士によって認められたものを除き、印刷は一切許されない」と指示された。[14]

後で私は別の文化的・政治的文脈において同じ問いを述べる予定だが、その前に、ルネサンス文学に政治的転覆を見出す類の批評を読むときに、どのような倫理的不安が生じるのか、他の例を加えておきたい。ここで問題とするのは、クリストファー・マーロー（Christopher Marlowe）を悪名高き秘密警察の記録に載せた無神論の罪、また、これに関連して、トマス・ハリオット（Thomas Harriot）が無神論者であるという噂に関するグリーンブラットの議論である。[15] 無神論は一六世紀から一七世紀に渡って、イングランドでは恐ろしい犯罪と見なされ、重い罰が与えられたため、無神論を公の場で口にすることは事実上なかったが、敵対し合うカトリック教徒とプロテスタント教徒が互いに、また、世俗の権威だけでなく宗教的権威の敵であると考えられれば誰に対してでも、無神論の罪を中傷戦術として用いた。特段驚くことではないが、ハリオットが残した文章には、私的な書簡にも公の言説にも無神論の罪を立証するものなどない。しかし、グリーンブラットは「ハリオットが存命中に出版した唯一の著作、それゆえ、彼がおそらく細心の注意を払って書いたであろう『ヴァージニアの新発見の土地に関する簡潔にして真正なる報告書』(*A Brief and True Report of the New Found Land of Virginia*, 一五八八)をよく調べてみると、マーローが言ったとされるあの発言——『モーゼはペテン師に過ぎなかった。サー・W・ローリー(Sir W. Raleigh)の部下のヘリオットなる男の方がモーゼなどよりずっと多くのことができる』——に至りうる痕跡を見出すことができる」[16]と述べる。たしかに、新歴史主義者のグリーンブラットが注意深く、つぶさに調べれば、ハリオットの『報告書』には、無神論を示唆すると論理的に結論づけられる痕跡があるとみなされるのも無理からぬことであろう。

ヴァージニア植民地に関する最初の記録をとるようにとローリーに送り出されたハリオットは、アメリカ先住民のアルゴンキン族[二]の言葉を学び、生活や宗教的信仰といった彼らの文化について極めて詳細に記述した。他なるものを記述するにあたり、ハリオットは彼自身の文化を説明する言葉を用いないわけにはいかず、たとえば、アルゴンキン語のweroanを「貴族」(great Lord)と翻訳したり、「主だった貴婦人たち」(the chief Ladies)、「若き上流婦人《ジェントルウーマン》」(a young gentlewoman)といった言葉をあてたりした。したがって、それがハリオットの意志に基づくものであろうとなかろうと、彼の著述は全体を通して、キリスト教の神を信じない異国の文化の説明が自文化を逆照射している。グリーンブラットが述べるように、「この時代に書かれたアメリカ先住民の社会構造の報告書とヨーロッパの社会構造に関する記述との間には、わかりやすい、ほとんど反駁できない類似点がある。このことから、ハリオットが記したアルゴンキン族社会の内部機構の説明には彼自身の文化の内部構造の説明が内包されているのだ[17]」。だが、ハリオットの『報告書』にある問題は、言わば言語的混成によって否応なく生じたアメリカ先住民とヨーロッパ人の類似性に終始するものではない。そうした類似はせいぜい結果的なものにすぎず、それだけのことでハリオットの『報告書』が、ヴァージニア植民地に生きるアメリカ先住民についての現地報告ではなく、本質的にイングランドの社会風刺であると理解されることはないであろう。おそらく、同『報告書』は、ミハイル・バフチンの言う「他者の世界観を明確に説明するためのすぐれた創造的叙述」とみなされうるものであり、そのような特徴を持つものとしての『報告書』は「常に相手の言説の変種であり、別の文献資料や新たな問題提起の方法に適用する際も、相手の思考を相手の思考様式で説明し、さらには相手の言葉で実験を行い解答を得る[18]」。つまり、ヴァージニア植民地に見られる異国文化の記述が多声的な言説と言語からできているのは当然のことで、それによって植民化された他者についての言説とヨーロッパ人自身との暗黙の類推が少なくとも同程度に目立ってしまうのだ。

当時書かれた他の膨大な報告書や旅行記と同じく、ハリオットのアルゴンキン族の記述は、侵略的なヨーロッパ人の領土拡張主義と植民主義の利益——その言葉のあらゆる意味において——を表象している。すなわち、グリーンブラットが言うように、「ハリオットのアルゴンキン族に関する記述は、それを読んで何か奇妙なものを感じとった読者にとっても、宗教的正統性の転覆よりは正当性の確認に近い[19]」ように見えたかもしれない。それにもかかわらず、ハリオットは、素朴なアメリカ原住民がイギリス人によって持ち込まれた様々な小物や道具にいかに驚いたか、また、その技術的優越性に彼らがヨーロッパ人をいかに神として崇めたかといった一種の自己満足的な報告を書くことによって、ルネサンス時代のローマ・カトリック教会とルネサンス国家に最も恐れられ憎まれたマキァヴェリの主張——「宗教の起源は教育のある見識高い立法者が素朴な人々に社会的強制力を持つ教義を課すことであるとするマキァヴェリ的人間観の本質[20]」——を確認したようだ。言い換えれば、宗教の強制力は素朴な人々の無知と恐れを基底にしており、文明人が単純で純朴な人々を懐柔するための策略として用いたものであることをハリオットは暴いてみせた感がある。グリーンブラットによれば、新世界を植民地化しアルゴンキン族にキリスト教の神を全能の神として認めさせ従わせようとするハリオットの福音伝道の情熱は、「宗教の起源や機能に関する彼の文化の中の最も奥底にある転覆的な仮説を試してそれを確認しているように思われる」。そして、この転覆性は、宗教的植民主義の強制力自体から生じたものであるゆえに、宗教の矛盾した性質であるとグリーンブラットは続ける。

かくして正統なそして根本的な転覆性——その存在が疑われると投獄か拷問に至るほどに不穏な転覆性——は、同時にそれが脅かそうとしている権力によって封じ込まれるのである。たしかに転覆性はその権力の産物そのものであり、その目的を助長する。さらにこう言ってもいい。ハリオットが仕え、そして体現している権力はそれ自身の転覆を生み出すだけでなく、転覆の上に積極的に築き上げられていると。キリスト教伝道という植民地化政策は宗教的強制への懐疑的批判に対抗させられるのではなく、むしろそのような批判を容認したうえで栄えるのである。(21)

これは改宗の本質を鋭く見抜いた非常に興味深い分析である。それはまた、キリスト教伝道による植民政策に対する強い批判、すなわちそれが本来抱える二律背反性と自己矛盾をまざまざと開示したものとして理解できる。そのような二律背反性は全体をまとめあげようとする力や全体主義における権力のあらゆる形態にもともと備わっているものであると言えるであろうし、また非常に本質的なものであるために、その政策を徹底的に遂行すれば、それが筋の通らないものであることがしばしば露呈し、主君から気に入られた人の多くがなぜ監獄で政治生命の最期を迎えたり、国外追放になったり、絞首刑に処されるのかも説明がつくであろう。全体主義が理性や正義、真実を繰り返し主張すれば、全体主義の権力と政治的修辞がいかに不合理なものなのか露呈することは少なくない。グリーンブラットは、この現象を「奇妙な逆説」と呼ぶが、そのような逆説は、全体主義の権力に直接支配されていない、あるいは、過去はともかくいまはもはや支配されることのない人々だけに奇妙に見え、一方、直接支配されている人々、つまり、その逆説を誰も探索したり気づいたりしないようにしておくのが得であると考える人々の政治的視野の中では盲点のままであり続けるであろうということを知っておくことが重要である。グリーンブラットは、彼の言うハリオットのマキァヴェリ仮説にある政治的転覆性は「その宗教をおそらく強要されるであろう人々にとってだけでなく、大部分の読者にとって、そしておそらくハリオット自身にとっても、それとわからぬものになる」と述べる。しかし、彼は、議論をそのまま展開し続け、ハリオットの『報告書』は「異説に満ちた」政治的転覆の力を有する「暗号化された報告書」[22]であると論じる。

ハリオットの記述にある政治的転覆性は、彼自身気づいていなかったものなのか、それとも実際には意識していたものであったのか、たとえこっそりと当てこすりをしただけだったとしても、そうしたことに答えを出すには、彼が『報告書』を書くとき、何を意図したのかを知ることが不可欠である。もちろん、そのような意図を突き止めることは難しい。グリーンブラットは、いささか自信のない様子で言う。「ハリオットの記述に暗示されている根源的な疑惑が全面的に封じ込まれていると無条件に結論づければ人を誤解させることになるであろう。〔……〕同時に、たとえ我々が秘密警察によって提供された一つの現実を単純に受け入れることには慎重でなければならないとしても、我々には提供された現実をすべて捨て去ってしまうことはできない[23]」。この決定不能性と不確実性、この疑いの目と「火のない所に煙は立たぬ」的態度からこそ、のっぴきならない倫理上の問題が浮上する。グリーンブラット曰く、「口に出さずに考えられた事柄、書かれたあと慎重に焼却された事柄、ハリオットがローリーに呟いた事柄は我々にはまったくわからない。〔……〕ハリオットの言説《テクスト》では、宗教的正統性と転覆の関係性が、解釈をしようとする同じ瞬間に、完全に安定していると共に危険なほど不安定であるように見える[24]」。

しかし、口に出さずに考えられた事柄、慎重に焼却された事柄、共謀の耳打ちをグリーンブラットが想像するとき、彼が明確にそうであると論じる以上に、ハリオットの政治的転覆性は現実的で疑いようのないものに見えてしまう。生き生きとした想像は写実的な文学表現の色を帯びるのだ。実際、グリーンブラットの文章の魅力の一つは、発見の感覚、一種の知的発見に伴う興奮であり、政治的転覆の力などあると思われない、また検出できるとも思われないルネサンス時代の作品《テクスト》に、そのような力が隠れたところで作用していることを暴露することにある。したがって、グリーンブラットの言葉《テクスト》の力、彼の博学かつ想像に富んだ推理力のために、ハリオットへの無神論者の疑いとマーローへの非難は結局単なる中傷戦術ではなかったこと、エリザベス朝の秘密警察が、口に出さずに考えられた事柄、慎重に焼却された事柄、共謀の耳打ちなど、我々には知りえない報告をおそらくもとにして結論を下すのに適切な理由を発見して、ハリオットとマーローが異教的な無神論の考えを持つ罪を犯したと判断したということを、読者自身が、おそらく躊躇いを持ちつつ、また疑問をいささか残しつつ、結論づけさせられてしまうのだ。このとき、グリーンブラットの政治的解釈は結局、ハリオットが仕えた政治権力の告発ではなく、『報告書』の中で政治的転覆を暗号化して秘密の伝言を記述した者としてハリオットを告発していることになる。

もちろん、四〇〇年が経ったいま、そのような「告発」をハリオット批判のために用いることはできないし、それゆえ「告発」が彼に対してのものであろうとエリザベス女王の秘密警察に対してのものであろうと重要なことではない。だが、もしハリオットの頭に実際に浮かんだこと、つまり、ハリオットが『報告書』に記したことを書いている時の彼の意図が確実にわからないのであれば、なぜグリーンブラットはハリオットの再解釈において、ハリオットや彼に類する人々への疑いや非難を支持し、結果として、エリザベス女王と彼女の秘密警察が下した判断に同意するようなことをするのだろうかという疑問が湧くであろう。グリーンブラットは間違った側につき、間違った政治同盟を選択しているように聞こえないだろうか。また、政治の既成勢力が、作家や芸術家を統制するために、文学作品《テクスト》に秘められた政治的転覆性の探究を手段として用いることも可能ではないのだろうか。

だが、グリーンブラットは、そのような疑問を予想していたかのように、答えをあらかじめ用意している。グリーンブラットは一貫して権力関係や政治的言説《ディスコース》の効果に注意を注いでいるが、過去の権力関係や政治的言説の効果は、我々が生きている地点からは、言ってみれば、隔離されていると認識している。グリーンブラットは次のように言う。

それに対する答えはこうなると思う。我々にとっての転覆的という語は、当時の観客が封じ込めようとした、あるいは、封じ込めが不可能なときは破壊しようとしたルネサンス文化の諸要素を指すが、その諸要素はいまや、真理や現実に対する我々自身の考え方と調和しているのだ。つまり、いまの我々には転覆的でないものを、我々が生きていくための秩序、資源の分配を可能にしている秩序に何らの脅威を与えないものを、過去においては「転覆的なるもの」と考えている。〔……〕我々がハリオットの『報告書』の中に見るものを最も見事に描くことができるのはかつてカフカがマックス・ブロートに語った希望の可能性に関する次の言葉である。転覆が起きる。際限なく転覆が起きる。ただ我々に転覆が起きることはない。(25)

研究対象としての「転覆的」で「危険な」歴史的出来事から安全な距離を保っているという自覚的な認識がかなり顕わになっている。グリーンブラットは、旧歴史主義の模倣への素朴な見解を次のように冷笑してきた。「文学は時代の信念を映し出すと考えられているが、それは言ってみれば、安全な距離から映し出している」(26)と。奇しくも、新歴史主義も同様に、現在の政治秩序から遠く隔たった「安全な距離から」政治的転覆に重きを置く。スティーヴン・ジャスティスもまた、中世後期のノリッジにおける異教裁判と厳しい取り調べに関する論文の最後で、グリーンブラットが罪に問われた異教徒に関わるとすれば、彼は「重大な結果を招かない特権的な避難所から」(27)関わるだけだという認識を示す。中世の異教審問で行われた拷問や自白の強要がどのようなものであったとしても、それらが現代に危険を及ぼすことはない。したがって、グリーンブラットが政治的転覆を審美化できるのは、また押し並べて政治を審美化できるのは、まさに彼がアメリカの大学という保護された学術的環境にいるからということがわかる。「転覆」と称されるものは深刻さや危険性がなく、むしろ魅力的と言っていいようなものになっている。ジェラルド・グラフ（Gerald Graff）は「転覆」という言葉をほとんど意味もなく繰り返し使うのは「流行の言葉」を述べているのに等しいとし、この要因を「現実的な社会体制として別の選択肢である社会主義が衰退」し、文化現象を前進か後退か評価する共通の基準がなくなってしまったことに関連づけている。グラフは次のように論じる。「『転覆』は平均以上の評点がもらえる。たまたま証明したどのようなものにも優れた成績としての金星が与えられる。昔の批評家が『美しい』とか『高貴である』という言葉を用いていたときと同じように」(28)。

だが、「転覆」は「美しい」と等式で結べるのであろうか。もし、「転覆」という言葉を単なる「流行の言葉」としてではなく、真摯に受けとめるのであれば、また、実際に歴史上の出来事を単に過ぎ去ったことであるとか、遠く離れた過去においてすでに終わったことであり「我々が生きていくための秩序、資源の分配を可能にしている秩序に何らの脅威も与えない」ことと考えず、もっと真摯に受けとめるのであれば、どのようなことになるであろうか。スティーヴン・ジャスティスが言う「重大な結果を招かない特権的な避難所」とは、アメリカの大学の歴史研究と文学研究における学術的言説のみにあてはまることのようであるが、歴史研究が重大な結果を招かないというアメリカ独特の状況は、今日の世界の社会的・政治的状況を考慮すれば、標準的ではなく例外的なことである。そこでは、政治的転覆が文学や芸術の研究に与えられる「金星」にすぎない。今日の時代に政治的転覆性が発見されたら、あるいはもっと正確に言って、それが今日存在する政治的既成勢力の権力を脅かすことになると認識されれば、どのようなことが起こるのか、ぜひ尋ねてみたいところである。

政治的解釈とその影響

文学作品に政治的転覆性を読むことで、現実的に良くない結果がもたらされるのか、つまり現実の生活状況に重大なことが起こるのか――これは空想上の疑問でも推測上の疑問でもまったくない。中国の現代史において実際にあった出来事として、一九六〇年代中頃に起こった文化大革命の発端となった戯曲『海瑞罷官《かいずいひかん》』の作者である呉晗《ごがん》(三)の人生に、『リチャード二世』や『報告書』のようなイギリス・ルネサンス期に書かれた著作物に対する新歴史主義的解釈とはまったく異なる意味を持つ政治的解釈の例を見ることができるだろう。とはいえ、呉晗ならびに彼の『海瑞罷官』は、様々な面において特殊な事例であることを強調しておきたい。たとえ中国人の集合記憶からいまだすっかり失われていないとしても、歴史家や文学研究者による十分な検証や研究を待たずして、あっという間に忘れ去られつつある事例である。文化大革命期にあった毛沢東主義の中国は、様々な面において絶対的真理を主張し、真理の名のもとに暴力を正当化する点で、他にほとんど類を見ない極端な時代であるため、そのような時代に行われた文学作品の政治的解釈を、新歴史主義や現代の西洋における文学への取り組みが提唱する政治的解釈と同じものと単純に言うことはできない。中国でさえ、政治状況は幾度となく変化しているため、呉晗の事例は今日の典型例であるとも今日的な意義を持つ例であるともあまり言えない。したがって、呉晗の事例を通して政治的解釈の危険性を取り上げることで私が示そうとすることは、アメリカの大学界における政治的解釈の学術的支持と、中国における特殊な時代における作家たちの迫害の違い以外の何ものでもない。

　しかし、まさにその違いこそ、我々が適切に捉えなければならないものである。なぜなら、文学表現の抑圧と作家の迫害は今日の我々の社会でも厳然と存在するからだ。そうであれば、呉晗の例は、政治的解釈がもたらす不吉な顛末、とくに文学作品の中から政治的なものと審美的なものが互いに十分な距離を保っていない箇所が取り上げられ、その中に政治的転覆性が見られると明示されるような事態を我々に気づかせてくれるであろう。また、文化大革命は中国国内に波及しただけでなく、一九六〇年代の西洋にも大きな影響を及ぼした。その際、急進的な毛沢東主義や革命の東洋なるものに対する印象が美化されて伝えられた。だがその後、今日に至るまで中国で文化大革命が公の場で語られることはない。したがって、呉晗の事例を探究するのは、単に四〇年前の出来事を好古家的興味で取り上げるためではない。呉晗の事例から学ぶものは、文化大革命とその余波について理解しようとする努力に寄与するものであると考える。

呉晗（一九〇九―一九六九）は著名な歴史家であり、また中国共産党党員で北京市副市長も務めた。歴史家として数々の業績を残したほか、一九六一年には清廉潔白で知られる歴史上の人物、海瑞《かいずい》（一五一五―一五八七）を題材にした戯曲を執筆した。この戯曲では、明朝の嘉靖帝《かせいてい》の治世下（一五二二―一五六六）、官職の罷免を恐れることなく地方の独裁者を処分した海瑞の勇気が賛美される。話の展開は、海瑞が狡猾で人脈を広く持つ地方独裁者を成敗しようと決意し、権力を握る地主たちに怯むことなく対抗し、最後には宮廷の悪の勢力から賄賂を受けた皇帝によって罷免されるというものである。海瑞が職を辞すとき、地元の人々は涙と称賛で彼を見送り、劇の最後では地元の人々が海瑞は清廉潔癖な行政官だと口を揃えて言う。つまり、呉晗は民衆の役を演じる人々の口を通して、海瑞は「清官」――民衆の利益のためなら喜んでおのが職のみならず人生をも犠牲にする人――であるという考えを示すのである。

この戯曲は北京で上映され、まずまずの評判を得た。ところが、一九六五年一一月、当時はまだあまり名前が知られていなかった上海・党地区委員会宣伝工作局の姚文元《ようぶんげん》が、呉晗の戯曲は政治的転覆を狙ったものだと批判する論文を発表した。この論文は発表前の二カ月の間に九回もの改定が行われており、改定に際して毎回毛沢東の妻であった江青の意見を求めて上海から北京に原稿が密かに送られていた。(29) 政治色の強かった一九六〇年代の中国で書かれた姚の論文は普通の意味での論文ではなかった。それは周到に統制化された反「搾取者《ブルジョア》階級知識人」運動の一環であり、中国共産党中央委員会の機関紙『紅旗』の論文の言葉を借りれば、「偉大なる労働者《プロレタリアート》階級の文化革命にふさわしいラッパの響きのごとき」論文であった。(30) この論文で称賛を受けた姚文元は、毛沢東の支持を得るとすぐに党中央委員会政治局に入局し、後に毛沢東夫人を代表とする、あの悪名高き「四人組」の一人となる。当時の多くの中国の作家や学者にとって、姚は触れられれば死を招く死の天使となった。

「反党・反社会主義的毒草」という烙印を押された戯曲や文学作品を創作したとして姚から名前を挙げられたり非難されたりすれば、誰もがすぐに名誉刑や追放、暴行、ときには死が待っていた。姚をはじめとする文化大革命の運動者たちが編集する『紅旗』や『人民日報』などの党刊行物で一度批判されれば、直ちに紅衛兵の名で知られる急進的な生徒・学生たちから身体的虐待を受けた。こうした精神的、肉体的打撃によって、一九六六年から一九七七年まで約一〇年間続いた文化大革命期には多くの人々が殺され、また自ら命を絶ち、呉晗はその最初の犠牲者となった。

呉晗の戯曲『海瑞罷官』に対する姚論文の批判の矛先は、呉晗が十分な証拠もないのに海瑞を「清官」とし、大いに褒め称えたことに向けられている。姚は、毛沢東時代の中国でよく行われていた短絡的なこじつけによる階級分析をもって次のように論じた。共産党ができる以前の中国の役人は、賄賂を受けていようといまいと、狡猾であろうと潔白であろうと、みんな封建制地主階級の利益に資し、貧しい農民には何もよいことはしなかった。したがって、呉晗は、どういうわけか階級差を超越し、明朝時代の抑圧された農民階級の「救世主」になった虚構の歴史的人物をでっちあげるという罪を犯している、と。姚は論文で、政敵によって曲解された蘇軾《そしょく》の柏槙《びゃくしん》の詩に描かれる龍と同じく、救世主の描写《イメージ》を重層決定している。救世主（文字通りには「救星」）は中国において、少なくとも役人用語の中では紅い太陽になぞらえられ、中国人民の偉大なる救世主と呼ばれ「東方紅」という非常に有名な歌の中で称えられる毛沢東主席だけにつけられる聖なる言葉として、長い間、認識されてきた。したがって、呉晗が海瑞を貧しい農民たちの「救世主」にでっちあげたという断定、言い換えれば、明朝の「封建制」社会の役人を人民の英雄にでっちあげたという断定は、呉晗が冒涜を犯している、すなわち、毛沢東国家主席と中国共産党だけに中国が救えることを、暗に否定していると厳しく非難することに等しい。

同時に、呉晗は「封建制」社会とその支配者である極めて保守的な地主階級をおざなりな調査によって免責するという罪も犯したことになっている。「これは、まったくもって、地主階級という国家機械(四)を農民擁護の道具とみなしていないか」と姚は誘導尋問する。「農民たちの抑圧者たる地主階級の独裁的性質を一撫に拭い去ってはいないか」。姚は、毛沢東が中国での階級闘争を推進した一九六一年の政治的文脈に『海瑞罷官』を置き、同戯曲が知的無産階級《プロレタリア》に敵対する搾取者階級《ブルジョア》の階級闘争宣言であることを臭わせる、かなり不穏な論調で論を締め括る。当時の政治的寓意の隠語を用い、呉晗の『海瑞罷官』は「芳しき花ではなく、毒草である」(31)、と。

姚文元の呉晗批判をきっかけに、一九六五年一二月には、中国の歴史上の「清官」と同時代の「清官」支持者に対する批判が国中で始まっていたが、まもなくさらに深刻な事態が呉晗に、また海瑞をはじめ皇帝に誤った行為を正すように諫言する勇気を持った歴史上の人物について筆を執ったことのある作家たちに訪れる。それは、他でもない、毛沢東自身の発言に端を発する。毛は一九六五年一二月二一日の内部談話で、「『海瑞罷官』の急所は罷官への疑義だ。嘉靖帝は海瑞を罷免した。我々は一九五九年に彭徳懐《ほうとくかい》(五)を罷免した。ということは、彭徳懐も『海瑞』である」と述べた(32)。この談話によって、『海瑞罷官』は、同戯曲が発表される二年前に始まった中国共産党内部の権力闘争に結びつけて考えられるようになる。一九五九年七月一四日、当時国防部長だった彭徳懐は毛に手紙を送り、大躍進政策と性急な人民公社化といった現実離れした毛の政治運動によって起きた大惨事に疑問を呈し、都市部と地方の両地域における党の政策に疑義と懸念を示した。一カ月後、廬山で開催された党中央委員会本会議で、彭徳懐と彼の多くの支持者は反党勢力を結成したと非難され、日和見主義者という評価を一方的に下されて、党、軍部、地方政府の要職から解任された。

一九六一年に発表され京劇として上演された呉晗の『海瑞罷官』は、毛によって歴史劇としてではなく、海瑞の罷免が実際の政治的事実である彭徳懐の解任を影射する政治的寓意として、したがって反政府感情の扇動のために過去の出来事を持ち出し、現状の政治を批判して権力闘争に参加することを暗に示す政治的寓意として解釈された。『解放軍報』の編集者は毛の言葉を引用しながら、読者に向かって次のように警告する。「銃を持った敵が掃討された後は、銃を持たぬ敵だ。彼らは死に物狂いで我々に戦いを挑んでくる。そうした敵を決して侮ってはならない」[33]。晗をはじめ、「搾取者階級学者《ブルジョア》」という不当な呼び名をつけられた知識人たちは「銃を持たぬ敵」とみなされ、「世界中の帝国主義者、現代の修正主義者、反革命主義者たち」や「国内の打倒された反革命主義者たち」、「共産党内部の日和見主義右翼分子たち」と共謀し、毛沢東ならびに彼の政治権限と革命指示に反対する人間とみなされた。『解放軍報』の編集部は、そうした敵との戦いは「食うか食われるかの戦い」だと読者にいかめしく警告し、あらゆる文学、芸術、学者が持っている政治的転覆の性質を、国内外の「反革命」的政治と念入りに結びつけながら、強調して指摘した。

『解放軍報』の編集部曰く、作家や芸術家が認識している政治的転覆を引き起こす要因は、「単なる『学者の反逆』などではなく、国家の政治機構にとって深刻な脅威となるものである」。

「どのような反革命的修復も世論を屈服させるために知性の領域――イデオロギー、上部構造、論文、文学、芸術――で始まる」。これはフルシチョフ的修正主義がソビエト共産党の指導的地位を奪うやり方だった。そのうえ、一九五六年のハンガリーでペテーフィ・クラブ[六]を組織し、反革命主義の暴動に大きな力を与えたのは、数多くの反革命主義者と搾取者階級《ブルジョア》の作家、芸術家、知識人だった[34]。

国内外の敵に関連づけて行われた『海瑞罷官』への批判は、やがて国家反逆罪が問われるまでに至り、呉晗と彼の家族は命を落とすことになる。呉晗は国内のあらゆる報道媒体を通じて批判されただけでなく、様々な集会で紅衛兵に繰り返し殴られた。「文化大革命」という暴力的な大衆運動では、政治的過剰解釈がしばしば身体的虐待や拷問にまで発展していく物騒な物事の進展を目の当たりに見る。呉晗の伝記によると、一九六九年一〇月一一日、いつものように殴られていた彼は「肝臓と膀胱が破裂した。ひどい虐待を受け不当な非難を浴びせられ、大量の血を吐いて亡くなった」[35]。だが、容赦のない迫害を受けて不名誉な死を迎えたのは呉晗だけでなかった。同じ不幸が彼の妻と娘、『海瑞罷官』の上演時に海瑞の役を演じた著名な俳優、音楽家の馬連良《ばれんりょう》をはじめ呉晗の戯曲の上演に携わった多くの人々をも襲ったのだった。制御不能に陥った身の毛もよだつ狂乱の大衆運動の時代に生きていなかった人々は、すべてが想像し難く、ましてや信じ難いことだろうが、文化大革命中の暴力を目の当たりに見た人々でさえ、この暗黒時代の残酷さと愚かさは、あれから四〇年経ったいまでは非現実的で信じ難いことであろう。

政治的動乱と大虐殺の激動の時代を振り返ると、『海瑞罷官』批判は共産党内部の派閥分裂と抗争が激化する前触れ、言い換えれば、ユートピア的情熱が悪夢のようなディストピア的現実に転換する悲喜劇的な退廃の序章にすぎなかったようだ。たしかに、文化大革命（一九六六―一九七六）の一〇年間は常軌を逸した歴史の一コマとなった。中華人民共和国主席の劉少奇《りゅうしょうき》、毛から後継者に指名された林彪《りんぴょう》、秀逸な学者や知識人など、多くの重鎮たちが皆殺しにされた。呉晗の死など「一連の権力闘争においては将棋の歩《ふ》にすぎない」とある学者が言うように[36]、彼の死が取るに足らないものになってしまうほど数多くの人命が奪われた残酷な自己退廃の一〇年だった。しかし、個人の次元では、虐待された人間の不幸と苦悩が国全体の苦しみより軽々しいものになることはないし、一人の人間の命の喪失が非常に多くの国民に悪しき影響をもたらした歴史の大きな闇に葬り去られることなどできるはずもない。

歴史および歴史的類推という点について言えば、『リチャード二世』に対するエリザベス女王の反応と『海瑞罷官』に対する毛沢東の反応を重ねて考えてみれば、事はより明確になるであろう。エリザベス女王が退位させられた王を彼女自身のこととして考えたように、毛沢東は海瑞に諫められた嘉靖帝を彼自身のこととして考えた。グリーンブラットの言葉を大方借りて、必要に応じて変更を加えながら次のように言うことができよう。毛沢東は反応していた。（劇の中に現れる）自身の追放をほのめかすものすべてに。この特別なときにこの特別な物語が選ばれたということに。上演場所に対して。公共圏に立ち現れる自身の姿、失墜した皇帝の姿と重なり合う自身の姿に対して。再びこの点で、同一化——歴史上の実在の人物と物語の作中人物を入れ代えてしまうこと——は、文学作品を政治風刺や政治的寓意として読むための危険な解釈の方略となる。もちろん、毛沢東の解釈における同一化では、彼自身と嘉靖帝よりも、海瑞と彭徳懐の方が強く等式で結ばれている。これはある意味、『リチャード二世』の政治的解釈においてボリンブルックとエセックス卿が等式で結ばれることと似ている。

作中人物が、意味《シニフィエ》されるものとしての実在の政治上の人物に符合する意味《シニフィアン》するものと一度みなされれば、作品全体は史実を創作として書き直したものとして、ただし特定の興味によって動機づけられ、特定の政治集団の目的に資するように書き直したものとして解釈することが可能となる。そのような場合、解釈の枠組になじむ要素はすべて非常に重要で検討に値するものとして捉えられ、なじまない要素はすべて無意味で取るに足らないものとして無視されるであろう。こうした選択的同一化が政治的解釈の基本要因になるのだが、解釈の妥当性は同一性を指摘することで証明される。したがって、根拠と結論が相互関与した悪循環を起こしていることになる。「我はリチャード二世。それを知らぬか」とエリザベス女王は言う。この発言は、シェイクスピア劇の一解釈を示すと同時に、そうした政治的解釈が行われる劇に政治的転覆の力があるという証拠になる。「彭徳懐は海瑞でもある」と毛沢東は言う。同様に、この発言は劇に秘められた政治的転覆性を暴露すると共に、劇に政治的転覆の力があるという証拠にもなる。「彭徳懐は海瑞である」とみなすと、この発言が真理を主張していると、この発言自体が裏づけているように見える自己完結した循環論法を生み出し、呉晗が歴史を政治的転覆のために用いたことは火を見るより明らかだと思えてしまい、実際、何の疑いも抱かずにそう信じてしまったアメリカの学者もいるほどである。(37)

だが、そのような同一化に説得力はあるのだろうか。エリザベス女王はリチャード二世なのか。彭徳懐は本当に海瑞なのか。エリザベス女王が「我はリチャード二世。それを知らぬか」と言ったとき、修辞疑問を用いて尋ねようとしているのは明らかであるが、他人からの厳しい警告に即座に屈して、暗に示された答えをそのまま受け入れるのは賢明ではなかろう。一方、毛沢東の発言は思ったことをそのまま表した修辞的な要素の少ないものだが、あらゆる点において国王の発言に負けず劣らず権威のあるものである。国王の発言として口にされる真理の主張には、話し合いの余地などまったくない。しかし、繰り返すが、私なら、毛沢東の言葉を単なる真理の発言として額面通りに取ることはない。一つには、一九五九年の夏に実行された彭徳懐の罷免は当時の最高機密であり、彼の罷免に関する公式文章は、呉晗の戯曲が北京で上演された六年後の一九六七年になって初めて公になったということがある。呉晗が、戯曲の執筆にとりかかった一九五九年の暮れに彭徳懐の罷免を少しでも知っていた可能性はかなり低い。加えて、論題からして疑いをかけられそうな呉晗の論文「海瑞罵皇帝」は、実際に文化大革命期に毛沢東批判として解釈され、厳しく批判されたが、この論文が[七]『人民日報』に発表されたのは一九五九年六月一六日で、彭徳懐の罷免の二カ月前のことだった。テイレシアスに比肩する超人的予知能力のようなものが呉晗にあったと考えないかぎり、彼が彭徳懐のことを念頭におきながら海瑞のことを書いていたなどと言うのは極めて難しい。とはいえ、アナベル・パターソンが論じるように、「検閲の解釈学」において「時局的な作意はないという主張は信頼できないし、そのうえ、そうした主張自体が彼らの抗議する有罪判定を決する項目規定になっていると思われる[38]」。毛の『海瑞罷官』の解釈は、ジョン・チェンバレイン（John Chamberlain）がジョン・ヘイワード（John Hayward）の『ヘンリー四世の生涯』（*Life of Henry IV*）の出版時期に疑問を抱いた[八]ときと同じく、劇の上演と政治的事件の時代的な一致を根拠にして疑義を呈している。パターソンが言及するチェンバレインの疑い――「なぜこのような話がこのような時に出てくるのか」――が政治的解釈の一基準となっているのだ。「すなわち、ある特定の作品が、それが登場した時に聴衆に何を訴えているのかを決定する際には正確な年表が重要性を持つ[39]」。戯曲が政治風刺に見えてしまうのは、年表の時代配列と時代と共にある政治的意味のためであって、呉晗の戯曲と彭徳懐の罷免が正確に対応しているためではない。

　もっとも、呉晗は極左的政治的解釈の祭壇に供えられた無垢な小羊のような犠牲者にすぎなかったわけではなく、海瑞をめぐる文章も彼の歴史研究の一営みにすぎぬものではなかった。呉晗は、学問とは知識のための知識の追求ではないこと、また歴史研究の目的は現在に資すること、すなわち「過去を現在のために用いること」（古為今用）だときっぱりと述べている。(40) 彼は、歴史研究は史実に忠実であれと主張するが、海瑞にまつわる戯曲を書いた理由は、単なる学問上の興味に終始するものではない。現代の中国の状況に有用であり、今日的な意味があると考えたためである。呉晗は『海瑞罷官』の前書きで次のように述べる。「この戯曲は、決して曲がったことはしないという海瑞の強い意志を際立たせている。海瑞は暴力にも権力にも屈せず、失敗を恐れず、たとえ失敗しても再び挑むことを厭わない。彼の長所は今日、倣うに値するものである」。(41) 〔……〕歴史の中の海瑞の位置づけを確認すべきである。一九五九年九月に呉晗が発表した「海瑞罵皇帝」では、社会主義の大義のために戦う現代の海瑞を求めた。(42)

それにしても、多かれ少なかれ潔白で正直者として知られる歴史上の人物たちの中で、なぜ呉晗は海瑞を現代の中国において見習うべき手本として選んだのかと考える向きもあるだろう。なぜ彼は海瑞の強い意志と不屈の精神を強調したかったのか。たしかに、呉晗は歴史家として、海瑞が生きた明朝にとくに興味を持っており、知識も豊富にあったが、右の疑問に対する本当の答えは腹立だしいほど皮肉なものである。というのも、呉晗が海瑞を研究したのは、毛沢東に反対するためではなく、毛沢東を喜ばせるためだったからである。一九五七年の党会議で、中国の共産主義者は毅然とした態度で「海瑞の精神」を考え、語り、行動で示し、「海瑞の精神」から学ぶべきであると言ったのは、誰あろう、毛沢東本人だったのである。(43) 毛沢東こそ海瑞の勇気を見倣い、皇帝を恐れるなと国民を鼓舞した最初の人物だった。毛沢東は「なぶり殺しを恐れぬ者は、怯むことなく皇帝を失脚させる」を是として述べたのだ。(44) 呉晗が海瑞のことを、皇帝を諫め宮廷の高官たちと戦った大いなる勇気の持ち主として書いたとき、彼はたしかに、過去を現在のために用いたが、その目的は海瑞を現代の中国における過去の見本とした毛沢東の発言に反対することではなく、その発言を補足説明することにあった。つまり、海瑞に関する呉晗の著作、とくに戯曲は、史実に基づく内容を超えた作者の意図を理解するとき、その意味で一九五〇年代後期の中国の政治的文脈から理解されるとき、その意味が初めてよくわかるように書かれているゆえに、実際には寓意的《アレゴリカル》なものである。

もっとも、そのように歴史上の人物や事件を時局的に用い、政治的寓意とすることには基本的な問題、すなわち、根本的な曖昧性、不確定性、潜在的に制御不能な解釈の複数性の問題がある。呉晗は戯曲を、毛沢東の海瑞に対する肯定的発言の補足説明としたのかもしれないが、一九六五年の最後の数カ月間における政治状況によって毛沢東の気持ちはがらりと変わり、呉晗の戯曲を補足説明ではなく政治的転覆と解釈するようになった。毛沢東が国民に「海瑞の精神」から学び、勇気を持って「皇帝を失脚させる」よう鼓舞したとき、彼の頭にあったのは劉少奇をはじめとする政敵であったが、呉晗の戯曲に書かれた海瑞の罷免の表象によって、毛沢東自身が行った彭徳懐の罷免を頭に浮かべてしまった。そのようなことはもちろん呉晗の知るところではなく、毛沢東を喜ばそうとして彼が史実を用いたのは、政治的転覆の意図が働いていたからに違いないとする政治的解釈に一変してしまった。たしかに、文化大革命中は、歴史と文化のすべてが疑われ、そのような政治的妄想の極致では、政治的転覆の疑いから逃れられるものなど一つもなく、革命熱に心奪われた中国では過去の事実や外国の文化には肯定的価値など微塵もなかった。

毛沢東による『海瑞罷官』の政治的解釈はひどい妄想であったと言っても過言ではない。彼はどこにでも政治の臭いを嗅ぎ取ったのだから。現在だけでなく過去にも、現実世界だけでなく思想や理念の世界にも――歴史や哲学、文学や芸術、人文学全般に。中国では長い間、毛沢東に関するもの以外、どのような著作物も嫌疑にかけられ、事実上すべての文学作品が反動的、害毒といった批判を受けた。なぜなら、文学作品には「封建主義」(伝統的な中国文学)か「資本主義」(西洋文学)か「修正主義」(ソビエト文学ならびに東欧文学)しかないとされたからである。長い間、八億人の中国人がたった八つの「革命の見本的劇」――イデオロギー的洗脳のために権威化された劇――を観ていた。毛沢東時代の中国では長期に渡って反主知主義、すなわち作家や学者ならびに彼らの著作物に反対し続ける運動が展開された。呉晗批判は文化大革命期において極端な反主知主義を招いた。こうした風潮は観念領域での階級闘争を殊更に重視し、どのような文学作品も共産主義体制の中で刻々と時を刻む潜在的なイデオロギー爆弾と見られた。毛沢東は頻繁に引用される発言の中で、文学が政治的転覆に至る道を永遠に舗装し続ける権力形式であると考えている。「反党活動のために小説を用いるのはまったく新しい発想である。政治権力を打倒するには、まず世論を形成し、イデオロギーの領域で大きな影響を与えることが常に求められる。これは、反革命階級だけでなく革命階級にもあてはまることである」[45]。

しかし、小説や他のあらゆる形式の文学作品に政治的転覆の力があると見ることは、中国ではまったく新しい発想ではない。旧来の中国の批評では、倫理や政治を殊更に強調した。反主知主義という恥ずべき伝統は、著作物を燃やし文人を生き埋めにすることで思想統制を行った秦始皇帝の容赦のない弾圧行為にまで遡ることができる。始皇帝の焚書坑儒は自分の文化政策に似ていると、毛沢東自身がよく指摘していた。反主知主義の伝統の暗部には、文学を政治的転覆の力として非難するだけでなく、詩人や作家を迫害すること、すなわち、文字通り「言葉の科で投獄」した「文字の獄」として知られる太古の刑がある。英語では文学的異端審問（literary inquisition）と優雅な言葉で表現される[46]。中国伝統の「文学的異端審問」の慣例では、政治的に動機づけられた寓意的解釈が常に中心的な方法となってきたため、呉晗の例が示すように、文学作品に発見できると言われる政治的転覆は、新歴史主義がルネサンス文学を解釈する際に「美しい」とか「有益な」といったことを「政治的」と等式で結びながら見出すどのようなものよりはるかに深刻で危険な結果を孕んでいる。中国の伝統と新歴史主義をここで比較したのは、両者の類似性を示すためではなく、新歴史主義的解釈において必ずしも意識的に考慮されるわけではない両者の社会的および政治的状況の重大な違いを示す意図がある。

こうしたことから、政治的転覆の力を文学に見出そうとするのは、文学作品に実際に転覆の力があろうとなかろうと、文学の言葉を抑圧しようとする政治的・宗教的権力の常套手段となってきたと言えよう。これは中国のみならず、過去のヨーロッパでもあったことであり、最近の例としても、『悪魔の詩』（*The Satanic Verses*）を書いたサルマン・ラシュディ（Salman Rushdie）を見つけ出して処刑せよとアヤトラ・ホメイニ師がすべてのムスリムに出したファトワ令が同様の恐怖の解釈学を思い出させる。ラシュディや呉晗、ハリオット、シェイクスピアをはじめ、あらゆる作家の作品が倫理的に、政治的に、宗教的に危険かどうか、議論は永遠に終わらないかもしれないが、そのような議論は西洋の学術界の外側にいる多くの作家や学者には手に入れることのできない知的贅沢品と化す。というのも、不慮の政治的事変が伴う現実の世界では、そのような議論はまったく学術的でない結果を孕むためである。批評言論が文学に秘められる「政治的危険性」に特権を与えて寿ぎがちなときは、どちらか一方の肩を持っているという問題、つまり作家ないし作品《テクスト》の政治的意図について犯行宣言をしているという倫理的責任を忘れないでおこう。皮肉にも、解釈の政治化と文学に秘められた政治的転覆の力を寿ぐことができるのは、文学や文学研究者が国家権力から安全な距離を保っており、安全な場所から政治的転覆の力について論じることが可能なときだけである。そうした隔絶状態もまた解釈の政治性の重要な一面であることをぜひ心に留めておこう。

原注

第一章

（1） 郭慶藩「秋水第十七」、『荘子集釈』。以後『荘子』と略記。〔『荘子（下）』、四八七頁〕

（2） Graham, *Disputers of the Tao*, p. 81.

（3） Gadamer, *Truth and Method*, p. 21.〔『真理と方法Ⅰ』、三〇頁〕。実践的知識《プロネーシス》に関しては、以下を参照。Aristotle, *Nicomachean Ethics*.「実践的知識は明らかに学問的知識ではない。なぜなら、すでに述べたように、実践的知識は最終のものに関わるからである。すなわち、行為されるのはそのような性質のものなのである」。VI, 8, *The Basic Works of Aristotle*, ed. Richard McKeon, p. 1030.〔『ニコマコス倫理学』、一九七頁〕

（4） Graham, *Chuang-tzŭ: The Inner Chapters*, p. 123.

（5） Graham, *Disputers of the Tao*, pp. 80, 81.

（6） 成玄英（六三七―六五五に活躍）は自身の注釈の中で、恵子に対する荘子の反論を、次のように言い換えている。「私が魚ではないから魚のことがわからないと言うのなら、私ではないあなたは、どうして私のことがわかるのか。あなたは私ではないのに私のことがわかるのなら、私は魚でなくても魚のことがわかるはずではないか」（「秋水第十七」、『荘子』）。

（7） 「斉物論第二」、『荘子』。〔『老子・荘子（上）』、一六二頁〕

（8）　「統合的洞察」はグレアムの用語である。グレアムによれば、「齊物論第二」（『荘子』）の主題は「これ／あれを分けて区別し、何が是で何が非なのかをはっきりさせようとする儒家、墨家、弁者に対して、統合的洞察を擁護すること」である（Graham, *Chuang-tzŭ: The Inner Chapters*, p. 48）。

（9）　「斉物論第二」を参照。荘子ほど徹底的ではないが、モンテーニュは、ある状況に置かれた自己の存在について、次のような疑いを抱く。「私が猫と戯れているとき、猫の方が私を気晴らしの相手にしているのではないか」（"Apology for Raymond Sebond," *The Complete Essays of Montaigne*, 2: 12, p. 331）。

（10）　Buck, editor's introduction, "Forum on Universalism and Relativism in Asian Studies," *The Journal of Asian Studies* 50 (Feb. 1991): 29.

（11）　Ibid., p. 30.

（12）　Ibid.

（13）　Bernstein, *Beyond Objectivism and Relativism*, p. 3.

（14）　Winch, "Understanding a Primitive Society," *Ethics and Action*, p. 12.

（15）　Ibid., p. 11.

（16）　Bernstein, *Beyond Objectivism and Relativism*, p. 27.

（17）　Winch, *The Idea of a Social Science and Its Relation to Philosophy*, p. 89.

（18）　Bernstein, *Beyond Objectivism and Relativism*, p. 104.

（19）　Warnke, *Gadamer: Hermeneutics, Tradition and Reason*, p. 110.

（20）　Bruns, *Hermeneutics Ancient and Modern*, p. 8.

（21）　Winch, *Ethics and Action*, p. 2.

（22）　Ibid., p. 42.

（23）　以下を参照。Zhang Longxi, "The Myth of the Other: China in the Eyes of the West," *Critical Inquiry* 15 (Autumn 1988): 108–131. この部分は、以下の拙著第1章においてさらに詳しく述べられている。*Mighty Opposites: From Dichotomies to Differences in the Comparative Study of China*.

（24）　Nussbaum, "Human Functioning and Social Justice: In Defense of Aristotelian Essentialism," *Political Theory* 20 (May 1992): 213, 209.

（25）　Minamiki, *The Chinese Rites Controversy*, p. ix. 豊富な中国国内の文献を精査した近年の典礼論争研究に関しては、李天綱『中國禮儀之爭』を参照。

（26） Ricci, *The Journals of Matthew Ricci*, pp. 110, 111.
（27） Ibid., p. 154.
（28） Ibid., p. 448.
（29） Saussy, *The Problem of a Chinese Aesthetic*, p. 36.
（30） この考えは、ニコラ・トリゴー（Nicola Trigault）が一六一五年に書した「読者へ（To the Reader）」の中でうまく表されている。その年にトリゴーは、リッチのイタリア語で書かれた日記をラテン語に翻訳し、それをローマで出版した。トリゴーは言う――もっと長く中国に留まることができたなら、中国の人々に関する書物を書いたであろう。そして「中国人の精神がキリスト教信仰を受け入れられる状態になっていること、彼らが道徳の問題を適切に論じていることがわかるような中国の論理規定」を作成したであろう（Ricci, *The Journals of Matthew Ricci*, p. xv）。
（31） Jensen, "The Invention of 'Confucius' and His Chinese Other, 'Kon Fuzi,'" *Positions* 1 (Fall 1993): 415. この見解は以下の中でさらに押し進められている。Jensen, *Manufacturing Confucianism*.
（32） Lovejoy, "The Chinese Origin of a Romanticism," in *Essays in the History of Ideas*, p. 105.
（33） Leibniz, *Novissima sinica* (1699), preface. この一節は以下に引用されている。Lovejoy, p. 106.
（34） Reichwein, *China and Europe*, p. 77.
（35） Wright, "The Chinese Language and Foreign Ideas," *The American Anthropologist* 55, no. 5, pt. 2, memoir no. 75 (Dec. 1953): 289.
（36） C. W. Mateer, "Lessons learned in translating the Bible into Mandarin," *Chinese Recorder* (Nov. 1908): 608. この一節は前掲書二九一頁にも引用されている。
（37） Caballero, alias Sainte-Marie, *Traité sur quelques points importants de la mission de Chine* (Paris, 1701), p. 105. この一節は以下にも引用されている。Gernet, *China and the Christian Impact*, p. 33.
（38） クルティウスによれば、猿（simia）の隠喩は、下手な真似ごと、思い上がりを表す際に用いられる。猿の喩えは「人物だけでなく、何かに似せた抽象物や人工物に対しても用いられる」。Curtius, *European Literature and the Latin Middle Ages*, p. 539.〔『ヨーロッパ文学とラテン中世』、七八五頁〕
（39） Oh, introduction, *East Meets West: The Jesuits in China*, ed. Ronan and Oh, pp. xix–xx.
（40） Joseph Sebes, "The Precursors of Ricci," ibid., p. 23.
（41） Saussy, *The Problem of a Chinese Aesthetic*, p. 10.

（42）　ソシュールの「共時的同一性」とは、事実上の等－価（equi-valence）、すなわち諸々の必要条件を事実上満たすための価値という意味を持つ。ソシュールによれば、たとえば、「『八時二五分、ジュネーヴ発パリ行き』の列車が二四時間おきに二本出発する場合、それらは同じであると言われる。我々にとっては同じ列車に感じられるが、しかしあらゆるもの――機関車、車両、乗務員など――はおそらく別であろう。あるいは、ある街が破壊され、その後で再建されれば、破壊前の街の資材、建材などはおそらく何一つ残っていないにもかかわらず、それは同じ街だと言われる」。Saussure, *Course in General Linguistics*, p. 108.〔『一般言語学講義』、一五二頁〕

（43）　Gerald Hammond, "English Translations of the Bible," in *The Literary Guide to the Bible*, ed. Alter and Kermode, p. 651.

（44）　以下を参照。Ibid., p. 647.

（45）　Berman, *The Experience of the Foreign*, p. 187.

（46）　Wright, "The Chinese Language and Foreign Ideas," p. 287.

（47）　Gernet, *China and the Christian Impact*, pp. 9, 3, 239, 241.

（48）　Buck, "Forum on Universalism and Relativism in Asian Studies," p. 32. 近年では、以下を始めとする数多くの研究の中に、ライトと同じような見解が見られる。Hansen, *Language and Logic in Ancient China*, Hall and Ames, *Thinking Through Confucius*. 中国語に関する評論や諸々の見解に関しては、以下を参照。Graham, "The Relation of Chinese Thought to the Chinese Language," appendix 2, *Disputers of the Tao*, pp. 389–428.

（49）　Owen, *Traditional Chinese Poetry and Poetics*, p. 18.

（50）　Ibid., p. 20.

（51）　Ibid.

（52）　Ibid., p. 84.〔『論語』、一四七頁〕。この一節は、「述而第七」、『論語』から引用されている。

（53）　Yu, *The Reading of Imagery*, p. 35.

（54）　引用部分は、Longobardi, *Traité sur quelques points de la religion des Chinois* (Paris, 1701) 第一〇節の表題（"Que les Chinois n'ont point connu de substance spirituelle, distincte de la matérielle, mais une seule substance matérielle en différents degrees"）からのもの。この一節は、以下に引用されている。Gernet, *China and the Christian Impact*, p. 203.

（55）　Gernet, p. 201.

（56）　Owen, *Traditional Chinese Poetry and Poetics*, p. 34. 漢詩は非虚構《ノンフィクション》であると主張するオーウェンだが、いくつかの漢詩の派生的な形式、とくに樂府、いわゆる中国政府内の音楽官署で収集された歌謡には、ある程度の隠喩性、虚構性があることを認めている。同書五三頁、二九二―二九三頁（注に詳しい説明がある）を参照。

（57） Ibid., p. 14.

（58） Ibid., p. 15.

（59） Saussy, *The Problem of a Chinese Aesthetic*, pp. 36, 39.

（60） Fenollosa, *The Chinese Written Character*, pp. 8, 9.

（61） Géfin, *Ideogram: History of a Poetic Method*, p. 27.

（62） Perkins, *A History of Modern Poetry*, p. 463.

（63） Géfin, *Ideogram: History of a Poetic Method*, p. 31.

（64） Steiner, *After Babel*, p. 359.〔『バベルの後に（下）』、六六五頁〕。ジョウゼフ・リデル（Joseph Riddel）が指摘しているように、フェノロサによる漢字の解釈は、「西洋の理想化以外の何ものでもない」。Riddel, "'Neo-Nietzschean Clatter'–Speculation and/on Pound's Poetic Image," in *Ezra Pound: Tactics for Reading*, ed. Ian Bell, p. 211.

（65） Hwa Yol Jung（鄭和烈）, "Misreading the Ideogram: From Fenollosa to Derrida and McLuhan," *Paideuma* 13 (Fall 1984): 212.

（66） Ricci, *The Journals of Matthew Ricci*, p. 26.

（67） Vico, *The New Science*, p. 32.

（68） Curtius, *European Literature and the Latin Middle Ages*, p. 346.〔『ヨーロッパ文学とラテン中世』、五〇〇頁〕

（69） Irwin, *American Hieroglyphics*, pp. 6, 7. 中国語が原初の言語、すなわち堕落以前の自然宗教の言語であるという見解の中で初期のものについては、以下を参照。John Webb, *An Historical Essay Endeavoring a Probability That the Language of the Empire of China is the Primitive Language* (London: Printed for Nath. Brook, 1669). またこの件に関しては、以下の拙論でも触れている。"The Myth of the Other"

（70） 以下に引用されている。Emerson, *The Complete Works*, ed. E. W. Emerson, 8:65; 3:13. Irwin, *American Hieroglyphics*, p. 11.

（71） Fenollosa, *The Chinese Written Character*, p. 6.

（72） Eco, *Art and Beauty in the Middle Ages*, p. 57. クルティウスもまた、この中世の象徴主義的な考え方に注目している――「ルネサンス期に黄ばんだ羊皮紙についた埃が払われ、自然あるいは世界という書物が読まれ始めた、というのが、一般的な歴史観を表すために用いられている決まり文句である。しかしこの隠喩自体は、ラテン中世に由来している」。Curtius, *European Literature and the Latin Middle Ages*, p. 319.〔『ヨーロッパ文学とラテン中世』、四六四頁〕象形文字に対する形而上的な解釈と、自然の書物という考え方との密接な関係については、以下を参照。Irwin, *American Hieroglyphics*, pp. 20, 25, 28.

（73）　Fletcher, *Allegory*, p. 130. フレッチャーはまた、次のように指摘する。「一七世紀にエジプトの象形文字の意味が大変な話題を呼び問題となった。当時、世界共通の象徴の語彙体系は造物主からなるという考えが、世間一般に染み渡っていた」（p. 130 n.105）。

（74）　Liu, *The Art of Chinese Poetry*, pp. 3, 6.

（75）　Liu, *Language-Paradox-Poetics*, pp. 18, 20, 19.

（76）　Derrida, *Of Grammatology*, pp. 90, 92.〔『グラマトロジー（上）』、一八九頁、一九二頁〕。このデリダの見解について論じたものとして、以下を参照。Zhang Longxi, *The Tao and the Logos*.

（77）　Jullien, *La valeur allusive*, p. 8, 35, 52, 65. pp. 11–12 も参照。

（78）　Jullien, *Detour and Access*, pp. 9, 155, 169, 173.

（79）　Jullien with Marchaisse, *Penser d'un Dehors*, p. 264.

（80）　Ibid., p. 39.

（81）　許慎によって西暦一一〇年に編纂された中国最古の字典『説文解字』によれば、「文」のもとの意味は十字で描かれた印である。これに加えて、文献注釈者の一人である王筠（一七八四―一八五四）は、次のような説明を加えている。「十字とは、ものを書く際に互いに交差する線のことである。『易経』繫辞下伝に、『ものが相交わるとき、それは文と言われる』とある。このように、交わることが十字を書くことを意味している」（王筠『説文句讀』第二冊、一二一〇頁）。しかし後にこの「文」という漢字は、専ら文学的文章のことを指すようになり、同音異義語である「紋」という漢字は、現在では文様という意味を表すために用いられている。漢文の前史については、以下に簡潔に論じられている。K. C. Chang, *Art, Myth, and Ritual*, pp. 81–87. また、以下に、中国の文書（文献）に見られる「文」という語の諸々の意味が簡潔にまとめられている。James Liu, *Chinese Theories of Literature*, pp. 7–9, 22–24.

（82）　劉勰「原道第一」、『文心雕龍注釋』周振甫注。以後、『文心雕龍』と略記。〔『文心雕龍（上）』、一六―一七頁〕

（83）　「繫辞上傳」、「説卦傳」、『易經』を参照。「易は太極（万物の根源）から成り、この太極は両儀（天と地）を生み出す」。「陰と陽をもって天の道が立つ。柔と剛をもって地の道が立つ。仁と義をもって人の道が立つ。三才は表裏二重である。ゆえに易は六角にして理を備える一卦を成している」（「繫辞上傳」、「説卦傳」、『周易正義』（『十三經注疏』））。〔『易経（下）』、一五二一頁、一七一六頁〕。英訳では以下を参照。*The Classic of Changes*, trans. Richard John Lynn.

(84) 王元化『文心雕龍講疏』、六〇頁。

(85) 王運熙・揚明『魏晉南北朝文學批評史』、三四四頁を参照。

(86) Curtius, *European Literature and the Latin Middle Ages*, p. 344.〔『ヨーロッパ文学とラテン中世』、四九八―四九九頁〕

(87) 「原道第一」、『文心雕龍』。〔『文心雕龍（上）』、一七頁〕

(88) Owen, *Traditional Chinese Poetry and Poetics*, p. 20.

(89) Foucault, *The Order of Things*, p. 35.〔『言葉と物』、六〇頁〕

(90) Ibid., p. 27.〔同掲書、五二頁〕

(91) Ibid., p. 35.〔同掲書、六〇頁〕。ここに挙げた、自然の一部またはその延長上のものとしての言語という概念、言語の意味作用は類似《シミラリティ》および類比《アナロジー》によるものだという考えは、オーウェンの考察――類比《アナロジー》と「類」という中国語の概念（彼が「自然界の範疇」と解釈する）に関する考察――を思い起こさせる。以下を参照。Owen, *Traditional Chinese Poetry and Poetics*, pp. 18, 61, 294.

(92) Cassirer, *Language and Myth*, p. 98.

(93) Robinson, "The Book of Nature," in *Into Another Mould*, ed. Cain and Robinson, pp. 86–87.

(94) Ibid., p. 89.

(95) Jullien, *La valeur allusive*, pp. 52–53.

(96) Ibid., p. 10.

(97) 「原道第一」、『文心雕龍』。〔『文心雕龍（上）』、二〇―二九頁〕

(98) 「原道第一」。〔同掲書、二六頁〕

(99) Jullien, *La valeur allusive*, p. 40.

(100) 「序志第五十」、『文心雕龍』。〔『文心雕龍（下）』、六七五頁〕

(101) 「神思第二十六」、同掲書。〔同掲書、三九六―三九七頁〕

(102) 「譲王第二十八」、『荘子』を参照。〔『荘子（下）』、七二九頁〕

(103) 『文心雕龍講疏』、一〇五頁。

(104) 同掲書、一〇六頁。中国の評論家の多くが、「神意」は「想像力」を意味すると考えている。たとえば、王運熙《おううんき》は次のように述べている――劉勰にとって、文学を創作する作家は、「想像の世界に溶け込み、自ら想像する物事に深く関わっている」人である（『魏晉南北朝文學批評史』、四三三頁）。ジュリアンは、「神意」という語の概念が、時空間における人間の身体的な限界を超越する思惟の能力を想起させることを認めながらも、それが劉勰によって「『想像力』の理論として完成」されることには異議を唱える。なぜなら、そうなれば「想像力という概念は、我々（西洋）より一〇〇〇年も早くに中国で生まれたことになる」からであり、また「神思」（霊妙な精神）という語「それ自体は、『表象《イメージ》』という概念とは何の関係もない」からである。Jullien, "Naissance de l'«imagination»: Essai de problématique au travers de la réflexion littéraire de la Chine et de l'Occident," *Extrême-Orient–Extrême-Occident* 7 (1985): 25. 用語の翻訳可能性についてすでに述べたように、現代中国において劉勰の「神思」という用語を「想像（想想）」と解釈するとき、それはまたしても同一性ではなく、相当性が考えられているのである。したがって劉勰は、現に存在するものとしてではなく、文学的な表現のために心の中に生み出されたものとしての物事や心象《イメージ》を再現する能力——これこそが「想像力」という言葉が意味するものであるが——のことを言っているのである。

（105）「夸飾第三十七」、『文心雕龍』。〔『文心雕龍（下）』、五〇一―五〇二頁〕

（106）「情采第三十一」、同掲書。〔同掲書、四五〇頁〕

（107）劉寶楠「陽貨第十七」、『論語正義』。以後、『論語』と略記。〔『論語』、三八六頁〕

（108）錢鍾書「詩可以怨」（"Our Sweetest Songs"）『七綴集』、一一一頁。この章の表題は『論語』の名句——「詩を書くことで恨みごとを吐き出すことができる（詩可以怨）」——からの引用であるが、英語の題は原題の直訳ではなく、シェリー（Shelley）の有名な詩「雲雀に寄せて」（"To a Skylark"）の一節——「我々にとってこの上なく美しい歌というのは、この上なく悲しい想いを語る歌のことだ（Our sweetest songs are those that tell of saddest thought）」——から採られたものである。この詩句が「詩可以怨」の論旨を明確に表しているため、錢は英語の題の方を好んだ。この章には、中国と西洋の著作が数多く取り上げられている。これによって、批評の概念としてだけでなく、詩的概念《トポス》としての悲劇や悲哀は洋の東西を問わず人の心を打つものだという考えが、強く裏づけられている。

（109）　この話は中国の文人の間では広く知られているようで、錢鍾書は一四世紀に書かれたこの話のもととなる文献を、三篇紹介している。この話は、オーウェンの考え、すなわち李の上官のような読者が、詩を事実に基づく物語として読んでしまうのだという考えを裏づけるものではある。しかしより重要なのは、この話によって、創作的《フィクティヴ》な（および架空の）文章に対する字義通りの解釈が信用されなくなるということである。たしかに、いとも簡単にだまされた李の上官が、詩を読むことに長けているとは思われない。

（110）　錢鍾書『七綴集』、一一二頁。

(111) 「河廣」、『毛詩正義』（『十三經注疏』）。〔『詩経（上）』、一七三頁〕
(112) 「漢廣」、『毛詩正義』。〔同掲書、三三頁〕
(113) 錢鍾書『管錐編』第一冊、九五頁。
(114) 錢鍾書『宗詩選注』、二二四頁。
(115) 同掲書、二二四頁。
(116) Aristotle, *Poetics*, 51b, p. 12. 〔『詩学』、四三頁〕
(117) Plato, *Republic* 10. 602c, in *The Collected Dialogues*, p. 827. 〔『国家』、六九〇―七一〇頁〕
(118) White, *Tropics of Discourse*, p. 123.
(119) Ibid., p. 125.
(120) Chladenius, "On the Interpretation of Historical Books and Accounts," in *The Hermeneutics Reader*, ed. Mueller-Vollmer, pp. 66, 69.
(121) Humboldt, "On the Task of the Historian"; in ibid, pp. 105, 109.
(122) White, *Tropics of Discourse*, pp. 98, 121.
(123) Aaron, "What Can You Learn from a Historical Novel?" *American Heritage* 43 (Oct. 1992): 62.
(124) Ibid., p. 56.
(125) Aaron, "The Treachery of Recollection: The Inner and the Outer History," in *American Notes*, p. 11.
(126) Owen, *Traditional Chinese Poetry and Poetics*, p. 57.
(127) Owen, *Remembrances*, p. 67.
(128) このような詩的概念《トポス》および言語的、非言語的表象の複合性に関する理論的な考察としては、以下を参照。Murray Krieger, *Ekphrasis*.
(129) 「陽貨第十七」、『論語』。〔『論語』、三八六頁〕
(130) Eckermann, *Conversations with Goethe*, p. 8.
(131) Vendler, *The Poetry of George Herbert*, p. 5.
(132) ロバート・フィッツジェラルド（Robert Fitzgerald）による『アエネーイス』の英訳版からの引用、巻数、行数は、原典のローブ版（Cambridge, Mass.: Harvard University Press, 1967）に対応。
(133) Pöschl, "Aeneas," in *Modern Critical Interpretations: Virgil's Aeneid*, ed. Bloom, p. 13.

(134) Parry, "The Two Voices of Virgil's *Aeneid*," in ibid., p. 72.
(135) Cairns, *Virgil's Augustan Epic*, p. 102.
(136) Gransden, "War and Peace," in *Modern Critical Interpretations: Virgil's Aeneid*, p. 141.
(137) Fichter, *Poets Historical*, p. 2.
(138) Ibid., p. 8.
(139) Ibid., p. 37.
(140) Ibid., p. 10.
(141) Ibid., p. 209.
(142) ミルトン作品の歴史的解釈で有益な評論としては、以下を参照。Christopher Hill, *Milton and the English Revolution*.「ミルトンは単に素晴らしい作家というだけではない」とヒルは言う、「彼は最も偉大な英国の革命家であるがゆえに詩を書く、すなわち彼が最も偉大な詩人であるのは革命家だからである。ミルトンの詩は、その背景に彼の思想が理解されない限り、自ら物語ることはない。しかしこの背景は歴史的であるがゆえに、ミルトンの思想は、それが同世代の人々の思想と関連づけられなければ、理解するのが非常に難しい」（四頁）。ヒルによれば、ミルトンの詩における聖書の主題は本来歴史的である。なぜなら、『失楽園』（*Paradise Lost*）、『復楽園』（*Paradise Regained*）、『闘士サムソン』（*Samson Agonistes*）といった主要作品はすべて、「革命が失敗に終わったこと、千年王国は到来しなかったことなどの問題に取り組んだ、非常に政治的な作品」（三六二頁）だからである。
(143) チベットやその他の中国内の民族の文学作品の中には、西洋叙事詩のような、長い物語を語る詩がある。朝鮮文学では、王朝の伝説を広く伝える詩『龍飛御天歌』があるが、この詩と『アエネーイス』とは、多くの点で類似している。以下を参照。Peter H. Lee, *Songs of Flying Dragons: A Critical Reading*.
(144)「八佾第三」、『論語』。〔『論語』、七四頁〕
(145) 杜甫「奉贈韋左丞丈二二韻」仇兆鰲『杜詩詳注』。〔『杜甫詩選』、三一―三二頁〕
(146)「夸飾第三十七」、『文心雕龍』。
(147)「尽心章句下」、『孟子正義』焦循撰。以後『孟子』と略記。〔『孟子』、四八四頁〕
(148)「万章章句上」、同掲書。〔同掲書、三二九―三三〇頁〕
(149) 王充『論衡』、八四頁。
(150) 銭鍾書『管錐編』第一冊、一六五頁。介之椎は、晋文公が国外へ亡命している何年もの間、家臣として仕えていたが、いざ君主が晋に帰還し晋公の座に就くと、宮仕えを辞退し、俸禄も受け取らなかった。介之椎は母親と話し合い、その後綿山で隠居生活に入った（「僖公二十四年」、『春秋左傳正義』（『十三經注疏』）を参照）〔『春秋左氏伝』一、三七七頁〕。鉏麑は、晋の忠臣である趙盾を殺害するために晋霊公の刺客として送られた軍人。しかし趙盾という善人を殺すのは気が咎め、かといって君主の命令に逆らうこともできない鉏麑は、追い詰められた末に自害する（宣公二年を参照）。〔『春秋左氏伝』二、五七四頁〕

（151）銭鍾書『宋詩選注』、五頁、注一。

（152）銭鍾書『談藝録』、三六三頁。

（153）銭鍾書『管錐編』第一冊、一六六頁。

（154）Maspero, *China in Antiquity*, p. 360.

（155）Egan, "Narratives in *Tso chuan*," *Harvard Journal of Asiatic Studies* 37 (Dec. 1977): 335.

（156）Yu, *Rereading the Stone: Desire and the Making of Fiction in Dream of the Red Chamber*, p. 40.

（157）Ibid., pp. 46, 52.

（158）Owen, *Traditional Chinese Poetry and Poetics*, p. 57.

（159）Owen, "Poetry and Its Historical Ground," *Chinese Literature: Essays, Articles, Reviews* 12 (Dec. 1990): 107–8.

（160）杜甫『杜詩詳注』仇兆鰲注。〔『杜甫詩選』、三七三—三七四頁〕

（161）Owen, "Poetry and Its Historical Ground," p. 109.

（162）Owen, ibid., p. 111.

（163）この事件に関して英文で書かれた考察として、以下を参照。Charles Hartman, "Poetry and Politics in 1079: The Crow Terrace Poetry Case of Su Shi," *Chinese Literature: Essays, Articles, Reviews* 12 (Dec. 1990): 15–44.

（164）蘇軾「王復秀才所居雙檜二首」其二、『蘇軾詩集』。

（165）葉夢徳『石林詩話』、何文煥編『歴代詩話』上冊、四一〇頁。この逸話は、蔡正孫（一二七九頃活躍）『詩林廣記』、二六〇頁にも見られる。蔡の書には、かの「烏台詩案」に収められた数多くの詩が、それらに関する政治的解釈と共に収録されている。

第二章

（1）以下などを参照。Northrop Frye, *Fearful Symmetry: A study of William Blake*, p. 427. ツヴェタン・トドロフ（Tzvetan Todorov）はこれと同じ隠喩を用いて、スタンリー・フィッシュ（Stanley Fish）の読者受容理論について批評している。以下を参照。

Todorov, *Literature and Its Theorists*, p. 187.

（2） Whitman, *Allegory*, p. 31.

（3） Steiner, *After Babel*, p. 47.〔『バベルの後に（上）』、九八頁〕

（4） Quintilian, *Institutio Oratoria*, VIII.vi.44, 3: 327.〔『弁論家の教育3』、二九八頁〕。多岐にわたる寓話の定義について簡潔にまとめたものとしては、以下を参照。Whitman, *Allegory*, とくに Appendix 1, "On the History of the Term 'Allegory,'" pp. 263–268.

（5） 芸術作品は未完成であるというポール・ヴァレリー（Paul Valéry）の芸術論を批評するガダマーによれば、作品に対する一つの理解が「他の理解よりも正当性において劣るなどということはない」という考え、すなわち「妥当な受容の基準は何一つ存在しない」という考えは、「擁護不可能な解釈学的虚無主義」の要因となる（*Truth and Method*, pp. 94–95）。〔『真理と方法Ⅰ』、一三四頁〕

（6） Yu, *The Reading of Imagery*, pp. 20–21.

（7） Ibid., p. 35.

（8） Lloyd, *Adversaries and Authorities*, p. 5.

（9） Ruth apRoberts, *The Biblical Web*, p. 49.

（10） Landy, "The Song of Songs," in *The Literary Guide to the Bible*, ed. Alter and Kermode, p. 306.

（11） Saintsbury, "English Prose Style," in *Miscellaneous Essays*, p. 32.

（12） Pope, ed. and trans., *The Anchor Bible: Song of Songs*, p. 671.

（13） Ibid., p. 19.

（14） Kermode, "The Canon," in *The Literary Guide to the Bible*, p. 601.

（15） この一節は、以下に引用されている。*The Anchor Bible: Song of Songs*, p. 129.

（16） Boyarin, "The Song of Songs: Lock or Key? Intertextuality, Allegory and Midrash," in *The Book and the Text*, p. 216.

（17） Ibid., p. 219.

（18） Lieberman, *Hellenism in Jewish Palestine*, p. 68.

（19） Stern, *Parables in Midrash*, pp. 8, 9.

（20） Ibid., p. 11.

（21） Ibid., p. 12.

(22) Benjamin, *The Origin of German Tragic Drama*, p. 160.〔『ドイツ悲劇の根源（下）』、一七頁〕
(23) Stern, *Parables in Midrash*, p. 16.
(24) *The Anchor Bible: Song of Songs*, p. 89.
(25) Ibid., p. 19.
(26) *The Midrash Rabbah*, ed. Freedman and Simon, 4: 198.
(27) Ibid., 4: 281.
(28) 以下を参照。Ibid., 4:112.
(29) Babylonian Talmud, Hagigah 3a–b. この一節は以下に引用されている。Stern, *Midrash and Theory*, p. 19.
(30) Stern, p. 20.
(31) Ibid., p. 22.
(32) Bruns, *Hermeneutics Ancient and Modern*, p. 105.
(33) Ibid., p. 118.
(34) *Midrash and Theory*, p. 20.
(35) Kugel, "Two Introductions to Midrash," *Prooftexts* 3 (May 1983): 146.
(36) Loewe, "Apologetic Motifs in the Targum to the Song of Songs," in *Biblical Motifs: Origins and Transformations*, ed. Altmann, p. 175.
(37) Ibid.
(38) Daniélou, *From Shadow to Reality*, p. 20.
(39) Woollcombe, "The Biblical Origins and Patristic Development of Typology," in *Essays on Typology*, ed. Lampe and Woollcombe, pp. 51, 52.
(40) Tate, "On the History of Allegorism," *The Classical Quarterly* 28 (April 1934): 105.
(41) Ibid., p. 107.
(42) Lamberton, *Homer the Theologian*, pp. 15, 11–12.
(43) Whitman, *Allegory*, p. 20.
(44) Curtius, *European Literature and the Latin Middle Ages*, p. 204.〔『ヨーロッパ文学とラテン中世』、二九六頁〕
(45) ユダヤ教とキリスト教の護教論については、以下の中で簡略的に述べられている。Curtius, pp. 211–213.

(46) Wolfson, *Philo*, 1: 141, 160.
(47) Ibid., 1: 123.
(48) Daniélou, *Origen*, p. 304.
(49) Origen, *The Song of Songs: Commentary and Homilies*, p. 265.〔『雅歌注解・講話』、二三五頁〕
(50) Ibid., p. 21.〔同掲書、二七頁〕
(51) Ibid., p. 28.〔同掲書、三二頁〕
(52) Origen, "On First Principles, Book Four," 2. 4, in Froehlich, *Biblical Interpretation in the Early Church*, p. 58.〔『諸原理について』、二八九頁〕
(53) Ibid., p. 67.〔同掲書、二九九頁〕。字義的意味と寓意に関してフィロンがオリゲネスに及ぼした影響については、以下を参照。Wolfson, *Philo*, 1:158–59. または以下を参照。Daniélou, *Origen*, pp. 178–90.
(54) Origen, *Commentary and Homilies*, p. 41.〔『雅歌注解・講話』、四三頁〕
(55) Ibid., pp. 22–23.〔同掲書、二八頁〕
(56) Kelly, *Jerome: His Life, Writings, and Controversies*, p. 274.
(57) Origen, *Commentary and Homilies*, p. 165.〔『雅歌注解・講話』、一五〇頁〕
(58) Ibid., p. 173.〔同掲書、一五六頁〕
(59) Ibid., pp. 200–201.〔同掲書、一七九頁〕
(60) Ibid., pp. 297–298.〔同掲書、二六八―二六九頁〕
(61) Origen, "On First Principles," 2. 9, in *Biblical Interpretation in the Early Church*, p. 62.〔『諸原理について』、二九五頁〕
(62) Wolfson, *Philo*, 1: 116.
(63) Origen, "On First Principles," 3. 15, p. 78.〔『諸原理について』、三一一頁〕
(64) 『詩書』の編纂を手がけた孔子は、当初三千もあった詩から三百編を選び出したとされている。この説（孔子刪詩説）と共に、『詩書』には教訓的、道徳的な印象が付与されるが、孔子ほどの賢人が道徳に適う詩だけを厳選し、品性のない不道徳な詩を除外したと言われれば、それもうなずけよう。この説は、司馬遷と班固（三二―九二）によって裏打ちされていたが、後に多くの作家や学者によってその信憑性が疑われることになる。孔穎達はすでに、司馬遷の言葉は「信じがたい」と公言していた（『毛詩』）。しかしこれに対して、孔子刪詩説を全面的には信じていないにもかかわらず、その説によって儒家経典の一書としての『詩書』の威信と意義が保たれるという見解は多くある。孔子刪詩説をめぐる議論に関しては、蔣伯潜『十三經概論』、一八八頁、周予同「孔子」、『周予同經學史論著選集』、三五五頁を参照。

(65) 鄭振鐸『插圖本中國文學史』第一冊、三六頁。

(66) 異文化間における諸々の正典注釈の伝統を論じたものについては、以下を参照。Henderson, *Scripture, Canon, and Commentary: A Comparison of Confucian and Western Exegesis*.

(67) 周予同「經、經學、經學史」、『經學史論著選集』、六五〇頁を参照。蔣伯潜は〝経〟という語の意味について概観し、その中で章炳麟（一八六〇―一九三六）の説明が最もわかりやすく説得力のあるものだと述べている。それによれば、〝経〟という語はもともと、古代中国でものを書く際に用いられた竹簡の綴じ紐を意味する。この説明をもとに蔣は、次のようにまとめる。「〝経〟という語は元来、すべての書物につけられていた一般的な名称であった。だがそれは後に、権威ある正典すなわち経書として尊ばれる特別な書を指す用語となる」（『十三經概論』、三頁）。このように〝経〟という語は、"Bible"（「書物」の意）という語と同じく、元来〝書〟を表し、より厳密な意味において正典の書すなわち経書のことを言うのである。このようなわけで、本書では『詩經』という中国語を『詩經』（*Classic of Poetry*）ではなく『詩書』（*Book of Poetry*）と訳した。だが一般的には『詩經』の訳の方が好んで用いられている。

(68) 「宗経第三」、『文心雕龍』。〔『文心雕龍（上）』、四〇頁〕

(69) Curtius, pp. 205–206.〔『ヨーロッパ文学とラテン中世』、二九七頁〕

(70) Kugel, "The 'Bible as Literature' in Late Antiquity and the Middle Ages," *Hebrew University Studies in Literature and the Arts* 11 (Spring 1983): 30.

(71) 「季氏第十六」、『論語』。〔『論語』、三七五頁〕

(72) 「襄公二十五年」、『春秋左傳正義』。〔『春秋左氏伝』三、一〇六〇頁〕

(73) St. Augustine, *On Christian Doctrine*, 3. 29. 41, p. 104.〔『アウグスティヌス著作集』第六巻、一九〇頁〕

(74) 「陽貨第十七」、『論語』を参照。〔『論語』、三八六頁〕。孔子が定める詩の四つの機能に対する解釈、いわば翻訳については、いまなお議論の余地がある。劉殿爵（D. C. Lau）は次のように翻訳する。「『詩經』（*Ode*）の中には想像力を刺激し、教養を明示し、集団の中で起こった問題を解決し、不平不満を表すのに適した詩句がある」（*The Analects*, p. 145）。劉若愚は、同じ箇所を次のように翻訳する。「それ（『詩經』の詩）を学ぶことによって人は心を奮い立たせ、物事をよく観察し、社会に馴染み、恨み言を吐き出すことができる」（Liu, *Chinese Theories of Literature*, p. 109）。この四つの機能に関するさらに詳しい考察については、以下を参照。

Liu, ibid., pp. 109–111.
(75) 「子路第十三」、『論語』。〔『論語』、二八六頁〕
(76) 「為政第二」、同掲書。〔同掲書、三八頁〕
(77) 「學而第一」、同掲書。〔同掲書、三三—三四頁〕
(78) 「淇奥」、『毛詩』。〔『詩経（上）』、一五五頁〕
(79) 劉寶楠による校訂注釈（『論語正義』、一九頁）を参照。
(80) 「八佾第三」、『論語』。〔『論語』、六八頁〕。引用中の孔子の返答（「繪事後素」）は簡潔すぎてむしろ曖昧であるため、その正確な意味は明らかでない。本書では、この孔子の言葉の翻訳（“Painting colors after making the plain background”）に際し、基本的には劉殿爵の解釈方法に従っている（*The Analects*, p. 68）。しかしこの言葉はまた、「色をつけるときには白を最後に加える」というふうにも解釈できる。そうであれば、孔子の返答は次のように読まれるであろう。「絵を描くときは、白を最後に加える」。これはすなわち、鄭玄の解説にもあるように、「絵を描くとは模様を作ることである。絵を描くとき、最初に様々な色がつけられ、それからそれらの色と色の間に白が塗られる。こうして模様が出来上がる。これは、美しい女性の完成を表す隠喩である。すなわち、えくぼの愛らしい笑顔や美しい目といった美の素質を生まれながらに備えた女性であっても、礼に適切に従うことがなければ美の極致には至らないということを意味している」（「八佾第三」、『論語』）。言うまでもなく鄭玄は、子夏が孔子との対話の中で遠まわしに述べたことを明示している。
(81) 錢鍾書『管錐編』第一册、二二四頁。
(82) Kugel, “The ‘Bible as Literature’ in Late Antiquity and the Middle Ages,” p. 34.
(83) Holzman, “Confucius and Ancient Chinese Literary Criticism,” in *Chinese Approaches to Literature from Confucius to Liang Ch’i-ch’ao*, ed. Rickett, p. 32.
(84) 「襄公二十八年」、『春秋左傳正義』。〔『春秋左氏伝』三、一一二二頁〕
(85) Saussy, *The Problem of a Chinese Aesthetic*, p. 86.
(86) 鄭振鐸「讀毛詩序」、顧頡剛他編『古史辨』、第三册、三九七頁。
(87) 「万章章句上」、『孟子』。〔『孟子』、三二九—三三〇頁〕
(88) 顧頡剛「詩經在春秋戰國間的地位」、『古史辨』第三册、三六三頁。
(89) 「關雎」、『毛詩』。〔『詩経（上）』、一七頁〕

(90) 「八佾第三」、『論語』。〔『論語』、七八―七九頁〕

(91) 「關雎」、『毛詩』。〔『詩経（上）』、一八頁〕

(92) 「關雎」、同掲書。

(93) Lewis, *The Allegory of Love*, pp. 14–15.

(94) 「關雎」、『毛詩』。

(95) Legge, trans., *The She King or the Book of Ancient Poetry*, p. 59.

(96) Couvreur, *Cheu King: texte chinois avec une double traduction en français et en latin*, p. 5.

(97) Waley, trans., *The Book of Songs*, p. 18.

(98) Ibid., pp. 81–82.

(99) Karlgren, trans., *The Book of Odes*, p. 2.

(100) *The Book of Songs*, pp. 335, 336, 337.

(101) Wang, *The Bell and the Drum*, p. 1.

(102) Quintilian, *Institutio Oratoria*, VIII.vi. 44, 3: 327. 〔『弁論家の教育』三、二九八頁〕

(103) クインティリアヌスによれば、「連続する隠喩《メタファー》は寓話となる」（ibid., IX. ii. 46, 3:401）。次のソーシーの言説を参照。「古代の雄弁家が言うように、技術至上主義的な意味での寓話、そして――このような表現が許されるなら――異教的な意味での寓話は、ある事柄とその意味は別々のことである――両者がどのようなものであれ――と示すものである」（*The Problem of a Chinese Aesthetic*, p. 28）。

(104) Quintilian, *Institutio Oratoria*, VI. iii. 69, 2: 477. 〔『弁論家の教育』三、六八頁〕

(105) Ibid., VIII.vi.44, 3:327. 〔同掲書、二九八頁〕

(106) Ibid., VIII.vi.54–55, 3:333. 〔同掲書、三〇二頁〕。『詩書』の詩に関しても、その多くは本来、間接的に賞賛や非難を表現するような反語的＝皮肉的な詩であると解釈されていた。このような反語的表現様式、またそれが寓話とどういう関係にあるのかについて詳しく論じたものとしては、以下を参照。Saussy, *The Problem of a Chinese Aesthetic*, pp. 91–96.

(107) Quintilian, *Institutio Oratoria*, VIII. vi. 58, 3: 335. 〔『弁論家の教育』三、三〇四頁〕

(108) Bloomfield, "Allegory as Interpretation," *New Literary History* 1 (Winter 1972): 313.

(109) Daniélou, *Origen*, pp. 64, 65.

（110）「陽貨第十七」、『論語』。〔『論語』、三八八頁〕

（111）Auerbach, *Mimesis*, pp. 13–14.

（112）Whitman, *Allegory*, p. 14.

（113）Barney, *Allegories of History, Allegories of Love*, pp. 41, 43.

（114）Jullien, *Detour and Access*, p. 57.

（115）次の孔子の言葉を参照。「周の文化は、先の二代の王朝（夏、殷）を手本として開化した。私はこの周の文化を受け継いでいこう」（「八佾第三」、『論語』）。「先生が匡《きょう》の地で危険に遭われたときに言われた、『文王亡きいま、その文化（文）は私と共にここにあるではないか。この文化を滅ぼそうとするのが天意であるならば、文王の後の世を生きる私がこの文化を学びうることはないはずだ。天がこの文化を滅ぼすまいとするのであれば、匡の連中が私に対してできることなど何もないではないか』」（「子罕第九」、『論語』）。〔『論語』、一九九頁〕

（116）「關雎」、『毛詩』。

（117）ソーシーによれば、大序の中で言われている歴史とは、現実的というよりむしろ理想的（観念的）なものである――「大序における解釈の根拠が過去の歴史の中に見出せないのであれば、その解釈は現在生起している歴史、すなわち模範的に読むことの歴史へと新たに向けられることになる」(*The Problem of a Chinese Aesthetic*, p. 149)。

（118）「野有死麕」、『毛詩』。〔『詩経（上）』、六四頁〕

（119）「野有死麕」、同掲書。

（120）「將仲子」、『毛詩』。〔『詩経（上）』、二一二頁〕

（121）Laws, Jr., *The British Literary Ballad*, pp. 43–44.

（122）「野有死麕」。

（123）錢鍾書『管錐編』第一冊、七六頁を参照。

（124）「將仲子」。〔『詩経（上）』、二一二頁〕

（125）この物語の原文については、「隠公元年」、『左傳』を参照。〔『春秋左氏伝』一、四九―五四頁〕

（126）『毛詩正義』の注釈が『詩書』における詩の原文の意味を操作するための「解釈学的手段《ツール》」であるとする見解については、以下を参照。Martin Svensson, "Hermeneutica / Hermetica Serica: A Study of the *Shijing* and the Mao School of Confucian Hermeneutics" (Ph. D. dissertation, Stockholm University, 1996).

(127) 「狡童」、『毛詩』。〔『詩経（上）』、二三〇頁〕

(128) Watson, *Early Chinese Literature*, p. 208.

第三章

(1) 「秦始皇本紀」、『史記』。「李斯列傳」も参照。

(2) 「秦始皇本紀」。

(3) もっとも、中国語、とりわけ古い書体（古文）では、「鹿」という文字も「馬」という文字も象形文字的要素が強いため、文字《サイン》とその指示対象によって形成される関係性は、英語における文字とその意味との関係ほど恣意的ではない。とはいえ、大方の中国語の文字に「鹿」や「馬」と同じような象形文字的要素があるわけではなく、新字体（今文）では目で見てすぐにそれと指示対象が認識できるような性質はない。

(4) Loewe, "Apologetic Motifs in the Targum to the Song of Songs," p. 159

(5) Kugel, *The Idea of Biblical Poetry*, p. 138.

(6) Woollcombe, "The Biblical Origin and Patristic Development of Typology," p. 54.

(7) Boyarin, "The Song of Songs: Lock or Key?" pp. 222, 226.

(8) Ibid., p. 223.

(9) Ibid., pp. 225, 226.

(10) Bruns, *Hermeneutics Ancient and Modern*, p. 68.

(11) Boyarin, "The Song of Songs: Lock or Key?" p. 226.

(12) Eco, *Art and Beauty in the Middle Ages*, p. 11. この本の中でエーコは、「形而上学的概念――とらえどころがなく面白味もない概念――に耽り、そのうえ、単なるたとえ話（作り話）としての寓話と、字義の奥に秘められた別の意味としての寓意の区別も明確につけなかった中世に美学などなかったというよくある異論」（一頁）を乗り越えようと目論んでいると述べている。

(13) Eco, *The Aesthetics of Thomas Aquinas*, p. 141.

(14) Aquinas, *Summa theologica*, 1a. 1. 10, in *Basic Writings of St. Thomas Aquinas*, ed. Anton Pagis, 1: 17.〔『神学大全』、三二頁〕

(15) Eco, *The Aesthetics of Thomas Aquinas*, p. 151.

(16) Ibid., p. 152.

(17) Henderson, *Scripture, Canon, and Commentary*, p. 5

(18) Froehlich, "Problems of Lutheran Hermeneutics," in *Studies in Lutheran Hermeneutics*, ed. Reumann, p. 127.

(19) St. Augustine, *On Christian Doctrine*, II. vi. 8, p. 38.〔『アウグスティヌス著作集』第六巻、八七頁〕

(20) Kugel, *The Idea of Biblical Poetry*, pp. 218–19.

(21) 以下を参照。Froehlich, "Problems of Lutheran Hermeneutics," pp. 133–135.

(22) Ibid., p. 134.

(23) Luther, *Works*, ed. Helmut T. Lehman, trans. Eric W. Gritsch and Ruth C. Gritsch (Philadelphia: Fortress Press, 1970), 39: 178. この一節は、以下に引用されている。Bruns, *Hermeneutics Ancient and Modern*, p.143.〔『ルター著作集』第一集三、四一五頁〕

(24) Bruns, p. 142.

(25) Froehlich, "Problems of Lutheran Hermeneutics," p. 128.

(26) Ibid., p. 133

(27) 以下に引用されている。Luther, *Works*, vol. 39, p. 171. Bruns, p. 144.〔『ルター著作集』第一集三、四一七頁〕

(28) Froehlich, "Problems of Lutheran Hermeneutics," p. 136.

(29) Frei, "The 'Literal Reading' of Biblical Narrative in the Christian Tradition: Does It Stretch or Will It Break?" in *The Bible and the Narrative Tradition*, ed. McConnell, p. 43.

(30) Ibid., p. 58.

(31) Tanner, "Theology and the Plain Sense," in *Scriptural Authority and Narrative Interpretation*, ed. Green, pp. 62–63.

(32) Ibid., p. 63.

(33) 以下を参照。Ibid., p. 64; Derrida, *Of Grammatology*, p. 89.

(34) Kermode, "The Plain Sense of Things," *Midrash and Literature*, ed. Hartman and Budick, p. 188.

(35) Tanner, "Theology and the Plain Sense," pp. 66–67.

(36) Eco with Richard Rorty, Jonathan Culler, and Christine Brooke-Rose, *Interpretation and Overinterpretation*, p. 64.〔『エーコの読みと深読み』、九四頁〕

(37) Ibid., p. 65.〔同掲書、九六―九七頁〕

(38) Lowth, *Lectures on the Sacred Poetry of the Hebrews*, lecture 31, p. 339.

(39) Ibid., p. 346.

(40) Gadamer, *Truth and Method*, p. 79.〔『真理と方法Ⅰ』、一一三頁〕

(41) Ricoeur, *Interpretation Theory: Discourse and the Surplus of Meaning*, p. 56.

(42) Frye, *Anatomy of Criticism*, p. 90.〔『批評の解剖』、一二六頁〕

(43) Lewis, *The Allegory of Love*, p. 125.〔『愛とアレゴリー』、一一六頁〕

(44) Auerbach, *Mimesis*, p. 48.〔『ミメーシス』、五六頁〕

(45) Auerbach, "Figura," in *Scenes from the Drama of European Literature*, p. 36.〔『ミメーシス』、四頁〕

(46) Pope, *The Anchor Bible: Song of Songs*, p. 17.

(47) Gollwitzer, *Das hohe Lied der Liebe*, p. 21.

(48) Heine, *Concerning the History of Religion and Philosophy in Germany*, in *Selected Works*, pp. 283–284.〔『ドイツ古典哲学の本質』、三一頁〕

(49) 以下から引用。Barth, *Kirchliche Dogmatik*, 3. 2, pp. 354 f; Gollwitzer, *Das hohe Lied der Liebe*, p. 62.

(50) 周予道「經今古文學」、『經學史論著選集』を参照。

(51) 李白「嘲魯儒」、『李太白全集』。

(52) 韓愈「薦士」、『韓昌黎全集』。最初の行で韓愈は三百詩が宋代に書かれたものと述べている。しかし、次の行は不明確で改悪された可能性がある。別の版では「風雅にして麗わしく、聖天子の教えの道を埋葬している」とあり、「理」の代わりに「埋」という言葉を使って、漢代の注釈に一層批判的な見方を示している。三行目の「聖人の手」は、良く知られた伝説によれば『詩書』の編纂に携わったという孔子を暗示している。

(53) 「論文上第八」、『朱子語類』。〔『朱子語類』、五一七頁〕。これ以降『語類』と略して記す。ここの根と枝の隠喩は、「文章とは経書の枝葉となること」という劉勰の木に関する類似した隠喩を思い起こさせる。『文心雕龍』、五三四頁。

(54) 「論文上第八」、同掲書。ここにある文と〈道〉の関係もまた、「〈道〉は聖人の手によって文様（文）を表し、聖人は文章（文）によって〈道〉を明らかにする」という劉勰の同様の記述を思い起こさせる。『文心雕龍』、二頁。

(55) Lynn, "Chu Hsi as Literary Theorist and Critic," in *Chu Hsi and Neo Confucianism*, ed. Wing-tsit Chan（陳榮捷）, p. 337.

(56) 羅根澤『中國文學批評史』第三冊、一九一頁。

(57) 錢穆『朱子新學案』中冊、一二七一―一二七二頁。

(58) 「詩一第六」、『語類』。〔『朱子語類』、五四五頁〕
(59) 「詩一第六」、同掲書。
(60) 「序」、『詩集傳』。この序は『詩集傳』の完成よりもかなり前に書かれたもので、当時四〇歳の朱熹は漢代の注釈の影響下にあった。後に、彼の見解はかなり変わり、六〇歳の頃には弟子たちに次のように述べている。「私はかつて、『小序』を使って『詩書』の注釈を書いたことがある。辻褄が合わないときは強引に意味をこじつけた。しかし、後で居ても立っても居られなくなった。二度目の注釈でも『小序』を用いたが、異論を述べて『小序』に従わないこともあった。しかし、詩人が本当は何を言おうとしているのか、ついに理解できなかった。その後でようやく気がついた。『小序』を切り捨てれば、詩は自ずと意味が通るようになると。そこで私は漢代の注釈から離れることにした。すると、『詩書』の意味が目の前に現れたのだ」（「詩一第六」、『語類』〔『朱子語類』、五四五頁〕）。
(61) 「詩一第六」、『語類』。〔『朱子語類』、五四六頁〕。馬について述べた二九七番目の詩の一行「正しい道から外れないこと」には、孔子が『詩書』に付した「ここに邪念はなし」（『論語』「為政第二」を参照）という意味として理解することができる注釈で用いた三つの漢字が入っている。朱熹は、この注釈が『詩書』全体のことを考えて付されたものではなく、右の一行に特化されたものであるため、『詩書』の中には「正しい道から外れた」、猥褻で邪まな詩が収められていると主張している。
(62) 「序」、『詩集傳』。
(63) 「關雎」、『毛詩』。〔『詩経（上）』、一八頁〕
(64) Saussy, *The Problem of a Chinese Aesthetic*, p. 107.
(65) 「詩一第六」、『語類』。〔『朱子語類』、五四五頁〕
(66) Wing-Tsit Chan (陳榮捷), *Chu Hsi: Life and Thought*, p. 41.
(67) 周予同『朱熹』、『經學史論著選集』、一五八頁。
(68) 「静女」、『毛詩』。〔『詩経（上）』、一二二頁〕
(69) 「静女」、同掲書。
(70) 『詩集傳』、二六頁。
(71) 同掲書。一見単純なこの詩には、「赤い筒」をはじめ、同定するのがかなり難しいものが多々ある。それらの同定をめぐって、顧頡剛ら現代の学者たちの間で活発な議論が行われている。『古史辨』第三冊、五一〇—五七三頁を参照。
(72) 『詩集傳』、四八頁。

（73）　「狡童」、『毛詩』。〔『詩経（上）』、一二三〇頁〕
（74）　「詩一第六」、『語類』。
（75）　『詩集傳』、五三頁。
（76）　余英時「顧頡剛、洪業與中國現代史學」、『史學與傳統』、二七四頁。顧頡剛と近代中国史学の英語による研究は、以下を参照。Laurence A. Schneider, *Ku Chieh-kang and China's New History: Nationalism and the Quest for Alternative Traditions*.
（77）　顧頡剛「序」、『古史辨』。
（78）　鄭振鐸「讀毛詩序」、同掲書。
（79）　顧頡剛「重刻詩疑序」、同掲書。
（80）　同掲書。
（81）　同掲書。
（82）　顧頡剛「詩經在春秋戰國間的地位」、同掲書、三〇九頁、三一〇頁。
（83）　鄭振鐸『插圖本中國文學史』第一冊、三七頁。
（84）　Eco, *Interpretation and Overinterpretation*, p. 52.〔『エーコの読みと深読み』、七六―七七頁〕
（85）　鄭振鐸「讀毛詩序」、『古史辨』。
（86）　Patterson, "Introduction" to the special issue on "Commentary as Cultural Artifact," *South Atlantic Quarterly* 91 (Fall 1992): 789.
（87）　聞一多「說魚」、『神話與詩』。
（88）　Fletcher, *Allegory*, p. 368.
（89）　Eco, *Interpretation and Overinterpretation*, p. 52.〔『エーコの読みと深読み』、七六―七七頁〕
（90）　Augusine, *On Christian Doctrine*, II. x. 15, p. 43.〔『アウグスティヌス著作集』第六巻、九四頁〕
（91）　Ibid., III. x. 14. pp. 87–88.〔同掲書、一六三頁〕
（92）　Ibid., III. ii. 2. p. 79.〔同掲書、一四八頁〕
（93）　Froehlich, "'Always to Keep the Literal Sense in Holy Scripture Means to Kill One's Soul': The State of Biblical Hermeneutics at the Beginning of the Fifteenth Century," *Literary Uses of Typology*, ed. Miner, p. 28ff.
（94）　蔡正孫『詩林廣記』、五五頁。
（95）　元稹「唐故工部員外郎杜君墓係銘」、郭紹虞・王文生編『中國歷代文論選』、第二冊、六六頁。

(96) 葛立方『韻語陽秋』巻一、『歴代詩話』下册、四八六頁。
(97) 郭紹虞『宋詩話考』、六六頁。
(98) 黄徹『䂬溪詩話』、『歴代詩話續編』第一册、三四五頁。
(99) 『歴代詩話續編』第一册、三五一頁。
(100) 「中國詩與中國畫」、『七綴集』、一八頁、一九—二〇頁。
(101) 杜甫「剣門」、『杜詩詳注』第二册、七二一頁。
(102) 『李太白全集』中册、五八四頁、九五二頁。
(103) 『䂬溪詩話』、三四七頁。
(104) 「為政第二」、『論語』。〔『論語』、三八頁〕
(105) 「陽貨第九」、同掲書。〔『論語』、三八六頁〕
(106) 『文心雕龍』、二頁、五三四頁。
(107) 「萬章章句上」、『孟子』。〔『孟子』、三三〇頁〕
(108) 「萬章章句下」、同掲書。〔『孟子』、三七六頁〕
(109) 王達津選注『王維孟浩然選集』、四七頁。〔『唐詩選』、三三三頁〕
(110) 計有功『唐詩紀事』上册、二三七頁。
(111) Eco, *Interpretation and Overinterpretation*, p. 65.〔『エーコの読みと深読み』、九五—九六頁〕
(112) 『歴代詩話』下册、八一〇頁。

第四章

(1) Baker-Smith, *More's Utopia*, p. 75.
(2) Wilde, *The Soul of Man under Socialism*, in *Plays, Prose: Writings and Poems*, p. 28.〔「社会主義下の人間の魂」、『オスカー・ワイルド全集』四、三三三—三三四頁〕
(3) Schaer, "Utopia, Space, Time, History," in *Utopia: The Search for the Ideal Society in the Western World*, ed. Schaer, trans. Nadia Benabid, p. 3.
(4) Sargent, "Utopian Traditions: Themes and Variations," in *Utopia: The Search*, p. 8.

(5) Levitas, *The Concept of Utopia*, p. 191.
(6) Ibid., pp. 181–182.
(7) Pagels, *Adam, Eve, and the Serpent*, p. 108.
(8) Ibid., p. xxvi.
(9) St. Augustine, *The City of God*, xiii. 3, p. 414.〔『アウグスティヌス著作集』第一三巻、一五九頁〕
(10) Pagels, *Adam, Eve, and the Serpent*, p. 109.
(11) St. Augustine, *The City of God*, xiii. 14, p. 423.〔『アウグスティヌス著作集』第一三巻、一五九頁〕
(12) Ibid., xiv. 28, p. 477.〔同掲書、二七七頁〕
(13) Kumar, *Utopia and Anti-Utopia in Modern Times*, p. 10.
(14) Touraine, "Society as Utopia," trans. Susan Emanuel, in *Utopia: The Search*, p. 29.
(15) Kumar, *Utopia and Anti-Utopia in Modern Times*, p. 11.
(16) Ibid., p. 17.
(17) Wegemer, "*The City of God* in Thomas More's *Utopia*," *Renascence* 44 (Winter 1992): 118.
(18) Kumar, *Utopia and Anti-Utopia*, p. 22.
(19) Ibid., pp. 22, 23.
(20) Ibid., pp. 19, 428, n. 29.
(21) Chesneaux, "Egalitarian and Utopian Traditions in the East," trans. Simon Pleasance, *Diogenes* 62 (Summer 1968): 78.
(22) Ibid., pp. 82–84.
(23) Kumar, *Utopianism*, pp. 34, 35.
(24) 「述而第七」、『論語』。〔『論語』、一六七頁〕
(25) 「八佾第三」、同掲書。〔同掲書、七二頁〕
(26) 「先進第十一」、同掲書。〔同掲書、二四〇頁〕
(27) 馮友蘭『中國哲學史』上册、四九頁。
(28) 周予同「孔子」、『周予同經済史論著選集』、三八五頁。
(29) Dawson, *Confucius*, p. 44.

(30) 「述而第七」、『論語』。〔『論語』、一五一頁〕
(31) 「顔淵第十二」、同掲書。〔同掲書、二五八頁〕
(32) 筆者は中国の世俗志向と宗教的寛容との関係について論じたことがある。以下を参照。Zhang Longxi, "Torelation, Accommodation, and the East-West Dialogue," in Laursen (ed.), *Religious Toleration: "The Variety of Rites" from Cyrus to Defoe*, pp. 37–57.
(33) Kumar, *Utopia and Anti-Utopia*, p. 28.
(34) 「陽貨第十七」、『論語』。〔『論語』、三七九頁〕
(35) 「公冶長第五」、同掲書。〔同掲書、一一四頁〕
(36) 「公冶長第五」、同掲書。
(37) 「陽貨第十七」、同掲書。
(38) 徐復観『中國人性論史——先秦篇』、八九頁。
(39) 「告子章句上」、『孟子』。〔『孟子』、三七九—八〇頁〕
(40) 「公孫丑章句上」、同掲書。〔同掲書、一一一頁〕
(41) 「告子章句下」、同掲書。〔同掲書、四一二頁〕
(42) 「梁恵王章句上」、同掲書を参照。
(43) 「梁恵王章句上」。〔同掲書、二一頁〕
(44) More, Utopia, p. 63.〔『ユートピア』、二五—二六頁〕
(45) Plato, *Republic* 5. 473c, *The Collected Dialogues*, p. 712.〔『国家（上）』、四〇四頁〕
(46) 「憲問第十四」、『論語』。〔『論語』、三三一頁〕
(47) 「公冶長第五」、同掲書。〔同掲書、一〇八頁〕
(48) 「公冶長第五」、同掲書。
(49) 「子罕第九」、同掲書。
(50) 「公冶長第五」、同掲書。
(51) More, *Utopia*, p. 111.〔『ユートピア』、七一頁〕
(52) Levitas, *The Concept of Utopia*, p. 191.
(53) 「碩鼠」、『毛詩』。〔『詩経（上）』、三〇一頁〕

(54)「碩鼠」、同掲書。
(55)曹操「対酒」、余冠英編『三曹詩選』、四―五頁。
(56)曹操「薤露」、同掲書、四頁。
(57)曹操「蒿里行」、同掲書。
(58)陶淵明「桃花源」、『陶淵明集』、一六五頁。〔『陶淵明・文心雕龍』、一七三頁〕
(59)同掲書、一六六頁。〔同掲書、一七三頁〕
(60)鍾嶸『詩品注』、四一頁。
(61)陶淵明『陶淵明集』、一六七頁。〔『陶淵明・文心雕龍』、一七四頁〕
(62)王維「桃源行」、『王禹偁詩文選』、九八―九九頁。
(63)孟浩然「武陵泛舟」、『孟浩然集校注』、一五二頁。
(64)劉禹錫「桃花行」、『劉禹錫集』、三四六頁。〔『桃源郷――中国の楽園思想』、一八八―九〇頁〕
(65)蔡正孫『詩林廣記』、一〇頁から引用。〔『桃源郷――中国の楽園思想』、一九四頁〕
(66)王安石『王安石詩選』、六八頁。〔『王安石』、四五―四八頁〕
(67)Wilde, *The Soul of Man under Socialism*, in *Plays, Prose: Writings and Poems*, p. 28.〔「社会主義下の人間の魂」、『オスカー・ワイルド全集』四、三二三―三二四頁〕
(68)Schaer, "Utopia, Space, Time, History," in *Utopia: The Search*, p. 5.
(69)「礼運第九」、『禮記正義』(『十三經注疏』)。〔『礼記(上)』、三二八頁〕
(70)葛兆光『七世紀前中國的知識・思想興信仰世界・中國思想史』第一巻、七四―七五頁。
(71)「礼運第九」、『禮記正義』。〔『礼記(上)』、三二九頁〕
(72)「天道第七十七」、『老子』。〔『老子・荘子(上)』、一二五頁〕
(73)王明編『太平經合校』上册、一四八頁。
(74)王平『太平經研究』、四八頁。
(75)阮籍「大人先生傳」、『阮籍集校注』、一六九―一七〇頁。
(76)嵇康「難自然好學論」、『嵇康集注』、二五六―二六六頁。
(77)王禹偁「錄海人書」、『王禹偁詩文選』、二二七頁。

(78) 以下を参照。Richard J. Smith, *China's Cultural Heritage: The Qing Dynasty, 1644–1912*, p. 238. Wang An-chi, *Gulliver's Travels and Ching-hua Yuan Revisited: A Menippean Approach.*

(79) 康有為「漢書劉歆王莽傳弁偽第六」、湯志鈞編『中國近代人物文集双書：康有為政論集』北京：中華書局、一九八一年、一九三頁。

(80) 湯志鈞『改良與革命的中國情懷——康有為與章太』、九二頁。

(81) 董士偉『康有為評傳』、三三頁。

(82) 朱維錚「從『實理公法全書』到『大同書』」、『求索真文明』、二三三頁、二三三—二三四頁。

(83) 康有為『実理公法全書』、『康有為大同論二種』、七頁。

(84) 朱維錚『求索真文明』、二四六頁を参照。

(85) 同掲書、二五六頁、第五一。しかし、康有為が『礼記』から引用した人物はわずか三人だけだったとする朱維錚の指摘は間違っている。なぜなら、「女性はみな、結婚を通じて良き家族を見つけた」という文に相当する三人の女性に加え、他にも引用しているからである。たとえば、「彼女たちは物が地面に捨てられているのを嫌った。彼女たちはそれらの物を保管したが、それは自分たちが使うためではなかった。自分たちが努力もせずに物を手に入れるのは嫌いだった。他人のために努力する人々だった」という部分がそうである。

(86) 康有為『大同書』、一九〇頁、三五一頁。

(87) これは、康有為が敵対者、とくに朱一新から受けた攻撃を康自身がまとめた言葉である。朱維錚「康有為和朱一新」、『音調未定的傳統』、二四六頁。

(88) 汪榮祖『康章合論』、二六頁。

(89) 朱維錚『求索真文明』、二四五頁。

(90) 康有為『大同書』、『求索真文明』、一二一頁。

(91) 同掲書、一四二—一五九頁、一七六—一七八頁。〔『大同書』、一三二頁〕

(92) 朱維錚『求索真文明』、二四七頁を参照。

(93) 康有為『大同書』、『求索真文明』、五四頁。〔『大同書』、一一〇頁〕

(94) 同掲書、三四六頁、三四七頁。

(95) 同掲書、一七一頁、一七八頁。〔『大同書』、一二四—一二五頁、一三二頁〕

(96) Marx and Engels, *Manifesto of the Communist Party*, in *Selected Woks*, p. 60.
(97) Ibid., p. 61.
(98) Engels, *Socialism: Utopian and Scientific*, in ibid., p. 416.
(99) Ibid., p. 417.
(100) Mao Tse-tung, "On the People's Democratic Dictatorship," in *Selected Works*, pp. 412, 413, 414. ここで引用した毛沢東「人民民主独裁論」の英語翻訳版では「大同」(datong) が「大調和」(Great Harmony) と翻訳されているが、本書で用いる言葉の一貫性のために、「大同」(Great Unity) という言葉に直している。
(101) Claeys, "Socialism and Utopia," in *Utopia: The Search*, p. 206.
(102) Kumar, "Utopia and Anti-Utopia in the Twentieth Century," in *Utopia: The Search*, p. 251.
(103) Striedter, "Journeys Through Utopia," *Poetics Today* 3: 1 (Spring 1982): 34.
(104) Ibid., p. 36.
(105) Portes, "Utopia and Nineteen-century French Literature," in *Utopia: The Search*, p. 245.
(106) Kumar, "Utopia and Anti-Utopia," in *Utopia: The Search*, p. 253.
(107) Ibid., p. 255.
(108) Clarence Brown, introduction to *We* by Zamyatin, p. xxvii.
(109) Reneta Galtseva and Irina Rodnyanskaya, "The Obstacle: The Human Being, or the Twentieth Century in the Mirror of Dystopia," in *Late Soviet Culture*, ed. Luhusen with Kuperman, p. 80.
(110) More, *Utopia*, p. 145. 〔『ユートピア』、一一〇頁〕
(111) Zamyatin, *We*, p. 14. 〔『われら』、二三頁〕
(112) Ibid., p. 36. 〔同掲書、五四頁〕
(113) Ibid., p. 61. 〔同掲書、九二―九三頁〕
(114) Ibid., p. 111. 〔同掲書、一七三頁〕
(115) Ibid., pp. 65–66. 〔同掲書、一〇〇頁〕
(116) Bakhtin, "Discourse in the Novel," in *The Dialogic Imagination*, trans. Michael Holquist, pp. 262, 263. 〔『小説の言葉』、一六七頁〕
(117) Ibid., pp. 366, 367. 〔同掲書、二〇三頁〕

(118) Striedter, "Journeys Through Utopia," p. 43.
(119) Zamyatin, *We*, p. 221.〔『われら』、三五五頁〕
(120) Kumar, *Utopia and Anti-Utopia*, p. 49.
(121) Rouvillois, "Utopia and Totalitarianism," in *Utopia: The Search*, p. 316.
(122) Ibid., p. 331.
(123) Kumar, *Utopianism*, p. 99.
(124) Ibid., p. 107.
(125) Kumar, "Utopia and Anti-Utopia," in *Utopia: The Search*, p. 265.
(126) Schaer, "Utopia: Space, Time, History," in *Utopia: The Search*, p. 6.

第五章

(1) たとえば、「文学作品《テクスト》の政治的解釈を優先する」ことに関するフレドリック・ジェイムソンの影響力ある議論を参照。政治的解釈は「現在行われている様々な解釈法――精神分析、神話批評、文体論、倫理批評、構造主義など――を補完する方法でもなければ、新たにつけ加えられるべき一つの選択肢でもなく、むしろあらゆる読解、あらゆる解釈の絶対的地平を形成する」。*The Political Unconsciousness*, p. 17.〔『政治的無意識』、二二頁〕。
(2) Stephen Greenblatt, István Rév, and Randolph Starn, Introduction, *Representations* 49 (Winter 1995): 1.
(3) Ibid., p. 2.
(4) Kagarlitsky, "A Step to the Left, a Step to the Right," in *Late Soviet Culture: From Perestroika to Novostroika*, ed. Thomas Lahusen with Gene Kuperman, pp. 22–23.
(5) Ibid., p. 23.
(6) *The Power of Forms in the English Renaissance*, ed. Greenblatt, p. 5. 新歴史主義を定義することは、まったくもって簡単なことではない。おそらく、ルイス・モントローズが示唆するように、「自ら新歴史主義者を名乗り、また他者から新歴史主義者とみなされる人々は、歴史の扱い方がそれまでとはまったく異なっており、そうした扱い方を理論化することもあまりないため、新歴史主義とは新しい歴史の位置づけと言うのがいいと思われる」("Renaissance Literary Studies and the Subject of History," *English Literary Renaissance* 16 (Winter 1986): 6)。新歴史主義は主にアメリカでの用語である。イギリスでは同様の歴史の位置づけが文化唯物論として知られ、ジョナサン・ダリモア（Jonathan Dollimore）とアラン・シンフィールド（Alan Sinfield）の仕事が代表的なものである。エドワード・ペクター（Edward Pechter）は新歴史主義を「一種のマルクス主義批評」として理解している（“The New Historicism and Its Discontents: Politicizing Renaissance Drama,” *PMLA* 102 (May 1987): 292）。新歴史主義をマルクス主義だけでなく脱構築にも関連性を持つものと見るジョセフ・リトヴァク（Joseph Litvak）は、次のように述べる。「新歴史主義が文学研究領域にその地位をすぐさま確立できたこと、それだけでなく、いまなお発展し続けるこの研究領域において最も意義深いこと――そして最も問題であること――、これらのことについて説得力をもって説明できるのは、この研究が脱構築と密接に関係しているからである」（“Back to the Future: A Review-Article on the New Historicism, Deconstruction, and Nineteenth-Century Fiction,” *Texas Studies in Literature and Language* 30 (Spring 1988): 122）。ジュディス・ニュートン（Judith Newton）は、フェミニズムの批評家が新歴史主義という考えに貢献もしくは参加できるようにするため、新歴史主義が辿った複数の歴史の見直しを求めている（“History as Usual?: Feminism and the ‘New Historicism,’” *The New Historicism*, ed. Veeser (New York: Routledge, 1989), pp. 152–167）。私には、グリーンブラットが新歴史主義の傑出した研究者であるだけでなく、新歴史主義という新しい批評方法の条件提示を一番はっきりと示していると思えるため、本章での議論では新歴史主義を代表する仕事としてグリーンブラットのものに焦点を当てることにする。

（7）*The Power of Forms in the English Renaissance*, pp. 4–5.

（8）Ibid., p. 4.

（9）Ibid., p. 6.

（10）Ibid.

（11）Greenblatt, *Shakespearean Negotiations*, p. 5.〔『シェイクスピアにおける交渉』、一四頁〕。ルイス・モントローズの次の発言を参照。新歴史主義は「『文学』と『歴史』、つまり『作品《テクスト》』と『文脈』の暗黙の区別を拒否する点で新しい。つまり、統一した自律的な個体――それが大文字の作者であろうと大文字の作品であろうと――を設定し、それに特権を与えて、社会的ないし文学的背景と対置させる一般的な傾向に抵抗する点で新しい」（“Renaissance Literary Studies,” p. 6）。

（12）Montrose, “Renaissance Literary Studies,” p. 7.

（13）Justice, “Inquisition, Speech, and Writing: A Case from Late-Medieval Norwich,” *Representations* 48 (Fall 1994): 1.

（14）Annabel Patterson, *Censorship and Interpretation*, p. 55.

（15）以下を参照。Greenblatt, *Shakespearean Negotiations*, pp. 21–39. グリーンブラットは、ハリオットの『報告書』の解釈に新歴史主義の批評方法の範例としての意味を与えているように思える。というのも、「ハリオットの文書にある正統性と転覆勢力の関係を理解する」重要性は、「それよりはるかに複雑なシェイクスピアの歴史劇にある問題を理解するために援用可能と思われる解釈の雛形が確立できるものと期待できる」（一三三頁）点にあるとグリーンブラットが述べているためだ。

（16） Ibid., p. 23.〔『シェイクスピアにおける交渉』、四〇頁〕

（17） Ibid., p. 27.〔『シェイクスピアにおける交渉』、四五頁〕

（18） Bakhtin, "Discourse in the Novel," in *The Dialogic Imagination*, p. 347.〔『小説の言葉』、一六七頁〕

（19） Greenblatt, *Shakespearean Negotiations*, p. 34.〔『シェイクスピアにおける交渉』、五六頁〕

（20） Ibid., p. 27.〔『シェイクスピアにおける交渉』、四六頁〕

（21） Ibid., p. 30.〔『シェイクスピアにおける交渉』、五〇頁〕

（22） Ibid., p. 31.〔『シェイクスピアにおける交渉』、五一頁〕

（23） Ibid., pp. 34–35.〔『シェイクスピアにおける交渉』、五六頁〕

（24） Ibid., p. 35.〔『シェイクスピアにおける交渉』、五七頁〕

（25） Ibid., p. 39.〔『シェイクスピアにおける交渉』、六三頁〕

（26） Greenblatt, *The Power of Forms in the English Renaissance*, p. 5.

（27） Justice, "Inquisition, Speech, and Writing," p. 27.

（28） Graff, "Co-optation," in *The New Historicism*, ed. Veeser, pp. 173–74.

（29） 子伶・子真「呉晗和海瑞罷官」、人民出版社編『呉晗和海瑞罷官』、七頁を参照。

（30） 『紅旗』論説、九号、一九六六年。英語への翻訳のため、中国の官本である以下から引用する。*Peking Review*, no. 28, July 8. 中国人の氏名表記には中国語のピンインを用いた。英語による呉晗研究は、以下を参照。James R, Pusey, *Wu Han: Attacking the Present through the Past*. また、呉晗の戯曲ならびに中国当局による同戯曲への批判をめぐる議論の英語翻訳は、以下を参照。Clive Ansley, *The Heresy of Wu Han: His Play 'Hai Jui's Dismissal' and its Role in China's Cultural Revolution*, ならびに *Hai Jui Dismissed from Office*, trans. C. C. Huang.

（31） 姚文元「評新編歴史劇『海瑞罷官』」、『文匯報』一一月一〇日、一九六五年。

（32） "Two Diametrically Opposed Documents,"『紅旗』論説、九号、一九六七年の引用より。英語版の以下から引用。*Peking Review*, no. 23, June 2, 1967, p. 22.

（33） "Never Forget the Class Struggle,"『解放軍報』論説、五月四日、一九六六年。以下から引用。*Peking Review*, no. 20, May 13,

1966, p. 41.

（34） Ibid., pp. 41, 42.

（35） 苏双碧・王宏志「呉晗傳」、資料・呉晗、『呉晗史學論著選集』第四册、四六三頁。

（36） 郭「前言」、『海瑞罷官』、四頁。

（37） 郭ならびに以下を参照。Pusey, *Wu Han: Attacking the Present through the Past*.

（38） Annabel Patterson, *Censorship and Interpretation*, p. 65.

（39） Ibid., p. 55.

（40） 呉晗「厚今薄古和古为今用」、『呉晗史學論著選集』第三册、四五頁。

（41） 呉晗『海瑞罷官』、『呉晗史學論著選集』第三册、五四二頁。

（42） 呉晗『海瑞』、『呉晗史學論著選集』第三册、一七九頁を参照。

（43） 苏双碧・王宏志「呉晗傳」、資料・呉晗、『呉晗史學論著選集』第四册、四六二頁を参照。

（44） Mao Zedong, "Speech at the Chinese Communist Party's National Conference on Propaganda Work," quoted in Yao Wenyuan, "On 'Three-Family Village': The Reactionary Nature of 'Evening Talks at Yenshan' and 'Notes from Three-Family Village,'" *Peking Review*, no. 22, May 27, 1966, p. 18. この発言は文化大革命中、他の多くの新聞や論説でも引用された。

（45） "Great Truth, Sharp Weapon" から引用。『紅旗』論説、九号、一九六七年。以下も参照。*Peking Review*, no. 23, June 2, 1967, p. 17.

（46） 英語による草分け的研究としては、以下を参照。Goodrich, *The Literary Inquisition of Ch'ien-lung*.

訳注

第一章

（一）　この問いは、モンテーニュ（一五三三—一五九二）の『随想録』（*Essais*, 一五八〇）第二巻第一二章に見られる。人間の自負する知識の虚しさ、知識の有無すらも判断できない人間について述べるモンテーニュによれば、世界には疑いや不確実性しかないと考える懐疑論者の思想は、「私は疑う」という肯定文ではなく——このように彼らが言うと、自身が疑っているということを確信していると指摘されることになるから——、「私は何を知っているのか」という疑問形によって、より適切に理解される。ミシェル・ド・モンテーニュ『モンテーニュ随想録』関根秀雄訳、白水社、一九八五年、七九七—一〇九二頁を参照。

（二）　世界には何一つとして「一」なるもの、単独なものはないと考えるモンテーニュは、地理的な隔たりと世界の多様性＝差異について次のように述べている——「我々は我々のこの世界においてさえ、ただ場所のへだたりだけのために、限りない相違や変化があることを知っている」（ミシェル・ド・モンテーニュ『モンテーニュ随想録』、九四五頁）。

（三）　『詩経』という中国語は、一般的には『詩経』（*Classic of Poetry*）と訳されるが、本書では著者の意向に基づき、『詩書』（*Book of Poetry*）と表記する。詳しくは、第二章原注（67）を参照。

（四）　原文は“The Translatability of Terms”（「諸用語の翻訳可能性」）。著者の言うように、本書における論考は、この問題を中心に展開されている。ここで“term”という語を「用語、術語（terminology）」ではなく「語概念」と訳したのは、以下の理由による。

"term" という語は、広い意味において、「ある概念を表す語あるいは語句」と定義されている（オクスフォード英語辞典）。さらに著者にとって（"allegory" "allegoresis" のような）用語の翻訳は、他言語への変換という単なる「技術上」のことではなく、その用語の「概念」の翻訳は可能なのかということにまで及ぶ問題である。

（五）　荘子は春秋戦国時代の思想家。老子と共に、いわゆる諸子百家の一派である道家の祖とされる。価値判断を相対化し、対立項さえも等しいものと見なす「万物斉同」の理論を、比喩を用いて寓話の中に示す。著書『荘子』は荘子自身による著作というよりは、荘子学派の思想を集成したもの。前野直彬編『中国文学史』東京大学出版会、二〇〇〇年、二三頁を参照。

（六）　「生きられる世界（経験）」とは、現象学的領域においてとくに重要視される概念。客観的、観念的な意味においてではなく、主体によって実際に直接的に生きられ知覚される世界、またはそれによって得られる経験のこと。たとえば、主体の前に広がる自然風景がどういうものかを教えるのは、生きられ知覚された具体的風景であって、それらを学究的、体系的にまとめ上げた学問（地理学、生態学など）ではない。重要なことは、認識がそれについて語っているあの認識以前の生きられる世界へ立ち戻ることであり、現象学の標語「事象そのものへ帰れ」が示しているのは、まさにこのことである。木田元他編『現象学事典』弘文堂、一九九四年、一三頁を参照。

（七）　学問的知識《エピステーメー》とは、必然的に存在する事物に関する知識。ある事物そのものを成り立たせる「始まり（原理）」を知るあるいは論じるための――その事物に固有の第一原因に関わる――知識のこと。「学問的に知られるものは必然にある。それゆえ、永遠なるものである。なぜなら、無条件な意味で必然にあるものはすべて永遠なものであり、永遠なものは不生不滅なものだからである」。これに対して実践的知識《プローネーシス》とはまず、「自分にとって善いもの、役に立つものについてただしく思案をめぐらしうる」ための知識と定められる。これは、人間が物事を正しく行うための知識、善という目的に至るための「手段を実行させる」知識である。ゆえにアリストテレスは、学問的知識が「最初のもの」（原理）に関わるものであるのに対し、実践的知識は「最終のものに関わる」と言うのである。〔アリストテレス『アリストテレス全集一三　ニコマコス倫理学』加藤信朗訳、岩波書店、一九七三年、一八三—二〇八頁〕。原注（3）も併せて参照。

（八）　逍遥とは「世俗間の相対的な価値観を超越して、思いのままに心を遊ばせること」である。江連隆『諸子百家の事典』大修館書店、二〇〇〇年、一二四頁を参照。

（九）　真理要求とは、ガダマーの言葉を借りれば、「真理を述べているのだという（テクスト）それ自体の主張」、すなわち文章《テクスト》の内容が真理を述べたものであるという、文章《テクスト》自身が解釈者に対して求める主張のこと。ハンス＝ゲオルグ・ガダマー『真理と方法II――哲学的解釈学の要綱』第二巻、轡田収他訳、法政大学出版局、二〇〇八年、四七五頁を参照。

（一〇）　プロタゴラス（前四八一頃―前四一一頃）は古代ギリシアにおけるソフィストの代表格。ソフィストは哲学的探究の対象を、イオニア自然学派が求めていた自然（宇宙）から、現実社会あるいは人間へと転換する。「万物の尺度は人間にある」というプロタゴラスのいわゆる人間尺度説は、あるものの真理とは、それを求める人それぞれに異なるという考えに基づいている。これは真理を相対的に捉えるということ（相対主義）であり、ここに絶対なる真理を求めるソクラテス（Socrates, 前四七〇頃―前三九九）との対立関係が生じることになる。

（一一）　人間が記号や象徴を用いる生き物である限り、主体と他者との関わりは、それら（主に言語）を介したものであるというのは必然的条件である。ゆえに本書においては、異文化に対する理解を、言語やその他記号を介して、またはその差異＝隔たりを越えて獲得することの可能性が問われているのである。ここで言われる〈他なるもの〉とは、私＝主体に対する誰彼といった限定的な個人ではなく、主体に現前しうる、主体以外のあらゆるものを指す意味するもの《シニフィアン》の総体であるということになるであろう。

（一二）　ガダマーによれば、地平とは「ある地点から見えるすべてのものを包み込む視界」である。この地平という概念は、「歴史的理解の領域」においても用いられる。すなわち現代における理解する人（主体）が過去（歴史）について考える場合、彼は現代の地平ではなく、その過去固有の歴史的地平において考えるべきだということになる。しかしこれは、理解する人という主体が自らの地平を放棄し、歴史的地平（他者）に「身を置き換える」ことを意味する。このような歴史学的理解において理解を行う人は、歴史的伝承あるいは作品本文《テクスト》と相互に理解し合ったり、それらの中で自己を理解したりすることはない。ガダマーは次のように主張する。歴史学的に理解される文章はそれ自身の真理要求から「追い出されてしまう」。すなわち理解を行う人は、歴史的状況に身を置き換え、文章の意味を理解していると「思い込む」ことによって、実際は文章の意見＝〈他者〉が求める真理を見出そうという要求を「放棄」してしまっている。そうではなく、彼は他者の境遇に「自己を置き換える」――自己を「度外視する」のではなく――ことが必要であり、それによって他者性だけでなく自己をも克服して、自己をより「高次の普遍性へと高めること」ができる。すなわち理解することにおいて存在しているのは、現代／過去の対立し合う二つの地平ではなく、それらを含む一つの大きな地平だけである。理解とは常に、「地平の融合」の過程なのである。ゆえに理解という行為は、現在／過去という地平の対立においてではなく、その二項対立を超越した統合的地平、現在と過去を含む大きな地平においてなされる行為である。この「地平の融合」の理論は、ヘーゲル的弁証法（正‐反‐合）との影響関係においてしばしば指摘されている。ハンス＝ゲオルグ・ガダマー『真理と方法Ⅱ』、四七〇―八〇頁を参照。

（一三）　クレメンス一一世（一六四九―一七二一）はローマ教皇。在位一七〇〇―一七二一年。在位中に大勅書〈ウニゲニトゥス〉（Unigenitus）を発し、中国におけるイエズス会の布教の土着化の方針に反対した。『キリスト教人名事典』日本基督教団出版局、一九八六年、五一八頁を参照。

（一四）　ベネディクト一四世（一六七五―一七五八）はローマ教皇。「啓蒙時代の教皇」と呼ばれる。在位一七四〇―一七五八。中国やインドにおける適応政策を否認。イエズス会解散の契機をもたらす。『キリスト教人名事典』、一四一四頁を参照。

（一五）　スキュラとカリュブディスはいずれも、ギリシア神話に登場する、メッシーナ海峡に住むとされる怪物。スキュラは、三重の歯を有する六つの頭と一二の足を持ち、船が海峡を通ろうとすると、船乗りたちをとって食った。カリュブディスは、海峡の北端にある伝説的な渦巻きの擬人化された怪物。海峡を通る船を次々と難破させたと言われる。高津春繁『ギリシア・ローマ神話辞典』岩波書店、一九六五年、一〇一頁、一三五―一三六頁、およびマイケル・グラント他『ギリシア・ローマ神話事典』入江和生他訳、大修館書店、一九八八年、二一一頁、二七三頁を参照。

（一六）　いわゆる「万物は流転する」という言葉で知られるヘラクレイトス（Heraclitus, 前五四〇頃―前四八四頃）の考え。川は確かにそこにあるとしても、川の水は日々流れている。今日入る川の水と、明日入る川の水は同じではない。ならばそのとき、我々は同じ川に入ったと言えるのか、とヘラクレイトスは問う。

（一七）　ウィリアム・ティンダル（一四九四―一五三六）はイギリスの聖書翻訳者。新約聖書の翻訳を志すが支持を得られず、多くの反対を受ける。彼の翻訳聖書に用いられた語彙の多くは、欽定訳聖書に受け継がれている。『キリスト教人名事典』、九一九―九二〇頁、およびキリスト教大事典編集委員会編『キリスト教大事典』教文館、一九六三年、七一四頁を参照。

（一八）　ユダヤ教の律法《トーラー》については、第二章訳注（一三）を参照。

（一九）　「希望（Hope）」は、「愛（Love）」、「信仰（faith）」と共に、カトリック教会における三つの徳（対神徳）と言われるものの一つ。人間の究極目的である至福は、人間に備わった能力によっては到達不可能である。したがって人間が至福に到達するためには、上記の徳――人間を至福へと秩序づけるための道としての――が、神の恩恵によって注ぎ込まれることが必要であるとされる。新カトリック大事典編纂委員会編『新カトリック大事典』第三巻、研究社、一九九六年、三八九頁を参照。

（二〇）　アリストテレスによれば、あるもの（存在物）があるものになる、すなわち現れ出る（生成する）ということは、可能態《デュナミス》が現実態《エネルゲイア》を経て完全現実態《エンテレケイア》に至る「運動」である。可能態とは、あるものがあるものになるための原理（始まり）に関わるもの。たとえば、単なる木材は、それが家や彫像になりうるという意味において可能態（質料）であると言える。これらが家を建てる、木を彫るといった行為＝運動――この生成の過程、現実活動がすなわち現実態――を経て、現に家や彫像になった――終わり＝目的《テロス》に達している、それを完成している――とき、それは完全現実態と言われる。この運動の過程は、アリストテレス的目的論の重要な一部をなす。アリストテレス『アリストテレス全集一二　形而上学』出隆訳、岩波書店、一九六八年、二八九―三二〇頁を参照。

(二一) ソクラテスは吟誦詩人であるイオンに対し、詩を吟じるとはどういうことかと問う。これに対して朗々と持論を語るイオンであるが、そもそも詩というものを軽視するソクラテスの彼に対する態度は嘲笑的であり、最終的にはイオンには詩を吟じる技術などないと論破する。プラトン『プラトン全集一〇 ヒッピアス(大) ヒッピアス(小) イオン メネクセノス』北嶋美雪他訳、岩波書店、一九七五年、一一三—一六二頁を参照。

(二二) 「根本的な存在論的二元論(fundamental ontological dualism)」という概念について。"fundamental ontology" と聞けば、ハイデガー的「基礎的存在論」——存在者=現れ出るもの/存在者を存在ならしめるもの=有るということそれ自体という関係——を思い起こす人は多いが、本書訳では前後の文脈を考え、より伝統的な意味での存在論的二元論——イデア、神などの超越的真実在/現象=仮象——として解釈している。

(二三) ソクラテスによれば、道具であれ行為であれ、それぞれの善さや美しさ、正しさは、それらを「使う」ことに関わる。ある物事を「使う人」がそれに最もよく通じており、そしてその人が自身の使うものの善し悪しを、それを「作る人」に告げる。すなわちこの作る人は、使う人の言葉にしたがって作る人である。これに対して「真似る人」は、自身が真似る対象について知識を持つことはなく、その善し悪しがわからない。ソクラテスにとって詩作は「真似ごと」であり、詩作に携わる人は皆、真似事に従事する人である。この真似事は「ひとつの遊びごと」にほかならず、ソクラテスによって「真実から遠ざかること第三番目のものと関係する」と言われる。プラトン『プラトン全集一一 クレイトポン 国家』田中美知太郎他訳、岩波書店、一九七六年、六九〇—七一〇頁を参照。

(二四) ヴィーコ(一六六八—一七四四)は、イタリアの哲学者、歴史学者、法学者。主著に『新しい学』(*Principi di Scienza Nuova*, 1725)。

(二五) スウェーデンボルグ(一六八八—一七七二)はスウェーデン啓蒙主義を代表する科学者、神秘思想家。五五歳のとき、神の啓示に接し、聖書研究に没頭。余生を視霊者または神秘神学者として過ごす。自らの霊的な体験を数々の作品に綴ったことで有名。主著に『天界の秘儀』(*Arcana Caelestia*, 一七四九—一七五六)など。彼の神秘主義はゲーテやエマソンに多大な影響を及ぼした。キリスト教大事典編集委員会編『キリスト教大事典』、九〇三頁を参照。

(二六) サン・ヴィクトルのフーゴー(一〇九六頃—一一四一)は中世の神秘主義的スコラ学者。プラトニズムやアウグスティヌスの影響を強く受け(第二のアウグスティヌスと呼ばれる)、神秘主義思想を形成した。キリスト教大事典編集委員会編『キリスト教大事典』、九〇三頁を参照。

（二七）　デリダによれば、ロゴス中心主義とは、アルファベットのような「表音的文字言語」の形而上学である。西洋では古代ギリシアより、超越的原理《ロゴス》（神の言、観念、理性など）は「声」と根源的、本質的に結びついていた。声はロゴスとしての「思惟」の中で「意味＝概念」に関わる、すなわち主体が声を発することによって、その意味が（声と）絶対的な結びつきを持つものとして必然的に現れ出る（現前の形而上学）。「声－思惟（概念）」という内的必然性と共に記号＝言語が自己完結した構造として閉じられる。これによって文字言語が言語構造の埒外へ置かれる＝貶められる。このような考えは、ソシュール的構造言語学にも受け継がれている。これが、ロゴス中心主義が音声中心主義と呼ばれるゆえんである。「差延」という概念は、このロゴス中心主義＝音声中心主義に疑問を呈することによって生じる。しかしそれは、音声言語《パロール》の下位に置かれた文字言語《エクリチュール》の地位を向上させるというものではない。デリダが言うように、音声言語であれ文字言語であれ、それらが発せられると同時に、それらに対する唯一の絶対的な概念が現前する、あるいはそれらが唯一絶対の概念へと差し向けられることなどありえない。「これは……である」という絶対的な意味はなく、あるのはただ、「これがあれではない」という差異から生じる意味作用だけである。さらに、言語によってある対象を指し示すということがすでに、その対象をそれとは別のものとしての言語で表しているということである。したがって、ある対象の概念を表すために言語をいくら重ねようとも、その概念はいつまでたっても（その対象の）本質を捉えることはできない。このようにして意味作用は際限なく延期させられるのである（差異＋延期＝差延）。デリダによって提出された音声中心主義（ロゴス中心主義）に対する疑問が、劉による論点の転換をもたらした大きな要因となっていることは明らかであろう。ジャック・デリダ『根源の彼方に――グラマトロジーについて（上）』足立和浩訳、現代思潮社、一九七二年、一五―一五一頁、および『ポジシオン』高橋允昭訳、青土社、一九八八年、二七―五四頁を参照。

（二八）　「興」については、第二章訳注（四一）を参照。

（二九）　これら（真理、神、自由）はまさしく、従来の西洋形而上学において追求されていたもの、経験世界を越えたものでありながら、経験世界を可能にする原理である。

（三〇）　『易経』は儒家経典の一つで、五経の首位に置かれる古代中国の占いの書。陰陽の二元をもって天地間の万象を説明する。古代中国の宇宙観を示すもの。

（三一）　『老子』は春秋戦国時代の思想家である老子が著したとされる書。『荘子』と並んで道家を代表する書物。『道徳教』とも呼ばれる。

（三二）　「河廣」の第二連――「誰謂河廣（黄河が広いと誰がいう）／曾不容刀（小舟だっていらないくらい）／誰謂宋遠（宋が遠いと誰がいう）／曾不崇朝（朝のあいだに着くくらい）」（石川忠久訳『新釈漢文大系第一一〇巻　詩経（上）』明治書院、一九九七年、一七三頁)――からの抜粋部分。

(三三)「漢廣」の第一連――「南有喬木(南にそびえる高木は)/不可休息(〔神木なれば〕いこうべくもなく)/漢有游女(漢水に遊ぶ神女は)/不可求思(〔神聖にして〕求むべくもない)/漢之廣矣(漢水は広く)/不可泳思(泳いでは渉れない)/江之永矣(江水は長く)/不可方思(いかだでも渉れない)」(石川忠久訳『新釈漢文大系第一一〇巻　詩経(上)』、三三頁)――からの抜粋部分。

(三四)　安史の乱のこと。唐の皇帝玄宗(六八五―七六二)が楊貴妃(七一九―七五六)を妃にしたことによって、楊一族は栄華を極める。この一族と、当時節度使として大きな勢力を誇っていた安禄山(七〇五―七五七)との対立が深刻化し、ついに七五五年、安禄山は長安を奇襲する。杜甫の有名な詩「春望」(国破れて山河あり……)は、この混乱を詠ったものである。

(三五)　ロムルスとレムスはローマ建国伝説に出てくる双子の兄弟。ギリシア神話の英雄アイネイアスの子孫で、前七五三年にローマを建設したとされる。

(三六)　サトゥルヌスはローマ神話に登場する農耕の神。ゼウスによってオリンポスを追放されたサトゥルヌスは地上に降り立ち、未開の地に住む人間に農耕を教え、太古の黄金時代を築いたとされる。文化英雄の一人。

(三七)　アウグスティヌス(三五四―四三〇)は、古代西洋最大の教父。「キリスト教のプラトン」と言われるほど、彼の思想は一貫してプラトン的だと考えられているが、また使徒パウロの深い理解者でもあり、ギリシア哲学とキリスト教を総合させ、独自の神学を構築した。『自由意志論』(*De Libero Arbitrio*, 三八八―三九五)、『告白録』(*Confessiones*, 三九七―四〇〇)など著書多数。『キリスト教人名事典』、九頁を参照。

(三八)　『書経』は中国最古の歴史書。尭、舜から夏殷周の三代を経て晋の文候、秦の穆公に至る皇帝に関する記録。五経の一つとして経学で尊ばれた。

(三九)　孟子は戦国時代の儒家。孔子の孫である子思《しし》の門人に学び、諸国をめぐって王道社会の実現を唱えたが成功せず、晩年は門人の教育に尽力する。著書『孟子』は、孟子自身の遊説の経験をもとに言論を中心に編集されたもの。本文中すぐ後に出てくる咸丘蒙は孟子の門人の一人。岩城秀夫『中国文学概論』朋友書店、一九九六年、三六―三七頁を参照。

(四〇)　『詩書』「大雅」に収められた「蕩之什《とうのじゅう》」の中の一篇「雲漢」の第三連――「旱既太甚(旱《ひでり》はかくもはなはだしく)/則不可推(斥けることはできない)/兢兢業業(〔大旱を〕恐れ危ぶむこと)/如霆如雷(あたかも雷霆〔を恐れるか〕のように)/周餘黎民(周の生き残りの人びとも)/靡有子遺(いまは誰一人残っていない)/昊天上帝(昊天上帝は)/則不我遺(我のことを少しもあわれもうとしない)/胡不相畏(このことを畏れずにいられようか)/先祖于摧(祖先の御霊に呪歌を歌い〔降雨を〕

祈る)」(石川忠久訳『新釈漢文大系第一一二巻　詩経(下)』明治書院、二〇〇〇年、二四〇頁)――からの抜粋部分。
(四一)　「長恨歌」において、妃の魂を捜し求めるよう命じられた道士は、臨邛の地より都に訪れていた。
(四二)　前節を参照。いわゆる「西洋的虚構性/中国的事実性、西洋的創造性/中国的自然性、西洋人の普遍的なものへの関心/中国人の特定のものへの関心、西洋文学に求められる隠喩的、超越的な意味/中国文学に求められる歴史的な意味」などの二項対立のこと。文化的な意味において、中国と西洋では詩を読むという経験自体がまったく異なる期待の地平に属していると考えていたオーウェンは、西洋詩が字義とは異なる「普遍的な意味」を語る「虚構《フィクション》」であるのに対し、中国の詩は「通常非虚構《ノンフィクション》である」と言明している。

第二章

(一)　ベーメ(一五七五―一六二四)はドイツの思想家。二五歳のときに突然啓示を受けて書いたとされるのが『アウローラ』(*Aurora*, 一六一二)。彼の神秘的な作風は、後世においてヘーゲル(Hegel)やショーペンハウアー(Schopenhauer)などの哲学者だけでなく、ゲーテやノヴァーリス(Novalis)などの文豪たちにも多大な影響を与えた。
(二)　Whitman, *Allegory* を参照。寓意とは作品本文を構成する一方法であり、また作品本文を解釈するための方法でもある。これら二つの範疇――寓話の構成に関わる範疇と寓意的解釈に関わる範疇――はとくに古代、中世の西洋において明確に区別されていなかった。ホイットマンの第一の目的は(構成的/解釈的というふうに用語を区別しながらも)、これら二つの対照的な性質の間に生じる緻密な「相互作用」を明らかにすることである。
(三)　中間言語とは、アメリカの言語学者セリンカー(L. Selinker)の用語で、「第二言語学習者の言語の総称」のこと。第二言語学習の途上にある学習者は、その言語体系を完全に自身のものとするわけではなく、母語の言語体系に基づく新しい言語体系を構築している。勿論この学習者の中で構築される独特の言語体系は、母語のそれとも習得目標である第二言語のそれとも異なる。すなわちこの用語は、母語と第二言語の中間に位置する言語を意味するために用いられている。白畑知彦他『詳説第二言語習得研究――理論から研究法まで』研究社、二〇一〇年、一頁を参照。
(四)　中世の聖書解釈学者が認めていた聖書の四重の意味(字義的意味、比喩的《アレゴリカル》意味、道徳的《トロポロジカル》意味、類比的〔救済史的〕意味)のこと(四義説)。人間の三つの部分(身体、魂、精神)に聖書の三つの意味を対応させたオリゲネスの三義説などに由来する。
(五)　雅歌や伝道の書など、その聖性が疑問視される書を正典に加えるか否かについて、ラビたちは長きに渡って論じ、何らかの指標を探した。そしてその最終決定が西暦一〇〇年頃、当時ラビたちの学塾があったヤムニアでなされた。この地で行われたラビたちによる正典化の過程をヤムニア会議と呼ぶ。雅歌の正典性をめぐるラビたちの議論は、タルムード・ヤダイム篇（第三章ミシュナ五）に記されている。ラビ・アキバ（・ベン・ヨセフ）は、ラビたちの中で最も著名な賢者として知られる。彼は本書本文にもあるように、雅歌の正典性を擁護した。ラビ・ユダ（・バル／ベン・イライ）、ラビ・ヨセ（・ベン・ハラフタ）は、共にラビ・アキバの弟子。この会議については詳細な記録は残っておらず、この会議においてヘブライ語聖書正典が結集、確定されたことを立証する確かな証拠はないとされている。『ヤダイム篇』三好迪訳、『タルムード　トホロートの巻――ケリーム篇他』三貴、一九九七年、三一七頁、三三四―三四二頁を参照。

（六）　平たく言えば、ユダヤ人にとって学識のある「先生」のこと。この語は西暦七〇年以来、ユダヤ教の律法学者の公的称号として用いられるようになる。

（七）　「手を汚す」とは、ラビ独特の表現。神聖なるもの、とくに聖書（正典）について述べるときに用いられる。その意味するところは、以下の通りである。聖書のような聖なるものに触れた者は、その後で他のもの（食べ物など）に触れる前に手を洗わなければならない。さもなければ、聖書の神聖さが手を介して平凡なもの（俗なるもの）に移ってしまうからである。

（八）　ジャン・カルヴァン（一五〇九―一五六四）はスイスの宗教改革者。改革派神学者の中でも指折りの神学者として知られる。『キリスト教綱要』(*Institutio Christianae religionis*, 一五三六）のほか、著書多数。彼の活動はプロテスタント教会に絶大な影響を及ぼした。『キリスト教人名事典』日本基督教団出版局、一九八六年、三八八―三八九頁を参照。

（九）　カステリオン（一五一五―一五六三）はフランスの人文主義学者。一五四〇年にカルヴァンを訪ね、プロテスタントに改宗、後に聖書解釈をめぐる見解の違いからカルヴァンと対立。『キリスト教人名事典』、三五七―三五八頁を参照。

（一〇）　この公会議（全四回中第二回）はユスティニアヌス一世によって招集され、勅命により、モプスエスティアのテオドロス、キュロスのテオドレトス（Theodoret of Cyrrhus）、エデッサのイバス（Ibas of Edessa）の著作が異端であると宣告された（三章論争の解決）。キリスト教大事典編集委員会編『キリスト教大事典』教文館、一九六三年、四三四頁を参照。

（一一）　モプスエスティアのテオドロス（三五〇頃―四二八）はアンティオキア学派の神学者、聖書注釈者。ほぼすべての聖書注釈を執筆した彼は、アレクサンドリア派の比喩的解釈を退け、歴史的、文献学的な聖書解釈に従事した。『キリスト教人名事典』、九二六頁を参照。

（一二）　マシャルは聖書釈義の方法の一つ。それ自体が明確な意味を持つ比喩を用いて、ある考えを具体的に表現する語り方の様式。直喩、隠喩、譬え話、寓意など。譬えはあらゆる宗教に見られる表現形式の一つである。新約旧約聖書大事典編集委員会編『新約旧約聖書大事典』教文館、一九八九年、七二八頁を参照。

（一三）　トーラーは律法を意味するヘブライ語。狭義では成文律法（書かれた律法）、すなわちシナイでモーセに成文で賦与されたと言われる五書（創世記、出エジプト記、レビ記、民数記、申命記）、広義には口伝律法（シナイでモーセに与えられ、以後口承的に伝承されたと言われる口伝のトーラーを指す用語）をも構成要素とする神の啓示全体を指す。長窪専三『古典ユダヤ教事典』教文館、二〇〇八年、三四四頁を参照。

（一四）　ミドラッシュはヘブライ語で「研究」の意。聖書本文の字義的意味の奥の（より深い）意味を見出すために用いられるユダヤ教の正典解釈。会堂《シナゴーグ》における聖書釈義を指す特殊な用語でもある。ミドラッシュの碩学として知られるニューズナー（Jacob Neusner）は、ミドラッシュという用語を「古代のユダヤ人権威者による聖書釈義」と明確に定義し、三つの類型のミドラッシュ（①敷衍、②預言、③譬えもしくは聖書の寓意的な読み方）を提示する。①においてヘブライ語聖書の釈義者は、ヘブライ語の意味を別の言葉（タルグムにおけるアラム語）で述べようとする。②において釈義者は、現在生起しているか、あるいはまさに起ころうとしている事柄の記述として聖書を読もうとする。③において釈義者は、言い表されたことよりも深い意味を持つ事柄の記述として聖書を読もうとする。ここで用いられる譬えがマシャルである。ジェイコブ・ニューズナー『ミドラシュとは何か』長窪専三訳、教文館、一九九四年、一三―一四頁を参照。

（一五）　アッガダーは「語り」を意味するヘブライ語に由来する語。広義には、物語形式による聖書解釈。この物語的聖書解釈はミドラッシュ・アッガダーと呼ばれ、ミドラッシュ解釈にはこのミドラッシュ・アッガダーとミドラッシュ・ハラハー（律法《トーラー》の法規を日常生活で適用するために必要とされる解釈法）の二類型がある。R・C・ムーサフ＝アンドリーセ『ユダヤ教正典入門――トーラーからカバラーまで』市川裕訳、教文館、一九九〇年、一〇八―一〇九頁、一三三―一三九頁を参照。

（一六）　ユーリヒャー（一八五七―一九三八）はドイツの新約聖書学者、教会史家。本文で言われているのは、ユーリヒャーの著書『イエスの譬話』（*Die Gleichnisreden Jesu*, 一八八八―一八九九）のこと。その中でユーリヒャーは、旧来の聖書解釈の伝統に逆らい、イエスの譬えが譬えであって寓話ではないことを確証した。『キリスト教人名事典』、一七一三頁を参照。

（一七）　ロマン主義と象徴主義の不可分な関係についていまさら述べるまでもないが、著者の言う「創造的完成」とは、一八世紀から一九世紀にかけて発達した美学＝芸術哲学の中核をなす「象徴」の原理に基づく創造的表現を指す。したがって「批評的権威」とは、ここでは文学を象徴として読むことの権威のことを言っている。本文において著者は、これらの要因によって象徴は寓意よりも優位に置かれることになったと言及している。

（一八）　ベンヤミンの言葉を借りれば、象徴の非媒介性とは、本来「神学的領域に帰属するもの」である「象徴概念」を美学に基づく芸術表象の中核に据えたロマン主義的芸術の特徴の一つと言える（勿論ベンヤミンは、これに対し批判的な姿勢を示している）。本来〈理念〉が「現れ出る」こととしての芸術作品（本質／現象の厳密な区別）が神学的領域に帰属する象徴（「感覚的対象と超感覚的なものの一致」）と見なされることによって、「美的なものは象徴的な形成物として、断絶なく神的なもののなかへ移行する」ことになる。この考えはまさしく「ロマン主義者たちの神智学的美学」によって展開される。これに対し寓話は、媒介性を持つ言語（比喩的形象性としての）という〈意味するもの〉と、精神的本質という〈意味されるもの〉の「絶対的な乖離＝断絶」のことである。ヴァルター・ベンヤミン『ドイツ悲劇の根源（下）』浅井健一郎訳、筑摩書房、一九九九年、一七頁、三九五頁を参照。

（一九）　タルムードは「教え」、「学び」という意。ラビによる口伝律法《トーラー》の集大成で中心本文であるミシュナ（「繰り返し」の意。聖書時代以降の口伝によるユダヤ法の最古の集大成の呼称。タンナイームと呼ばれるユダヤ人学者たちのユダヤ法についての論争が簡潔に伝えられている）と、その注解であるゲマラとからなる。泉田昭他編『新聖書辞典』いのちのことば社、一九八五年、八一三—八一五頁を参照。

（二〇）　タルグムはユダヤ教によるヘブライ語聖書のアラム語訳、もしくは敷衍訳。会堂の礼拝では、ヘブライ語が理解できなくなっていた会衆のために、通訳がヘブライ語の聖書朗読を章節ごとに自由に訳していた。その口頭による翻訳伝承が、徐々に書物に書き留められるようになった。『新約旧約聖書大事典』、七四一頁を参照。

（二一）　ホセア書の一章から三章は、イスラエル国が、フェニキアの雨の神であるバアル神の信仰を公認し、主の預言者たちを迫害した時代を背景にしているとされる。すなわちその中では、神とイスラエル国の関係が結婚に譬えられ、イスラエルが他の神に心を許したことが「淫行」の妻による「姦淫」に譬えられている。

（二二）　ミドラッシュ・ラッバーは、モーセ五書と雅歌、ルツ記、哀歌、伝道の書、エステル記の五巻に関するミドラッシュのみを収録したもの。

（二三）　サンヘドリンは第二神殿時代（前五一五頃—後七〇）以降数世紀に渡って続いた、ユダヤ民族の政治、律法、司法、宗教の最高決議機関。

（二四）　ラビ・エレアザル・ベン・アザリアは、祭司家系出身の裕福なラビ。アッガダーの解釈者。法的な研究や釈義的研究において活躍。

（二五）　知恵文学とは、神の正義や美徳に関する省察を、比喩などの多様な文学的修辞技法を用いて表す古代オリエント発祥の文学形式。ヘブライ語聖書では、箴言、ヨブ記、伝道の書などがこれに属する。長窪専三『古典ユダヤ教事典』、三一四頁を参照。

（二六）　金の子牛は、イスラエル人の礼拝の対象。シナイ山で十戒を授けられたモーセがなかなか戻ってこないため、その帰りを待っていたイスラエルの民が、自分たちを導いてくれる神を求めたのに応じて、アロンが造ったとされる（出エジプト記三二章一—四節）。

（二七）　タルグムではソロモンは、平和をもたらす神の呼び名であるとされている。すなわちソロモンの幕屋とは、平和をもたらす神の幕屋と解釈される。ソロモン（Solomon）という名の中には「平安」（shalom）の意が含まれていることから、モーセがイスラエルと神との和解をもたらしたという考え＝解釈が生じる。モーセがシナイ山で神より律法《トーラー》を受け取ったというのは、ラビの間でも一般的な見解である。以下を参照。*The Targum of Canticles*. Trans. Philip S. Alexander. London: T&T Clark, 2003, p. 81.

（二八）　オリゲネス（一八四頃—二五四頃）は、古代ギリシア教父の中でも最も重要人物とされる聖書研究家、神学者。

（二九）　アナクサゴラス（前五〇〇頃—前四二八頃）は、古代ギリシアの哲学者。宇宙秩序を成立させたものとして「知性（ヌース）」を導入した。宇宙秩序の成立について、最初に「混沌（カオス）」があり、次に知性が現れ秩序が出来上がったと説く。D・ジュリア『ラルース哲学事典』伊東道生他編訳、弘文堂、一九九八年、五頁を参照。

（三〇）　メトロドロス（前三三〇—前二七七）は、古代ギリシアの哲学者。善の基準は快楽である（肉体の快楽ではなく、煩悩からの解脱を目指すものという意味での）とする哲学者エピクロス（前三四一—前二七〇）の愛弟子。エピクロスの哲学の敵対者として知られるのがキケロである。ダイアナ・バウダー編『古代ギリシア人名事典』豊田和二他訳、原書房、一九九四年、三八一—三八二頁を参照。

（三一）　ヘシオドスは、文学史上その実在が確認されている最初の人物（前八世紀から七世紀の人物とされる）。ホメロスと並んで古典文学に大きな影響を与えた。ダイアナ・バウダー編『古代ギリシア人名事典』、三三八頁を参照。

（三二）　ディアスポラのユダヤ人とは、イスラエルの地の外に離散したユダヤ人。ヘレニズム時代、大勢のユダヤ人が移住したアレクサンドリアは、ディアスポラ最大のユダヤ人共同体を形成し、ヘレニズム・ユダヤ教の中心地となった。長窪専三『古典ユダヤ教事典』、三二九頁を参照。

（三三）　聖ジェローム（ヒエロニムス、三四七—四一九（四二〇））は、古代ラテン教父。多数の聖書注釈書や著作を世に出しているが、中でも最大の功績は『ウルガータ』（*Vulgata*）というラテン語訳聖書である。『キリスト教人名辞典』、一一七〇頁を参照。

（三四）　ニッサの聖グレゴリオ（三三〇以降—三九四）は、ギリシア教父。主著『モーセの生涯』（*De Vita Moysis*）、『人間創造論』（*De opificio hominis*）などには、オリゲネスによる聖書の比喩的解釈法の影響が現れている。『キリスト教人名辞典』、五一一頁を参照。

（三五）　聖ベルナール（一〇九〇頃—一一五三）は、フランスの神学者、聖人。主著の一つである『雅歌について』（*Sermones super Cantica Canticorum*)では、神との神秘的一致について言及している。『キリスト教人名辞典』、一四三八—一四三九頁を参照。

（三六）　ルフィヌス（三四五頃—四一〇（四一一））は、古代ローマの修道士、翻訳家。多数のギリシア語神学書をラテン語に翻訳したことで知られる。聖ジェロームの親友であったが、後にオリゲネス異端論争に巻き込まれ、彼の敵対者となる。『キリスト教人名辞典』、一八三七頁を参照。

（三七）　『詩書』に収められた一篇「碩人《せきじん》」の第二連——「手如柔荑（その手はやわらかき荑《つばな》の如く）／膚如凝脂（膚《はだ》は凝りし脂の如く）／領如蝤蠐（領《うなじ》は白き蝤蠐《すくもむし》）／歯如瓠犀（瓠《ふくべ》の子《たね》のような歯並びのよさ）／螓首蛾眉（広く整った首《ひたい》に蛾の眉毛）／巧笑倩兮（にこやかに笑う口もとの美しさ）／美目盼兮（美しい目元のすずやかさ）」。著者の言うように、「白絹に色鮮やかな模様を施す（素以為絢兮）」（石川忠久訳『新釈漢文大系第一一〇巻　詩経（上）』明治書院、一九九七年、一六〇頁）という句は、この詩には見られない。

（三八）　盧蒲癸は斉国の臣。宰相の慶舎《けいしゃ》の寵愛を受け、（慶舎の）娘を妻として与えられる。盧蒲氏は慶氏の支族であるため、慶舎の家の人に近親婚を咎められた癸は、次のように返す——「同族の先方でわたしに嫁がせようとしたのだから、どうにも致し方のなかったことだ。詩を引いて歌う場合にも、その本義に捕らわれずに自分の都合のよいように一章だけをたちきって用いるものだ。わたしも（慶氏に対する）望みをかなえたいというばかりにそうしたのだ。同族だからいけないなどということは問題にいたしません」（鎌田正『春秋左氏伝』三、明治書院、一九七七年、一一二二頁）。

（三九）　毛詩の特徴として、詩の始めに序文（小序・毛序）が付されている。これは各詩編の由来や趣旨を解説したものであるが、とくに『詩書』の最初に収められている「関雎」には「大序」が付せられ、そこでは『詩書』全体の特性や、詩というものの何たるかが語られている。

（四〇）　殷、周代から春秋時代にかけて中国各地から集められた詩を編纂して作られた『詩書』は、漢代にはすでに古典であり、学問的考証なくしては理解不可能であった。これに伴い、漢代の始めには『詩書』を研究する三つの学派（斉の轅固生《えんこせい》、魯の申培《しんばい》、燕の韓嬰《かんえい》）によるいわゆる「三家詩」（斉詩、魯詩、韓詩）が朝廷で公認されていたが、その一方で魯の毛氏（毛亨、毛萇《もうちょう》）が、河間の献王のもとで詩を伝えていた。これが「毛詩」である。我々が目にしている現行の書は、この毛詩である。毛氏による『詩書』注釈は「伝」と呼ばれる（毛伝《もうでん》）。後漢の時代になり、鄭玄がこれにさらなる注釈を付す（鄭箋《ていせん》）。この頃には毛詩は「三家詩」を圧倒し、『詩書』研究に大きな影響を及ぼすようになる。唐代には孔穎達がさらなる注釈を加える（孔疏《こうそ》）。かくして毛伝・鄭箋・孔疏の体系は、『詩書』注釈において絶大な権威を誇ることになる。

（四一）　『詩書』には「賦《ふ》」、「比《ひ》」、「興《きょう》」と呼ばれる三つの表現方法がある。興とは、読み手が言わんとすることをある別のものに託して展開する比喩技法である。たとえば、「關雎」ではミサゴ鳥がまず詠われるが、これは君子の良き連れ合いである淑女の比喩として取り上げられている。これに対して比は、「AはBのようだ」という直接的な喩え方であり、賦は、心のありのままを詠う表現方法である。岩城秀夫『中國文学概論』朋友書店、一九九六年、一一―一九頁を参照。

(四二)　いわゆる「パリ－ロード理論 (Parry-Lord theory)」のこと。この理論は、『ホメロス』と『オデッセイア』をめぐる一つの問題――これらの詩が無文字社会において生み出されたものである――と密接な関わりを持つ。これらの詩が文字なしに創られたというのであれば、文字を用いずに一万行を超える長編叙事詩を創るとはどういうことなのか。この問題が提起されたことを機に、ホメロスの文体と「口述」による詩作との関係を明示するための研究が活発になる。パリ－ロード理論は、この研究の代表格と考えられている。パリとロードは、旧ユーゴスラビアの口誦詩――彼らの研究当時もなお歌い手によって生み出されていた――の研究に注目する。彼らによれば、旧ユーゴスラビアの歌い手にとって詩の口誦とは、詩句を「一語たりとも違わずに覚える」ことを前提としていない。歌い手たちは皆、数多くの決まり文句＝定型句を語彙として保持しており、詩を歌う際には、詩句をそのまま読むのではなく、その歌い手の「好きなときに好きなように」定型表現を取り替えることができる。詩作の場合も同様に、歌い手たちは、数々の定型句を即興的につけ加えながら詩行を重ねていく。したがって旧ユーゴスラビアの口誦詩人は、伝統的な詩を語り継ぐ人であると同時に、それらの詩の「作者」であるとも言える。パリとロードはこの考察内容を応用することによって、ホメロスの長編叙事詩創作の手法を明らかにしていく。以下を参照。Ruth Finnegan, *Oral Poetry: Its nature, significance and social context*. Bloomington: Indiana University Press, 1992, pp. 58–72.

(四三)　カエリウス（前八二―前四八）は、古代ローマの政治家。キケロは裁判で、友人であるカエリウスを弁護している。ローマ内乱ではカエサル（Caesar）に味方し、その功績として法務官職をカエサルから与えられる。ダイアナ・バウダー編『古代ローマ人名事典』小田謙爾他訳、原書房、一九九四年、九一頁を参照。

(四四)　キケロ（前一〇六―前四三）は、ローマ共和制末期の政治家、文人、哲学者。『神々の本性について』(*De deorum natura*)、『運命について』(*De fato*) を始めとする多数の著作は、キリスト教ラテン教父に多大な影響を与え、その影響力は中世にまで及ぶ。『キリスト教人名辞典』、四〇九頁を参照。

(四五)　ホラティウス『歌集《カルミナ》』(*Carmina*) 第一巻第一四歌、一―三行――「船よ。再び新しい／波浪がお前を海に出す。／何をしているんだ。勇ましく／港をめざして行くがいい」（ホラティウス『ホラティウス全集』鈴木一郎訳、玉川大学出版部、二〇〇一年、三一五頁）。

(四六)　「狡童」という語は、本書原文（"crafty boy"）に基づいて「意地悪な男」と訳しているが、とくに「意地悪」というわけではなく、女が男を戯れて呼んだ言葉であるとされる。「食事」（「餐」、「食」）は古代中国において、男女の性行為を意味する隠語。著者が「男女の三角関係」と解説していることから、この詩は、ある女の、「男」に対して抱いている想い、「あなた」という別の女のせいで満たされない想いを綴ったものであるということがわかる。石川忠久訳『新釈漢文大系第一一〇巻　詩経（上）』、二三〇頁を参照。

（四七）「理解の先行構造」とは、理解と解釈の密接な関係を説くハイデガーの用語。ハイデガーにとって理解とは、有るということ、すなわち存在それ自体の理解という根源的なものである。この理解を「形成し上げること」が、現象学的な意味での「解釈」という行為であるが、解釈はそもそも理解に基づいており、解釈を通じて理解が得られるわけではない。解釈とは、目の前に立ち現れているもの＝有るものを「……するため」（用具的存在の趣向としての趣向全体性）ということにおいて「解き分け」る、すなわち有るものを有るものとして見ることである。しかし解釈とは、有るものの上にある「意義」を投げかけることではない。たとえば、「机」というものを解釈するとき、我々はその机が何のために有るのかという理解をあらかじめ持っており（先持）、ゆえに机に対する解釈は、ある一定の可能性へとあらかじめ「照準を合わせ」られており（先見）、その結果得られる机の概念は、ある一定の概念性に向かってあらかじめ決定されてしまっている（先把握）。この「先」という理解の構造（「先-構造」）に基づいて解釈は行われている。ガダマーは『真理と方法』の中で、ハイデガーの「理解の先行構造」に言及している。ガダマー的テクスト解釈理論（地平の融合をめぐる歴史的読みの問題など）が、ハイデガー的解釈学分析と密接な関係にあることは言うまでもないであろう。マルティン・ハイデガー『有と時』辻村公一訳、創文社、一九九七年、二二七―二三四頁、およびハンス＝ゲオルグ・ガダマー『真理と方法II――哲学的解釈学の要綱』第二巻、轡田収他訳、法政大学出版局、二〇〇八年、四二一―四三〇頁を参照。

第三章

（一）「自然論的な見方」について。古代より中世を経て近代に至るまで、少なくとも一九世紀まで、ヨーロッパ文化の中心は宗教＝聖書、プラトン哲学、アリストテレス哲学によって占められてきたと言える。このことは、ゲーテの次の言葉からも明らかであろう――「諸科学の文化においては、バイブルとアリストテレスとプラトンが、主として古来はたらいてきた。そしていつの代も、この三つの基礎に戻ってくる。新プラトン主義が云々される、すなわちプラトンへの復帰が。スコラ学派、そしてカントがまたスコラ学を持ち出すということ、すなわちアリストテレスだ。ところで今度はバイブルへの復帰。この三つの要素から脱することはできないのである」。アウグスティヌスを初めとする古代教父が聖書の権威とプラトン哲学との密接な関係を強調した一方で、一三世紀にアクィナスによるスコラ哲学がその基礎として採用したのは、当時イスラム圏から導入されたアリストテレス哲学であった。古来ヨーロッパにおける合理主義的世界観について考えるとき、そこには二つの潮流、すなわち、観念的実在性という超越的原理——感覚世界＝自然界の彼岸に存する〈あるということとそれ自体〉《イデア》という原型——に基づくプラトン哲学と、形相的実在性——感覚世界における「実体」としての諸物がその内に有する、それ自体で何であるかという実在性——をもとに世界＝自然を説明しようとするアリストテレス哲学と二通りの傾向がある。エーコの言う、一三世紀ヨーロッパに台頭した「自然論的な見方」とは、諸物の存在原理が諸物から離れて存在することを認めない——自然はそれ自体の内にその存在の本質＝形相を有するがゆえに——アリストテレス的世界観＝自然観と不可分に関わると考えて差し支えないであろう。ヨハン・ヴォルフガング・ゲーテ『ゲーテ対話録』第一巻、大野俊一訳、白水社、一九六二年、六一八頁、『アリストテレス全集一二　形而上学』、二三〇—二三二頁を参照および当該頁から引用。

（二）　「アンティオキア派」。シリアのアンティオキアで三世紀から五世紀に栄えた神学派。この学風は、聖書解釈とキリスト論において、アレクサンドリア派の学風とは対照的であり、両者はしばしば対立した。四世紀に当時のアンティオキア司教であったエウスタティオス（Eustathios）が著した聖書の比喩的解釈を否定する反オリゲネス論が、アンティオキア派がアクサンドリ派のキリスト論を攻撃する根拠となった。四世紀末から五世紀にかけては、アレクサンドリア的な比喩的聖書解釈に反対して、歴史的・文法的解釈が推進された。新カトリック大事典編纂委員会編『新カトリック大事典』第一巻、研究社、一九九六年、二六九—二七〇頁を参照。

（三）　三名の教皇が生まれて教会大分裂（シスマ）の事態にあった当時、ジェルソンはコンスタンツ会議（一四一四—一四一八）を主導し、一人の正当なローマ教皇を立てて教会大分裂を終結させると共に、教皇であっても公会議の指導に従うべきであると唱え、一四一五年には公会議の決定は何人も覆すことができないと宣言した教令「ヘック・サンクタ」（Heac Sancta）が採決された。

（四）　新約聖書でイエスの処刑に関与したユダヤ総督として登場する。ピラトは、ユダヤ人たちからイエスの死刑を要請されるが、イエスには死刑に値する罪はないとして無罪を提言する。しかし、ユダヤ側は納得がいかず死刑を要請し、ピラトは最終的にユダヤ人たち自身でイエスを十字架刑にかけるようにと言う。ピラトは群衆の暴動を恐れて、自分の責任から逃れるためにユダヤ人たち自身にすべてを任せる。

（五）　ラウス（一七一〇—一七八七）。聖職者、言語学者。聖書の詩を文学として論じた。また、英語の規範文法を確立し、一七六二年には英文法書の以下を出版してイギリスの学校英語教育に大きな影響を与えた。*A Short Introduction to English Grammar with Critical Notes.*

（六）　ミヒャエリス（一七一七―一七九一）。ドイツのプロテスタント神学者。聖書の歴史的批判的研究の先駆者。

（七）　ガダマーによれば、象徴も寓意もあるものを別のもので代表するという構造を持つゆえに互いに近いものとみなされるが、そもそも寓意は「弁論、つまりロゴスの領域のものであり、修辞学上ないしは解釈学上の文彩《フィギュール》である」。一方、象徴はロゴスの領域に限られるものではなく――なぜなら「象徴はそれが指示しているものを通して他の重要なものと関係するのではない」から――、「象徴自身の感覚的な存在が〈意味〉を持つ」。神的なものは感覚的なものを出発点にすると考えられるとき、認識において用いられる象徴が解釈において用いられる寓意の優位に立つ。ハンス＝ゲオルグ・ガダマー『真理と方法Ⅰ』轡田収他訳、法政大学出版局、一九八六年、一〇三―一〇四頁を参照および当該頁より引用。

（八）　「カントの象徴的表象」。カントは、人間が諸対象から概念を得るまでの過程を次のように考える。人間がある対象からその表象を獲得する能力（受容性）は「感性」と呼ばれる。この感性を介して人間に対象が与えられ、この感性だけが人間に諸々の「直観」を提供する。一方、その対象を「思惟」するために必要とされるのが「悟性」であり、この悟性から「概念」が発言する。しかしカントによれば、「すべての思惟は〔……〕結局は直感に、したがってわれわれのもとにおいては感性に関係づけられねばならない」。このことから、ある対象とその概念――思惟（悟性）によって導きだされるところの――は感性によって結びつけられるということになる。これをカントは「感性化＝感性的表示」と呼ぶ。この表示すなわち表象は二つの様式、図式的表象様式と象徴的表象様式に区分される。前者の場合、「悟性が把握する概念には〔それに〕対応する直観がアプリオリに与えられる」、すなわち直観自体が概念と一致しているが、後者の場合には、両者が一致しない。カントが挙げる例を引用すれば、「君主国」（直観によってもたらされる現象）と「君主によって統治される専制国家」（概念）はアプリオリに関係づけられるが、「君主国」と「粉引き」（単一の絶対的意志によって動く単なる機械を表す象徴的表示）との間には本来何ら共通点がない。これが「象徴的表象」であるなら、両者を結びつけるものは、「この双方とそれらの原因性とについて反省する際の規則」によって見出される「類似」ということになるとカントは言う。このような表象様式は、「概念の間接的表出を含んでいる」。イマヌエル・カント『カント全集四　純粋理性批判（上）』有福孝岳訳、岩波書店、二〇〇一年、九五頁、および『判断力批判（上）』宇都宮芳明訳、以文社、一九九四年、四三三―四三五頁を参照および当該頁より引用。

（九）　ガダマーの言うように、カントは「美術（美しき芸術）は、自然と見なされうるもの」でなくてはならず、自然は、「自然の寵児」たる天才を通じて芸術に規則を与えると考えた。ゆえに「芸術は天才の技」となる。そして、ロマン主義的、あるいは観念論的概念によって芸術は天才の無意識的創造、作品の意味が天才という「生命を躍動させる精神の現れ」であり現象自体を捉えられる。ハンス＝ゲオルグ・ガダマー『真理と方法Ⅰ』、六〇―八六頁を参照および当該頁より引用。

（一〇）　ここでいう新儒学とは、朱子が集大成した儒教儒学体系のことであり、「宋学」、「朱子学」ともいう。中国において全面的に従来の伝統を批判した五四運動以後の現代新儒学とは異なる。

（一一）　宋の新儒学の別称。

（一二）　『詩経』毛伝序に「心に在るを志といい、官に発するを詩という」とある。

（一三）　「村野妄人」とは、頭のいかれた田舎の人々の意味。

（一四）　「国風」は、周南、召南、邶、鄘、衛、王、鄭、齊、魏、唐、秦、陳、檜、曹、豳からできている。以下にある「邶より以下」とは、邶より後ろの詩群を指す。

（一五）　「淫奔詩」とは恋愛の歌のこと。

（一六）　「彤管《つばな》」は、毛伝・鄭箋では「赤い管の筆」、欧陽修は「赤い笛」、聞一多は「丹荑」、「夐茅」とそれぞれ解している。

（一七）　「荑《つばな》」は毛伝では「茅の初めて芽を出したもの」と言われ、「彤管」と同じものを指す。この詩の中で「荑」を送ったのが女性であるとすれば、「荑」は「彤管」であり、「その女《ひと》からいただいたもの」ということになる。ゆえにこの詩は、荑を送られた「語り手の恋人である『静女』の美しさとやさしさを賛美する詩であると思われる」。石川忠久訳『新釈漢文大系第一一〇巻詩経（上）』明治書院、一九九七年、一二二―一二三頁を参照および当該頁より引用。

（一八）　「新たなクーン的範型《パラダイム》の創造」。トマス・クーンはアメリカの科学史家、科学哲学者（一九二二―一九九六）。主著である『科学革命の構造』（*The Structure of Scientific Revolutions,* 一九六二）において、科学者集団が共有する科学の規範を「パラダイム」という概念で表して以来、その用語が広く使用されることになる。一九七〇年代に入り、解釈学的哲学に親しみ始めたクーンは、解釈学と「パラダイム」という用語の密接な関係を見出すようになる。すなわち、ある共同体に属する学者が他の文化共同体の思考様式を理解するために様々な学術的技術を身につけるように、自然科学の諸概念を理解するには歴史的共同体に帰属する前提的諸概念を身につける必要があると考えたクーンは、これら諸概念の集成を科学の「解釈学的基底」と称し、これこそが彼の「パラダイム」の概念を表すに相応しい用語であるとした。これによってクーン的「パラダイム」という用語は、伝統的にその基盤や確実性が揺るぎないものと考えられてきた知的営みにも、歴史的・社会的に与えられたある種の深層構造が存在するという科学観と密接に関係することになる。顧頡剛の学術的手法はまさに、旧来の解釈学的基底に疑問を呈し、新たな「解釈学的基底＝範型」を創造するものであると考えられる。廣松渉他編『岩波哲学・思想事典』岩波書店、一九九八年、一二八六―一二八七頁を参照および当該頁より引用。

（一九）　『アナクレオン風歌謡集』。アナクレオン（前五七二頃―前四八二頃）は古代ギリシアの抒情詩人。彼の作品に取り上げられる主題は、主に愛と酒宴である。『アナクレオンの使用した韻律とその詩風を模倣して作られた歌謡の総称。作られた時期は、前二世紀からビザンティン帝国時代（六世紀）まで及ぶと言われる。作者たちは、アナクレオン風の平易な言葉を用いて愛と酒を歌う。このような作風は、ルネサンス以降多くのヨーロッパの詩人たちを魅了した。『世界文学事典』編集委員会編『集英社　世界文学事典』集英社、二〇〇二年、三一―三二頁を参照および当該頁より引用。

第四章

（一）「ヨハネス・クリュソストモス」。四世紀のキリスト教の神学者、説教者であり、正教会で筆頭の格を有するコンスタンティヌーポリ総主教。名説教で知られたことから「黄金の口」を意味する「クリュソストモス」を付して呼ばれるようになる。

（二）「メリオリスト」。世界は人間の努力によって改善できると考える人々のこと。

（三）「九五カ条の論題」。宗教改革の要因となる書。正式な名称は「贖宥状の意義と効果に関する見解」（Disputatio pro declaratione virtutis indulgentiarum/ The Ninety-Five Theses on the Power and Efficacy of Indulgences）。マルティン・ルターが一五一七年、当時のカトリック教会の免償理解に疑義を呈して発表した文章ならびに提題であり、ここから神学論争、そして政治論争が発展し、プロテスタントが誕生した。

（四）「コケーニュ」。逸楽の国。美食や怠惰な暮らしに明け暮れる神話上の楽園のことで、中世ヨーロッパのユートピア像の一つ。中世のアイルランドで書かれた詩に"The Land of Cockaigne"があり、逸楽の国で放蕩に明け暮れた修道士たちの堕落が書かれている。また、ブランドル（現在のベルギー）の画家ブリューゲル（Pieter Bruegel de Oude）は『怠け者の天国』（*The Land of Cockaigne*）という油絵を残している。

（五）「季路」。子路ともいう。孔門十哲の一人。

（六）仁政とは、為政者が人々をいたわり慈しむ、恵み深い思いやりのある政治のこと。

（七）碩鼠とは大鼠のことだが、この詩では、転じて貪欲な搾取者のことをいう。

（八）『詩品』は中国南北朝時代、鍾嶸が編纂した文学評論書。

（九）「商山四皓」。中国秦代末期に乱世を避けて陝西《せんせい》省の商山に入った四人の隠士。

（一〇）「員数成員」。すべての国民が数字を名前としていることから、この国の国民のことを「員数成員」と呼ぶ。

第五章

(一) 一五九九年の司教命令。カンタベリー大主教として清教徒勢力の抑制に努めたジョン・ウィットギフト (John Whitgift) とロンドン主教のリチャード・バンクロフト (Richard Bancroft) が一群の文学作品の禁書令に署名した。その目的は社会風刺を禁じるためで、信念や価値観の再定義を促すような社会風刺の有無を確認した。

(二) アルゴンキン族は、狭義にはカナダのオタワ北方にあるガティーノ河畔に住むアメリカ先住民であるが、広義にはアメリカのアルゴンキン系の言語を話すアメリカ先住民を指す。ミクマック、クリー、カリフォルニア、ブラックフット、シャイアン、アラパホなどの諸族からなる (『ブリタニカ国際大百科事典』を参照)。

(三) 呉晗の「晗」は漢音では「かん」であるが、現在の日本では「がん」が定着しているため、ここでは「ごがん」と記す。瀬戸宏「呉晗と『海瑞罷官』――『海瑞罷官』の執筆意図」、『京都大学人文科学研究所附属現代中国研究センター研究報告「現代中国文化の深層構造」』二〇一五年、二七三頁の注 (1) を参照。

(四) 「国家機械」(state machine)。かつて共産主義思想家や革命家が行った国家の捉え方。たとえば、マルクスは、ナポレオン革命で完成された国家を“Maschine”にたとえた。

(五) 彭徳懐 (一八九八―一九七四)。中華人民共和国の軍人・政治家。国防部長、中国共産党中央政治局委員、中央軍事委員会副主席を務めたが、大躍進政策を批判したために失脚した。一九五九年に廬山会議で大躍進政策と人民公社化の是非が検討されたが、毛沢東はこのとき、事前に両政策の転換を求める上申書を自分に出した彭徳懐に対し、政権奪取を狙っていると受け止め、批判し、彼を役職から解任した。その後、彭徳懐は非業の死を迎える。

(六) 「ペテーフィ・クラブ」。一九五六年に、ソビエト連邦の権威と支配に対して民衆が全国規模で蜂起したハンガリー動乱が起こった。この動乱の直前に活躍した知識人や学生のクラブがペテーフィ・クラブで、国民詩人のペテーフィの名前にちなんで名づけられた。

(七) テイレシアス。ギリシア伝説のテーバイの盲目の預言者。

(八) このことについては、以下の論を参照。L. Goldberg, “Sir John Hayward, ‘Political Historian,’” *Review of English Studies* 6 (1955): 233–244; Margaret Dowling, “Sir John Hayward's Trouble over His Life of Henry IV,” *The Library*, 4th ser., 11 (1931): 212–24.

参考文献

西洋語文献

Aaron, Daniel. "What Can You Learn from a Historical Novel?" *American Heritage* 43 (October 1992): 55–62.

———. *American Notes: Selected Essays*. Boston: Northeastern University Press, 1994.

Alter, Robert and Frank Kermode, eds. *The Literary Guide to the Bible*. Cambridge: Harvard University Press, 1987.

Altmann, Alexander, ed. *Biblical Motifs: Origins and Transformations*. Cambridge: Harvard University Press, 1966.

Ansley, Clive. *The Heresy of Wu Han: His Play "Hai Jui's Dismissal" and its Role in China's Cultural Revolution*. Toronto: University of Toronto Press, 1971.

apRoberts, Ruth. *The Biblical Web*. Ann Arbor: University of Michigan Press, 1994.

Aquinas, Thomas. *Basic Writings of St. Thomas Aquinas*. 2 vols. Edited by Anton Pegis. New York: Random House, 1945.〔トマス・アクィナス『神学大全』第一冊、高田三郎他訳、創文社、一九九五年〕

Aristotle. *The Basic Works of Aristotle*. Edited by Richard McKeon. New York: Random House, 1941.〔アリストテレス『アリストテレス全集一三　ニコマコス倫理学』加藤信朗訳、岩波書店、一九七三年、一九七頁〕

———. *Poetics* I with *the Tractatus Coislinianus*, reconstruction of *Poetics II*, and the Fragments of the *On Poets*. Translated by Richard Janko.

Indianapolis: Hackett, 1987.〔アリストテレス『アリストテレース　詩学・ホラーティウス　詩論』松本仁助・岡道男訳、岩波書店、一九九七年〕

Auerbach, Erich. *Mimesis: The Representation of Reality in Western Literature*. Translated by Willard R. Trask. Princeton: Princeton University Press, 1953.〔E・アウエルバッハ『ミメーシス――ヨーロッパ文学における現実描写（上）』篠田一士・川村二郎訳、筑摩書房、一九七五年〕

———. *Scenes from the Drama of European Literature: Six Essays*. New York: Meridian Books, 1959.

Augusine, Saint. *The City of God*. Translated by Marcus Dods. New York: The Modern Library, 1993.〔アウグスティヌス『アウグスティヌス著作集』第一三巻、泉治典訳、教文館、一九八一年〕

———. *On Christian Doctrine*. Translated by D. W. Robertson, Jr. Indianapolis: Bobbs-Merrill, 1958.〔アウグスティヌス『アウグスティヌス著作集』第六巻、加藤武訳、教文館、一九八八年〕

Baker-Smith, Dominic. *More's Utopia*. London: HarperCollins, 1991.

Bakhtin, M. M. *The Dialogic Imagination: Four Essays*. Translated by Caryl Emerson and Michael Holquist. Austin: University of Texas Press, 1981.〔ミハイル・バフチン『小説の言葉』伊東一郎訳、平凡社、一九九六年〕

Barney, Stephen A. *Allegories of History, Allegories of Love*. Hamden, Conn.: Archon Books, 1979.

Bell, Ian E. A., ed. *Ezra Pound: Tactics for Reading*. London: Vision, 1992.

Benjamin, Walter. *The Origin of German Tragic Drama*. Translated by John Osborne. London: Verso, 1985.〔ヴァルター・ベンヤミン『ドイツ悲劇の根源（下）』浅井健一郎訳、筑摩書房、一九九九年〕

Berman, Antoine. *The Experience of the Foreign: Culture and Translation in Romantic Germany*. Translated by S. Heyvaert. Albany: State University of New York Press, 1992.

Bernstein, Richard J. *Beyond Objectivism and Relativism: Science, Hermeneutics, and Praxis*. Philadelphia: University of Pennsylvania Press, 1983.

Bloom, Harold, ed. *Modern Critical Interpretations: Virgil's Aeneid*. New York: Chelsea, 1987.

Bloomfield, Morton W. "Allegory as Interpretation." *New Literary History* 1 (Winter 1972): 303–317.

Bokenkamp, Stephen R. "Chinese Metaphor Again: Reading—and Understanding—Imagery in the Chinese Poetics Tradition." *Journal of the American Oriental Society* 109 (April-June 1989): 211–221.

Boyarin, Daniel. "The Song of Songs: Lock or Key? Intertextuality, Allegory and Midrash." In *The Book and the Text: The Bible and Literary Theory*, edited by Schwartz, pp. 214–230.

Bruns, Gerald L. *Hermeneutics Ancient and Modern*. New Haven: Yale University Press, 1992.〔ルター著作集委員会編『ルター著作集』第一集三、聖文舎、一九八一年〕

Buck, David. "Forum on Universalism and Relativism in Asian Studies, Editor's Introduction." *The Journal of Asian Studies* 50 (February 1991): 29–34.

Budick, Sanford, and Geoffrey H. Hartman, eds. *Midrash and Literature*. New Haven: Yale University Press, 1986.

Cain, T. G. S., and Ken Robinson, eds. *Into Another Mould: Change and Continuity in English Culture 1625–1700*. London: Routledge, 1992.

Cairns, Francis. *Virgil's Augustan Epic*. Cambridge: Harvard University Press, 1989.

Cassirer, Ernst. *Language and Myth*. Translated by Susanne K. Langer. New York: Harper and Brothers, 1946.

Chan, Wing-Tsit (陳榮捷). *Chu Hsi: Life and Thought*. Hong Kong: The Chinese University Press, 1987.

———, ed. *Chu Hsi and Neo-Confucianism*. Honolulu: University of Hawaii, 1986.

Chang, Kwang-chih. *Art, Myth, and Ritual: The Path to Political Authority in Ancient China*. Cambridge: Harvard University Press, 1983.

Chesneaux, Jean. "Egalitarian and Utopian Traditions in the East." *Diogenes* 62 (Summer 1968): 76–102.

Claeys, Gregory. "Socialism and Utopia." In *Utopia: The Search for the Ideal Society in the Western World*, edited by Roland Schaer et al., pp. 206–240.

Confucius. *The Analects*. Translated by D. C. Lau. Harmondsworth: Penguin, 1979.

Couvreur, S., trans. *Cheu King: texte chinois avec une double traduction en français et en latin*. 3rd ed. Sien Hien: Imprimerie de la mission catholique, 1934.

Curtius, Ernst Robert. *European Literature and the Latin Middle Ages*. Translated by Willlard R. Trask. Princeton: Princeton University Press, 1973.〔エルンスト・ローベルト・クルツィウス『ヨーロッパ文学とラテン中世』南大路振一他訳、みすず書房、一九七一年〕

Daniélou, Jean. *Origen*. Translated by Walter Mitchell. New York: Sheed an Ward, 1955.

———. *From Shadow to Reality: Studies in the Biblical Typology of the Fathers*. Translated by Wulstan Hibberd. Westminster, Md.: Newman, 1960.

Dawson, Raymond. *Confucius*. Oxford: Oxford University Press, 1981.

Derrida, Jacques. *Of Grammatology*. Translated by Gayatri Chakravorty Spivak. Baltimore: Johns Hopkins University Press, 1976. 〔ジャック・デリダ『根源の彼方に――グラマトロジーについて（上）』足立和浩訳、現代思潮社、一九七二年〕

Eckermann, Johann Peter. *Conversations with Goethe*. Translated by John Oxenford. London: Dent, 1970.

Eco, Umberto. *The Aesthetics of Thomas Aquinas*. Translated by Hugh Bredin. Cambridge: Harvard University Press, 1988.

———. *Art and Beauty in the Middle Ages*. Translated by Hugh Bredin. New Haven: Yale University Press, 1986.

Eco, Umberto, with Richard Rorty, Jonathan Culler, and Christine Brooke-Rose. *Interpretation and Overinterpretation*. Edited by Stefan Collini. Cambridge: Cambridge University Press, 1992. 〔ウンベルト・エーコ他『エーコの読みと深読み』柳谷啓子・具島靖訳、岩波書店、一九九三年〕

Egan, Ronald C. "Narratives in *Tso chuan*." *Harvard Journal of Asiatic Studies* 37 (December 1977): 323–352.

Emerson, Ralph Waldo. *The Complete Works of Ralph Waldo Emerson*. 12 vols. Edited by E. W. Emerson. Boston: Houghton Mifflin, 1903–1904.

Fenollosa, Ernest. *The Chinese Written Character as a Medium for Poetry*. Edited by Ezra Pound. San Francisco: City Lights Books, 1969.

Fichter, Andrew. *Poets Historical: Dynastic Epic in the Renaissance*. New Haven: Yale University Press, 1982.

Fletcher, Angus. *Allegory: The Theory of a Symbolic Mode*. Ithaca: Cornell University Press, 1964.

Foucault, Michel. *The Order of Things: An Archaeology of the Human Sciences*. New York: Vintage, 1973. 〔ミシェル・フーコー『言葉と物――人文科学の考古学』渡辺一民・佐々木明訳、新潮社、一九七四年〕

Freedman, H., and Maurice Simon, eds. *The Midrash Rabbah*. 5 vols. London: Soncino, 1977.

Frei, Hans W. "The 'Literal Reading' of Biblical Narrative in the Christian Tradition: Does It Stretch or Will It Break?" In *The Bible and the Narrative Tradition*, edited by McConnell, pp. 36–77.

Froehlich, Karlfried. "'Always to Keep the Literal Sense in Holy Scripture Means to Kill One's Soul': The State of Biblical Hermeneutics at the Beginning of the Fifteenth Century." In *Literary Uses of Typology from the Late Middle Ages to the Present*, edited by Miner, pp. 20–48.

———, ed. and trans. *Biblical Interpretation in the Early Church*. Philadelphia: Fortress Press, 1984.

———. "Problems of Lutheran Hermeneutics." In *Studies in Lutheran Hermeneutics*, edited by Reumann et al., pp. 127–141.

Frye, Northrop. *Anatomy of Criticism: Four Essays*. Princeton: Princeton University Press, 1957. 〔ノースロップ・フライ『批評の解剖』海老根宏・中村健二訳、法政大学出版局、一九八〇年〕

———. *Fearful Symmetry: A Study of William Blake*. Princeton: Princeton University Press, 1947.

Gadamer, Hans-Georg. *Truth and Method*. English trans. revised by Joel Weinsheimer and Donald G. Marshall. 2nd rev. ed. New York: Crossroad, 1989.〔ハンス＝ゲオルク・ガダマー『真理と方法Ｉ』轡田収・麻生健・三島憲一・北川東子・我田広之・大石紀一郎訳、法政大学出版局、一九八六年。ハンス＝ゲオルグ・ガダマー『真理と方法II——哲学的解釈学の要綱』轡田収・巻田悦郎訳、法政大学出版局、二〇〇八年〕

Géfin, Laszlo. *Ideogram: History of a Poetic Method*. Austin: University of Texas Press, 1982.

Gernet, Jacques. *China and the Christian Impact: A Conflict of Cultures*. Translated by Janet Lloyd. Cambridge: Cambridge University Press, 1985.

Gollwitzer, Helmut. *Das hoche Lied der Liebe*. Munich: Chr. Kaiser, 1978.

Goodrich, Luther C. *The Literary Inquisition of Ch'ien-lung*. New York: Paragon Book Reprint Corp., 1966.

Graff, Gerald. "Co-optation." In *The New Historicism*, edited by A. Veeser, pp. 168–181.

Graham, A. C. *Disputers of the Tao: Philosophical Arguments in Ancient China*. La Salle, Ill.: Open Court, 1989.

———. *Chuang-tzŭ: The Inner Chapters*. London: George Allen & Unwin, 1981.

Grant, Robert, with David Tracy. *A Short History of the Interpretation of the Bible*. 2nd rev. ed. Philadelphia: Fortress Press, 1984.

Green, Garrett, ed. *Scriptural Authority and Narrative Interpretation*. Philadelphia: Fortress Press, 1987.

Greenblatt, Stephen, ed. *The Power of Forms in the English Renaissance*. Norman, Okla.: Pilgrim Books, 1982.

———. *Shakespearean Negotiations: The Circulation of Social Energy in Renaissance England*. Berkeley: University of California Press, 1988.〔スティーヴン・J・グリーンブラット『シェイクスピアにおける交渉——ルネサンス期イングランドにみられる社会的エネルギーの循環』酒井正志訳、法政大学出版局、一九九五年〕

Hall, David L., and Roger Amers. *Thinking Through Confucius*. Albany: State University of New York Press, 1987.

Hansen, Chad. *Language and Logic in Ancient China*. Ann Arbor: University of Michigan Press, 1983.

Hartman, Charles. "Images of Allegory: A Review Article." *Early China* 14 (1989): 183–200.

———. "Poetry and Politics in 1079: The Crow Terrace Poetry Case of Su Shi." *Chinese Literature: Essays, Articles, Reviews* 12 (December 1990): 15–44.

Hartman, Geoffrey H., and Sanford Budick, eds. *Midrash and Literature*. New Haven: Yale University Press, 1986.

Heine, Heinrich. *Selected Works*. Edited and translated by Helen M. Mustard. New York: Vintage, 1973.〔ハイネ『ドイツ古典哲学の本質』伊東勉訳、岩波文庫、一九五九年〕

Henderson, John B. *Scripture, Canon, and Commentary: A Comparison of Confucian and Western Exegesis*. Princeton: Princeton University Press, 1991.

Hill, Christopher. *Milton and the English Revolution*. London: Faber and Faber, 1979.

Huang, C. C., trans. *Hai Jui Dismissed from Office*. Honolulu: The University Press of Hawaii, 1972.

Irwin, John T. *American Hieroglyphics: The Symbol of the Egyptian Hieroglyphics in the American Renaissance*. New Haven: Yale University Press, 1980.

Jameson, Frederic. *The Political Unconsciousness: Narrative as a Socially Symbolic Act*. Ithaca: Cornell University Press, 1982.〔フレドリック・ジェイムソン『政治的無意識——社会的象徴行為としての物語』大橋洋一、木村茂雄、太田耕人訳、平凡社、二〇一〇年〕

Jensen, Lionel M. “The Invention of ‘Confucius’ and His Chinese Other, ‘Kon Fuzi.’” *Positions* 1 (Fall 1993): 414–449.

———. *Manufacturing Confucianism: Chinese Traditions and Universal Civilization*. Durham: Duke University Press, 1997.

Jullien, François. *Detour and Access: Strategies of Meaning in China and Greece*. Translated by Sophie Hawkes. New York: Zone Books, 2000.

———. “Naissance de l’«imagination»: Essai de problématique au travers de la réflexion littéraire de la Chine et de l’Occident.” *Extrême-Orient–Extrême-Occident* 7 (1985): 23–81.

———. *La valeur allusive: Des catégories originals de l’interprétation poétique dans la tradition chinoise* (*Contribution à une réflexion sur l’altérité interculturelle*). Paris: École français d’Extrême-Orient, 1985.

Jullien, François, with Thierry Marchaisse. *Penser d’un Dehors (la Chine): Entretiens d’Extrême-Occident*. Paris: Éditions du Seuil, 2000.

Jung, Hwa Yol（鄭和烈）. “Misreading the Ideogram: From Fenollosa to Derrida and McLuhan.” *Paideuma* 13 (Fall 1984): 211–227.

Justice, Steven. “Inquisition, Speech, and Writing: A Case from Late-Medieval Norwich.” *Representations* 48 (Fall 1994): 1–29.

Karlgren, Bernhard, trans. *The Book of Odes*. Stockholm: The Museum of Far Eastern Antiquities, 1950.

Kelly, J. N. D. *Jerome: His Life, Writings, and Controversies*. London: Duckworth, 1975.

Kermode, Frank. “The Plain Sense of Things.” In *Midrash and Literature*, edited by Geoffrey H. Hartman and Sanford Budick, pp. 179–194.

Krieger, Murray. *Ekphrasis: The Illusion of the Natural Sign*. Baltimore: Johns Hopkins University Press, 1992.

Kugel, James. “The ‘Bible as Literature’ in Late Antiquity and the Middle Ages.” *Hebrew University Studies in Literature and the Arts* 11 (Spring 1983): 20–70.

———. *The Idea of Biblical Poetry: Parallelism and Its History*. New Haven: Yale University Press, 1981.

———. "Two Introductions to Midrash." *Prooftexts* 3 (May 1983): 131–155.

Kumar, Krishan. *Utopia and Anti-Utopia in Modern Times*. Oxford: Basil Blackwell, 1987.

———. "Utopia and Anti-Utopia in the Twentieth Century." In *Utopia: The Search for the Ideal Society in the Western World*, edited by Roland Schaer, pp. 251–267.

———. *Utopianism*. Minneapolis: University of Minnesota Press, 1991.

Lahusen, Thomas, with Gene Kuperman, eds. *Late Soviet Culture: From Perestroika to Novostroika*. Durham: Duke University Press, 1993.

Lamberton, Robert. *Homer the Theologian: Neoplatonist Allegorical Reading and the Growth of the Epic Tradition*. Berkley: University of California Press, 1986.

Lampe, G. W. H., and K. J. Woollcombe, eds. *Essays on Typology*. Naperville, Ill: Alec R. Allenson, 1957.

Laursen, John Christian, ed. *Religious Toleration: "The Variety of Rites" from Cyrus to Defoe*. New York: St. Martin's Press, 1999.

Laws, G. Malcolm, Jr. *The British Literary Ballad: A Study in Poetic Imitation*. Carbondale: Southern Illinois University Press, 1972.

Lee, Peter H. *Songs of Flying Dragons: A Critical Reading*. Cambridge: Harvard University Press, 1975.

Legge, James, trans. *The She King or the Book of Ancient Poetry*. London: Trubner, 1976.

Levitas, Ruth. *The Concept of Utopia*. New York: Philip Allan, 1990.

Lewis, C. S. *The Allegory of Love: A Study of Medieval Tradition*. New York: Oxford University Press, 1958.〔C・S・ルイス『愛とアレゴリー——ヨーロッパ中世文学の伝統』玉泉八州男訳、筑摩書房、一九七二年〕

Lieberman, Saul. *Hellenism in Jewish Palestine: Studies in the Literary Transmission, Beliefs and Manners of Palestine in the I Century B.C.E.-IV Century C. E.* New York: Jewish Theological Seminary of America, 1950.

Litvak, Joseph. "Back to the Future: A Review-Article on the New Historicism, Deconstruction, and Nineteenth-Century Fiction." *Texas Studies in Literature and Language* 30 (Spring 1988): 120–149.

Liu, James J. Y.（劉若愚）*The Art of Chinese Poetry*. Chicago: University of Chicago Press, 1962.

———. *Chinese Theories of Literature*. Chicago: University of Chicago Press, 1975.

———. *Language-Paradox-Poetics: A Chinese Perspective*. Edited by Richard John Lynn. Princeton: Princeton University Press, 1988.

Lloyd, G. E. R. *Adversaries and Authorities: Investigations into Ancient Greek and Chinese Science*. Cambridge: Cambridge University Press, 1996.

Lovejoy, Arthur O. *Essays in the History of Ideas*. Baltimore: Johns Hopkins University Press, 1948.

Loewe, Raphael J. "Apologetic Motifs in the Targum to the Song of Songs." In *Biblical Motifs: Origins and Transformations*, edited by Altmann, pp. 159–196.

Lowth, Robert. *Lectures on the Sacred Poetry of the Hebrews*. Translated by G. Gregory. London: S. Chadwick, 1847.

Lynn, Richard John. "Chu Hsi as Literary Theorist and Critic." In *Chu Hsi and Neo Confucianism*, edited by Wing-tsit Chan (陳榮捷), pp. 337–354.

———, trans. *The Classic of Changes: A New Translation of the I Ching as Interpreted by Wang Bi*. New York: Columbia University Press, 1994.〔今井宇三郎他『新釈漢文大系第六三巻　易経（下）』明治書院、二〇〇八年〕

Mao Tse-tung. *Selected Works*. Vol. 5. New York: International Publishers, 1956.

Marx, Karl, and Friedrich Engels. *Selected Woks in One Volume*. New York: International Publishers, 1968.

Maspero, Henri. *China in Antiquity*. Translated by Frank A. Kierman Jr. Amherst: University of Massachusetts Press, 1978.

McConnell, Frank, ed. *The Bible and the Narrative Tradition*. New York: Oxford University Press, 1986.

Minamiki, George. *The Chinese Rites Controversy from Its Beginning to Modern Times*. Chicago: Loyola University Press, 1985.

Miner, Earl, ed. *Literary Uses of Typology from the Late Middle Ages to the Present*. Princeton: Princeton University Press, 1977.

Montaigne, Michel Eyquem de. *The Complete Essays of Montaigne*. Translated by Donald M. Frame. Stanford: Stanford University Press, 1958.

Montrose, Louis. "Renaissance Literary Studies and the Subject of History." *English Literary Renaissance* 16 (Winter 1986): 5–12.

More, Thomas. *Utopia: Latin Text and English Translation*. Edited by George M. Logan, Robert M. Adams, and Clarence H. Miller. Cambridge: Cambridge University Press, 1995.〔トマス・モア『ユートピア』平井正穂訳、岩波文庫、二〇〇五年〕

Mueller-Vollmer, Kurt, ed. *The Hermeneutics Reader: Texts of the German Tradition from the Enlightenment to the Present*. New York: Continuum, 1985.

Newton, Judith. "History as Usual?: Feminism and the 'New Historicism.'" In *The New Historicism*, edited by A. Veeser, pp. 152–167.

Nussbaum, Martha. "Human Functioning and Social Justice: In Defense of Aristotelian Essentialism." *Political Theory* 20 (May 1992): 202–246.

Origen. "On First Principles, Book Four." In *Biblical Interpretation in the Early Church*, edited and translated by Froehlich, pp. 48–78.〔オリゲネス『雅歌注解・講話』上智大学神学部編、小高毅訳、創文社、一九八二年〕

———. *The Song of Songs: Commentary and Homilies*. Translated by R. P. Lawson. Westminster, Md.: Newman, 1957.〔オリゲネス『諸原理について』上智大学神学部編、小高毅訳、創文社、一九七八年〕

Owen, Stephen. "Poetry and Its Historical Ground." *Chinese Literature: Essays, Articles, Reviews* 12 (December 1990): 107–118.
————. *Remembrances: The Experience of the Past in Classical Chinese Literature*. Cambridge: Harvard University Press, 1986.
————. *Traditional Chinese Poetry and Poetics: Omen of the World*. Madison: University of Wisconsin Press, 1985.
Pagels, Elaine. *Adam, Eve, and the Serpent*. New York: Vintage, 1989.
Patterson, Annabel. *Censorship and Interpretation: The Conditions of Writing and Reading in Early Modern England*. Madison: The University of Wisconsin Press, 1984.
Patterson, Lee. Introduction. In *Commentary as Cultural Artifact*, edited by Lee Patterson. *South Atlantic Quarterly* 91 (Fall 1992): 787–791.
Pechter, Edward. "The New Historicism and Its Discontents: Politicizing Renaissance Drama." *PMLA* 102 (May 1987): 292–303.
Perkins, David. *A History of Modern Poetry: From the 1890s to the High Modernist Mode*. Cambridge: Harvard University Press, 1976.
Plato. *The Collected Dialogues, Including the Letters*. Edited by Edith Hamilton and Huntington Cairns. Princeton: Princeton University Press, 1963.〔プラトン『国家』藤沢令夫訳、岩波文庫、二〇〇三年〕
Pope, Marvin, ed. and trans. *The Anchor Bible: Song of Songs*. Garden City: Doubleday, 1977.
Portes, Laurent. "Utopia and Nineteen-century French Literature." Translated by Nadia Benabid. In *Utopia: The Search for the Ideal Society in the Western World*, edited by Roland Schaer et al., pp. 241–247.
Pusey, James R. *Wu Han: Attacking the Present through the Past*. Cambridge: Harvard University Press, 1969.
Quintilian. *Institutio Oratoria*. 4 vols. Translated by H. E. Butler. Cambridge: Harvard University Press, 1953.〔クインティリアヌス『弁論家の教育』三、森谷宇一他訳、京都大学学術出版会、二〇一三年〕
Reichwein, Adolf. *China and Europe: Intellectual and Artistic Contacts in the Eighteen Century*. Translated by J. C. Powell. New York: A. A. Knopf, 1925.
Reumann John, with Samuel H. Nafzger, and Harold H. Ditmanson eds. *Studies in Lutheran Hermeneutics*. Philadelphia: Fortress Press, 1979.
Ricci, Matteo. *China in the Sixteenth Century: The Journals of Matthew Ricci: 1583–1610*. Translated by Louis J. Gallagher. New York: Random House, 1953.
Rickett, Adele Austin, ed. *Chinese Approaches to Literature from Confucius to Liang Ch'i-ch'ao*. Princeton: Princeton University Press, 1978.
Ricoeur, Paul. *Interpretation Theory: Discourse and the Surplus of Meaning*. Fort Worth: Texas Christian University Press, 1976.
Ronan, Charles E., and Bonnie B. C. Oh, eds. *East Meets West: The Jesuits in China*. Chicago: Loyola University Press, 1988.

Rouvillois, Frédéric. "Utopia and Totalitarianism." Translated by Nadia Benabid. In *Utopia: The Search for the Ideal Society in the Western World*, edited by Roland Schaer et al., pp. 316–331.

Saintsbury, George. *Miscellaneous Essays*. London: Percival, 1892.

Sargent, Lyman Tower. "Utopian Traditions: Themes and Variations." In *Utopia: The Search for the Ideal Society in the Western World*, edited by Roland Schaer et al., pp. 8–17.

Saussure, Ferdinand de. *Course in General Linguistics*. Translated by Wade Baskin. New York: Philosophical Library, 1959. 〔フェルディナン・ド・ソシュール『一般言語学講義』小林英夫訳、岩波書店、一九七二年〕

Saussy, Haun. *The Problem of a Chinese Aesthetic*. Stanford: Stanford University Press, 1993.

Schaer, Roland, Gregory Claeys, and Lyman Tower Sargent, eds. *Utopia: The Search for the Ideal Society in the Western World*. New York, Oxford: The New York Public Library, Oxford University Press, 2000.

———. "Utopia, Space, Time, History." In *Utopia: The Search for the Ideal Society in the Western World*, edited by Roland Schaer et al., pp. 3–7.

Shleiermacher, Friedrich. *Hermeneutics: The Handwritten Manuscripts*. Translated by James Duke and Hack Forstman. Missoula, Mont: Scholars Press, 1977.

Schneider, Laurence A. *Ku Chieh-kang and China's New History: Nationalism and the Quest for Alternative Traditions*. Berkley: University of California Press, 1971.

Schwartz, Regina, ed. *The Book and the Text: The Bible and Literary Theory*. Oxford: Basil Blackwell, 1990.

Smith, Richard J. *China's Cultural Heritage: The Qing Dynasty, 1644–1912*. 2nd ed. Boulder: Westview, 1994.

Steiner, George. *After Babel: Aspects of Language and Translation*. Oxford: Oxford University Press, 1975. 〔ジョージ・スタイナー『バベルの後に（上）』亀山健吉訳、法政大学出版局、一九九九年。ジョージ・スタイナー『バベルの後に（下）』亀山健吉訳、法政大学出版局、二〇〇九年〕

Stern, David. *Midrash and Theory: Ancient Jewish Exegesis and Contemporary Library Studies*. Evanston: Northwestern University Press, 1996.

———. *Parables in Midrash: Narrative and Exegesis in Rabbinic Literature*. Cambridge: Harvard University, 1991.

Striedter, Jurij. "Journeys Through Utopia: Introductory Remarks to the Post-Revolutionary Russian Utopian Novel." *Poetics Today* 3: 1 (Spring 1982): 33–60.

Svensson, Martin. "Hermeneutica / Hermetica Serica: A Study of the *Shijing* and the Mao School of Confucian Hermeneutics." Ph. D. dissertation. Stockholm University, 1996.

Tanner, Kathryn E. "Theology and the Plain Sense." In *Scriptural Authority and Narrative Interpretation*, edited by Garrett Green, pp. 59–78.

Tate, J. "On the History of Allegorism." *The Classical Quarterly* 28 (April 1934): 105–114.

Todorov, Tzvetan. *Literature and Its Theorists: A Personal View of Twentieth-Century Criticism*. Translated by Catherine Porter. Ithaca: Cornell University Press, 1987.

Touraine, Alan. "Society as Utopia." Translated by Susan Emanuel. In *Utopia: The Search for the Ideal Society in the Western World*, edited by Roland Schaer et al., pp. 18–31.

Veeser, H. Aram, ed. *The New Historicism*. New York: Routledge, 1989.

Vendler, Helen. *The Poetry of George Herbert*. Cambridge: Harvard University Press, 1975.

Vico, Giambattista. *The New Science*. Edited and Translated by Thomas G. Bergin and Max H. Fisch. Ithaca: Cornell University Press, 1976.

Virgil. *The Aeneid*. Translated by Robert Fitzgerald. New York: Random House, 1981.

Waley, Arthur, trans. *The Book of Songs*. 2nd ed. London: Allen & Unwin, 1954.

Wang An-chi. *Gulliver's Travels and Ching-hua Yuan Revisited: A Menippean Approach*. New York: Peter Lang, 1995.

Wang, C. H. *The Bell and the Drum: Shih Ching as Formulaic Poetry in an Oral Tradition*. Berkeley: University of California Press, 1974.

———. *From Ritual to Allegory: Seven Essays in Early Chinese Poetry*. Hong Kong: The Chinese University Press, 1988.

Warnke, Georgia. *Gadamer: Hermeneutics, Tradition and Reason*. Stanford: Stanford University Press, 1987.

Watson, Burton. *Early Chinese Literature*. New York: Columbia University Press, 1962.

Wegemer, Gerald. "*The City of God* in Thomas More's *Utopia*." *Renascence* 44 (Winter 1992): 115–135.

White, Hayden. *Tropics of Discourse: Essays in Cultural Criticism*. Baltimore: Johns Hopkins University Press, 1978.

Whitman, Jon. *Allegory: The Dynamics of an Ancient and Medieval Technique*. Cambridge: Harvard University Press, 1987.

Wilde, Oscar. *Plays, Prose Writings and Poems*. Edited by Anthony Fothergill. London: J. M. Dent, 1996.〔オスカー・ワイルド『オスカー・ワイルド全集』四、西村孝次訳、青土社、一九八九年〕

Winch, Peter. *The Idea of a Social Science and Its Relation to Philosophy*. London: Routldge and Kegan Paul, 1958.

———. *Ethics and Action*. London: Routldge and Kegan Paul, 1972.

Wolfson, Harry Austryn. *Philo: Foundations of Religious Philosophy in Judaism, Christianity, and Islam*. 2 vols. Cambridge: Harvard University Press, 1948.

Wright, Arthur F., ed. *Studies in Chinese Thought*. *The American Anthropologist* 55, no. 5, part 2, memoir no. 75 (Dec. 1953).

Yu, Anthony C（余国藩）. *Rereading the Stone: Desire and the Making of Fiction in Dream of the Red Chamber*. Princeton: Princeton University Press, 1997.

Yu, Pauline R（余宝琳）. *The Reading of Imagery in the Chinese Poetic Tradition*. Princeton: Princeton University Press, 1987.

Zamyatin, Yevgeny. *We*. Translated and introduced by Clarence Brown. Harmondsworth: Penguin, 1993.〔ザミャーチン『われら』川端香男里訳、岩波文庫、一九九二年〕

Zhang, Longxi. *Mighty Opposites: From Dichotomies to Differences in the Comparative Study of China*. Stanford: Stanford University Press, 1998.

———. *The Tao and the Logos: literary Hermeneutics, East and West*. Durham: Duke University Press, 1992.

———. "Toleration, Accommodation, and the East-West Dialogue." In *Religious Toleration: "The Variety of Rites" from Cyrus to Defoe*, edited by Laursen, pp. 37–57.

中国語文献

王安石（一〇二一—一〇八六）『王安石詩選』劉逸生編、香港：三聯書店、一九八三年。〔清水茂注『王安石』岩波書店、一九六二年〕

王維（七〇一？—七六一）『王右丞集箋注』趙殿成（一六八三—一七五六）箋注、上海：上海古籍、一九六一年。

王禹偁（九五四—一〇〇一）『王禹偁詩文選』王延涕選注、北京：人民文学、一九九六年。

王運熙・揚明『魏晉南北朝文學批評史』、上海：上海古籍、一九八九年。

汪榮祖『康章合論』、台北：聯經出版社、一九八八年。

王元化『文心雕龍講疏』、上海：上海古籍、一九九二年。

王充（二七—一〇〇？）『論衡』、『諸子集成』第七冊。

王達津選注『王維孟浩然選集』、上海：上海古籍、一九九〇年。〔目加田誠『新釈漢文大系第一五巻　唐詩選』明治書院、一九六四年〕

王筠（一七八四—一八五四）『説文句讀』全四冊、上海：上海古籍、一九八三年。

王平『太平經研究』、台北：文津出版社、一九九五年。

王明編『太平經合校』全二冊、北京：中華書局、一九六〇年。

何文煥（一七三二—一八〇九）編『歴代詩話』、北京：中華書局、一九八一年。

郭慶藩（一八四四—一八九五？）『莊子集釋』、『諸子集成』第三册。〔阿部吉雄他『新釈漢文大系第七巻　老子・荘子（上）』、明治書院、一九六六年〕

郭紹虞『宋詩話考』、北京：中華書局、一九七九年。

郭紹虞・王文生編『中國歴代文論選』全四册、上海：上海古籍、一九七九年。

葛兆光『七世紀前中國的知識・思想與信仰世界・中國思想史』第一巻、上海：復旦大学出版社、一九九八年。

——『七世紀至一九世紀中國的知識・思想與信仰世界・中國思想史』第二巻、上海：復旦大学出版社、二〇〇〇年。

韓愈（七六八—八二四）『韓昌黎全集』、北京：中国書店、一九九一年。

仇兆鰲（一六八五頃活躍）『杜詩詳注』全五册、北京：中華書局、一九七九年。〔杜甫『杜甫詩選』黒川洋一訳、岩波書店、一九九一年〕

嵆康（二二四—二六三）『嵆康集注』殷翔・郭全芝注、合肥：黄山書社、一九八六年。

計有功（一一二六頃活躍）『唐詩紀事』全二册、北京：中国書店、一九六五年。

阮元（一七六四—一八四九）編『十三經注疏』全二册、北京：中華書局、一九八〇年。

阮籍（二一〇—二六三）『阮籍集校注』陳伯君校注、北京：中華書局、一九八七年。

顧頡剛（一八九三—一九八〇）他編『古史辨』全七册、上海：上海古籍、一九八二年。

呉晗『呉晗史學論著選集』全四册、北京：人民出版社、一九八八年。

孔子『論語』。〔吉田賢抗『新釈漢文大系第一巻　論語』明治書院、一九六〇年〕→劉寶楠
康有為（一八五八—一九二七）『康有為政論集』湯志鈞編、北京：中華書局、一九八一年。

康有為『康有為大同論二種』朱維錚編訂、北京：三聯、一九九八年。〔坂出祥伸『大同書』明徳出版社、一九七六年〕

蔡正孫（一二七九頃活躍）『詩林廣記』、北京：中華書局、一九八二年。〔第四章の蘇軾《そしょく》の桃花源論のみ川合康三『桃源郷——中国の楽園思想』講談社（選書メチエ）、二〇一三年〕

司馬遷（前一四五？—前九〇？）『史記』全一〇册、北京：中華書局、一九五九年。

『春秋左傳正義』、阮元編『十三經注疏』下册。〔鎌田正『春秋左氏伝』一、明治書院、一九七一年。鎌田正『春秋左氏伝』二、明治

書院、一九七四年。鎌田正『春秋左氏伝』三、明治書院、一九七七年〕
朱維錚『音調未定的傳統』、瀋陽：遼寧教育出版社、一九九五年。
――『求索真文明――晩清學術史論』、上海：上海古籍、一九九六年。
朱熹（一一三〇―一二〇〇）『詩集傳』、上海：上海古籍、一九八〇年。
――『朱子語類』黎靖徳（一二七〇頃活躍）編、王星賢点校標点本、全八册、北京：中華書局、一九八六年。〔岡田武彦他『朱子語類』明徳出版、一九八一年〕
周振甫『文心雕龍注釋』、北京：人民文学、一九八一年。〔戸田浩曉『新釈漢文大系第六四巻　文心雕龍（上）』明治書院、一九七四年。『新釈漢文大系第六五巻　文心雕龍（下）』明治書院、一九七八年〕
周予同（一八九八―一九八一）『周予同經済史論著選集』朱維錚編、上海：上海人民、一九八三年。
『周易正義』、阮元編『十三經注疏』上册。
徐復觀『中國人性論史――先秦篇』、台北：台湾商務印書館、一九六九年。
鍾嶸（四六八？―五一八）『詩品注』陳延傑注、北京：人民文学、一九六一年。
焦循（一七六三―一八二〇）『孟子正義』、『諸子集成』第一册。
蔣伯潛『十三經概論』、上海：上海古籍、一九八三年。
『諸子集成』全八册、北京：北京書局、一九五四年。
人民出版社編『呉晗和海瑞罷官』、北京：人民出版社、一九七九年。
錢鍾書（一九一〇―一九九八）『管錐編』全五册、北京：中華書局、一九八六年。
――『七綴集』、上海：上海古籍、一九八五年。
――『宋詩選注』、北京：人民文学、一九八二年。
――『談藝録』（補訂本）、北京：中華書局、一九八四年。
錢穆『朱子新學案』全三册、成都：巴蜀書社、一九八七年。
蘇軾（一〇三七―一一〇一）『蘇軾詩集』王文誥（一七六四―？）輯註、全八册、北京：中華書局、一九八七年。
莊子（前三六九？―前二八六？）→郭慶藩
鄭振鐸『插圖本中國文學史』全四册、北京：作家出版社、一九五七年。
丁福保編『歴代詩話續編』全三册、北京：中華書局、一九八三年。

湯志鈞『改良與革命的中國情懷——康有為與章太』、香港：商務印書館、一九九〇年。
董士偉『康有為評傳』、南昌：百花洲文藝出版社、一九九四年。
陶淵明（三六五—四二七）『陶淵明集』逯欽立注、北京：中華書局、一九七九年。〔『陶淵明・文心雕龍』一海知義・興膳宏訳、筑摩書房、一九六八年〕
馮友蘭『中國哲學史』全二冊、北京：中華書局、一九六一年。
聞一多『神話與詩』、北京：古籍出版社、一九五六年。
孟浩然（六八九—七四〇）『孟浩然集校注』、北京：人民文学、一九八九年。
『孟子』。〔内野熊一郎『新釈漢文大系第四巻　孟子』明治書院、一九六二年〕→焦循
『毛詩正義』、阮元編『十三經注疏』上冊。〔石川忠久訳『新釈漢文大系第一一〇巻　詩経（上）』明治書院、一九九七年。石川忠久訳『新釈漢文大系第一一二巻　詩経（下）』明治書院、二〇〇〇年〕
余英時『史學與傳統』、台北：時報文化、一九八二年。
余冠英編『三曹詩選』、北京：作家出版社、一九五六年。
羅根澤『中國文學批評史』全三冊、上海：上海古籍書店、一九六一年。
『禮記正義』。阮元編『十三經注疏』。〔竹内照夫『新釈漢文大系第二七巻　礼記（上）』明治書院、一九八一年〕
李天綱『中國禮儀之争——歴史、文獻和意義』、上海：上海古籍、一九九八年。
李白（七〇一—七六二）『李太白全集』王琦注、全三冊、北京：中華書局、一九七七年。
劉禹錫（七七二—八四二）『劉禹錫集』卞孝萱注、北京：中華書局、一九九〇年。〔川合康三『桃源郷——中国の楽園思想』講談社（選書メチエ）、二〇一三年〕
劉勰（四六五？—五二二）。→周振甫
劉寶楠（一七九一—一八五五）『論語正義』、『諸子集成』第一冊。

索引

ア行

アーウィン、ジョン Irwin, John　50
アウエルバッハ、エーリッヒ Auerbach, Erich　143, 179
アウグスティヌス、聖 Augustine, St.　79, 124, 167-70, 176, 182, 186, 216, 226-27
　『神の国』　224-27
　『キリストの教え』　169
　原罪に対する―の考え　223-25, 234, 268, 274
アキバ、ラビ Aquiba, Rabbi　101, 106, 111, 162
アクィナス、聖トマス Aquinas, Thomas, St.　166-70, 176, 182, 186
アップロバーツ、ルース apRoberts, Ruth　99
アリストテレス Aristotle　20-21, 29, 71
アレクサンドリアのフィロン Philo of Alexandria　114-15
アロン Aaron　106-07, 119, 154
アーロン、ダニエル Aaron, Daniel　72-73
イエンセン、ライオネル Jensen, Lionel　32
イーガン、ロナルド Egan, Ronald　85
異国性　53-54, 236-37, 278-79
意図　43, 80, 82-83, 89-91, 139, 169-70, 261, 290-91, 301-02
　作者の――　82-84, 130-32, 188, 304-05
　作品の――　176-77, 304-05
　読者の――　175-76
ヴィーコ、ジャンバッティスタ Vico, Giambattista　50
ウィトゲンシュタイン、ルードヴィヒ Wittgenstein, Ludwig　26
ウィルソン、ドーヴァー Wilson, Dover　281-83
ウィンチ、ピーター Winch Peter　26-28
ウェイリー、アーサー Waley, Arthur　137-39
ヴェーゲマー、ジェラルド Wegemer, Gerard　226
ウェルギリウス Virgil　76-80
ウェルズ、H・G Wells, H. G.　263, 275
ヴェンドラー、ヘレン Vendler, Helen　76
ヴォルテール Voltaire　30, 32
ウォーンキー、ジョージア Warnke, Georgia　28
ウールクーム、K・J Woollcombe, K. J.　113, 161
『易経』　58, 196, 312
エーコ、ウンベルト Eco, Umberto　165-67, 176, 200, 202, 216
エッカーマン、ヨハン・ペーター Eckermann, Johann Peter　76
エマソン、ラルフ・ウォルド Emerson, Ralph

カ行

サ行

マ行

ヤ行

ラ行

劉若愚 Liu, James J. Y.　51-53
劉少奇　299, 303
劉寶楠　233, 236
梁啓超　253-54
リン、リチャード・ジョン Lynn, Richard John　187
ルイス、C・S Lewis, C. S.　135, 179
ルヴィロワ、フレデリック Rouvillois, Frédéric　273-74
ルター、マルティン Luther, Martin　169-71, 182, 186, 227
レヴィタス、ルース Levitas, Ruth　222, 238, 276
レーヴェ、ラファエル Loewe, Raphael　111, 161-62
レッグ、ジェイムズ Legge, James　135-38
ロイド、G・E・R Lloyd, G. E. R.　98
老子　59, 248
ロゴス中心主義　52-53
ローズ、マルコム Laws, Malcolm　149
ロドニャンスカヤ、イリーナ Rodnyanskaya, Irina　267
ロビンソン、ケン Robinson, Ken　61
ローリー、ウォルター Raleigh, Walter　287
ロンゴバルディ、ニコロ Longobardi, Niccolò　40, 44, 56

ワ行

ワイルド、オスカー Wilde, Oscar　220-21, 246
ワーズワス、ウィリアム Wordsworth, William　45-46, 74
ワトソン、バートン Watson, Burton　155

訳者あとがき

本書は、Zhang Longxi, *Allrgoresis: Reading Canonical Literature East and West* (Ithaca: Cornell University Press, 2005) の全訳である。比較文学、イースト・ウエスト・スタディーズ（East-West Studies）ならびに「世界文学」の世界的研究者張隆溪（チャン・ロンシー）氏の代表的研究書である。張氏の名前は、漢字名の張隆溪より英語名のZhang Langxi、そしてその発音「チャン・ロンシー」で世界に知られている。よって、これ以降、「チャン・ロンシー」の表記を用いることとする。

チャン氏は北京大学で修士号（英文学）、ハーヴァード大学で博士号（比較文学）を取得後、北京大学、ハーヴァード大学、カリフォルニア大学リヴァーサイド校を経て、現在、香港城市大学（City University of Hong Kong）で比較文学ならびに翻訳論の主任教授を務めている。また、スウェーデン王立アカデミー外国人会員、欧州アカデミー（Academia Europaea）会員、国際比較文学会会長（二〇一六—二〇一九）のほか、『ニュー・リテラリー・ヒストリー』誌（*New Literary History, Journal of East-West Thought, Journal of World Literature,*

Brill's East Asian Comparative Literature and Culture）の編集顧問でもある。著書に、*The Tao and the Logos: Literary Hermeneutics, East and West* (Durham: Duke University Press, 1992)、*Mighty Opposites: From Dichotomies to Differences in the Comparative Study of China* (Stanford: Stanford University Press, 1998)、*Out of the Cultural Ghetto* (Hong Kong: Commercial Press, 2000;『走出文化的封閉圏』（中国語版）Beijing: Joint Publishing Co., 2004)、*Unexpected Affinities: Reading across Cultures* (Toronto: University of Toronto Press, 2007)、『比較文學研究入門』（中国語）(Shanghai: Fudan University Press, 2009)、『靈魂的史詩——失樂園』（中国語）(Taipei: Net and Books, 2010)、*From Comparison to World Literature* (New York: Sunny, 2015) ほか多数ある。

チャン氏の論考の基底にあるものを一言で示せば、それは翻訳可能性である。チャン氏が比較文学の研究者である限り、ある意味、それは当然のことである。複数の言語や文化の間に翻訳不可能性しかなければ、互いを理解することも比較することもできないからだ。理解や比較は翻訳可能性があればこそ可能となる。本書でも、この翻訳可能性が様々な地域の文学作品、文化的・政治的状況、解釈の面から考察されている。

チャン氏が翻訳可能性に力点を置く理由は、大きく三点ある。一つ目は相対主義と翻訳不可能性の行き過ぎた強調への危惧、二つ目は脱西洋中心主義、三つ目は文学作品の読みに背を向ける文学研究への批判である。

相対主義と翻訳不可能性が強調され過ぎるときに問題となるのは、「概念や思惟レベルの差異までをも強調し、思惟様式が根本的に通約不能と見なされる」点である。もし、「思惟様式が通約不能であれば比較も異文化研究もできないことになる」（*From Comparison to World Literature*, p. 50）。さらに、言語的・文化的原理主義に立って、差異が通約不能な別種を意味することになるとき、それは人間が互いにコミュニケーションをとることができず、ばらばらに寸断された言語や文化体系の中に生きているという世界図を描いていることに等しい。だが、これは非現実的であるうえ、論理的にも倫理的にも問題があるとチャン氏は言う。「翻訳不可能性という考えは間違っている、というのも、そうした考えは、意識的であれ無意識的であれ、文化的言語的純粋さへの自己愛的欲望、自分の言語や文化がほかに類のないものであるとか、ほかのものに勝っているものであるとか、なにものにも代わることができないものであるといった自民族中心主義的な幻想の上に立っているからだ。あるいは、別の言い方をすれば、比較や理解、コミュニケーションの可能性がないという立場に立ち、他者をまったく他なるもの、自分とはまったく別の生き物としてしまうために、翻訳不可能性という考えは間違っている。翻訳、すなわち他者を自己と比較することは、コミュニケーションという行為、そして人間関係の構築として極めて倫理的なものなのである」(Ibid., p. 26)。コミュニケーションならびに相互理解の常態的失敗は、ウォルター・ベン・マイケルズ(Walter Benn Michaels)の指摘した相対主義、ならびに文化アイデンティティに立脚した多様性の尊重や主体の抑圧を批判する理論の原理的課題であることを思い出してもよかろう。およそ研究というものがよりよい人間の生に寄与するものである限り、人文学研究は「自分の予備知識の正しさを確認するだけの閉回路内の歩みではなく」(本書第五章)、また「知ることなどできるわけがあろうか」という「懐疑論によって、単に諸物の意味内容だけでなく、知識の可能性自体が不確かなものではないかと疑われ」、「その結果、文化の差異を越えた理解は確かなものではない、また主体間相互の意識や感情の転移などは起こりえない」(本書第一章)という「文化的ゲットー」(cf. *Out of the Cultural Ghetto*)に安住するのではなく、他者に開いた相互理解とそれを可能ならしめる原理的考察が重要になろう。もちろん、チャン氏は、差異を認めないわけではない。どのようなものの間にも差異は必ずあるし、「差異のない類似はなく、類似のない差異もない」(*From Comparison to World Literature*, p. 45)。要は、種の問題ではなく程度の問題である(Ibid., p. 42. cf. *Mighty Opposites: From Dichotomies to Differences*)。

それでは、人間は「種々様々な言語や文化――それぞれ離れた場所で、互いにまったく異なる独自の伝統、歴史の中で発達してきた――が存在する中」で、いかに「物事を理解」するのか、「個々が母語として用いる言語や彼らが属する文化の限界を越えて得られる知識とはどのようなものか」、「異文化について我々は何をどのように知るのか」（本書第一章）。この問いに答えるために、チャン氏は文学を導入し、人間が文学をいかに読み、いかに理解するのか、また文学はいかに書かれるのか、比較論を展開する。このことが本書の主題であり、チャン氏の比較文学、いやイースト・ウエスト・スタディーズならびに「世界文学」の立ち位置でもある。世界的に見て、比較文学は一九世紀末以来、その対象を西洋中心としてきた。しかし、人間＝西洋人ではないし、文学＝西洋文学でもなく、西洋＝世界でもない。ポストコロニアリズムの隆盛、ならびにグローバル時代の到来を機に、チャン氏の比較論は洋の東西を越えた「世界文学」研究に必然的に接続されることとなった。

「個々が母語として用いる言語や彼らが属する文化の限界を越えて」、「異文化について我々は何をどのように知るのか」という問いを文学において展開するとき、古今東西の文学作品の本文を自分でまず字義通りに読み、考えることが重要になる。異文化や文学作品という他者を理解するとき、自己に閉じた回路を越え、「自分の予備知識が作品本文（テクスト）から異議を申し立てられ、より妥当で適切な理解へと至るまで絶えず修正と調整が続く、考えることを閉ざさない（オープンエンド）対話と意思疎通の過程」（本書第五章）が欠かせない。したがって、自分で本文を読んで考える以前に他人が作った理論を他者の現実（現物）を見るための枠組みとして用いて読む傾向をチャン氏は危惧する。理論そのものが問題なのではない。問題は、現実（現物）をじっくり見ることなく理論を枠組みとして用いること、解釈の絶対的地平とすることにある。こうした問題の指摘は、ポストコロニアリズム（e.g. E. Said）や黒人児童文学（e.g. Heidee Kruger）をはじめ、様々な領域から出ているものである。チャン氏の場合は、理論の枠組み的使用を「自分の予備知識の正しさを確認するだけの閉回路内の歩み」とし、本書のキーワードである「寓意的解釈」や「政治的解釈」を巡る議論に接続する。字義通りに読み、考え、比較することが否定され、権威ある既存の知識に結びつけて解釈が実践されることは、聖書の釈義や『詩経』の注釈と同じく、牽引付会な政治的曲解の危険性がある、と。本書は、洋の東西を越えた文学や文学理論の翻訳可能性の考察を通した異文化研究であると同時に、実際には、文学を読むことから背を向ける姿勢への警告の意味も含まれている。と同時に、右のような解釈は時代を越え、洋の東西を越えて繰り返されてきた人間の所業の一つでもあることが確認される。

本書で取り上げられる「世界文学」は、西洋と東洋（中国）の聖典（聖書と『詩経』）にはじまり、ギリシア、ヘブライ、ロシア、イギリスなど、古今東西の多様な世界の文学である。異なる時代や文化・政治的状況に生まれた各々の文学は、異なる時代や文化・政治的状況においていかに類似した読みが行われるのか（寓意的解釈＝アレゴレシス）、またいかに類似した過程をもって書かれるのか（寓話＝アレゴリー）、時代や文化や政治的状況に差し戻して考えることによって、時代や文化や政治的状況を越えた解釈と書記の翻訳可能性が、とくに「政治」を軸にして考察される。そして、文学の読みや理論の翻訳可能性が異文化の翻訳可能性ならびに理解の諸相として露になる。また、時代や地域を越えて世界を俯瞰するとき、ある批評言論に特権が与えられること自体が政治的であり、「文化的ゲットー」に閉ざした翻訳不可能性の主張にも等しいことが明るみになる。チャン氏は理論をはじめとする特定の批評言論そのものを否定しているわけではない。そうではなく、特定の言論の特権性、解釈の地平の絶対性を問題とする。とりわけ「政治的解釈」は、そのことを真摯に捕らえるとき、「どちらか一方の肩を持っていることを自覚する必要がある」し、本来「身の危険性」や「倫理的責任が常につきまとう」ものでさえある（本書第五章）。それゆえ、「皮肉にも、解釈の政治化と文学に秘められた政治的転覆の力を寿ぐことができるのは、文学や文学研究者が国家権力から安全な距離を保っており、安全な場所から政治的転覆の力について論じることが可能なときだけ」であり、そのような「隔絶状態もまた解釈の政治性の重要な一面であることをぜひ心に留めておく」べきである（本章第五章）。もちろん、そうした政治的保障は特権化されたどのような批評言説にも言えることであろう。ちなみに、チャン氏の「政治」に対する意識や「政治的解釈」への警告は、単なる彼の思想の表明ではなく、文化大革命期に苦労した彼自身の経験に裏づけされたものである。また、チャン氏は下放の地で、ひそかにシェイクスピアを読みＦＥＮを聞いて独学で英語を学んだ苦労人でもある。

人文学の価値は多様であるが、そのうちの一つは、解釈の地平を広げ、オープンエンドの対話を続け、翻訳可能性と相互理解を基盤とした世界平和への貢献、そしてそのための（読みの）原理的考察と実践にあるのではないのだろうか。たとえば、憲法をはじめとする様々な言説について特権的な批評言論を枠組みとして用いて解釈するのではなく、「字義通り」に読み考えること、決して政治的曲解を行わないこと、そしてそのような牽引付会な解釈は古今東西常に行われてきたゆえに、「字義通り」の意味をもって冷静に反論・対処していくこと、そうした実践を示してみせること……。

チャン氏との出会いは、二〇一〇年九月の国際学会でのことであった。チャン氏やJ・ヒリス・ミラー氏たちと毎日学会会場や食事、ホテルで常にご一緒させてもらった。そのときの様子は拙訳「張隆溪『危機に瀕する文学の読み』―― Zhang Longxi, "Reading Literature as a Critical Problem"」（『英文学研究』第四七号）に記したが、チャン氏の話や講演に感銘を受け、講演論文を翻訳したことから交流が始まった。本書はチャン氏が欧州アカデミーの会員になったときの推薦理由となった中心的業績である。世界的に知られるチャン氏が日本でほとんど知られていないということに疑問をもつ人間は世界中にいる。万が一、その理由が、チャン氏が西洋の理論家でないという理由であったならとんでもない話である。アジアのみならず世界を代表する研究者の代表的著書をぜひ日本に紹介したい、そんな思いをもって本書を翻訳した次第である。同時に、「世界文学」の理論は多様であり、非西洋発の「世界文学」の理論を紹介することで、日本から発信する新たな「世界文学」の理論のモデルとして、また「世界文学」の理論を「世界文学」的に比較研究するための資料になればとも考えた。

翻訳にあたっていくつかお断りをしておきたい。当初、いくつかの用語についてカタカナを用いて翻訳を進めていた。しかし、次第に日本語で訳し分けた方がよいと判断するものがいくつか出てきた。中でも問題となったのが、本書の核となる用語である"allegory," "allegorical," "allegoresis"、ならびに"text"の日本語表記である。

先に後者の"text"についてであるが、本書の研究考察の性質上、著者は"text"という用語を様々な意味で用いている。周知のとおり、文学批評における"text"という用語にはいくつかの用法がある。共訳者の鳥飼の指摘にしたがって、いま五つほど挙げておく。(一)作品などに書かれた、もしくは印刷された言葉の集合を指す用語。これはラテン語の「織る」(texere)に由来することから、ある一つの「統一体」を含意し、文章を構成する語から物語で語られる出来事まで、諸々の部分が「一貫した全体」を構成する要素として存在していると見なされる。(二)*OED*の定義(1d, 2)によれば、"text"とは「権威」(authority)や「真正さ」(authenticity)を示唆する。すなわち「翻訳」や「注釈」に対する、権威ある「原文」(original wording)を意味する。(三)詩や小説といった文学的創作物としての"text"。新批評的解釈の原理に基づいて言えば、批評対象としての作品(text)は、その中で互いに関係し合う思想や言語によって構築されたものである。構造主義批評家にとっては、作品に書かれていることと作者との関係を断つ手段として、「作品」よりも「text」という語を使用するのが一般である。(四)「(文学的)作品」とは区別される、「諸々の潜在的(可能的)な意味の構築物」としての"text"。この区別によって、"text"と(その"text"に潜在する意味を見出す)読者との相互作用が強調される。(五)現代的記号論(二〇世紀以後)に即して言えば、解釈可能な記号体系と見なされうる現象なら、(言語記号に限らず)どのようなものも"text"と考えられる。

これら五つの用法が本書ではいくつかの内容に対応している。(一)は、たとえば、本書でも言及される「作品の意図」「統一体としての作品」というエーコの概念に関わるものとまず考えることができる。また、ロラン・バルトは「ある種の機能単位が文よりも下位のレベルであっても、依然として(物語)言説の序列に属しうる」と述べるが、そうであれば、文を構成する諸々の語句も"text"の要素であるということになる。すなわち、構造言語学上、音素→形態素→語→文→言説という記述言語における諸段階の最上位範疇に位置づけられている「言説」が"text"と見なされうるのであれば、その構成単位としての文の一つ一つを"text"と見なすこともできるということである。こうしたことから、本書では、状況や文脈に応じて、「言説」、「文」、「句節」、「詩句」、「作品」という語に「テクスト」という言葉が充てられていると考えられる。(二)については、本書の議論の中核ともいうべき、正典本文＝原文とその釈義あるいは注釈との緊張関係との密接な関係が見られる。また、(三)および(四)の概念からは、いくつかのことが考えられる。たとえば、本書第一章では、詩という文学的創作物("text")が諸々の詩的言語表象から成る構造全体(統一体)と見なされ、そこに内在する潜在的ないし可能的意味をいかに見出すのか(字義的意味か、寓意的意味か)ということを言おうとしていると考えられる。また、第三章でフライやルイスが言及する「心象構造」としてのアレゴリーは、文学的創作物としての寓話(アレゴリー)が、その言語表象が読者に喚起する諸々の心象から構成されているということを言っていると考えられる。

こうした多様な"text"の意味に加えて、中国の文学作品に言及されるときには「文」という言葉が「漢字」、「漢文」、「中国文学」等々、多様な意味で用いられており、筆者も意味の違いを本書の中で定義しながら使い分けている。そして、それらの「文」もまた"text"である。

「作品本文」、「言説」、「言葉」、「(一般的な意味での)文(章)」、「(中国語の)文」、「歴史記述」、「漢字」等々、様々な意味の言葉が"text"という用語で記され、ときには"text"の定義が示されている限り、本書における"text"を単に「テクスト」というカタカナ表記で一本化するのは、本書の論旨を曖昧にしてしまうと考えた。そこで、"text"という語を文脈に応じて訳し分け、必要に応じて「テクスト」というルビをふることとした。

こうした訳し分けは、先に触れた"allegory," "allegorical," "allegoresis"にもあてはまることである。当初は、カタカナ表記(アレゴリー/アレゴリカル/アレゴレシス)を用いたものの、状況に応じて「寓話」「寓意」「寓意的作品」などの表現を使い分け、必要に応じてカタカナでルビをふることとした。

一度、カタカナを用いない訳し分けを始めると、他の部分もできる限り日本語で表記した方がよいという判断に至り、翻訳をほとんど終了した後、すべてのカタカナ表記を日本語に改めた。ただし、本翻訳書の題名だけは「アレゴレシス」とカタカナにした。この言葉には本書のすべてが詰まっている。人間が解釈をするときに多かれ少なかれ伴う寓意的解釈と解釈の寓意性、解釈の妥当性と妥当性の範囲を超えた解釈ならびにその政治性、寓意に潜む政治性と政治的解釈に伴う政治性、文化的差異を超えた寓意的政治化と政治的寓意化、寓意的解釈の政治性と政治的解釈の寓意性などなど。こうした諸々のことが「アレゴレシス」という言葉に入っており、「解釈と書記の諸問題——寓意性の諸相をめぐって」とする手もあったが、副題を含めて原題がまったく見えなくなるのもいかがなものかと考え、原題を活かして「アレゴレシス」とすることにした。

次に原注表記について述べておきたい。とくに中国語の参考文献についてだが、原書ではすべての中国語の文献に「著者、書名、章題・論題（の番号）、頁数」が書かれている。『論語』を例にとれば、「孔子『論語』第二一番、一二章、五頁」といった具合である。この表記法は原書が西洋の読者に向けて書かれているために用いられたものであり、日本では、著名な中国の古典は、著者の名前や頁数を書かず、単に「章題」ないし「書名、章題」を順に書くという表記の伝統がある。ただ、本書では、中国の古典、中国の研究書や評論、英語やフランス語で書かれた研究書や論文のほか、様々な文献が用いられており、各々の分野の表記の伝統に従うとかえって読みにくくなると考えた。そこで、全体的に「著者、（章題ないし論題）、書名」という表記法を統一して用いることとし、中国の著名な古典については、著者名と頁数は日本の伝統的表記法に倣って省略し、章番号を章題に変えて「章題」のみ、あるいは「章題、書名」の順で表記することとした。なお、章題がない、あるいは不明なものについては、「書名、頁数」の順で表記した。

また、中国語の書名表記であるが、日本語にない中国語の漢字は日本語の漢字に直し、旧漢字のものはそのまま旧漢字を用いた。ただし、旧漢字については、本文内では読みやすさを重視し、一部を除いて日本の新漢字に改めた。

翻訳にあたって邦訳のあるものはそれを参考にさせていただき、原注ならびに参考文献にその書誌情報を記載した。なお中国語書籍の邦訳書の中には訳文（章や段落）の一部が抜けていたり刊行が途中で止まっていたりして訳文が参照できないものがあったため、その場合は原書の英文と書物に関する関連事項の調査によって訳文を作った。こうした事情から、同一書でも訳文がないものについては、原注において邦訳書の書誌情報を記載していない。ただし、中国語書籍の場合、邦訳書を参考にしたときでも同じ箇所の訳文を繰り返し用いた場合は、混乱のない限りにおいて表記法の慣例にしたがって初出のみとし、書誌情報は省略させていただいている。なお、いずれの邦訳書の訳文も、翻訳の文脈に合わせるため、またその他の理由のために、訳文を変えさせていただいたものが多々あることをお断りさせていただく。

本書の翻訳にはかなり時間がかかってしまった。その理由は先に述べた訳し分けの再作業にあったが、それ以前に、途切れることなく諸事が続いたこともある。ようやくまとまった時間が取れる環境になり、翻訳もここに何とか終えることができた。もっとも、一人ではまだ時間がかかったかもしれない。当初は一人で翻訳する予定であったものの、十分な時間が確保できないことを憂慮し、鳥飼真人氏に共訳を願い出て快諾していただいた。鳥飼氏には大いに助けられた。ここに御礼申し上げたい。また、中国古典文学をご専門とする高知県立大学文化学部の高西成介教授には多岐に渡って有益な示唆をいただいた。御礼申し上げたい。

本書の翻訳分担だが、第一章と第二章ならびに索引を鳥飼、第三章から第五章ならびに謝辞ほかを鈴木が担当し、最後に鈴木が表記の統一等を行った。編集にあたって、水声社の後藤亨真氏には大変お世話になった。ここに感謝申し上げたい。

諸事が重なったにせよ、水声社社長の鈴木宏氏には、原稿の遅れによって多大なご迷惑をおかけした。心よりお詫びを申し上げたい。同時に、本書を翻訳する機会を与えていただいたことに、心より御礼を申し上げたい。

二〇一六年八月

鈴木章能

著者／訳者について——

張隆溪（チャン・ロンシー）　一九四七年、中国四川省成都市に生まれる。北京大学、ハーヴァード大学で学び、ハーヴァード大学で博士号（比較文学）取得。北京大学、ハーヴァード大学、カリフォルニア大学リヴァーサイド校を経て、現在、香港城市大学比較文学・翻訳論主任教授。スウェーデン王立アカデミー外国人会員、欧州アカデミー（Academia Europaea）会員、国際比較文学会会長（二〇一六―二〇一九）。比較文学、世界文学、East-West Studies を代表する世界的な研究者。著書に *Mighty Opposites: From Dichotomies to Differences in the Comparative Study of China* (Stanford: Stanford University Press, 1998), *From Comparison to World Literature* (New York: Sunny, 2015) などがある。

＊

鈴木章能（すずきあきよし）　一九六七年、愛知県豊橋市に生まれる。明治学院大学大学院文学研究科博士後期課程修了。博士（英文学）。甲南女子大学教授等を経て、現在、長崎大学教授。専攻はアメリカ文学、比較文学、East-West Studies。主な著書に、*The Future of English in Asia: Perspectives on Language and Literature* (Routledge Studies in World Englishes) (New York: Routledge, 二〇一五、共著）などがある。

鳥飼真人（とりかいまさと）　一九七三年、大阪府吹田市に生まれる。関西大学大学院文学研究科後期博士課程修了。博士（文学）。現在、高知県立大学准教授。専門はイギリス文学、西洋文学理論。主な論文に "Concealment and Revelation of Nature as *Phusis*: Hardy's Art of Fiction and the Question of Being"（『比較文化研究』No.104、日本比較文化学会）、「肉において言は生まれる——『息子と恋人』への序文」におけるロレンスの〈有〉への問い」（『D・H・ロレンス研究』第二三号、日本ロレンス協会）などがある。

装幀——西山孝司

アレゴレシス――東洋と西洋の文学と文学理論の翻訳可能性

二〇一六年一二月一日第一版第一刷印刷　二〇一六年一二月二〇日第一版第一刷発行

著者――張隆溪

訳者――鈴木章能・鳥飼真人

発行者――鈴木宏

発行所――株式会社水声社

東京都文京区小石川二―一〇―一　いろは館内　郵便番号一一二―〇〇〇二

電話〇三―三八一八―六〇四〇　ＦＡＸ〇三―三八一八―二四三七

郵便振替〇〇一八〇―四―六五四一〇〇

URL : http://www.suiseisha.net

印刷・製本――ディグ

ISBN978-4-8010-0209-8